abc LA COLLECTION

Réussite

Le BAC efficace

et un bon dossier pour Parcoursup

Philosophie Term

Delphine de Chouly

Fabienne Lepage

Fanny Le Gonidec

Nathan

Nathan live

L'appli Nathan live, c'est un environnement **sécurisé** pour accéder gratuitement **sans inscription**, sans publicité et d'un **simple scan** aux **contenus numériques** de ton ouvrage.

L'appli garde en mémoire les ressources déjà scannées, te permettant ainsi de les consulter n'importe où et n'importe quand, même sans ton ouvrage.

1 Télécharge l'appli gratuitement

DISPONIBLE SUR Google Play

Disponible sur l'App Store

2 Lance l'appli et scanne les pages de ton ouvrage pour faire apparaître les ressources* (audio, vidéo, liens...)

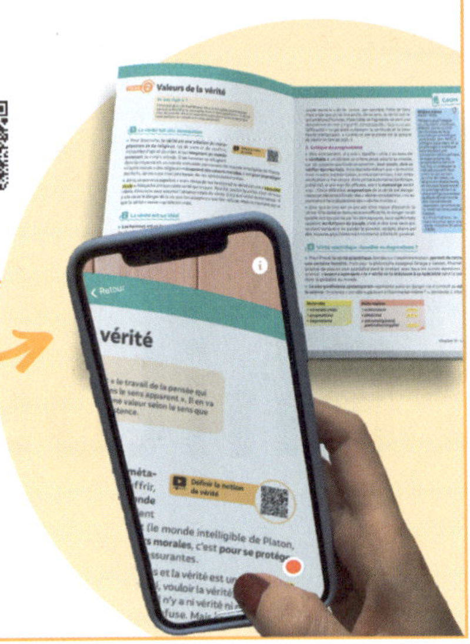

+ D'INFOS ET TUTOS
sur **nathan.fr/nathan-live**
ou en scannant cette page
avec Nathan live

OU

QR CODE

Scanner le QR code associé à la ressource*.

Vidéo

* Les éditions Nathan ne sont pas garantes de la pérénité des liens.

Direction éditoriale : Raphaëlle Mourey
Édition : Marion Gautier, Julie Langlais
Conception graphique intérieur : Clémentine Largant
Couverture : Élise Launay
Cartes mentales : Louise Plantin
Compositeur : Fabienne Grain
Fabrication : Kévin Magar

Crédits iconographiques : Shutterstock

ISBN : 978-2-157123-2

Mode d'emploi

Un ouvrage synthétique pour réviser et progresser avec méthode !

Cours

- Un **cours précis et concis** sur tout le programme, structuré en séquences d'une double page, pour faciliter votre révision.
- Des rappels de **mots-clés** et de **mots-repères** pour clore chaque double page.
- Des encadrés **auteurs-clés**, des **illustrations** et des liens **vidéos** et **podcasts** agrémentent le cours pour aller plus loin dans vos révisions

révision express

- Une **carte mentale** pour rappeler les points importants de chaque chapitre.
- Un **Quiz** pour tester vos connaissances sur chaque chapitre étudié.

Méthode

- Ces pages vous proposent une approche progressive pour vous approprier les deux grands types de sujets : **dissertation** et **explication de texte**.
- Des **conseils méthodologiques** et des **applications** sur des sujets de type « bac ».

Corrigés

- Des **corrigés détaillés des Quiz** pour préciser et approfondir vos connaissances philosophiques.

Cahier Spécial BAC

- La **présentation de l'épreuve finale** de l'enseignement commun de Philosophie.
- **Deux sujets type complets** pour bien se préparer aux épreuves du Bac.
- **Des corrigés complets**, précédés d'un « Coup de pouce » pour aider à déchiffrer le sujet et accompagnés de petits encadrés présentant des conseils, remarques, astuces pour gagner des points.

→ En fin d'ouvrage, vous trouverez la liste complète des **auteurs** et **repères** au programme, des **citations** pour chaque notion et un tableau des **principaux courants philosophiques**.

Sommaire

CHAPITRE 5 La science

CHAPITRE 6 Le travail

CHAPITRE 7 Le bonheur

CHAPITRE 8 L'État

CHAPITRE 9 Le langage

CHAPITRE 10 La Raison

CHAPITRE 11 La technique

CHAPITRE 12 La vérité

CHAPITRE 13 La conscience

CHAPITRE 14 L'insconcient

Le nouveau Bac

Le calendrier

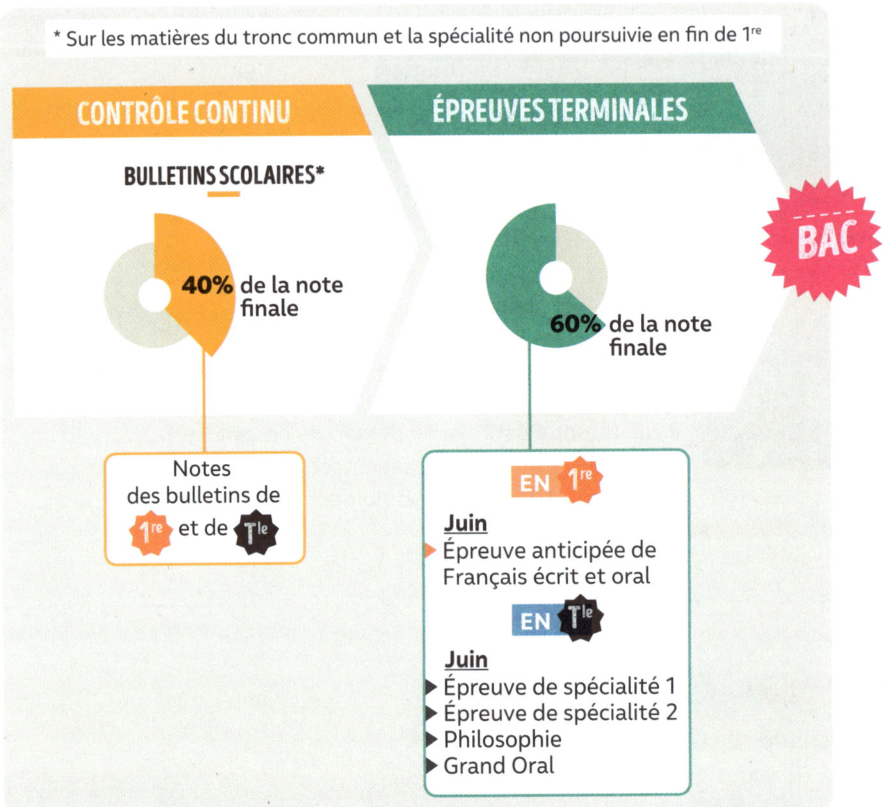

3 spécialités en Première, 2 spécialités en T^le^

- À la fin de l'année, les élèves de Première **sélectionnent parmi les trois spécialités** choisies en début d'année **celle qu'ils ne poursuivront pas** en Terminale.
- La spécialité abandonnée sera évaluée en fin de Première par une épreuve commune de contrôle continu (coef. 8).
- Les deux spécialités conservées en Terminale seront quant à elles évaluées par une épreuve finale en fin de Terminale (coef. 16 chacune).

L'épreuve finale pour la Philosophie en T^le^

- **Trois sujets au choix** 20 pts

– Deux sujets de dissertation

– Une explication de texte

Le « Grand Oral »

- **Cette épreuve, d'une durée de 20 minutes**, se réalise devant un jury et porte sur les deux spécialités suivies en Terminale.
- **Elle se déroule en deux parties :** présentation d'une question portant sur un (ou les deux) enseignement(s) de spécialité, puis discussion avec le jury concernant l'exposé présenté et le programme des deux spécialités.

Les grands moments de l'année de Terminale

CALENDRIER DU BAC | **CALENDRIER PARCOURSUP**

- **Novembre**
  - Parcoursup : Recherche des informations sur Parcoursup
- **Janvier**
  - Parcoursup : Inscription sur Parcoursup
- **Février**
  - Parcoursup : Constitution de votre dossier complet, saisie et confirmation de vos vœux
- **Fin mars**
- **Avril**
- **3e trimestre** dates au choix de votre lycée
- **Mai**
  - Parcoursup : Pensez à répondre aux propositions des établissements
- **Juin**
  - Bac : Deux épreuves écrites de spécialité + Épreuve écrite de Philosophie et « Grand Oral »
- **Juillet**
  - Parcoursup : Éventuellement, phase complémentaire
- **Septembre**

Partie 1

Pespectives

De quoi s'agit-il ?

- Le programme de l'enseignement de la philosophie en terminale est principalement défini par une liste de **notions** (l'art, la science, le bonheur...), accompagnée d'une longue liste d'**auteurs**.

BIEN COMPRENDRE

Il ne s'agit pas d'étudier les auteurs au programme pour eux-mêmes, mais de s'appuyer sur leurs idées et leurs œuvres pour penser mieux et aller plus loin qu'on ne pourrait le faire seul.

- Les textes officiels indiquent que ces notions peuvent être envisagées selon trois **perspectives**, qui précisent et limitent le programme ainsi que les sujets d'examen :

  – l'existence humaine et la culture ;
  – la morale et la politique ;
  – la connaissance.

BIEN COMPRENDRE

Ces perspectives ont été choisies parce qu'elles suggèrent des questions récurrentes et importantes dans l'histoire de la philosophie, « des problèmes constamment présents dans la tradition philosophique, qu'un enseignement initial de la philosophie ne saurait ignorer » selon les textes officiels.

- Par exemple, on peut aborder la notion d'**art** selon chacune de ces perspectives :

  – on peut envisager cette notion sous l'angle de l'**existence humaine** et de la **culture** et se poser la question suivante : « Peut-on vivre sans art ? » ;
  – on peut envisager cette notion sous l'angle de la **morale** et de la **politique** et se poser la question suivante : « La société peut-elle se passer de l'art ? » ;
  – on peut envisager cette notion sous l'angle de la **connaissance** et se poser la question suivante : « L'art est-il un moyen d'accéder à la vérité ? ».

- Le nombre de questions qu'on peut concevoir en croisant notions et perspectives étant infini, aucun cours ne peut toutes les poser. Vous devez donc acquérir des **connaissances** et des **méthodes** grâce auxquelles vous pourrez élaborer une **réflexion personnelle** sur le sujet que vous aurez à traiter.

- Les **textes classiques** présentés aux pages suivantes vous aideront à vous faire une idée plus précise de ce qui se cache derrière les intitulés de ces trois perspectives.

PERSPECTIVE 1 L'existence humaine et la culture

1 De quoi s'agit-il ?

• L'homme est conscient de lui-même. Il se pose ainsi des questions sur son origine, sur sa nature ou sur le sens de sa vie. L'homme est aussi un être de culture, c'est-à-dire que son existence n'est pas essentiellement déterminée par la nature et l'instinct, mais par ce qu'il crée et transmet de génération en génération : l'art, la science, les techniques, la religion, les langues, les institutions politiques...

• Les philosophes se sont régulièrement interrogés sur l'existence humaine, sa spécificité et son sens.

2 Les incontournables

A. Socrate : une vie sans examen ne mérite pas d'être vécue

• *Accusé de corrompre la jeunesse par ses discours, Socrate explique à ses juges qu'il ne peut pas renoncer à philosopher. À ses yeux, une vie sans examen, c'est-à-dire sans philosophie, ne mérite pas d'être vécue. Aristote affirmera dans une perspective voisine que l'homme étant un animal doué de raison désire naturellement savoir et qu'il ne peut s'accomplir pleinement et trouver le bonheur que dans la vie contemplative (une vie vouée à la connaissance).*

Mais peut-être y aura-t-il quelqu'un pour dire : « Tu ne pourrais donc pas, Socrate, une fois que tu nous auras débarrassés de ta présence, vivre en te tenant tranquille, sans discourir ? » Ma réponse serait encore plus difficile à faire admettre à certains d'entre vous. Vous ne me croirez pas et vous penserez que je pratique l'ironie si, en effet, je vous réponds que ce serait désobéir au dieu[1] et que, pour cette raison, il m'est impossible de me tenir tranquille. Et si j'ajoute que, pour un homme, le bien le plus grand c'est de s'entretenir tous les jours de la vertu et de tout ce dont vous m'entendez discuter, lorsque je soumets les autres et moi-même à cet examen, et que je vais jusqu'à dire qu'une vie à laquelle cet examen ferait défaut ne mériterait pas d'être vécue, je vous convaincrai encore moins. Or, citoyens, il en va bien comme je vous le dis, mais il n'est pas facile de vous le faire admettre.

PLATON, *Apologie de Socrate*, IVe siècle av. J.-C.

1. Apollon, dieu de la raison et des arts.

B. Aristote : l'homme est un animal raisonnable et politique

• *Pour Aristote, l'homme est un animal raisonnable* (zôon logikon *en grec*)*, c'est-à-dire doué de la faculté de parler et de raisonner* (logos *en grec*)*. Cette faculté de distinguer le vrai du faux et surtout le bien du mal, le juste de l'injuste, fait de lui un animal politique* (zôon politikon) *: l'homme est fait pour vivre dans la Cité* (polis *en grec*) *et accomplit sa nature en vivant dans une société régie par des lois. Il y a de ce point de vue une différence fondamentale entre l'existence humaine et celle des animaux (même celle des animaux sociaux) qui possèdent la voix* (phonê)*, mais non la parole ou la raison* (logos)*. L'homme n'est donc pas un animal comme les autres. Ce questionnement sur ce qui fait notre humanité est au cœur de la philosophie grecque. Qu'est-ce que l'homme ? Quelle est notre nature, comment l'accomplir et vivre d'une vie pleinement humaine ?*

La Cité[1] fait partie des choses naturelles, et l'homme est par nature un animal politique ; et celui qui est hors Cité, naturellement bien sûr et non par le hasard des circonstances, est soit un être dégradé soit un être surhumain, et il est comme celui qui est injurié en ces termes par Homère[2] : « sans lignage, sans loi, sans foyer ». C'est pourquoi il est évident que l'homme est un animal politique plus que n'importe quelle abeille et n'importe quel animal grégaire[3]. Car, comme nous le disons, la Nature ne fait rien en vain : or, seul parmi les animaux l'homme a un langage[4]. Certes, la voix est le signe exprimant ce qui est douloureux ou agréable, aussi la rencontre-t-on chez les animaux ; leur nature, en effet, est parvenue jusqu'au point d'éprouver la sensation du douloureux et de l'agréable et de pouvoir se les signifier mutuellement. Mais le langage existe en vue de concevoir et d'exprimer ce qui est avantageux et ce qui est nuisible, et, par suite, aussi le juste et l'injuste. Il n'y a en effet qu'une chose qui soit propre aux hommes par rapport aux autres animaux : le fait que seuls ils aient la perception du bien, du mal, du juste, de l'injuste et des autres notions de ce genre. Or, avoir de telles notions en commun, c'est ce qui engendre famille et Cité.

ARISTOTE, *Les Politiques*, IVe siècle av. J.-C.

1. Cité : traduit le grec *polis* (« cité », « État »), qui a donné le mot « politique ».
2. Homère : poète grec du VIIIe siècle av. J.-C., auteur présumé de l'*Iliade* et l'*Odyssée*.
3. Grégaire : qui vit en groupe.
4. Langage : traduit le grec *logos*, qui signifie aussi « raison ».

C. Rousseau : l'homme est un animal perfectible

• *Dans ce passage du* Discours sur l'origine et les fondements de l'inégalité parmi les hommes, *Rousseau s'interroge sur les spécificités de l'être humain par rapport à l'animal. Le philosophe souligne que la vie d'un animal est régie par des instincts immuables, alors que l'homme apprend et se perfectionne au cours de sa vie et de l'histoire. Chaque génération d'homme hérite par l'éducation des acquis des générations antérieures. On peut dire en ce sens que l'homme est un être de culture.*

Perspectives

- *Pascal souligne ainsi ce que les penseurs modernes doivent aux Anciens : « Nous sommes comme des nains assis sur des épaules de géants. Si nous voyons plus de choses et plus lointaines qu'eux, ce n'est pas à cause de la perspicacité de notre vue, ni de notre grandeur, c'est parce que nous sommes élevés par eux. »*
- *Mais cette faculté de progresser qui distingue l'homme a aussi fait son malheur. Rousseau décrit l'homme à l'état de nature (avant la naissance de la société) comme un animal paisible, heureux, inoffensif et innocent que la société et les progrès de la civilisation ont dépravé et rendu misérable.*
- *Paradoxalement, la perfectibilité fait donc à la fois la grandeur et la misère de l'homme : pour être pleinement humain, l'homme doit développer ses facultés intellectuelles et morales au sein de la société, mais c'est ce progrès même qui le dégrade et le rabaisse souvent au-dessous de la condition animale dont elle l'a fait sortir. En devenant humains, nous devenons aussi capables d'inhumanité.*

Mais quand les difficultés qui environnent toutes ces questions[1] laisseraient quelque lieu de disputer sur cette différence de l'homme et de l'animal, il y a une autre qualité très spécifique qui les distingue et sur laquelle il ne peut y avoir de contestation : c'est la faculté de se perfectionner ; faculté qui, à l'aide des circonstances, développe toutes les autres et réside parmi nous tant dans l'espèce que dans l'individu, au lieu qu'un animal est au bout de quelques mois ce qu'il sera toute sa vie, et son espèce au bout de mille ans ce qu'elle était la première année de ces mille ans.

Pourquoi l'homme seul est-il sujet à devenir imbécile ? N'est-ce point qu'il retourne ainsi dans son état primitif et que, tandis que la bête, qui n'a rien acquis et qui n'a rien non plus à perdre, reste toujours avec son instinct, l'homme, reperdant par la vieillesse ou d'autres accidents tout ce que sa perfectibilité lui avait fait acquérir, retombe ainsi plus bas que la bête même ? Il serait triste pour nous d'être forcés de convenir que cette faculté distinctive, et presque illimitée, est la source de tous les malheurs de l'homme ; que c'est elle qui le tire, à force de temps, de cette condition originaire dans laquelle il coulerait des jours tranquilles et innocents ; que c'est elle qui, faisant éclore avec les siècles ses lumières et ses erreurs, ses vices et ses vertus, le rend à la longue le tyran de lui-même et de la nature.

Jean-Jacques Rousseau, *Discours sur l'origine et les fondements de l'inégalité parmi les hommes*, 1755.

1. Toutes ces questions : Rousseau vient d'expliquer que les animaux communiquent grâce à des langues naturelles (innées), mais que l'homme s'en distingue par la faculté d'inventer des langues.

PERSPECTIVE 2 La morale et la politique

1 De quoi s'agit-il ?

● Les questions morales et politiques sont constamment présentes dans la tradition philosophique : qu'est-ce qui est bien ou mal, juste ou injuste ? Comment vivre ? Et comment vivre ensemble ?

2 Les incontournables

A. Platon : la justice est le fondement de la Cité

● *Selon Platon, les hommes ne pourraient pas unir leurs forces et vivre en société s'ils n'avaient aucune conscience morale ni aucun sens de la justice. Morale et politique sont donc intimement liées dans l'esprit du philosophe.*

Quand l'homme fut en possession de son lot divin[1], [...] il eut bientôt fait, grâce à la science qu'il avait, d'articuler sa voix et de former les noms des choses, d'inventer les maisons [...] et de tirer les aliments du sol. Avec ces ressources, les hommes, à l'origine, vivaient isolés et les villes n'existaient pas [...] ; les arts mécaniques[2] suffisaient à les faire vivre, mais ils étaient d'un secours insuffisant dans la guerre contre les bêtes car ils ne connaissaient pas encore la science politique[3] dont l'art militaire fait partie. En conséquence ils cherchaient à se rassembler et à se mettre en sûreté en fondant des villes ; mais quand ils s'étaient rassemblés, il se faisaient du mal les uns aux autres parce que la science politique leur manquait [...].

Alors Zeus, craignant que notre race ne fût anéantie, envoya Hermès porter aux hommes la pudeur[4] et la justice, pour servir de règles aux cités et unir les hommes par les liens de l'amitié. Hermès alors demanda à Zeus de quelle manière il devait donner aux hommes la justice et la pudeur :

« Dois-je les partager comme on a partagé les arts ? Or, les arts ont été partagés de manière qu'un seul homme, expert en l'art médical, suffît pour un grand nombre de profanes, et les autres artisans de même. Dois-je répartir ainsi la justice et la pudeur parmi les hommes, ou les partager entre tous ?

– Entre tous, répondit Zeus. Que tous y aient part, car les villes ne sauraient exister si ces vertus étaient, comme les arts, le partage exclusif de quelques-uns. Établis en outre en mon nom cette loi : que tout homme incapable de pudeur et de justice sera exterminé comme un fléau de la société. »

PLATON, *Protagoras*, IVe siècle av. J.-C.

1. Il s'agit d'une suite au mythe de Prométhée imaginée par Protagoras, un célèbre sophiste que Platon fait dialoguer avec Socrate.
2. Arts mécaniques : les techniques comme la menuiserie ou l'agriculture.
3. Science politique : l'art de vivre ensemble.
4. Pudeur : *aîdos* en grec, qu'on peut aussi traduire par « sentiment de honte », « sens de l'honneur » ou « respect ».

B. Kant : une action morale est une action accomplie par devoir

• *La morale kantienne est un monument de la philosophie. Dans ce passage des* Fondements de la métaphysique des mœurs, *Kant explique ce qu'est à ses yeux une action authentiquement morale ou vertueuse : agir moralement, ce n'est pas seulement agir conformément au devoir, c'est agir par devoir. Kant estime que le bonheur est une chimère. L'homme n'est pas fait pour le bonheur, sa destination est plus haute. La nature ne se préoccupe pas du bonheur de l'homme, elle veut qu'il s'en rende digne en menant une vie vertueuse.*

Par exemple, il est sans doute conforme au devoir qu'un marchand ne surfasse pas sa marchandise[1] aux acheteurs inexpérimentés ; et, quand il fait un grand commerce, le marchand sage ne surfait jamais, mais il a un prix fixe pour tout le monde, en sorte qu'un enfant peut acheter chez lui tout aussi bien qu'un autre. On est donc *loyalement* servi, mais cela ne suffit pas pour croire que le marchand agit ainsi par devoir et d'après des principes de probité[2] ; son intérêt l'exigeait car il ne peut être ici question d'inclination immédiate[3], et l'on ne peut supposer en lui une sorte d'amour pour tous ses chalands[4] qui l'empêcherait de traiter l'un plus favorablement que l'autre. Voilà donc une action qui n'a été faite ni par devoir, ni par inclination immédiate, mais seulement par intérêt personnel.

Au contraire, si c'est un devoir de conserver sa vie, c'est aussi une chose à laquelle chacun est porté par une inclination immédiate. Or, c'est précisément ce qui fait que ce soin, souvent si plein d'anxiété, que la plupart des hommes prennent de leur vie n'a aucune valeur intrinsèque, et que leur maxime[5] à ce sujet n'a aucun caractère moral. Ils conservent leur vie *conformément au devoir* sans doute, mais non pas par devoir. Mais que des malheurs et un chagrin sans espoir ôtent à un homme toute espèce de goût pour la vie ; si ce malheureux, fort de caractère, plutôt irrité de son sort qu'abattu ou découragé, conserve la vie sans l'aimer, et tout en souhaitant la mort, et ainsi ne la conserve ni par inclination ni par crainte mais par devoir, alors sa maxime aura un caractère moral.

Emmanuel Kant, *Fondements de la métaphysique des mœurs*, 1785.

1. Surfaire la marchandise : vendre trop cher la marchandise.
2. Probité : honnêteté.
3. Inclination immédiate : désir spontané, par opposition au calcul d'intérêt.
4. Chalands : clients.
5. Maxime : principe en fonction duquel une action est décidée.

C. Sartre : l'homme est libre et responsable de ce qu'il choisit d'être

• *Dans son célèbre essai* L'existentialisme est un humanisme, *Sartre explique que l'homme, contrairement aux choses, n'a pas de nature. Cela signifie que tout être humain est libre et responsable de ce qu'il choisit d'être. Un homme est ce qu'il se fait.*

• *Alors que les Anciens s'efforcent de cerner la nature de l'homme pour vivre en accord avec elle, les modernes comme Sartre, soutiennent que l'homme peut s'inventer lui-même en toute liberté parce que son existence n'est prédéterminée par aucune nature. L'idée n'est cependant pas entièrement neuve, puisque Pic de la Mirandole soutient déjà - en 1496 - dans De la dignité humaine que Dieu a laissé à l'homme le soin de définir sa nature par son propre jugement.*

Lorsqu'on considère un objet fabriqué, comme par exemple un livre ou un coupe-papier, cet objet a été fabriqué par un artisan qui s'est inspiré d'un concept ; il s'est référé au concept de coupe-papier [...] Nous dirons donc que, pour le coupe-papier, l'essence – c'est-à-dire l'ensemble des recettes et des qualités qui permettent de le produire et de le définir – précède l'existence ; et ainsi la présence, en face de moi, de tel coupe-papier ou de tel livre est déterminée. Nous avons donc là une vision technique du monde, dans laquelle on peut dire que la production précède l'existence.

Lorsque nous concevons un Dieu créateur, ce Dieu est assimilé la plupart du temps à un artisan supérieur [...] Ainsi, le concept d'homme, dans l'esprit de Dieu, est assimilable au concept de coupe-papier dans l'esprit de l'industriel ; et Dieu produit l'homme suivant des techniques et une conception, exactement comme l'artisan fabrique un coupe-papier suivant une définition et une technique. Ainsi l'homme individuel réalise un certain concept qui est dans l'entendement divin. Au XVIIIe siècle, dans l'athéisme des philosophes, la notion de Dieu est supprimée, mais non pas pour autant l'idée que l'essence précède l'existence. Cette idée, nous la retrouvons un peu partout : nous la retrouvons chez Diderot, chez Voltaire, et même chez Kant. L'homme est possesseur d'une nature humaine ; cette nature humaine, qui est le concept humain, se retrouve chez tous les hommes, ce qui signifie que chaque homme est un exemple particulier d'un concept universel, l'homme [...] Ainsi, là encore, l'essence d'homme précède cette existence historique que nous rencontrons dans la nature.

L'existentialisme athée, que je représente, est plus cohérent. Il déclare que si Dieu n'existe pas, il y a au moins un être chez qui l'existence précède l'essence, un être qui existe avant de pouvoir être défini par aucun concept et que cet être c'est l'homme ou, comme dit Heidegger, la réalité humaine. Qu'est-ce que signifie ici que l'existence précède l'essence ? Cela signifie que l'homme existe d'abord, se rencontre, surgit dans le monde, et qu'il se définit après. L'homme, tel que le conçoit l'existentialiste, s'il n'est pas définissable, c'est qu'il n'est d'abord rien. Il ne sera qu'ensuite, et il sera tel qu'il se sera fait. Ainsi, il n'y a pas de nature humaine, puisqu'il n'y a pas de Dieu pour la concevoir. L'homme est non seulement tel qu'il se conçoit, mais tel qu'il se veut, et comme il se conçoit après l'existence, comme il se veut après cet élan vers l'existence, l'homme n'est rien d'autre que ce qu'il se fait.

[...] Ainsi je suis responsable pour moi-même et pour tous, et je crée une certaine image de l'homme que je choisis ; en me choisissant, je choisis l'homme.

Jean-Paul SARTRE, *L'existentialisme est un humanisme (1946)*, Gallimard, 1996.

PERSPECTIVE 3 La connaissance

1 De quoi s'agit-il ?

- Les questions relatives à la connaissance ont toujours occupé une place importante dans la philosophie. « Que sais-je ? » demande Montaigne, « Que puis-je savoir ? » s'interroge Kant.
- Tout le monde connaît cette célèbre formule attribuée à Socrate : « Je ne sais qu'une chose, c'est que je ne sais rien. » On peut en effet se demander s'il est possible d'atteindre une quelconque vérité. Et si oui, de quelle manière ?

2 Les incontournables

A. Socrate : la sagesse consiste à reconnaître son ignorance

- *Selon Socrate, les hommes prétendent communément savoir ce qu'ils ignorent et prennent leurs opinions pour des connaissances véritables. La véritable sagesse appartient au contraire à celui qui reconnaît qu'il ne sait rien.*

Pour témoigner[1] de ma sagesse, je produirai le dieu de Delphes[2], qui vous dira si j'en ai une et ce qu'elle est. Vous connaissez sans doute Khairéphon. [...] Or, un jour qu'il était allé à Delphes, il osa poser à l'oracle la question que voici – je vous en prie encore une fois, juges, n'allez pas vous récrier –, il demanda, dis-je, s'il y avait au monde un homme plus sage que moi. Or la pythie[3] lui répondit qu'il n'y en avait aucun. [...]

Lorsque j'eus appris cette réponse de l'oracle, je me suis mis à réfléchir en moi-même. « Que veut dire le dieu et quel sens recèlent ses paroles ? Car moi, je n'ai conscience d'être sage en quoi que ce soit, petite ou grande chose. Que veut-il donc dire, quand il affirme que je suis le plus sage ? Car il ne ment certainement pas ; cela ne lui est pas permis. » [...] Je me rendis chez un de ceux qui passent pour être des sages, pensant que je ne pouvais, mieux que là, contrôler l'oracle et lui déclarer : « Cet homme-ci est plus sage que moi, et toi, tu m'as proclamé le plus sage. » J'examinai donc cet homme à fond [...] Il me parut en effet, en causant avec lui, que cet homme semblait sage à beaucoup d'autres et surtout à lui-même, mais qu'il ne l'était point. J'essayai alors de lui montrer qu'il n'avait pas la sagesse qu'il croyait avoir. [...] Tout en m'en allant, je me disais en moi-même : « Je suis plus sage que cet homme-là. Il se peut qu'aucun de nous deux ne sache rien de beau ni de bon ; mais lui croit savoir quelque chose, alors qu'il ne sait rien, tandis que moi, si je n'ai aucun savoir, je ne crois pas non plus savoir. Il me semble donc que je suis un peu plus sage que lui par le fait même que ce que je ne sais pas, je ne pense pas non plus le savoir. »

PLATON, *Apologie de Socrate*, IVe siècle av. J.-C.

1. La scène se déroule au tribunal d'Athènes où Socrate, accusé d'impiété et de corrompre la jeunesse, s'efforce de justifier la manière dont il a mené sa vie.
2. Apollon, dieu de la raison et des arts.
3. Pythie : servante d'Apollon qui rendait ses oracles par son intermédiaire.

B. Descartes : il faut douter de tout pour établir la vérité

• *Considérant que le doute permet d'écarter tout ce qui est incertain (opinions, préjugés, idées toutes faites et souvent mal faites...), Descartes entreprend de douter de tout pour mettre en lumière une vérité indiscutable.*

Il y a déjà quelques temps que je me suis aperçu que, dès mes premières années, j'avais reçu quantité de fausses opinions pour véritables, et que ce que j'ai depuis fondé sur des principes si mal assurés ne pouvait être que fort douteux et incertain ; de façon qu'il me fallait entreprendre sérieusement une fois en ma vie de me défaire de toutes les opinions que j'avais reçues jusques alors en ma créance et commencer tout de nouveau dès les fondements si je voulais établir quelque chose de ferme et de constant dans les sciences [...]

Maintenant donc que mon esprit est libre de tous soins et que je me suis procuré un repos assuré dans une paisible solitude, je m'appliquerai sérieusement et avec liberté à détruire généralement toutes mes anciennes opinions.

René DESCARTES, *Méditations métaphysiques*, 1641.

C. Kant : d'où viennent nos connaissances ?

• *Dans ce passage de la* Critique de la raison pure, *Kant s'interroge sur l'origine de nos connaissances. Il s'oppose aux empiristes qui estiment que toutes nos connaissances dérivent de l'expérience. Pour le philosophe, l'expérience ne nous apprendrait rien si elle n'était pas éclairée par des connaissances* a priori.

Que toute notre connaissance commence avec l'expérience, cela ne soulève aucun doute. En effet, par quoi notre pouvoir de connaître pourrait-il être éveillé et mis en action, si ce n'est par des objets qui frappent nos sens [...]

Mais si toute notre connaissance débute avec l'expérience, cela ne prouve pas qu'elle dérive toute de l'expérience, car il se pourrait bien que même notre connaissance par expérience fût un composé de ce que nous recevons des impressions sensibles et de ce que notre propre pouvoir de connaître (simplement excité par des impressions sensibles) produit de lui-même [...]

C'est donc au moins une question qui exige encore un examen plus approfondi et que l'on ne saurait résoudre du premier coup d'œil que celle de savoir s'il y a une connaissance de ce genre, indépendante de l'expérience et même de toutes les impressions des sens. De telles connaissances sont appelées *a priori* et on les distingue des empiriques qui ont leur source *a posteriori*, à savoir dans l'expérience.

Emmanuel KANT, *Critique de la raison pure* (2e édition), 1787.

Partie 2 Notions

Chapitre 1 L'art

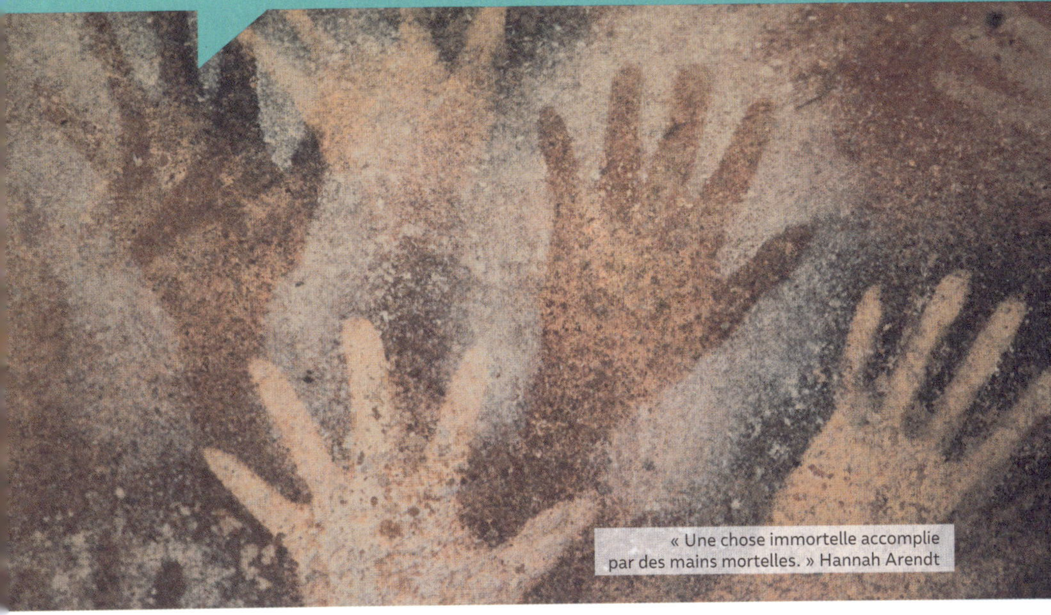

« Une chose immortelle accomplie par des mains mortelles. » Hannah Arendt

FICHE 1

L'art, signe humain par excellence

De quoi s'agit-il ?

Pas d'histoire de l'humanité sans histoire de l'art. Longtemps, l'art a désigné une technique, un savoir-faire, celui de l'artisan en vue de produire des objets. Pensez à l'École des Arts et Métiers. Mais depuis la Renaissance, l'art relève de l'artiste, d'une création unique, non utilitaire.

1 Quelle est la nature de l'œuvre d'art ?

1. Art est synonyme de technique

• L'activité artistique est l'une des premières manifestations de la culture humaine. Le mot *art* désigne, traditionnellement, **toute technique qui résulte d'un apprentissage et permet de produire un résultat.** L'art du tailleur de pierre, du menuisier, de l'architecte ou du poète renvoie à la maîtrise talentueuse d'un métier qui se donne à voir dans une production : une maison, une table, un poème.

2. Arts mécaniques et arts libéraux

• Mais, chez les Grecs et les Romains, toute activité manuelle était dépréciée et réservée la plupart du temps aux esclaves. De là vient la distinction entre les « arts mécaniques » qui visent l'utile, et les « arts libéraux », arts des hommes libres, comme l'étude de la philosophie, de la logique, de la musique.

3. Les beaux-arts

• Depuis le XVIIIe siècle, l'art relève de **l'esthétique**, science qui traite du Beau et du sentiment que le Beau fait naître en nous, et désigne ce qu'on nommait à la Renaissance les « beaux-arts ». Dès lors, l'art apparaît comme un domaine particulier de l'activité humaine. Les œuvres d'art, uniques, se démarquent des productions artisanales et industrielles dont la finalité reste **utilitaire**.

2 Pourquoi l'activité artistique nous importe-t-elle ?

• La création artistique montre que l'homme est capable de **se détacher de l'utilitaire pour créer « autre chose »** et cela dès l'origine de l'humanité. On trouve des témoignages artistiques dans les grottes préhistoriques, et la façon dont les outils les plus anciens étaient taillés atteste d'un souci esthétique évident.

• Les œuvres d'art laissées par les civilisations sont ainsi des **traces** qui nous permettent de mieux appréhender les cultures de l'intérieur. Quelles étaient les préoccupations spirituelles de ces hommes ? Quelle était leur vision du monde ? **Pourquoi l'art concerne-t-il la philosophie ?** L'art n'est pas une simple trace de l'histoire humaine, il est aussi la manifestation d'aspirations métaphysiques.

3 Le besoin d'art

1. Extérioriser ce que l'on est

- L'homme, en tant que vivant, existe immédiatement, comme les choses de la nature. Mais il est cet être conscient, capable de se donner une représentation de lui-même. L'œuvre d'art **extériorise** ce qu'il est. **L'art apparaît comme l'expression d'un besoin essentiellement humain,** universellement partagé. Le paléontologue **Leroi-Gourhan** décèle les traces des premières conduites artistiques de l'homme dans des collections de *curios* (cailloux curieux) et de fossiles découverts dans des habitats du Moustérien (50 000 ans avant notre ère). C'est le premier signe de la « quête du fantastique naturel » qui pousse à créer des formes bizarres.

2. Laisser son empreinte

- Grâce à ses productions artistiques, au sens étymologique, l'homme va transformer son environnement : le travail sur la matière va modifier la réalité extérieure. Il laisse de cette façon sa marque, **son empreinte**, sur cette matière étrangère. C'est pourquoi les œuvres d'art sont le signe donné par certains hommes à d'autres hommes, à travers le temps et l'espace, **signe que le superflu est nécessaire.**

4 Qu'est-ce qu'un artiste ?

1. Un grand travailleur

- Il faut éviter les lieux communs sur l'artiste inspiré créant spontanément un chef-d'œuvre. Les grands artistes sont de grands travailleurs. Ils apprennent pendant de longues années les techniques de leur art. Leur **génie** est ce **« supplément d'âme »** comme l'appelle Bergson. Pour **Kant**, le génie doit posséder originalité, exemplarité, incapacité à « indiquer scientifiquement comment il réalise son œuvre ».

Kant (1724-1804)
Il est indispensable de maîtriser les concepts kantiens sur l'esthétique.
Critique de la faculté de juger (1790).

2. Un génie créateur

- Le génie n'est donc ni un imitateur, ni un maniériste. Inspiré par d'autres génies, il va développer **son propre génie créateur** avec acharnement, souvent au prix d'une certaine marginalité ou d'une indifférence. S'il faut se méfier du mythe de l'artiste maudit, il existe bien une défiance du public devant cette « inquiétante étrangeté », comme le dit Freud, des œuvres nouvelles. Ce sont ces œuvres « inquiétantes » qui laisseront une empreinte, une trace esthétique, spirituelle et culturelle de leur époque.

Mots-clés
- **esthétique**
- **utilitaire**
- **apprentissage**
- **génie**

Mots-repères
- **ressemblance/analogie** p. 310

FICHE 2 Qu'est-ce que l'art ?

De quoi s'agit-il ?

Il y a de l'artifice dans l'art, et de l'art dans l'artifice (artificiel s'oppose à naturel). L'étymologie nous le rappelle. La racine indo-européenne *ar* exprime l'idée d'arrangement, et les sens du mot art ont évolué avec le temps : habileté, ruse, technique, méthode, talent, etc. En latin, talent se dit *artificium*, qui a donné le mot français artifice.

1 L'art est une imitation de la nature

Comprendre la théorie selon Platon

1. Une imitation trompeuse

• Les philosophes antiques **se méfient de l'art**. En effet, la perception d'une œuvre d'art provoque une émotion, une réaction affective, et cette émotion nous détourne de la réalité, c'est-à-dire de la vérité. Dans *La République* (Livre X), Platon n'hésite pas à chasser les poètes de la cité idéale parce qu'ils séduisent même les sages et font prendre l'apparence pour la réalité.

• **L'art travestit doublement le Vrai**. Il imite non la réalité/vérité des Idées, mais l'apparence de notre monde sensible, qui n'est lui-même qu'une image du monde intelligible. Imiter la nature, c'est donc faire une copie de copie ! L'artiste, pour Platon, est un faussaire.

2. La dialectique

• Un seul art échappe à ce jugement négatif : **la dialectique**, art de s'élever de définition en définition jusqu'au Vrai, jusqu'au Bien, synonymes chez Platon. Dans *Le Banquet*, Platon montre comment l'individu passe de l'amour d'un beau corps à l'amour de la belle forme en soi, puis à l'amour de la vertu et de la science pour atteindre l'Idée de Beau, de Bien et de Vrai. Ces trois valeurs forment **l'esthétique platonicienne**. L'art véritable, la dialectique, doit être **moral** et **permettre de se détacher du monde obscur** et fallacieux de la caverne – le nôtre –, pour accéder au monde lumineux du Beau/Bien/Vrai. La dialectique est en ce sens **érotique** puisqu'elle part de l'amour sensible, *Eros*, pour atteindre l'amour intelligible.

2 La *mimèsis* a pour objet la vie humaine

1. L'imitation est une tendance naturelle

• Aristote accorde à l'art un statut différent. Certes, l'art est une **imitation** (*mimèsis*) de la nature, mais cette imitation appartient à la nature même de l'homme. Elle n'est pas dépréciée comme chez Platon. Elle est innée : dès l'enfance, « imiter est une tendance naturelle aux hommes », écrit Aristote (*Poétique*, Livre IV). Ce goût d'imiter permet d'apprendre et de progresser.

2. La *katharsis*

• Aristote pense que **l'art prépare à la connaissance**, en suscitant curiosité et étonnement. Si Platon condamne l'art au nom de la Vérité et de la morale, Aristote défend l'art comme **« purification »** (***katharsis*** – terme repris par la psychanalyse) : la tragédie, par exemple, par la crainte et la pitié qu'elle provoque chez le spectateur, effectue la **« purification » des passions**. L'art aurait des vertus apaisantes.

3 L'art est une prise de conscience

1. Imitation et création

- Pour **Hegel**, l'imitation est une tâche superflue et présomptueuse : pourquoi refaire ce qui existe déjà dans la nature ? L'imitation n'apporte que la satisfaction d'éprouver son habileté technique. Seule la **création réalise la nature humaine**, et le Beau est une forme de la manifestation de l'Esprit. L'art est l'Idée rendue sensible. Hegel distingue **trois grandes périodes** qui sont autant de moments du **développement de l'Esprit :** l'art symbolique (civilisation égyptienne), l'art classique (civilisation grecque), l'art romantique (civilisation chrétienne).

2. L'art est un langage

- Tout art exprime l'Esprit, il est toujours un **langage**. Comme la religion et la philosophie, l'art nous élève vers l'absolu. L'œuvre d'art manifeste la **liberté** de l'homme face à la nature. Imiter la nature n'est pas faire preuve de liberté.

4 L'art est une transfiguration du réel

- L'art est ainsi **lié à l'artifice**. L'artifice est à la fois l'art de tromper et l'habileté, l'ingéniosité. Aujourd'hui, dans l'art, l'artifice implique davantage le **non-naturel** que la tromperie. Mais il y a toujours une **part d'illusion dans l'art** : la perspective, les peintures en trompe-l'œil, en sont des exemples.
- **L'art n'a donc pas pour fin de reproduire fidèlement la nature.** Baudelaire affirme même que la nature est mauvaise conseillère : tout ce qui est Beau résulte de l'artifice. D'ailleurs, si l'art était imitation de la nature, comment pourrions-nous être émus par la musique ou par une peinture non figurative ? Toute chose peut être **transfigurée par l'art**. Telle est la paire de vieux souliers de paysan peinte par Van Gogh. Elle devient belle en tant qu'objet esthétique et nous procure une intense émotion. Les souliers de Van Gogh sont tous les souliers. Ils sont « vivants ». L'homme qui les a portés est rendu présent, car « **l'art ne reproduit pas le visible, il rend visible** », écrit le peintre **Paul Klee**.

Paul Klee
(1879-1940)
Peintre, graveur et écrivain allemand, il découvre l'importance de l'inconscient dans le processus de création. Klee veut « pénétrer l'intérieur et non refléter la surface ».

Mots-clés
- **imitation**
- **transfiguration**

Mots-repères
- **ressemblance/analogie** p. 310
- **transcendant/immanent** p. 311

FICHE 3 À quoi sert l'art ?

De quoi s'agit-il ?

L'art a-t-il une fonction ? L'artiste est d'abord quelqu'un qui travaille et qui porte un intérêt aux œuvres de ses prédécesseurs. Mais c'est surtout quelqu'un qui secoue nos habitudes et nous interroge sur notre monde.

1 L'art, c'est la vie

1. Faire de sa vie une œuvre d'art

• **Nietzsche** pense que l'art est **l'esthétisation de la vie**. Ce n'est pas la création d'une œuvre d'art unique qui importe, c'est de faire de sa vie tout entière une œuvre d'art. L'art, c'est la vie elle-même. Il nous apprend à tolérer, à communiquer, à dire un « oui » tonitruant à la vie, quelle qu'elle soit, et à écarter les forces réactives du ressentiment.

2. L'art est sublimation

• Freud affirme la même idée. L'art est **sublimation**, c'est-à-dire **esthétisation des pulsions.** Créer permet de se débarrasser du refoulé. L'art emprunte sa force aux pulsions fondamentales pour les dériver vers un but de substitution socialement valorisé. Mais Freud dit aussi que, si on peut expliquer par l'analyse psychanalytique les conditions d'apparition d'une œuvre, on ne peut rien dire quant au « don » artistique qui échappe à toute interprétation.

Nietzsche
(1844-1900)

« Nous avons l'art afin de ne pas mourir de la vérité » : seul l'art permet à l'homme de ne pas s'anéantir. L'art est le seul moyen de vivre pleinement sa vie, de faire de sa vie une création. La réflexion de Nietzsche sur l'art est très originale et mérite d'être approfondie.

2 L'art, « délicatesse de goût » et consolation

1. L'art rend heureux

• L'art a une **fonction sociale et philosophique** indéniable. Il serait même une **cure de bonheur** pour certains philosophes. Si la « délicatesse de passion », c'est-à-dire l'extrême sensibilité aux passions, peut nous faire souffrir, dit **Hume**, la « délicatesse de goût », c'est-à-dire l'extrême sensibilité aux beautés, peut nous guérir. En effet, « rien n'améliore autant le caractère que l'étude des beautés ». **L'art rend heureux** et cultive l'amitié.

2. L'art est un remède

• Dans une vision pessimiste du monde comme celle de Schopenhauer, l'art est une **consolation provisoire**. Vivre, c'est souffrir : l'art est un moyen de se délivrer provisoirement de

David Hume
(1711-1776)

Philosophe anglais empiriste, il critique vivement tous les dogmatismes et s'attaque surtout aux notions de substance spirituelle et de causalité. Le problème central de la philosophie n'est plus « Qu'est-ce que connaître ? » mais devient « Comment connaissons-nous ? ». Le sujet est sujet de la connaissance elle-même. C'est en ce sens qu'il est le précurseur de Kant.

Essais esthétiques (1741-1777).

cette souffrance. Il change la douleur en représentation, c'est-à-dire en œuvre d'art. L'art est un remède. Toutefois, il ne délivre de la souffrance de la vie que pour un court laps de temps.

3 L'art est communication

- Comme le dit Bergson, l'art **démasque la réalité cachée par le langage**, par les conventions sociales, par les cadres rigides de l'éducation. Il est **sympathie**, c'est-à-dire partage. « Voir avec des yeux de peintre, c'est voir mieux que le commun des mortels. » C'est ce qu'écrivait Van Gogh à son frère Théo : « Tu verras, ces toiles te diront ce que je ne peux pas exprimer par la parole ».
- L'art est une **quête de l'autre**. L'autre, ce peut être Dieu, comme une confrontation de créateur à créateur. L'autre, ce peut être soi, ce même qui nous échappe mais aussi nous émancipe et permet le dépassement de soi. L'art inquiète, trouble quelque chose de notre être.
- L'art peut aussi être **insurrectionnel**. Pour les surréalistes, et avant eux Rimbaud, il faut « se faire voyant », sonder les rêves, l'inconscient, multiplier les expériences. L'art ne doit subir aucune contrainte.

4 Le rôle de l'artiste

1. Désapprendre

- L'artiste nous propose de **désapprendre** notre perception habituelle des choses. C'est pourquoi il y a une méfiance de la société devant des **productions non rentables**. Certes, l'art est l'objet d'un marché mais l'œuvre d'art, dans son essence, n'est pas une marchandise. Son prix ne se calcule ni au temps passé pour la réaliser ni aux matériaux utilisés. Toutes les œuvres contemporaines interrogent l'homme sur sa façon d'être au monde. Marcel Duchamp parle de « beauté d'indifférence » et fit scandale en 1917 à New York en exposant un urinoir signé R. Mutt qu'il intitule *Fontaine*. Il invente les objets d'art manufacturés ou *ready-made*. La question n'est plus : « Qu'est-ce que l'art ? », mais : « **Quand y a-t-il art ?** »

2. Art et société

- On comprend pourquoi l'artiste est tenu à distance par les pouvoirs politiques, en particulier les pouvoirs totalitaires. **Aucun art n'est socialement « innocent »**. L'artiste contemporain nous rend visible notre monde : celui de la consommation, de l'éphémère, de la vitesse, du vide. Il montre que notre vie n'est plus liée au sacré, mais à la **production de masse**. « Nous avons délaissé la valeur du culte au profit de la valeur d'exposition », écrit Walter Benjamin en 1936. La naissance des musées au XIXe siècle a été la mort de la manifestation des dieux dans l'art.

Mots-clés

- **esthétisation**
- **sublimation**
- **pulsion**
- **production de masse**

Mots-repères

- **transcendant/immanent** p. 311
- **universel/général/particulier/singulier** p. 311

FICHE 4

Art et sentiment esthétique

De quoi s'agit-il ?

Qui dit art, esthétique, ne peut contourner la notion du Beau. Mais qu'est-ce que le Beau ? L'esthétique est la réflexion philosophique sur l'art. Néanmoins, on peut s'interroger sur l'expérience esthétique et se demander si elle ne requiert pas certaines conditions sociales et culturelles, et si ce plaisir n'est pas le fruit d'un apprentissage et d'une accoutumance que seul un certain type d'éducation favorise.

1 L'agréable n'est pas le Beau

1. Le Beau est désintéressé

• Au XVIIIe siècle, Kant jette les bases de l'esthétique moderne. L'âme humaine possède trois facultés essentielles : **connaître, expérimenter et ressentir du plaisir et de la peine**. Cette dernière faculté lie les deux autres. **L'esthétique, théorie de la sensibilité,** appartient à cette faculté de liaison. Kant distingue ensuite le **Beau** de l'**agréable** : l'agréable est toujours lié à un intérêt, à un désir, alors que **le Beau est toujours désintéressé**, c'est-à-dire sans autre finalité qu'une libre contemplation. L'œuvre n'est au service de rien d'autre qu'elle-même. Affranchi des obligations de la morale aussi bien que des inclinations, **le Beau n'est contraint par rien**.

Comprendre la pensée de Kant

2. À chacun son goût ?

• « À chacun son goût » est un principe valable pour tout ce qui est agréable : il m'est agréable de croquer une pomme, de boire un verre de jus d'orange, et je peux concevoir que d'autres n'apprécient ni les pommes ni le jus d'orange. Il n'en va pas de même pour le Beau. La beauté requiert d'être universellement reconnue : **« Le Beau est ce qui plaît universellement sans concept »**, affirme Kant. Certes, dire qu'une œuvre est belle, c'est énoncer un jugement subjectif, mais qui affirme en même temps que cette beauté peut être conçue par autrui.

Critique de la faculté de juger de Kant

2 Universalité du jugement de goût

1. Le Beau plaît sans concept

• Que signifie « sans concept » ? Cela signifie que le **jugement de goût**, toujours singulier et subjectif, n'aboutit pas à une connaissance, à une universalité logique. Existe-t-il alors un critère universel du Beau ? Non, mais **je suppose qu'autrui possède les mêmes facultés que moi**, sinon comment pourrions-nous communiquer ? Le jugement de goût ne se fonde donc pas sur des concepts logiques mais sur **l'intuition,** sur l'harmonie de l'imagination et de l'entendement, c'est-à-dire sur les facultés sensibles et intellectuelles que tout homme possède partout dans le monde, facultés identiques en chacun. Le Beau concilie le jugement particulier et le goût universel.

2. Le Beau n'est pas dans les choses

- Attention cependant : le Beau n'est pas du côté de l'objet mais **du côté de l'état affectif du sujet :** le Beau est ce qui plaît et ce plaisir est en nous, et non dans l'objet considéré.

3 Le Beau échappe-t-il au temps ?

1. Il n'y a pas de progrès en art

- L'art est lié au temps. Il existe une histoire de l'art (celle d'Élie Faure par exemple). Depuis la Préhistoire, l'art accompagne l'homme et témoigne des civilisations passées. Mais la notion d'histoire implique celle d'**évolution** : peut-on parler de **progrès** dans l'art ?
- Certes, il existe des progrès techniques : la photographie, le cinéma utilisent de nouveaux procédés numériques et le matériel se perfectionne sans cesse. Mais on ne peut pas parler de progrès en art comme on le fait en science : la biologie a progressé depuis Lamarck, mais Picasso a-t-il progressé par rapport à Rembrandt ? L'art du passé n'est jamais dépassé.

2. L'art est éternel

- En fait, l'art véritable **échappe au temps**. C'est pourquoi nous sommes encore « ravis » – c'est-à-dire emportés et enthousiasmés – par l'art grec, roman ou primitif. La foule se presse aux expositions de Botticelli, de Vermeer ou d'Andy Warhol. Il est d'ailleurs intéressant de noter que l'on pénètre plus facilement dans l'art d'une autre époque que dans celui de la sienne. L'art reconnu, officialisé, ne dérange plus. Décalé par rapport à son siècle, l'artiste est souvent socialement valorisé un peu plus tard. Songez au scandale que déclenchèrent le *Déjeuner sur l'herbe* de Manet, le jazz, les premiers films de Buñuel.
- L'art exige de nous que nous soyons **disponibles.** Disponibles pour cette aventure de communion avec l'œuvre qui s'expose, nous montre autre chose du monde et de nous-mêmes. Il faut oser sortir de soi-même et y revenir transformé : l'art, « un pas hors de l'humain », écrit le poète Paul Celan. Avec la philosophie, l'art est la seule expérience désintéressée que nous puissions avoir : **elle signe notre humanité**.

Mots-clés
- **agréable**
- **Beau**
- **intuition**
- **jugement de goût**
- **progrès**
- **évolution**

Mots-repères
- **transcendant/immanent** p. 311
- **universel/général/particulier/singulier** p. 311

> L'art

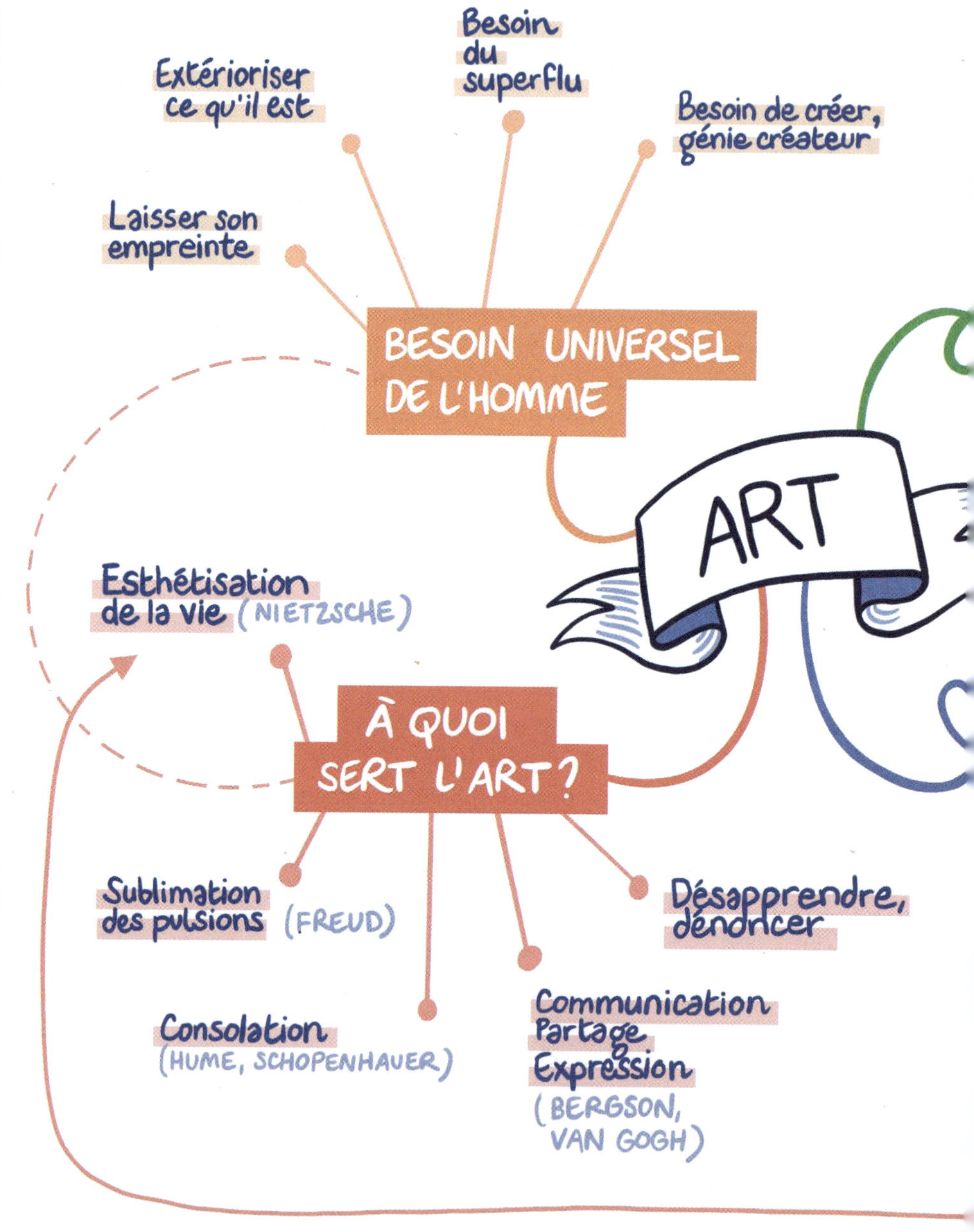
ART
BESOIN UNIVERSEL DE L'HOMME
Laisser son empreinte
Extérioriser ce qu'il est
Besoin du superflu
Besoin de créer, génie créateur
À QUOI SERT L'ART ?
Esthétisation de la vie (NIETZSCHE)
Sublimation des pulsions (FREUD)
Consolation (HUME, SCHOPENHAUER)
Communication Partage Expression (BERGSON, VAN GOGH)
Désapprendre, dénoncer

CARTE MENTALE

QU'EST-CE QUE L'ART ?

- Imitation de la nature (PLATON, ARISTOTE)
- Katharsis (ARISTOTE)
- Idée rendue sensible (HEGEL)
- Transfiguration

LE SENTIMENT ESTHÉTIQUE

Agréable ≠ Beau (KANT)

↓

Universalité du jugement de goût (KANT)

↓

L'art échappe au temps

N'hésite pas à construire ta propre carte mentale

Fiche test *Je fais le point*

QCM

10 min

◯ À revoir
◯ Acquis

Pour chaque question, déterminer la ou les bonnes réponses.
Chaque question peut rapporter jusqu'à un point, un demi-point dans le cas d'une erreur et aucun point dans le cas de deux erreurs ou plus.

1 Le mot *art* désigne traditionnellement toute technique qui résulte d'un apprentissage et permet de produire un résultat : une maison, une table, un poème... L'opposition de l'art et de la technique n'apparaît ainsi que tardivement dans l'Histoire, avec la Révolution industrielle.

◯ Vrai ◯ Faux

2 Les traces des premières conduites artistiques de l'homme remontent à plus de 50 000 ans. L'art est ainsi une des premières manifestations de la culture humaine.

◯ Vrai ◯ Faux

3 Ce célèbre philosophe grec de l'Antiquité voyait dans l'artiste un faussaire imitant les apparences sensibles.

◯ a. Platon
◯ b. Aristote
◯ c. Épicure

4 Selon Aristote, le principal élève de Platon, l'art est :

◯ a. une forme d'imitation.
◯ b. une *Katharsis*.
◯ c. un artifice trompeur.

5 Hegel soutient dans l'*Esthétique* que l'art doit imiter la nature.

◯ Vrai ◯ Faux

6 Hegel définit le Beau comme la manifestation sensible de l'idée.

◯ Vrai ◯ Faux

7 Selon le peintre Paul Klee, « l'art ne reproduit pas le visible... » :

◯ a. « il le rend invisible ».
◯ b. « il rend visible ».
◯ c. « il trouble notre vision des choses ».

8 Pour Nietzsche, vouloir faire de sa vie une œuvre d'art est une erreur.

◯ Vrai ◯ Faux

9 Schopenhauer fait de l'art :

◯ a. le secret du bonheur.
◯ b. une consolation provisoire.
◯ c. une source de souffrance.

10 Selon Bergson, l'art exprime ce que les mots ne peuvent traduire.

◯ Vrai ◯ Faux

11 Complétez cette phrase de Van Gogh : « Tu verras, ces toiles te diront... »

◯ a. « le mystère de la vie. »
◯ b. « ce que je ne peux pas exprimer par la parole. »
◯ c. « qui je suis. »
◯ d. « qui tu es. »

12 L'artiste franco-américain Marcel Duchamp a fait scandale en exposant un urinoir baptisé « Fountain », à New York en 1917.

◯ Vrai ◯ Faux

13 Kant assimile le beau à l'agréable.

◯ Vrai ◯ Faux

14 « À chacun son goût », dit-on. Kant défend-il ce principe ?

◯ a. Oui
◯ b. Non
◯ c. Oui et non

15 Selon Kant, le Beau plaît universellement.

◯ Vrai ◯ Faux

SCORE : ____ / 15

Analyser le sujet

MÉTHODE

- Avant de chercher à répondre à la question posée, interrogez-vous sur son sens et sur celui des termes qui la composent.
- Ne cherchez pas forcément la définition de chaque terme, comme s'il n'y en avait toujours qu'une.
- Donner dès le départ une définition catégorique et définitive des termes reviendrait à paralyser la réflexion.
- Chaque mot a son importance. Notez toutes les idées qui vous viennent à l'esprit.

ÉNONCÉ

L'art nous éloigne-t-il du réel ?

CORRIGÉ

Analyse des termes

- Qu'est-ce qu'on appelle « art » ? La définition-même du terme fait problème et constitue une dimension importante du sujet. L'art a été défini comme la production de la beauté par l'homme. Mais l'art moderne vise plutôt le sens. Si l'art consiste, comme le dit Platon, à imiter les apparences, on comprend qu'il puisse nous éloigner du réel.
- Le mot art est utilisé ici au singulier, mais peut-on parler de l'art en général : ce qui est vrai pour la peinture par exemple, vaut-il aussi pour la musique ?
- Le terme « réel » n'est pas moins problématique. Il s'oppose à apparence, à imaginaire, fictif, illusion... Qu'est-ce qui est vraiment réel est une question philosophique « classique ». Le réel correspond-il à ce que l'on perçoit ? Pour Platon, paradoxalement, les Idées sont la vraie réalité.
- Le verbe « éloigner » doit aussi retenir votre attention. Si je m'éloigne du sujet dans une dissertation, je le perds de vue et ce que j'écris cesse d'être pertinent. Mais s'éloigner, c'est aussi prendre de la distance, du recul pour faire disparaître les détails et percevoir l'essentiel et donc... ce qui est vraiment réel pour Platon : l'Idée ou l'essence !

Corrigés *Je fais le point*

1. **Vrai.** Avant la Révolution industrielle, le mot art était d'ailleurs utilisé pour désigner ce que nous appelons aujourd'hui *technique*. CHAPITRE 11 p. 157

2. **Vrai.**

3. **b)** En imitant les apparences, l'art nous éloigne de la vraie réalité, c'est-à-dire de ce que Platon appelle les Idées. CHAPITRE 12 p. 157

4. **a)** et **b)** Platon estime que l'art nous trompe en imitant les apparences. Aristote, son disciple, admet que l'art est imitation, mais à ses yeux celle-ci nous permet d'apprendre. Il fait aussi de l'art une *Katharsis*, c'est-à-dire une purification.

5. **Faux.** L'art quand il se borne à imiter la nature (le réel) est « un travail superflu » et « un jeu présomptueux » déclare Hegel.

6. **Vrai.** Cela signifie qu'une œuvre d'art exprime une idée sous une forme intuitive, sensible. Le Beau serait ainsi apparenté au vrai.

7. **b)** Selon Klee : « L'art ne reproduit pas le visible, il rend visible », il révèle le réel.

8. **Faux.** Selon Nietzsche, l'art est l'esthétisation de la vie. En d'autres termes, faire de l'art, c'est embellir la vie.

9. Schopenhauer, la vie oscille comme un pendule, de droite à gauche, passant de la souffrance liée au désir, à l'ennui... L'art peut nous consoler (provisoirement) en nous faisant échapper à cette triste mécanique.

10. **Vrai.** « Le langage échoue à traduire entièrement ce que notre âme ressent », écrit Bergson. L'art, lui, y parviendrait. CHAPITRE 9 p. 129

11. **b)** « Tu verras, ces toiles te diront ce que je ne peux pas exprimer par la parole. »

12. **Vrai.** Cela fit scandale, cependant le geste a du sens, il interroge : qu'est-ce que l'art ? Qu'est-ce qui est de l'art ? Comment distinguer une œuvre d'art d'un objet quelconque ?

13. **Faux.** L'agréable, c'est ce qui plaît au sens. Le Beau s'adresse aussi à l'imagination et à l'intelligence (l'entendement).

14. **c)** Oui et non. « À chacun son goût ». Le principe vaut pour l'agréable : chacun est libre d'aimer les huîtres ou pas ; mais pas pour le beau qui, en droit, « plaît universellement » comme dit Kant. De ce point de vue, contrairement à ce qu'on admet communément, on peut discuter des goûts (artistiques) dans l'espoir de parvenir à un accord.

15. **Vrai.** Il y a une prétention à l'universalité du jugement de goût (jugement esthétique). « Quand je dis qu'une chose est belle, j'estime à bon droit qu'elle doit plaire à tout homme », estime Kant.

Chapitre 2 Le devoir

« Agis comme si la maxime de ton action devait être érigée par ta volonté en loi universelle de la nature. » Kant

FICHE 1 Le devoir est une obligation morale

De quoi s'agit-il ?

Étymologiquement, le devoir est une obligation morale intérieure. Kant est, par excellence, le philosophe qui a mené le plus loin l'analyse de la notion de devoir. Il a libéré la réflexion éthique de toutes les autorités (notamment religieuses) et références extérieures à la raison humaine. « La raison pure est pratique par elle seule et donne à l'homme une loi universelle que nous nommons la loi morale. »

1 Le devoir se fonde-t-il sur une transcendance ?

1. « À l'origine était le Verbe »

- Et le Verbe a commandé. Le devoir est un commandement divin. Les dix commandements de la Bible sont les premiers devoirs de l'humanité. C'est la voix de Dieu en nous. Platon voit dans le devoir la prise de conscience du Bien. **Si le devoir se fonde sur une transcendance, il reste extérieur à l'homme**.

2. L'homme, un être de devoir

- **L'homme est-il un être de devoir** comme il est un animal social ? Kant postule que tout être humain est virtuellement un être de devoir et qu'il s'agit de comprendre comment actualiser cette virtualité. Le devoir est une manière d'agir qui n'est pas la manière d'agir de la nature soumise au déterminisme.

2 La connaissance intime du devoir

1. Le remords

- **Le remords** de ne pas avoir accompli son devoir est sans doute le signe de cette présence en nous de la conscience du Bien et du Mal. Caïn peut bien s'enfuir au bout du monde après avoir tué son frère Abel, il est obsédé en permanence par son souvenir, « et l'œil dans la tombe regardait Caïn » *(La Conscience*, dans *La Légende des siècles*, Victor Hugo).

2. Un instinct divin

- Rousseau considère le devoir comme un instinct et l'identifie à la conscience : « Il est au fond des âmes un principe inné de justice et de vertu... C'est à ce principe que je donne le nom de conscience ! instinct divin, immortelle et céleste voix ». La **mauvaise conscience**, plus fréquente que le remords, nous reproche certaines actions, certaines paroles. Nous saurions donc au fond de nous ce qu'est le devoir, la bonne intention.

Remarque

La morale semble varier selon les époques et les cultures. Rousseau estime qu'il existe une morale universelle valable partout et en tout temps : on trouve partout les mêmes idées de justice et d'honnêteté, partout les mêmes notions de Bien et de Mal. Cette morale universelle reposerait sur une connaissance « instinctive » du Bien et du Mal, c'est-à-dire sur des sentiments naturels comme la pitié. Notre cœur nous dirait, peut-être plus sûrement que notre raison, ce que nous devons faire.

3 Le devoir comme impératif catégorique

• « Je dois toujours me conduire de telle sorte que je puisse aussi vouloir que ma maxime devienne une loi **universelle** », écrit Kant. L'impératif catégorique est le pilier de la morale kantienne. En d'autres termes, il faut toujours **agir de la façon dont on souhaite que les autres agissent**. On ne peut, par exemple, faire une fausse promesse pour se tirer d'embarras, car si cette attitude était érigée en norme, elle se détruirait elle-même : plus personne ne croirait aux promesses. Seul le respect des promesses peut donc être érigé en **loi universelle**.

• Kant cherche à fonder la morale sur une **décision** qui relève à la fois de la volonté libre du sujet et qui s'impose à tous. La maxime morale se présente sous la forme d'un **impératif**, librement consenti, et non par un commandement comme le font les lois. Elle se veut **universelle** en ce sens qu'elle est applicable en tout temps et tout lieu et n'est pas liée à des mœurs ou coutumes particulières. L'impératif catégorique s'impose comme un précepte simple et sans équivoque à tous les hommes doués de raison et de bonne volonté. La règle **morale** n'a d'autre justification qu'elle-même : **« il faut parce qu'il faut »**. Pour Kant, c'est le devoir lui-même qui est le Bien. Le devoir ne repose que sur lui-même. Dans tous les cas, l'idée de devoir suppose la liberté de celui qui fait son devoir.

4 Le devoir, une exigence morale

1. Le devoir : une obligation que je m'impose librement

• Les lois de la nature sont soumises au déterminisme, et sont inviolables. Les lois humaines sont issues de la raison et ont ceci de particulier : l'homme peut les violer. On ne peut pas contraindre physiquement un homme à faire son devoir.

• **L'universalité du devoir repose sur la rationalité de la loi morale :** mon action doit pouvoir être érigée en principe d'action valable pour tous les hommes. Le voleur, par exemple, est en contradiction avec lui-même, car il ne peut vouloir que les autres agissent envers lui comme il agit envers certaines personnes. Il agit selon son intérêt immédiat mais non selon sa nature d'être rationnel.

2. Nos devoirs sont universels

• L'action immorale, en fait, est d'abord un manque de respect envers soi, et par conséquent envers l'humanité. Agir moralement, ce n'est pas agir en vue d'une fin (obtenir de l'argent, des honneurs, se faire aimer ou admirer, etc.), mais agir parce qu'il faut faire son **devoir par pur devoir**. Tel est l'impératif catégorique.

Mots-clés
- **universalité**
- **obligation morale**

Mots-repères
- **obligation/contrainte** p. 308
- **origine/fondement** p. 309
- **universel/général/particulier/singulier** p. 311

FICHE 2 Que dois-je faire ?

De quoi s'agit-il ?

C'est la question centrale du devoir. L'analyse kantienne est incontournable. Pas de devoir sans liberté ni volonté autonome de se déterminer par soi-même.

1 Faire son devoir par devoir

1. La bonne volonté

- Le Bien est obéissance à une loi morale universelle dans laquelle chaque personne se reconnaît et que chacun doit mettre en pratique. Rien n'est vraiment bon en ce monde qu'une **bonne volonté**, une intention absolument pure, c'est-à-dire une intention de faire le bien, non pas parce qu'on a envie de faire le bien envers certaines personnes, non pas par inclination sensible, mais par devoir.

2. Impératif catégorique et impératif hypothétique

- Il s'agit donc de commandement que l'homme se donne à lui-même. Un commandement est un **impératif**, du latin *imperare*, ordonner, commander. Kant distingue **l'impératif catégorique** et l'impératif hypothétique. **L'impératif hypothétique** ou conditionnel ordonne **sous condition**. Il est subordonné aux règles de l'habilité ou aux conseils de prudence : « Travaille, si tu veux réussir », par exemple. **L'action est un moyen en vue d'un résultat.**

2 Les trois maximes de l'impératif catégorique

1. Une seule exigence fondamentale

- **L'impératif catégorique** est le seul qui soit **moral** car il **ordonne sans condition**. Il n'y aurait qu'un seul impératif catégorique : « Agis uniquement de telle sorte que la maxime de ton action puisse devenir en même temps une loi universelle », écrit Kant dans *Les Fondements de la métaphysique des mœurs*. Ce **principe d'universalité** revient à considérer l'être raisonnable comme une fin en soi.

- **La première maxime** insiste sur le **fondement du devoir** qu'est l'universalité, sans laquelle il ne peut y avoir de devoir comme obéissance à une loi. En effet, toute particularité détruirait la loi en lui faisant perdre son essence d'être « pour tous ».

- **La deuxième maxime** dit ceci : « Agis de telle sorte que tu traites l'humanité dans ta personne aussi bien que dans celle d'autrui toujours en même temps comme une fin et jamais comme un simple moyen ». **La personne justifie l'impératif catégorique**. La morale revient à respecter la raison qui a pour conséquence le respect de la personne humaine.

- **La troisième maxime** conclut : « Considère l'ensemble des êtres raisonnables comme formant un Empire des Fins dans lequel chacun est à la fois législateur et sujet, et comporte-toi en membre de l'Empire des Fins ». Il faut toujours traiter la personne humaine comme une fin, jamais comme un moyen. Kant distingue l'**autonomie** (obéir à la loi qu'on s'est prescrite et valable pour tous), de l'**hétéronomie** (obéir à une loi extérieure), déterminée par une loi de l'intérêt, de la sensibilité, de la prudence, bref de la nature et non de la raison.

2. Le respect inconditionnel de la personne humaine

- L'impératif catégorique commande donc à l'individu de respecter la personne en elle-même et en chaque être humain. La conscience morale concerne le Bien et le Mal, **ce qui doit être ou ce qui ne doit pas être**. La première loi du devoir est celle de l'**inviolabilité de la personne humaine**. Le premier souci de l'homme est l'autre face à lui, la personne. Si je ne me soucie que de moi, je n'accomplis pas d'acte entièrement moral. C'est à partir du moment où je considère autrui que mon acte devient moral. Un seul individu suffit pour déterminer la valeur de mon acte. **Une seule personne contient en elle l'humanité tout entière**.

3 Qu'est-ce qu'une personne ?

1. Un masque de théâtre

- **La personnalité est ce qui compose l'individu** : elle est singulière, sociale, historique ; alors que **la personne est universelle**, c'est le sujet moral. Mais la personne n'est pas ce que je vois d'autrui, ni ce qu'autrui voit de moi. Ce que je vois est un personnage. Il y a **décalage** entre l'image que je donne de moi et ce que je ressens être moi au plus intime de moi. D'ailleurs, personne vient du latin *persona*, masque de théâtre, et plus particulièrement masque de la tragédie.

2. Sujet moral et de droits

- C'est avec le christianisme que se développe l'idée de la **personne comme sujet moral responsable**. Kant en fait l'axe de sa réflexion, et Sartre reprendra son analyse. La notion de personne est donc le fruit d'une élaboration historique. La personne est aujourd'hui une conscience individuelle dotée de liberté, qui doit être respectée. La caractéristique essentielle de la personne c'est donc le devoir moral, ce **« Tu dois, tu peux »** kantien qu'elle s'adresse à elle-même, par lequel elle manifeste sa liberté d'obéir à une loi morale qu'elle fonde par sa raison. **Avec Kant, l'homme devient une personne, sujet moral et sujet de droits**.

Remarque

La distinction des personnes et des choses est au cœur de la morale kantienne. Une personne est une fin en soi et doit faire l'objet d'un respect absolu ou inconditionnel. Une chose au contraire n'est pas une fin en soi, mais seulement un moyen, elle n'a aucun droit. Mais qu'en est-il des animaux ? Leur statut, intermédiaire entre les personnes et les choses soulève des questions morales et juridique. Par ailleurs Hans Jonas, prétend accorder des droits à la biosphère. La « nature » deviendrait ainsi une fin en soi et un sujet de droits à l'instar d'une personne.

Mots-clés

- **impératif catégorique**
- **personne**
- **sujet moral et sujet de droits**

Mots-repères

- **obligation/contrainte** p. 308
- **origine/fondement** p. 309

FICHE 3

Critiques de la conception kantienne

De quoi s'agit-il ?

Peut-on fonder rationnellement l'exigence morale du devoir ?
La raison peut-elle fonder seule une exigence morale ?

1 L'idée d'obligation est absente de la morale grecque

- « Jamais les Anciens n'ont conçu l'idéal moral sous la forme d'une loi ou d'un commandement » écrit Victor Brochard. Il n'y a de mot, ni en grec, ni en latin pour l'exprimer ». « Il n'y a point, dans la morale grecque, un "impératif", mais seulement un "optatif". Cette morale donne des conseils, non des ordres », continue Brochard. Car il s'agit d'être heureux dans la vie présente et non dans une autre vie hypothétique.

- Les Anciens vivent **ici et maintenant**. Il n'y a pas opposition entre morale et bonheur. L'opposition apparaît avec l'idée du péché originel. « La nature humaine est pervertie depuis le péché originel et l'homme juste doit souffrir en ce monde pour mériter dans l'autre le bonheur des justes. Par la souffrance il rachète le péché et il mérite le bonheur dans l'au-delà », écrit Kant : il faut donc faire son devoir par devoir et espérer.

Le péché originel

2 La raison peut être impuissante

- Aristippe de Cyrène, disciple de Socrate et fondateur de l'école cyrénaïque, affirmait que « si les lois disparaissaient, notre vie n'en serait pas changée ». Cela signifie qu'il faut, avec ou sans lois, **savoir se maîtriser**, et que ce ne sont pas les lois extérieures qui nous apprennent à le faire. Selon Aristippe, **la raison est impuissante** à établir une quelconque vérité scientifique ou morale. Toutes les lois sont des conventions. Seule l'existence de nos impressions et affections est sûre. **La seule règle de vie rationnelle consiste à suivre notre nature animale**, qui spontanément cherche le plaisir et fuit la douleur. C'est pourquoi Aristippe est indifférent à la disparition des lois.

- Ainsi, désirer vivre selon la raison peut conduire à des positions existentielles différentes :
  - Kant aboutit à une conception de la raison comme fondatrice de la cité, de la liberté et du devoir moral envers la personne ;
  - Aristippe estime que la raison est impuissante à construire le lien social. D'ailleurs, la personne comme fin en soi n'est pas une problématique grecque.

3 La morale de Kant conduit à une transcendance

- Kant veut fonder le devoir sur la seule volonté bonne et la rationalité de la loi morale à laquelle chacun s'oblige à obéir puisqu'elle émane justement de ce qu'il y a de plus

universel en l'homme. Mais finalement, pour donner un sens à la morale, Kant postule l'existence de Dieu et l'immortalité de l'âme. La morale conduit à la religion. Kant en revient à une **transcendance** alors qu'il voulait s'en détacher.

• Nietzsche compare l'homme rationnel kantien, qui porte le devoir comme un fardeau, au chameau qui porte de lourdes charges, et en matière de morale un chameau qui aime à se charger du poids de ses devoirs.

4 Existe-t-il une exigence morale ?

1. La voix de la conscience est-elle celle de la société ?

• Il n'existerait donc pas d'impératif. Ce serait faire abstraction de la relativité des mœurs, de la position sociale que l'on occupe, de ses aspirations, etc. La conscience morale ne serait-elle alors qu'une expression de la conscience collective et faire son devoir serait-il obéir aux **impératifs sociaux** ?

2. La généalogie de la morale

• Ni la conscience morale moraliste de Kant, ni la société ne doivent juguler notre vouloir-vivre. Bref, n'oublions pas le foisonnement de la vie, dit Nietzsche. **La vertu doit être individuelle**. Nietzsche désacralise la morale. La méthode généalogique consiste à montrer que les conduites morales sont l'expression d'une succession d'attitudes face à la vie. Les doctrines morales se réduisent historiquement à deux types : la morale des esclaves et la morale des maîtres.

Découvrir l'œuvre de Nietzsche (1)

• Il faut alors risquer un **double pari** du devoir :
- le pari de la **voix universelle de la conscience**, voix d'Antigone face à Créon ;
- le pari de **l'origine rationnelle** du devoir, pari que l'homme est capable de surmonter son égoïsme, ses intérêts **particuliers**, ses passions, pour privilégier la dignité de la personne. Une morale du devoir fondée sur l'amour est peut-être une façon de s'élever au-dessus de la violence individuelle et sociale et de passer du « je » au « tu » puis au « nous ». Saint-Augustin disait : « Aime et fais ce que tu veux », à quoi répondait le positiviste Auguste Comte : « L'amour pour principe » et « Vivre pour autrui ».

Découvrir l'œuvre de Nietzsche (2)

Mots-clés
- **vertu**
- **impératifs sociaux**
- **transcendance**

Mots-repères
- **obligation/contrainte** p. 308
- **universel/général particulier/singulier** p. 311

> Le devoir

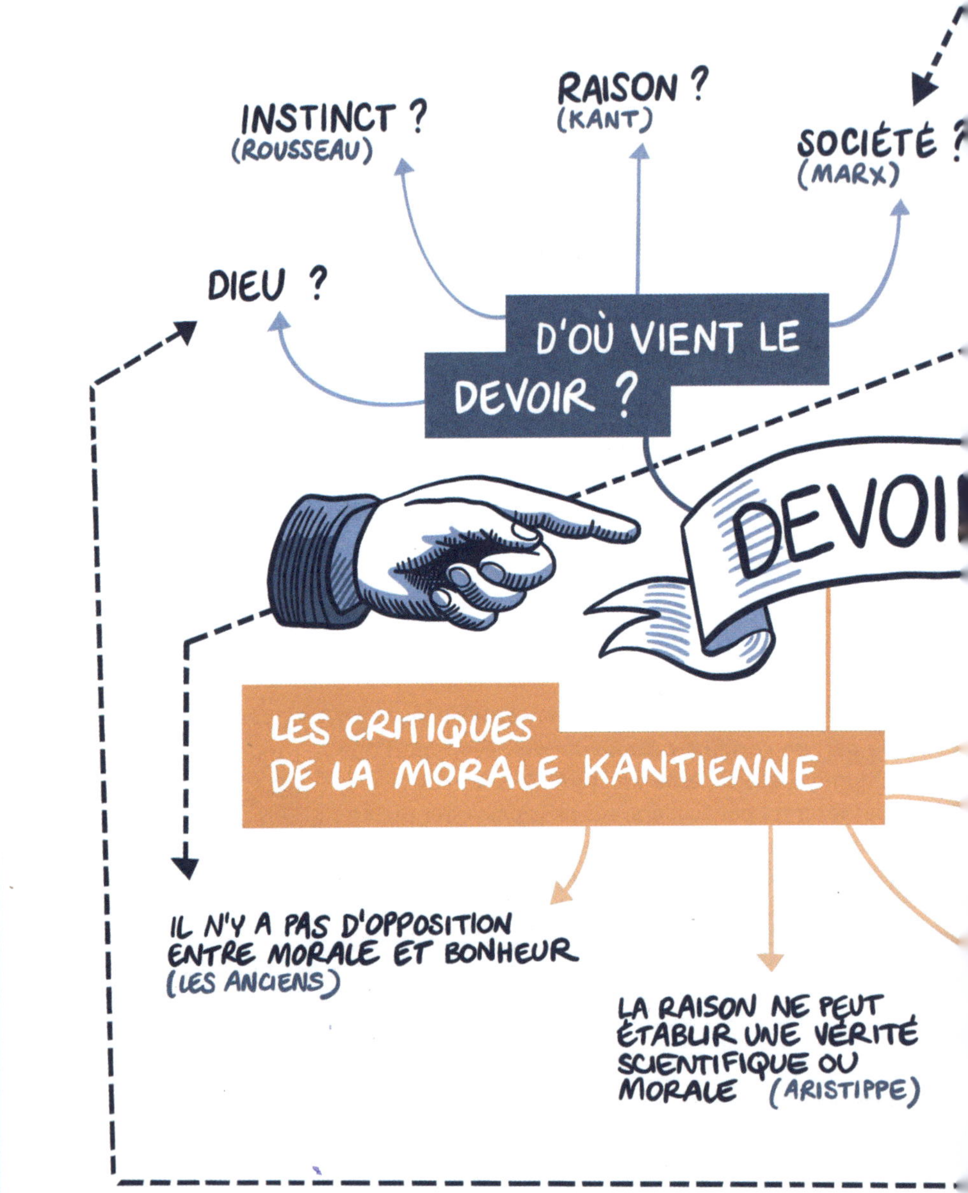
RAISON ?
(KANT)
INSTINCT ?
(ROUSSEAU)
SOCIÉTÉ ?
(MARX)
DIEU ?
D'OÙ VIENT LE DEVOIR ?
DEVOI
LES CRITIQUES DE LA MORALE KANTIENNE
IL N'Y A PAS D'OPPOSITION ENTRE MORALE ET BONHEUR
(LES ANCIENS)
LA RAISON NE PEUT ÉTABLIR UNE VÉRITÉ SCIENTIFIQUE OU MORALE (ARISTIPPE)

CARTE MENTALE
FAIRE SON DEVOIR PAR DEVOIR ET NON PAR INTÉRÊT (KANT)
L'IMPÉRATIF CATÉGORIQUE (KANT)
QUE DOIS-JE FAIRE ?
RESPECT DE LA PERSONNE HUMAINE (KANT, CHRISTIANISME)
DEVOIR REFLÈTE LA SOCIÉTÉ
LA VERTU DOIT ÊTRE INDIVIDUELLE (NIETZSCHE)
MORALE DE KANT
STULE L'EXISTENCE
DIEU ET L'IMMORTALITÉ
L'ÂME
KANT
N'hésite pas à construire ta propre carte mentale

Fiche test *Je fais le point*

QCM

5 min

- À revoir
- Acquis

Pour chaque question, déterminer la ou les bonnes réponses.
Chaque question peut rapporter jusqu'à un point, un demi-point dans le cas d'une erreur et aucun point dans le cas de deux erreurs ou plus.

1 La pensée de Kant en général, sa philosophie morale en particulier, a exercé une influence considérable sur l'histoire des idées. La notion de devoir est au cœur de la réflexion morale du philosophe. Mais qu'est-ce qu'un devoir à ses yeux ?

- a. une norme sociale
- b. un commandement divin
- c. une obligation morale intérieure

2 Dans *Émile ou de l'éducation*, Rousseau définit la conscience morale comme un principe inné de justice et de vertu.

- Vrai
- Faux

3 Kant estime que toute la morale repose au fond sur un seul et même principe qu'il appelle :

- a. impératif catégorique.
- b. impératif hypothétique.
- c. impératif technique.
- d. impératif du bonheur.

4 Selon Kant, être vertueux c'est :

- a. agir de manière à maximiser le bonheur de l'humanité.
- b. faire son devoir.
- c. faire son devoir par devoir.

5 Kant estime que le devoir est une contrainte liberticide qui soumet l'individu à des normes sociales purement conventionnelles.

- Vrai
- Faux

6 Le respect inconditionnel de la personne humaine est aux yeux de Kant, l'exigence fondamentale de la morale.

- Vrai
- Faux

7 Les Anciens, c'est-à-dire les philosophes de l'Antiquité grecque ou romaine - comme Aristote, Épicure, Lucrèce ou Épictète - conçoivent la morale :

- a. en termes d'impératifs, de commandements.
- b. de conseils pour vivre heureux.

8 Les Anciens, opposent morale et bonheur. A leurs yeux, agir moralement impliquerait ainsi de sacrifier son bonheur personnel.

- Vrai
- Faux

9 Nietzsche est l'auteur d'une *Généalogie de la morale* qui vise à établir l'origine et la valeur de nos valeurs. Il soutient que :

- a. Kant est le philosophe qui a le mieux saisi la vraie nature de la morale.
- b. la morale kantienne fait porter à l'homme un fardeau écrasant.
- c. la morale est hostile à la vie.

10 Quel philosophe distingue ce qu'il appelle « la morale des esclaves » de « la morale des maîtres » ?

- a. Aristote
- b. Saint-Augustin
- c. Kant
- d. Nietzsche

SCORE : ____ / 10

Différents types de formulation

MÉTHODE

- **La formulation du sujet vous donne de précieuses indications sur la manière de le traiter.**
  - **Qu'est-ce que ?** Recherche de définition
  - **Doit-on ?** A-t-on l'obligation morale de faire quelque chose ? Attention : doit-on est parfois utilisé au sens de « peut-on ».
  - **Peut-on ?** Deux sens : est-il possible ? ou a-t-on le droit ?
  - **Pourquoi ?** Pour quelle(s) raison(s) ou dans quel but ? Parfois « à quoi bon ? »
  - **Faut-il ?** Est-il nécessaire ? A-t-on raison de ? Est-ce un devoir ?
  - **Existe-t-il ?** Invite à réfléchir sur un concept et sur l'existence effective de la chose qui y correspond.
- **Les sujets du bac ont toujours la forme d'une question directe**.
  - **Quand on peut répondre à cette question par oui ou non**, le plan dialectique « thèse/antithèse/synthèse » est approprié. Exemple : « Suis-je libre quand j'obéis à la loi ? »
  - **Quand on ne peut pas répondre à la question par oui ou non**, le plan dialectique est souvent inapproprié. Exemple : « Qu'est-ce que penser par soi-même ? ». Dans ce cas, il est possible de décomposer le sujet de manière à faire apparaître deux ou trois questions qui constitueront les grands axes du développement.

ÉNONCÉ 1

Faut-il toujours dire la vérité ?

CORRIGÉ

Est-ce un devoir, une obligation morale de dire la vérité et de la dire toujours, quelles que soient les circonstances ou les conséquences qui en résultent ?

ÉNONCÉ 2

Peut-on être sûr de bien agir ?

CORRIGÉ

Est-il possible d'être sûr de bien agir ? Comment en être sûr ? Existe-t-il des principes moraux évidents et indiscutables ? Peut-on prévoir toutes les conséquences de nos choix ?

Corrigés *Je fais le point*

1. **c)** Kant conçoit le devoir comme une obligation morale intérieure. Faire son devoir c'est s'imposer librement une conduite et non se soumettre à une contrainte sociale ou à un commandement divin. REPÈRE obligation/contrainte p. 308

2. **Vrai.** Rousseau fait de la conscience un instinct divin : « Conscience ! instinct divin, immortelle et céleste voix », écrit-il dans l'*Émile*. Cela signifie qu'à ses yeux nous savons de manière innée ou instinctive ce qui est juste.

3. **a)** Tous nos devoirs se ramènent fondamentalement à une seule exigence absolue que Kant appelle *impératif catégorique*. L'impératif catégorique est une exigence inconditionnelle, c'est ce que nous devons faire, absolument. Il se distingue en cela des impératifs hypothétiques qui prescrivent seulement des moyens en vue d'une fin, comme le bonheur par exemple.

4. **c)** La vertu caractérise l'action accomplie par devoir et non par intérêt. Une action peut ainsi être conforme au devoir sans être vertueuse, si elle est motivée par un calcul d'intérêt.

5. **Faux.** Faire son devoir ce n'est pas se plier à une contrainte extérieure mais se donner librement une loi. C'est ce que Kant appelle l'autonomie (du grec *auto* : soi-même et *nomos* : loi).

6. **Vrai.** « Agis de telle sorte que tu traites l'humanité aussi bien dans ta personne que dans celle de tout autre toujours en même temps comme une fin et jamais comme un simple moyen », écrit Kant. C'est une des trois formulations de l'impératif catégorique.

7. **b)** Les Anciens conçoivent la morale comme un art d'être heureux. Elle est donc faite de conseils de sagesse censés garantir une vie heureuse. Épicure déclare ainsi à son disciple Ménécée qu'il vivra « comme un dieu parmi les hommes », s'il observe ses conseils. Mais pour Kant la morale détermine ce que nous devons faire absolument et non ce que nous devons faire *si nous voulons être heureux*.

8. **Faux.** CHAPITRE 7 p. 103

9. **b)** et **c)** Pour Nietzsche la morale (traditionnelle judéo-chrétienne) condamne injustement le désir et le plaisir. Elle écrase la vie sous le poids de la culpabilité.

10. **d)** Nietzsche estime que les doctrines morales se ramènent historiquement à deux types : la morale des maîtres et celle des esclaves. La première valorise la puissance et ce qu'on appellerait aujourd'hui l'affirmation de soi. La seconde, née du ressentiment que les faibles nourrissent à l'égard des forts, fait au contraire de la faiblesse une vertu. Les faibles perçoivent les forts comme « méchants » et croient incarner le bien.

Chapitre 3 La justice

« Les hommes naissent et demeurent libres et égaux en droit. »
Déclaration des droits de l'homme et du citoyen (1789)

FICHE 1 La thèse conventionnaliste

De quoi s'agit-il ?

Le sentiment d'injustice est parfois tellement fort qu'on ne saurait douter de sa légitimité au moment où on l'éprouve. Mais ce sentiment peut être subjectif. Qu'est-ce qui est vraiment bien ou mal, juste ou injuste ? L'esclavage n'avait rien de choquant pour un Grec ou un Romain, les cannibales mangent de la chair humaine... Faut-il en conclure que le juste et l'injuste ne sont que des conventions ?

1 Le relativisme moral : rien n'est juste ou injuste

- On peut douter que les notions de Bien et de Mal, de justice et d'**injustice** signifient quelque chose **dans l'absolu**. Comment ignorer en effet que **les mœurs et les lois sont relatives aux temps et aux lieux** ? Les exemples ne manquent pas. Dans la Rome antique, le père avait (sous certaines conditions) droit de vie et de mort sur ses enfants, sa femme et ses esclaves. Les cannibales mangent de la chair humaine. Les aztèques sacrifiaient des êtres humains à leurs dieux. On peut résoudre le problème en qualifiant les autres peuples de barbares, mais comme on le sait depuis **Montaigne** : « chacun appelle barbarie ce qui n'est pas de son usage. »

- Ce constat que les lois, les mœurs et les coutumes dépendent des époques et des lieux fonde le **relativisme moral : il n'y a pas de vérité morale**, rien ne peut être bien ou mal, juste ou injuste dans l'absolu. La doctrine sceptique de **Pyrrhon**, telle que le témoignage de **Diogène Laërce** nous la laisse entrevoir (CHAPITRE 4 p. 61), préfigure ce relativisme éthique : « Rien n'est honnête ou honteux, juste ni injuste, [...] **en toutes choses les hommes se gouvernent d'après la loi et la coutume** ».

Remarque

Valeur et limites du relativisme : le relativisme incline à la tolérance et à l'ouverture d'esprit. Mais peut-on tout tolérer, tout accepter ? Il faudrait alors accepter aussi l'ethnocentrisme et le dogmatisme, l'intolérance, etc. Le relativisme semble auto-contradictoire dans son principe même puisqu'il affirme comme une vérité absolue... qu'il n'y a pas de vérité absolue !

Pyrrhon d'Élis (365-275 av. J.-C.)

Diogène Laërce nous dit que Pyrrhon fut le disciple d'Anaxarque, qu'il suivit chez les gymnosophistes, littéralement les « sages nus », des ascètes hindous dont il aurait tiré sa philosophie : le scepticisme (ou pyrrhonisme). Celle-ci se caractérise essentiellement par l'idée qu'on ne peut connaître aucune vérité certaine, qu'il faut par conséquent douter de tout et suspendre son jugement (*épochè*). Ce doute généralisé doit permettre de se rendre indifférent et d'atteindre l'ataraxie (absence de troubles, quiétude, repos de l'âme). Sa vie, dit-on, justifiait sa théorie, car il était généralement indifférent aux événements : « il n'évitait rien, ne se gardait de rien, supportait tout, au besoin d'être heurté par un char, de tomber dans un trou, d'être mordu par des chiens », écrit Diogène.

- Le juste et l'injuste peuvent donc apparaître comme de simples **conventions** qui ne tirent leur force que de l'habitude et de la **coutume**. Mais pourquoi telle coutume s'est-elle établie plutôt qu'une autre ?

2 Quelle est l'origine de la justice ?

1. Thrasymaque : « Le juste est l'avantage du plus fort »

- On peut supposer que ce qu'on appelle juste n'est rien d'autre en réalité que l'intérêt du plus fort. C'est la thèse de Thrasymaque (un sophiste mis en scène dans un dialogue de Platon) : « Le juste est **l'avantage du plus fort** ». Pour mieux se faire obéir, le gouvernement déclare juste ce qui sert ses intérêts ou les intérêts de ceux qui le soutiennent.

- Rousseau affirme que : « le plus fort n'est jamais assez fort pour être toujours le maître, s'il ne transforme sa force en droit et l'obéissance en devoir ». Le plus fort cache ses intérêts derrière le masque de la justice.

2. Calliclès : la loi est l'arme des faibles

- Mais la justice ne sert-elle pas au contraire l'intérêt des plus faibles ? C'est la thèse de Calliclès un autre sophiste mis en scène par Platon : « Ce sont les faibles, la masse des gens, qui établissent **les lois** [...] en fonction d'eux-mêmes et de leur intérêt personnel », affirme-t-il.

- Ainsi les faibles prônent-ils l'égalité parce qu'elle les avantage : les forts intériorisent les valeurs égalitaristes imposées par la masse au cours de leur éducation et sont transformés en esclaves. Aux yeux de Calliclès, il existe cependant une vraie justice : la loi de la nature, la loi du plus fort.

3. Glaucon : la justice n'est qu'une convention qui permet de vivre ensemble

- On peut enfin supposer qu'on appelle « justes » les normes qui permettent de vivre en société. C'est la thèse exposée par Glaucon, un personnage de la *République* de Platon : à l'origine, les hommes vivant sans lois sont perpétuellement en conflit et se font du tort réciproquement. Mais parce qu'ils sont des êtres rationnels, les hommes finissent par convenir entre eux de ne plus se faire de tort et adoptent pour cela des règles qu'on appelle « justes ».

4. Freud : l'interdit du meurtre

- De ce point de vue, les règles qui régissent la vie en société n'ont pas une valeur absolue. Le meurtre par exemple, n'est pas injuste en soi, mais seulement parce qu'il est incompatible avec la vie en société. « Si la culture a établi le commandement de ne pas tuer le voisin que l'on hait, qui nous fait obstacle et dont on convoite les biens, cela fut manifestement dans l'intérêt de la vie en commun des hommes qui, autrement, serait impraticable », écrit Freud.

Mots-clés
- **justice**
- **loi-coutume**
- **convention**
- **relativisme**

Mots-repères
- **absolu/relatif** p. 300
- **universel/général/particulier/singulier** p. 311

FICHE 2 La thèse naturaliste (1)

De quoi s'agit-il ?

Ce qui est juste ou injuste ne l'est-il vraiment que par convention ? On peut estimer au contraire que certains principes, certaines règles ou exigences morales, comme celle du respect de la personne humaine, ont une valeur absolue (CHAPITRE 2 p. 37). Il existerait ainsi un droit naturel, une « vraie justice » que les hommes n'inventent pas mais qu'ils découvrent.

1 Le droit naturel et le droit positif

- Le **droit positif**, c'est le droit tout court, au sens qu'a ce mot dans la langue courante : l'ensemble des lois en vigueur dans un État ou dans une société. **Le droit positif est variable et relatif.**

Comprendre le droit naturel

- Mais les lois sont censées être justes, c'est-à-dire que nous croyons qu'elles sont (plus ou moins) conformes à des **principes de justice éternels**. Ces principes constituent (s'ils existent) ce que les philosophes appellent le **droit naturel** (naturel parce qu'il n'est pas conventionnel, c'est-à-dire institué par l'homme). « Il y a une loi vraie, droite raison, conforme à la nature, diffuse en tous, constante, éternelle [...] ; elle n'est pas autre à Rome ou à Athènes ; elle n'est pas autre aujourd'hui que demain ; mais **loi une, et éternelle, et immuable, elle sera pour toutes nations et de tout temps », écrit Cicéron**. *Antigone*, une tragédie de Sophocle, illustre l'opposition entre le droit naturel et le droit positif : Antigone accomplit les rites funéraires pour son frère Polynice alors que le roi Créon, leur oncle, l'avait interdit. Elle déclare agir au nom d'une **loi naturelle**, supérieure aux décrets de son oncle. Antigone est devenue le symbole de la révolte et de la liberté, de la rébellion contre les décrets d'un pouvoir injuste et arbitraire.

2 Strauss : le droit naturel est nécessaire

- **Leo Strauss** défend l'hypothèse du droit naturel contre ceux qui prétendent en faire une idée périmée, dépassée.

Leo Strauss (1899-1973)
Ce philosophe d'origine allemande a surtout vécu et enseigné aux États-Unis. Il défend l'idée du droit naturel contre le relativisme et le nihilisme qui rejettent l'idée d'une justice universelle. Strauss prend ainsi le parti des Anciens contre les Modernes : « Le besoin du droit naturel est aussi manifeste aujourd'hui qu'il l'a été durant des siècles et même des millénaires. »
Droit naturel et histoire (1954)

- Premier argument : nier le droit naturel revient à dire que le droit n'est déterminé que par les législateurs et les tribunaux. Or **il est parfaitement sensé et légitime de parler de lois injustes**. Et comment déclarer la loi injuste sinon au nom de principes de justice supérieurs aux lois ?

- Deuxième argument : ces principes ne se réduisent pas à un idéal de justice lui-même variable et relatif. Si les mœurs des cannibales n'étaient pas moins bonnes que les nôtres, nous n'aurions aucune raison valable de nous opposer à une lente évolution de nos mœurs vers le cannibalisme. Autrement dit, le relativisme n'est pas tenable : **on ne peut pas tout tolérer**, tout accepter.
- Troisième argument : le simple fait que nous puissions nous demander ce que vaut notre conception de la justice, montre qu'**il y a en l'homme quelque chose qui n'est pas totalement conditionné par la société** (la Raison).
- Quatrième argument : **les conflits sociaux sont insolubles** si on ne peut pas décider de ce qui est juste.

3 La Raison détermine ce qui est juste

1. Malebranche : l'évidence du bien

• On peut estimer que **la Raison permet aux hommes de distinguer le bien du mal et la justice de l'injustice** (CHAPITRE 10 p. 143). La raison peut en effet se définir comme la faculté propre à l'homme de distinguer le vrai du faux, le bien du mal, le juste de l'injuste. « Je vois, par exemple, que deux fois deux font quatre, et qu'il faut préférer son ami à son chien », écrit **Malebranche. La justice est présentée ici comme une évidence rationnelle.**

2. Le progrès de la conscience morale

• Mais comprendre ce qui est vraiment juste semble requérir du temps, de l'expérience et de la réflexion. De ce point de vue, il y aurait un **progrès de la conscience morale de l'humanité**, comme il y a un progrès des sciences ou des techniques. On peut voir la *Déclaration universelle des* **droits de l'homme** (1948) comme l'aboutissement de ce progrès, ou du moins comme une tentative pour donner une formulation aux exigences idéales de justice du droit naturel. Elle définit les **droits que tout homme possède par nature, du seul fait qu'il est homme**, sans distinctions culturelles ou ethniques.

4 Kant : le respect de la personne humaine

• « Agis de telle sorte que tu traites l'humanité, aussi bien dans ta personne que dans la personne de tout autre, toujours en même temps comme une **fin** et jamais simplement comme un **moyen** », écrit **Kant**. De ce point de vue, **le mal et l'injustice consistent à traiter une personne comme une chose**, à l'utiliser sans égards pour sa dignité d'être humain : esclavage, exploitation, viol, harcèlement, maltraitance… Il n'est pas si difficile de définir ce qui est juste et encore moins ce qui est injuste.

Mots-clés
- **droit naturel**
- **droit positif**
- **Raison**
- **droits de l'homme**

Mots-repères
- **essentiel/accidentel** p. 303
- **légal/légitime** p. 307

FICHE 3 La thèse naturaliste (2)

5 Rawls : qu'est-ce qu'une société juste ?

• Une société juste serait fondée sur des principes choisis par ses futurs membres, dans l'ignorance de la position qu'ils y occuperont, estime **John Rawls**. C'est ce qu'il appelle le « **voile d'ignorance** ». Une telle société accorderait à ses membres le **maximum de liberté compatible avec l'égalité effective des chances**. « La justice est la première vertu des institutions sociales comme la vérité est celle des systèmes de pensée », écrit Rawls. À ses yeux la justice requiert essentiellement un droit égal pour tous et le plus étendu possible à la liberté. Elle n'exclut pas l'existence d'inégalités sociales et économiques, à conditions que ces dernières soient avantageuses pour la société dans son ensemble et qu'elles s'accompagnent d'une réelle égalité des chances.

John Rawls
(1921-2002)
Ce philosophe américain a été rendu célèbre par sa *Théorie de la justice*. A ses yeux la justice requiert essentiellement un droit égal pour tous et le plus étendu possible à la liberté. Elle n'exclut pas l'existence d'inégalités sociales et économiques, à conditions que ces dernières soient avantageuses pour la société dans son ensemble et qu'elles s'accompagnent d'une réelle égalité des chances.

6 Justice et égalité

1. Rendre à chacun son dû

• Comme le montrent la thèse de Rawls, la *Déclaration universelle des* **droits de l'homme** (**Doc.**) ou encore le symbole de la balance, **l'idée de justice entretient un lien évident avec l'idée d'égalité**. Faut-il en conclure que toutes les inégalités sont injustes ? Par exemple, on ne regarde pas comme une injustice le fait que les majeurs et les mineurs ne soient pas égaux en droit. Le fait que les mineurs n'aient pas le droit de voter ou qu'ils ne soient pas punis avec la même sévérité en cas de délit ne nous choque pas. C'est que **la justice ne consiste pas à donner la même chose à tous, mais à donner à chacun ce qui lui revient** (en fonction de ce qu'il est, de ce qu'il fait, de ses mérites, de ses besoins...), comme le veut le célèbre principe du droit romain : « Rendre à chacun son dû ».

2. Aristote : l'égalité proportionnelle

• Dans une perspective voisine, **Aristote** affirme que la **justice distributive** (celle qui concerne la répartition des biens, des récompenses ou des honneurs, et non la justice pénale) est fondée sur une **égalité proportionnelle**. Par exemple, la cité doit distribuer les charges (fonctions officielles) et les honneurs en proportion des mérites de chacun. Ainsi la justice consiste-t-elle à **traiter inégalement des individus inégaux.**

• L'idée est valable si on suppose que **les hommes, étant essentiellement égaux, jouissent des mêmes droits fondamentaux**. Mais Aristote, en accord avec sa conception de la justice, estime que certains hommes de nature inférieure (les barbares) peuvent légitimement être réduits en esclavage.

Aristote (384-322 av. J.-C.)

Aristote est le plus célèbre des élèves de l'Académie. Mais n'ayant pu y succéder à Platon, il fonde sa propre école : le Lycée. Fidèle à son maître mais encore plus à la vérité, Aristote réfute la théorie des Idées. À ses yeux, l'essence (synonyme d'Idée chez Platon) n'existe pas dans un ciel métaphysique, mais est immanente aux choses. Aristote a eu une influence considérable sur l'Antiquité et le Moyen Âge. Aujourd'hui encore, on ne peut se poser la question de la spécificité de l'homme sans évoquer sa fameuse définition de l'homme comme animal raisonnable et animal politique. Pour l'anecdote, nous citons Aristote sans le savoir, quand nous disons qu'une hirondelle ne fait pas le printemps.

Doc. *Déclaration universelle des droits de l'homme*

Article premier.

Tous les êtres humains naissent libres et égaux en dignité et en droits. Ils sont doués de raison et de conscience et doivent agir les uns envers les autres dans un esprit de fraternité.

Article 2.

1. Chacun peut se prévaloir de tous les droits et de toutes les libertés proclamés dans la présente Déclaration, sans distinction aucune, notamment de race, de couleur, de sexe, de langue, de religion, d'opinion politique ou de toute autre opinion, d'origine nationale ou sociale, de fortune, de naissance ou de toute autre situation.

2. De plus, il ne sera fait aucune distinction fondée sur le statut politique, juridique ou international du pays ou du territoire dont une personne est ressortissante, que ce pays ou territoire soit indépendant, sous tutelle, non autonome ou soumis à une limitation quelconque de souveraineté.

Article 3.

Tout individu a droit à la vie, à la liberté et à la sûreté de sa personne.

Article 4.

Nul ne sera tenu en esclavage ni en servitude ; l'esclavage et la traite des esclaves sont interdits sous toutes leurs formes.

Article 5.

Nul ne sera soumis à la torture, ni à des peines ou traitements cruels, inhumains ou dégradants.

Déclaration universelle des droits de l'Homme, 1948.

Mots-clés
- personne
- égalité
- équité
- droits de l'homme

Mots-repères
- contingent/nécessaire p. 302
- genre/espèce/individu p. 305
- principe/cause/fin p. 309

Révision Express

> La justice

N'hésite pas à construire ta propre carte mentale

CARTE MENTALE

- **RELATIVISME MORAL** (PYRRHON, MONTAIGNE)
- **ORIGINE DE LA JUSTICE**
  - Intérêt du plus fort (THRASYMAQUE)
  - Intérêt des faibles (CALLICLÈS)
  - Intérêt de tous (GLAUCON, FREUD)
- **DROIT NATUREL ≠ DROIT POSITIF**
- **LE DROIT NATUREL EST NÉCESSAIRE** (LEO STRAUSS)
- **LA RAISON DÉTERMINE CE QUI EST JUSTE** (MALEBRANCHE)
  - Respect de la personne humaine (KANT)
  - Égalité et liberté (RAWLS, DUDH)
  - « Rendre à chacun son dû » (ARISTOTE, DROIT ROMAIN)

Fiche test *Je fais le point*

QCM

5 min

◯ À revoir
◯ Acquis

Pour chaque question, déterminer la ou les bonnes réponses.
Chaque question peut rapporter jusqu'à un point, un demi-point dans le cas d'une erreur et aucun point dans le cas de deux erreurs ou plus.

1 On appelle *relativisme moral* la doctrine selon laquelle rien ne serait bien ou mal, juste ou injuste en soi.
◯ Vrai
◯ Faux

2 Selon Pyrrhon, père fondateur du scepticisme : « Rien n'est honnête ou honteux, juste ni injuste, en toutes choses les hommes... »
◯ a. « sont libres d'agir comme bon leur semble. »
◯ b. « se gouvernent d'après la loi et la coutume. »
◯ c. « sont gouvernés par leurs désirs. »

3 Dans la *République* de Platon, le sophiste Thrasymaque soutient que « le juste est l'avantage [l'intérêt]... » :
◯ a. « du plus fort ».
◯ b. « du plus faible ».
◯ c. « du plus grand nombre ».

4 L'expression *droit positif* désigne :
◯ a. les lois en vigueur dans un État à une époque donnée.
◯ b. des principes de justice éternels et universels.
◯ c. l'ensemble des lois relatives à la discrimination positive.

5 Ces philosophes s'accordent à penser qu'il existe un droit naturel éternel et universel, valable en tout temps et en tous lieux.
◯ a. Platon
◯ b. Pyrrhon
◯ c. Cicéron
◯ d. Leo Strauss

6 Kant estime que le respect inconditionnel de la personne humaine est l'exigence fondamentale de la morale.
◯ Vrai
◯ Faux

7 Le philosophe américain John Rawls soutient dans *Théorie de la justice* qu'une société juste exclut par principe toute espèce d'inégalité (économique, sociale, juridique...).
◯ Vrai
◯ Faux

8 Selon John Rawls, il est juste de limiter la liberté pour garantir une réelle égalité des chances.
◯ Vrai
◯ Faux

9 Selon Aristote, la justice distributive (celle qui concerne la répartition des biens, des récompenses et des honneurs) doit tenir compte du mérite de chacun.
◯ Vrai
◯ Faux

10 Complétez cette affirmation extraite du premier article de la *Déclaration universelle des droits de l'Homme* : « Tous les êtres humains naissent libres et égaux... »
◯ a. « en droit. »
◯ b. « en dignité et en droit. »
◯ c. « en dépit de leurs différences. »

SCORE : ____ / 10

Dégager la problématique

MÉTHODE

- L'analyse des termes du sujet permet de cerner le problème dont il est question. Celui-ci est souvent un problème « classique », c'est-à-dire fréquemment posé par les philosophes (et examiné en cours).
- La problématique prend souvent la forme d'une alternative (ou bien... ou bien), mais elle peut également se présenter comme un ensemble de questions.
- Il ne faut pas reproduire purement et simplement la question telle que le sujet la pose, ni la reformuler de manière approximative au moyen de synonymes. Il s'agit d'expliquer, de développer ou de préciser le problème dont il est question.
- Soignez la formulation de la problématique, elle est comme le cœur de votre dissertation. Elle annonce votre plan de manière implicite.
- Une explication de texte doit également dégager le problème dont il est question.

ÉNONCÉ 1

Suis-je libre quand j'obéis à la loi ?

CORRIGÉ

La question : « suis-je libre quand j'obéis à la loi ? » peut devenir par exemple : la loi est-elle un obstacle à ma liberté ou est-elle, au contraire, la condition de cette liberté ? On voit que la problématique a la forme d'une alternative. Les deux hypothèses qu'elle oppose seront examinées successivement dans le développement (thèse et antithèse).

ÉNONCÉ 2

Comment juger une œuvre d'art ?

CORRIGÉ

Sur quels critères peut-on juger une œuvre d'art ? Le travail et la technicité qu'elle manifeste ? Sa beauté ? Sa capacité à dévoiler ou à révéler le réel ? Le jugement qu'on peut porter sur une œuvre n'est-il pas toujours relatif et subjectif ?

ÉNONCÉ 3

Pour être heureux, faut-il être sage ?

CORRIGÉ

Peut-on espérer s'assurer un bonheur stable en suivant les conseils de sagesse des philosophes ? Le bonheur se laisse-t-il vraiment prendre dans les filets de la raison ? N'est-il pas au contraire un phénomène insaisissable, aléatoire et incontrôlable ?

Corrigés *Je fais le point*

1. **Vrai.** Constater que les lois, les coutumes et la morale varient en fonction des époques et des lieux peut incliner à penser que rien n'est bien ou mal, juste ou injuste en soi ou dans l'absolu. C'est ce qu'on appelle le *relativisme moral*. D'une manière plus générale, le relativisme rejette l'idée d'une vérité absolue.

2. **b)** Selon Pyrrhon, « tous les hommes se gouvernent d'après la loi et la coutume ».

3. **a)** Platon est l'auteur de dialogues dans lesquels sont défendues des thèses contradictoires. Dans la *République* le sophiste Thrasymaque déclare que « la justice est l'avantage du plus fort ». Cela signifie que le gouvernement déclare juste ce qui est conforme à son intérêt (ou à l'intérêt de ceux qui le soutiennent).

4. **a)** Le *droit positif* (les lois en vigueur dans un État à une époque donnée) est variable et relatif. Mais nous croyons qu'il doit refléter des principes éternels de justice. Ceux-ci constituent ce qu'on appelle le *droit naturel*.

5. **a)**, **c)** et **d)** Pyrrhon estime quant à lui que rien n'est juste ou injuste en soi.

6. **Vrai.** Aux yeux de Kant, il n'est donc pas si difficile de dire en quoi consiste la justice ou le bien. CHAPITRE 2 p. 37

7. **Faux.** Rawls soutient que la justice n'exclut pas l'existence d'inégalités sociales ou économiques, à conditions que celles-ci soient avantageuses pour la société dans son ensemble et qu'elles s'accompagnent d'une réelle égalité des chances. De ce point de vue, inégalité sociale n'est pas synonyme d'injustice sociale.

8. **Vrai.** Selon Rawls, une société juste accorderait à ses membres la plus grande liberté possible, mais seulement dans la mesure où cette liberté reste compatible avec le principe de l'égalité des chances.

9. **Vrai.** Selon Aristote, il ne serait pas juste que les biens, les récompenses et les honneurs soient répartis selon une égalité arithmétique. Il est juste de répartir les avantages proportionnellement aux mérites de chacun.

10. **b)** « Tous les êtres humains naissent égaux en dignité et en droit ». La *Déclaration universelle des droits de l'Homme* (1948) repose en effet sur l'idée de l'unité du genre humain : les hommes jouissent des mêmes droits fondamentaux parce qu'ils sont essentiellement égaux. L'anthropologue français Claude Lévi-Strauss souligne dans *Race et Histoire* combien cette idée est récente (à l'échelle de l'Histoire), fragile et précieuse.

Chapitre 4

La nature

FICHE 1 Vivre en accord avec la nature

De quoi s'agit-il ?

Les Anciens conçoivent la nature comme un ensemble organisé au sein duquel l'homme, comme toute chose, a un rôle assigné. C'est particulièrement clair dans la philosophie stoïcienne, qui nous encourage à chercher le bonheur dans une vie conforme à la nature. De ce point de vue, l'homme appartiendrait à la nature et devrait se soumettre à son ordre.

1 Le stoïcisme : « Vivre en accord avec la nature »

- Les stoïciens nous conseillent de vivre conformément à la **nature**. Le mot « nature » désigne ici le monde, l'Univers ou plus exactement le **Cosmos**, c'est-à-dire l'ensemble de tout ce qui existe. Il s'agit d'un **ensemble ordonné, harmonieux, rationnel et divin où toute chose a une place et un rôle**, une raison d'être.
- De ce point de vue, la morale consiste à **vivre en accord avec la nature** ou, comme l'affirme **Épictète**, à **bien jouer le rôle qui nous a été assigné**. Ce rôle est inscrit dans notre nature d'être humain comme dans notre nature individuelle. **La sagesse requiert donc la connaissance et le respect de la nature et de notre propre nature.**

Épictète (50-125)

Épictète est l'esclave d'un maître cruel qui le torture. Affranchi, probablement après la mort de ce dernier, il étudie la philosophie stoïcienne et ouvre une école. Son enseignement est recueilli par Arrien dans les *Entretiens* et dans le *Manuel* (du grec *Enkheiridion* : ce que l'on garde sous la main). C'est le premier « manuel » de l'histoire. Épictète voit dans la philosophie un art de vivre plus qu'une démarche théorique et spéculative. Cet art de vivre repose sur la distinction des choses qui dépendent de nous (nos pensées), de celles qui ne dépendent pas de nous (l'ordre des choses).

- C'est le sens de deux devises qui figuraient au fronton du temple de Delphes : **« Connais-toi toi-même »** et **« Rien de trop »**. La première invite l'homme à comprendre sa nature et son rôle ; la seconde le met en garde contre la tentation d'outrepasser sa fonction. Les Grecs nomment *hubris* l'orgueil et la démesure qui poussent les hommes à se prendre pour des dieux en menaçant ainsi l'**ordre** naturel des choses.
- Par exemple, nous sommes par nature des êtres mortels et non des dieux, de sorte que nous devons accepter la mort comme un événement **nécessaire** (inéluctable) et inscrit dans le cours naturel des choses. « C'est une malédiction pour les épis de ne pas être moissonnés, et ce serait une malédiction pour les hommes de ne pas mourir », soutient Épictète.
- Vivre en accord avec la nature, c'est donc **accepter le cours naturel et nécessaire des choses**, accepter ce que nous ne pouvons pas changer : le **destin**.

2 Aristote : « La nature ne fait rien en vain »

1. Rien n'existe par hasard

- **Aristote estime que tout ce qui est naturel a une fin, un but ou une raison d'être** : « La nature ne fait rien en vain », écrit-il. Dans cette citation, le mot « nature » ne désigne pas une chose ou l'ensemble des choses (l'Univers), mais plutôt le **principe** ou la **cause** qui produit les choses naturelles ainsi que l'**ordre**, l'**harmonie** et la **finalité** que l'on observe en elles (par exemple, dans le corps humain) ou entre elles (par exemple, entre les abeilles et les fleurs).

- De ce point de vue, **rien n'existe par hasard** : tout a un but ou une fin, tout s'explique et tout est justifié. C'est ce qui nous émerveille dans les œuvres de la nature : « Ce n'est pas le hasard qui règne dans les œuvres de la nature, mais au plus haut degré, la finalité ».

2. Accomplir sa nature

- **Comprendre la raison d'être des choses**, répondre à la question « Pourquoi ? », est essentiel tant à la connaissance qu'à la vie et à l'action. Vivre heureux et s'accomplir en tant qu'homme suppose en effet que l'on comprenne la fonction propre de l'homme, ce pour quoi il est fait, ce à quoi la nature ou sa nature le destinent.

Comprendre la pensée d'Aristote

- Aristote estime ainsi que l'homme, étant par nature un **animal raisonnable** (doué de raison) est fait pour connaître et doit chercher son bonheur dans cette voie. C'est ce qu'on appelle **l'idéal de la vie contemplative**. Mais en dotant l'homme de raison, la nature a aussi fait de lui un **animal politique** ou social : nous sommes faits pour vivre en société, nous ne pouvons trouver le bonheur et nous accomplir qu'en vivant parmi nos semblables au sein de la cité (*polis*) : « Celui qui est hors cité, naturellement bien sûr et non par le hasard des circonstances, est soit un être dégradé soit un être surhumain », écrit Aristote.

- Pour les Anciens, l'homme appartient à une nature divine et rationnelle au sein de laquelle il doit accepter la place et la fonction qui lui sont assignées. Mais l'homme peut-il vivre sans modifier l'ordre naturel des choses ? N'est-il pas au contraire voué par sa nature à transformer la nature ?

Remarque

Les stoïciens sont panthéistes. Cela signifie qu'à leurs yeux Dieu est immanent au monde, c'est-à-dire qu'il se confond avec la Nature ou le Cosmos. Le christianisme, le judaïsme et l'Islam font au contraire de Dieu un être transcendant, c'est-à-dire extérieur au monde qu'il a créé et d'une autre nature.

Mots-clés

- **nature**
- **Cosmos**
- **ordre**
- **harmonie**
- **finalité**

Mots-repères

- **contingent/nécessaire** p. 302
- **genre/espèce/individu** p. 305
- **principe/cause/fin** p. 309

FICHE 2

L'homme maître et possesseur de la nature

De quoi s'agit-il ?

Le progrès des sciences et des techniques peut nous donner le sentiment de dominer la nature. De ce point de vue, la nature appartient à l'homme qui peut la modeler selon ses désirs.

1 Le mythe de Prométhée : l'homme est un être à part dans la nature

• Selon un épisode de la mythologie grecque, deux Titans, **Prométhée** et Épiméthée, ont été chargés de répartir parmi les animaux les atouts grâce auxquels chacun pourrait survivre sans supplanter les autres. Mais Épiméthée (dont le nom signifie « l'imprévoyant »), qui a voulu faire le travail seul, a oublié l'homme et il ne lui reste plus aucun avantage à offrir. C'est la raison pour laquelle l'homme, qui naît nu et sans défense, est le plus démuni de tous les animaux. Son frère, Prométhée (« le prévoyant ») se décide alors à voler « la maîtrise des arts [techniques] d'Héphaïstos et d'Athéna, en même temps que le feu [...] et à en faire cadeau à l'homme », raconte Platon. Les **sciences** et les **techniques** sont donc d'abord quelque chose de divin dont la **maîtrise** élève l'homme au-dessus des animaux. De ce point de vue, **l'homme n'est pas un animal comme les autres : il est un être à part dans la nature, un être voué par sa nature à transformer la nature** grâce au pouvoir que lui confèrent la science et la technique. Il en va de sa survie même : parce qu'il n'est pas équipé pour survivre dans un environnement naturel, l'homme n'a pas d'autre choix que de transformer son environnement pour l'adapter à ses besoins.

• Dans cette perspective, la **raison** qui distingue l'homme de l'animal, désigne d'abord **l'intelligence qui permet à l'homme d'inventer des techniques**, des **outils** ou des **artefacts** grâce auxquels il peut survivre, puis vivre de plus en plus confortablement, dans un monde toujours plus artificiel, c'est-à-dire éloigné d'une nature hostile à laquelle il n'est nullement adapté (CHAPITRE 6 p.91 et CHAPITRE 11 p.157).

2 Descartes : l'homme maître et possesseur de la nature

• Au XVIIe siècle, Descartes, anticipant les **progrès** prodigieux dont la science et la technique lui semblent capables, imagine que nous deviendrons un jour « comme maîtres et possesseurs de la nature » (**Doc.**). La formule témoigne d'une profonde transformation de la manière dont l'homme se représente son rapport à la nature. Alors que les Anciens se percevaient comme appartenant à une nature immuable et harmonieuse à laquelle ils devaient ajuster leur conduite, **les modernes se posent en maîtres et possesseurs d'une nature qu'ils peuvent transformer à volonté**.

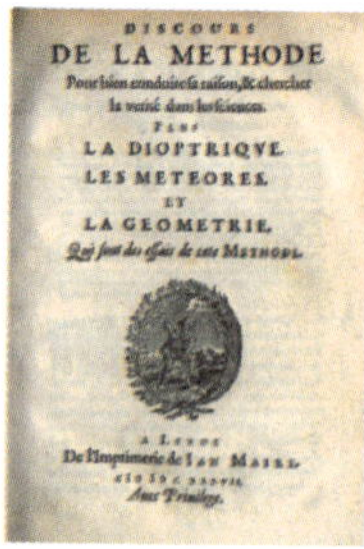

Discours de la méthode de Descartes

Comprendre la pensée de Descartes

- Préfigurant les thèses du transhumanisme, Descartes imagine que le progrès scientifique et technique nous épargnera les souffrances de la maladie et de la vieillesse et même qu'il rendra les hommes « plus sages et plus habiles », c'est-à-dire augmentera leurs capacités intellectuelles et physiques. Repoussant les limites de la condition humaine, l'homme, maître et possesseur de sa propre nature, accoucherait ainsi d'une humanité nouvelle, transformée ou transcendée par la science.
- Il faut cependant souligner que Descartes affirme seulement que l'homme est **comme** maître et possesseur de la nature. En effet, à ses yeux, Dieu reste le véritable maître de la nature qu'il a créée. L'homme ne peut pas changer les lois de la nature (les lois physiques) qui ont été établies par l'auteur des choses.

Doc. ***Discours de la méthode***

« Mais sitôt que j'ai eu acquis quelques notions générales touchant la physique, et que, commençant à les éprouver en diverses difficultés particulières, j'ai remarqué jusques où elles peuvent conduire, et combien elles diffèrent des principes dont on s'est servi jusqu'à présent, j'ai cru que je ne pouvais les tenir cachées sans pécher grandement contre la loi qui nous oblige à procurer autant qu'il est en nous le bien général de tous les hommes : car elles m'ont fait voir qu'il est possible de parvenir à des connaissances qui soient fort utiles à la vie ; et au lieu de cette philosophie spéculative[1] qu'on enseigne dans les écoles on en peut trouver une pratique[2], par laquelle, connaissant la force et les actions du feu, de l'eau, de l'air, des astres, des cieux et de tous les autres corps qui nous environnent, aussi distinctement que nous connaissons les divers métiers de nos artisans, nous les pourrions employer en même façon à tous les usages auxquels ils sont propres, et ainsi nous rendre comme maîtres et possesseurs de la nature[3] ».

René Descartes, *Discours de la méthode*, 1637.

1. Spéculative : théorique.
2. Pratique : utile pour vivre et agir.
3. Dieu reste dans l'esprit de Descartes le véritable maître de la nature car il est l'auteur de ses lois. L'homme est seulement comme maître et possesseur de la nature.

Mots-clés
- Prométhée
- progrès
- science
- technique
- maîtrise

Mots-repères
- impossible/possible p. 306
- théorie/pratique p. 310

FICHE 3 L'homme maître de sa propre nature

De quoi s'agit-il ?

Alors que les Anciens estiment que l'homme a une nature qu'il doit comprendre et accepter, les modernes considèrent plutôt que l'homme se définit lui-même et qu'il est ainsi maître de sa propre nature.

1 Bataille : l'homme dit non à la nature et à sa propre nature

1. Travail et éducation

- Georges Bataille définit l'homme comme l'animal qui refuse le donné naturel, qui le transforme par le travail et par l'éducation : « L'homme est l'animal qui n'accepte pas simplement le donné naturel, qui le nie », écrit-il (**Doc.**). En effet, contrairement aux autres animaux, l'homme ne vit pas dans un environnement naturel mais dans un monde très largement artificiel qu'il a profondément transformé pour l'adapter à ses besoins. **L'homme n'accepte donc pas le monde tel qu'il est**, mais il ne s'accepte pas davantage lui-même puisqu'il se transforme par l'éducation. Il refuse par exemple de donner libre cours à la satisfaction de ses besoins animaux.

2. L'homme contrarie sa nature

- Dans une perspective voisine, Freud souligne que la vie en société exige de l'homme qu'il réprime ses pulsions ou instincts violents. En ce sens, **c'est en contrariant sa nature et son animalité que l'homme devient un être civilisé**.

2 Sartre : « L'homme n'est rien d'autre que ce qu'il se fait »

1. L'homme n'a pas de nature

Pic de la Mirandole (1463-1494)

Un humaniste italien de la Renaissance a formulé bien avant Sartre l'idée selon laquelle l'homme serait libre et non prisonnier d'une nature. Dans *De la dignité humaine* (1496), le philosophe italien imagine Dieu s'adressant à Adam : « Si nous ne t'avons donné, Adam, ni une place déterminée, ni un aspect qui te soit propre, ni aucun don particulier, c'est afin que la place, l'aspect, les dons que toi-même aurais souhaités, tu les aies et les possèdes selon ton vœu, à ton idée. Pour les autres, leur nature définie est tenue en bride par des lois que nous avons prescrites ; toi aucune restriction ne te bride, c'est ton propre jugement, auquel je t'ai confié, qui te permettra de définir ta nature ».

- Aux antipodes du stoïcisme qui soutient que l'homme doit se conformer au rôle que lui assigne sa nature, **Sartre affirme que l'homme, n'ayant pas de nature, est entièrement libre et entièrement responsable de ce qu'il choisit d'être**.

• C'est l'idée maîtresse de l'existentialisme sartrien : « L'existence précède l'essence ». Cela signifie qu'il n'existe aucune essence, aucune définition universelle de l'homme censée déterminer nos existences. Un homme n'est pas comparable à un objet fabriqué par un artisan ou créé par Dieu : l'objet existe d'abord dans l'esprit de son créateur, il est d'abord un concept, une idée ou une essence, il est conçu avant d'être réalisé. **L'homme, au contraire, se définit lui-même par ses actes ou par ses choix. Son existence n'est pas tracée d'avance en fonction d'une quelconque nature.**

2. Beauvoir : on ne naît pas femme

• C'est le sens de la fameuse formule de Simone de Beauvoir : « On ne naît pas femme, on le devient ». La femme n'est pas par nature inférieure et esclave de l'homme, elle n'est pas faite pour avoir des enfants, entretenir la maison ou faire la cuisine, elle n'est pas « condamnée » à être femme et à se cantonner dans le rôle qui lui serait assigné par sa prétendue nature. Elle est libre.

3. Existentialisme et antiracisme

• L'existentialisme est antisexiste, mais il est aussi fondamentalement antiraciste. Le raciste suppose (à tort) qu'il y a une nature ou une essence du Juif, de l'Arabe ou de l'Africain etc. À ses yeux, cette essence précède et détermine l'existence d'un homme. Au contraire, aux yeux de Sartre, un homme n'est pas programmé et enfermé par une définition, une nature ou essence, mais il est entièrement libre et responsable. Un homme est ce qu'il se fait et non ce qu'une prétendue nature ferait de lui.

Doc. ***L'érotisme***

Je pose en principe un fait peu contestable : que l'homme est l'animal qui n'accepte pas simplement le donné naturel[1], qui le nie. Il change ainsi le monde extérieur naturel, il en tire des outils et des objets fabriqués qui composent un monde nouveau, le monde humain. L'homme parallèlement se nie lui-même, il s'éduque, il refuse par exemple de donner à la satisfaction de ses besoins animaux ce cours libre, auquel l'animal n'apporte pas de réserve. Il est nécessaire encore d'accorder que les deux négations que, d'une part, l'homme fait du monde donné et, d'autre part, de sa propre animalité, sont liées. Il ne nous appartient pas de donner une priorité à l'une ou à l'autre, de chercher si l'éducation (qui apparaît sous la forme des interdits religieux) est la conséquence du travail, ou le travail la conséquence d'une mutation morale. Mais en tant qu'il y a homme, il y a d'une part travail et de l'autre négation par interdits de l'animalité de l'homme.

Georges Bataille, *L'érotisme*, 1957.

1. Le donné naturel : les choses telles qu'elles sont naturellement (avant que l'homme ne les change).

Mots-clés
- essence
- existence
- existentialisme
- liberté

Mots-repères
- universel/général/particulier/singulier p. 311

FICHE 4

L'homme appartient à la nature autant qu'elle lui appartient (1)

De quoi s'agit-il ?

« L'homme n'est pas un empire dans un empire », remarque Spinoza. Cela signifie que l'homme n'est pas détaché de la nature à laquelle il appartient, mais reste déterminé par ses lois.

1 Épicure : il n'y a pas de fins dans la nature

1. Nous n'avons pas des yeux pour voir

- Les Anciens perçoivent généralement l'Univers comme un système bien organisé au sein duquel tout a un rôle ou une **fin**. Cependant, les épicuriens s'opposent dès l'Antiquité à l'idée d'une finalité naturelle. Ainsi, **Lucrèce**, un auteur latin disciple d'Épicure, soutient qu'**aucune intention n'est à l'œuvre dans la nature** (**Doc.**).

- Contre ce qu'il considère comme une fausse évidence, Lucrèce affirme par exemple que **nos organes n'ont pas été créés en vue de nos besoins** : nos yeux n'ont pas été créés pour que nous puissions voir, pas plus que nos jambes pour marcher, etc. Expliquer l'existence de nos organes par leur fonction, c'est commettre une erreur de raisonnement, c'est mettre, contre toute logique, la **cause** après l'effet. Nous avons des jambes et donc nous marchons, nous avons des yeux, donc nous voyons. Mais ce n'est pas parce que nous avons besoin de voir ou de marcher que nous avons des yeux et des jambes.

2. L'homme est maître de son destin

- **Les épicuriens ne perçoivent donc pas l'Univers comme un système bien organisé où tout aurait un but ou une fin, mais comme le fruit du hasard et de la nécessité.** Cela signifie que l'Univers pourrait être différent et que rien dans la nature n'est « fait exprès », comme on dit familièrement. L'homme n'a pas à se soumettre sagement aux fins de la nature.

- Par exemple, **les épicuriens ne croient pas en un destin qu'il faudrait comprendre et accepter pour trouver le bonheur** : « Le sage se moque du destin ». Par conséquent, l'avenir nous appartient : il est ce que nous en ferons (dans les limites du possible) et non ce qu'une nature prétendument douée d'intentions aurait « décidé » d'en faire.

3. Contenir nos désirs dans leurs limites naturelles

- Cependant, il est sage de **contenir nos désirs dans leurs limites naturelles**. Nous avons en effet de vrais besoins, des désirs naturels et **nécessaires** (manger, boire ou dormir, par exemple), mais nous sommes aussi habités par des désirs non naturels et non nécessaires qui nous condamnent à l'insatisfaction, comme les désirs de gloire, de richesse ou d'immortalité. **Bien que nous n'ayons pas à nous soumettre aux prétendues fins de la nature, nous restons soumis à ses lois** (par exemple, on ne peut pas survivre sans manger, boire ou dormir, ni être heureux sans renoncer à nos désirs insatiables).

• Épicure affirme donc lui aussi que **l'homme doit vivre en accord avec la nature**, mais pas au sens où les stoïciens l'entendent : il ne s'agit pas d'accepter le cours naturel des choses, le destin, mais de trouver la sérénité au sein de la nature en comprenant ses lois.

2 Bacon : « On ne commande à la nature qu'en lui obéissant »

• De ce point de vue, **l'homme est donc maître de son destin et non pas soumis au cours naturel des choses**. Mais il n'est pas tout puissant. Si la nature n'a pas de desseins, si elle ne nous assigne aucun rôle auquel nous devrions sagement nous conformer, elle a tout de même des lois que nous n'avons nullement le pouvoir de changer. En ce sens, on peut dire que nous appartenons à la nature autant qu'elle nous appartient. Comme tout ce qui existe, l'homme reste soumis aux lois de la nature. Il ne fait pas exception. « On ne **commande** à la nature qu'en lui **obéissant** », remarque ainsi Bacon. En effet, **la science découvre les lois de la nature et la technique les utilise, mais il est impossible de les changer.**

• Par exemple, comprendre la poussée d'Archimède permet d'établir la flottabilité d'un corps et de concevoir des bateaux, mais on ne peut évidemment pas en changer le principe : tout corps plongé dans un fluide (de l'eau, par exemple) subit une poussée verticale dirigée de bas en haut égale au poids du volume de fluide déplacé.

• Une image permet d'illustrer le rapport de l'homme à la nature tel que Bacon se le représente : un marin peut utiliser le vent pour aller où il veut (**il commande à la nature**), mais il ne peut pas changer la direction du vent (**il obéit à la nature**).

Doc. ***De la nature***

La clairvoyance des yeux n'a pas été créée, comme tu pourrais croire, pour nous permettre de voir au loin, ce n'est pas davantage pour nous permettre de marcher à grands pas que l'extrémité des jambes et des cuisses s'appuie et s'articule sur les pieds ; non plus que les bras que nous avons attachés à de solides épaules, les mains qui nous servent des deux côtés, ne nous ont été donnés pour subvenir à nos besoins.

Lucrèce, *De la nature*, Ier siècle av. J.-C.

Lucrèce (98-56 av. J.-C.)

Disciple latin d'Épicure (qu'il n'a bien entendu pas connu), Lucrèce est l'auteur d'un long poème philosophique intitulé *De la nature des choses*. Malgré la fidélité de Lucrèce à son maître qu'il compare à un Dieu, Lucrèce donne à sa philosophie une tonalité différente, plus triste, plus tragique. Pour Épicure, le bonheur est à portée de main et celui qui observe ses préceptes doit « vivre comme un Dieu parmi les hommes ». Mais Lucrèce ne semble pas avoir atteint le bonheur et Saint Jérôme prétend même qu'il s'est suicidé. Ce n'est pourtant vraisemblablement qu'une calomnie visant à discréditer une pensée matérialiste, évidemment opposée à la pensée chrétienne.

Mots-clés

- **but**
- **commander**
- **fin**
- **obéir**

Mots-repères

- **principe/cause/fin** p. 309
- **contingent/nécessaire** p. 302

FICHE 5 L'homme appartient à la nature autant qu'elle lui appartient (2)

3 L'écologie modérée : respecter la nature pour respecter l'homme

- Alors que l'**écologie** radicale (*deep ecology*) estime que **la nature a une valeur intrinsèque** (une valeur en elle-même) et prétend lui accorder des droits comme à une personne, l'écologie modérée (*shallow ecology*) estime que **la nature n'est que l'environnement de l'homme** et que c'est à ce titre qu'elle doit être respectée. De ce point de vue, **protéger la nature, c'est d'abord protéger l'homme** en préservant les conditions qui rendent la vie possible sur Terre.
- Le vocabulaire a ici son importance : **parler de « protection de l'environnement », c'est admettre implicitement que la nature appartient à l'homme**, qui est libre de la transformer tant qu'il ne se met pas en danger. À l'inverse, **parler de la nature et de ses droits, c'est en faire une personne juridique** ou un sujet de droit (comme le souhaitait par exemple Michel Serres) (**Doc. 1**).

En savoir plus sur *Le Contrat naturel* de Michel Serres

4 Hans Jonas : la nature appartient aussi aux générations futures

- Dans *Le Principe responsabilité*, Hans Jonas introduit l'idée selon laquelle les générations présentes sont responsables vis-à-vis des générations futures. De ce point de vue, **la Terre n'appartient pas tant aux hommes du présent qu'à ceux du futur**. Ainsi avons-nous le devoir de préserver les conditions qui rendront la vie possible sur Terre pour nos descendants.
- Dans une formule inspirée par l'impératif catégorique de Kant (CHAPITRE 2 p. 37), **Jonas** exprime ainsi une nouvelle **obligation morale essentielle** : « Agis de façon que les effets de ton action soient compatibles avec la permanence d'une vie authentiquement humaine sur Terre ».
- Mais il ne s'agit pas seulement pour Jonas de protéger l'homme et ses intérêts, mais de respecter la nature pour elle-même (la biosphère) comme une **fin en soi** et non pas seulement comme un **moyen** (**Doc. 2**).

Hans Jonas
(1903-1993)
Philosophe allemand principalement connu pour son éthique pour l'âge technologique exposée dans *Le principe responsabilité*. Jonas énonce une nouvelle obligation morale essentielle : « Agis de façon que les effets de ton action soient compatibles avec la permanence d'une vie authentiquement humaine sur Terre ». Il affirme également que la nature doit être considérée à l'instar de l'Homme, comme une fin en soi.

- La morale kantienne est fondée sur la distinction des personnes et des choses. Les personnes sont des fins en soi, elles ont une valeur intrinsèque, elles ont des droits. Au contraire, les choses ne sont que des moyens, elles n'ont pas de valeur intrinsèque et n'ont aucun droit. Aux yeux de Kant, la morale n'exige rien d'autre que le respect inconditionnel de la personne humaine qui ne doit jamais être traitée comme une simple chose (CHAPITRE 2 p. 37). L'homme n'aurait ainsi de devoirs qu'envers lui-même. Jonas introduit au contraire l'idée paradoxale selon laquelle l'homme aurait aussi des devoirs envers la biosphère : les animaux, les plantes, les océans, les rochers etc.

Doc. 1 *Le Contrat naturel*

Retour donc à la nature ! Cela signifie : au contrat exclusivement social ajouter la passation d'un contrat naturel de symbiose et de réciprocité (...). Le parasite prend tout et ne donne rien ; l'hôte donne tout et ne prend rien. Le droit de maîtrise et de propriété se réduit au parasitisme. Au contraire, le droit de symbiose se définit par la responsabilité : autant la nature donne à l'homme, autant celui-ci doit rendre à celle-là, devenue sujet de droit.

Michel Serres, *Le Contrat naturel*, Flammarion, 1990.

Doc. 2 *Le principe responsabilité*

Si le nouveau type de l'agir humain voulait dire qu'il faut prendre en considération davantage que le seul intérêt « de l'homme » - que notre devoir s'étend plus loin et que la limitation anthropocentrique[1] de toute éthique[2] du passé ne vaut plus ? Du moins n'est-il plus dépourvu de sens de demander si l'état de la nature extra-humaine, de la biosphère dans sa totalité et dans ses parties qui sont maintenant soumises à notre pouvoir, n'est pas devenu par le fait même un bien confié à l'homme et qu'elle a quelque chose comme une prétention morale à notre égard - non seulement pour notre propre bien, mais également pour son propre bien et de son propre droit. Si c'était le cas, cela réclamerait une révision non négligeable des fondements de l'éthique. Cela voudrait dire chercher non seulement le bien humain mais également le bien des choses extra-humaines, c'est-à-dire étendre la reconnaissance de « fins en soi »[3] au-delà de la sphère de l'homme et intégrer cette sollicitude dans le concept du bien humain. Aucune éthique du passé (mise à part la religion) ne nous a préparés à ce rôle de chargés d'affaires - et moins encore la conception scientifique dominante de la nature. Cette dernière nous refuse même décidément tout droit théorique de penser encore à la nature comme à quelque chose qui mérite le respect puisqu'elle réduit celle-ci à l'indifférence de la nécessité et du hasard et qu'elle l'a dépouillée de toute la dignité des fins. Et pourtant : un appel muet qu'on préserve son intégrité semble émaner de la plénitude du monde de la vie, là où elle est menacée.

Hans Jonas, *Le Principe responsabilité*, Flammarion, 1979, trad. J. Greisch.

1. Anthropocentrique : centré sur l'homme.
2. Éthique : morale.
3. « Fins en soi » : les êtres naturels (les animaux, les plantes, l'océan...) auraient ainsi une valeur en eux-mêmes et non pas seulement en tant que moyens pour l'homme.

Mots-clés
- écologie
- éthique
- environnement
- fin en soi

Mots-repères
- absolu/relatif p. 300

Révision Express

> La nature

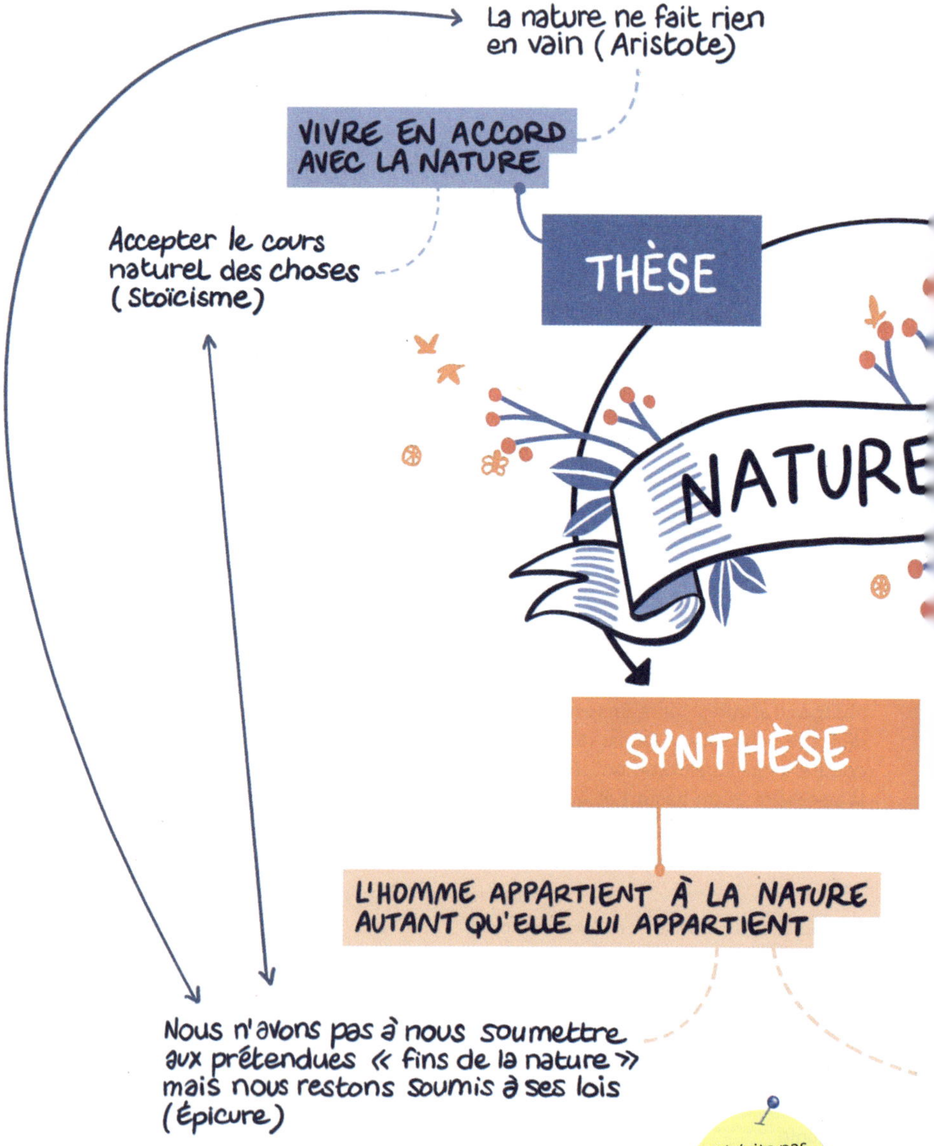

N'hésite pas à construire ta propre carte mentale

CARTE MENTALE

ANTITHÈSE

L'HOMME MAÎTRE ET POSSESSEUR DE LA NATURE

- L'homme est voué par la nature à transformer la nature (Prométhée)
- Progrès des sciences et techniques (Descartes)
- Et de sa propre nature
  - L'homme refuse la nature et sa nature (Bataille)
  - L'homme n'a pas de nature (Sartre)

« On ne commande à la nature qu'en lui obéissant » (Bacon)

Fiche test *Je fais le point*

QCM

10 min

- À revoir
- Acquis

Pour chaque question, déterminer la ou les bonnes réponses.
Chaque question peut rapporter jusqu'à un point, un demi-point dans le cas d'une erreur et aucun point dans le cas de deux erreurs ou plus.

1 Les stoïciens voient l'Univers comme un système bien organisé où chaque chose a une place et une fonction.

- Vrai
- Faux

2 À leurs yeux, agir moralement consiste à « vivre en accord avec la nature » (ou avec sa nature), c'est-à-dire à bien jouer le rôle qui nous est assigné dans l'ordre naturel des choses.

- Vrai
- Faux

3 Aristote déclare en une formule demeurée célèbre : « La nature... »

- a. « fait bien les choses. »
- b. « est bien faite. »
- c. « ne fait rien en vain. »

4 Selon Aristote, l'homme est par nature :

- a. un animal raisonnable.
- b. un animal politique.
- c. un animal violent.

5 Le mythe de Prométhée suggère que l'homme est un animal comme les autres.

- Vrai
- Faux

6 Descartes estime que l'homme ne devrait pas chercher à dominer la nature.

- Vrai
- Faux

7 Il espère que le progrès scientifique et technique permettra à l'homme de repousser ses limites naturelles.

- Vrai
- Faux

8 Georges Bataille définit l'homme comme « l'animal qui n'accepte pas le donné naturel ».

- Vrai
- Faux

9 Sartre soutient que l'homme n'a pas de nature.

- Vrai
- Faux

10 Il soutient que le sens de notre vie est inscrit dans notre nature individuelle : chacun doit faire ce pour quoi il est fait.

- Vrai
- Faux

11 Complétez cette célèbre affirmation de Simone de Beauvoir : « On ne naît pas femme... »

- a. « on le devient. »
- b. « on se résigne à le devenir. »
- c. « on naît humain. »

12 Lucrèce, un disciple d'Épicure, souligne que la nature nous a donné des yeux pour voir et des jambes pour marcher.

- Vrai
- Faux

13 L'écologie radicale conteste la notion d'environnement.

- Vrai
- Faux

14 Complétez cette affirmation de Hans Jonas : « Agis de telle façon que les effets de ton action soient compatibles avec... »

- a. « tes intérêts immédiats et ton bonheur personnel. »
- b. « la permanence d'une vie authentiquement humaine sur Terre. »
- c. « tes convictions morales et politiques. »

15 Michel Serre estime que la nature devrait avoir des droits comme une personne.

- Vrai
- Faux

SCORE : ____ / 15

Éviter les « pièges »

MÉTHODE

- **Le hors-sujet**
  - De toutes les erreurs qu'on peut faire en rédigeant une dissertation ou une explication de texte, le hors sujet est certainement la plus pénalisante. Une copie doit avant tout traiter la question posée par le sujet.
- **Pour éviter le hors sujet, plusieurs « pièges » sont à éviter**
  - Il arrive qu'on interprète mal la question parce qu'on ne connaît pas le sens de certains mots, parce qu'on les connaît mal ou qu'on ne les a pas bien analysés.
  - On est parfois conduit au hors sujet parce qu'on cherche à étaler son savoir (même si on se rend compte que ce qu'on dit ne répond pas vraiment à la question posée).
  - Il arrive qu'on se focalise sur le thème du sujet, la liberté par exemple. On est alors tenté de développer ce « thème » de manière trop générale ou de restituer un cours en oubliant la spécificité de la question posée.
- **La peur de penser par soi-même**
  - Elle peut conduire à réciter un cours sans réfléchir ou à se réfugier derrière des auteurs. Elle conduit souvent aussi à conclure... qu'on ne peut rien conclure, que toutes les opinions se valent etc. C'est une erreur réellement pénalisante.
  - « *Sapere aude* », littéralement « ose savoir », « ose penser » selon l'interprétation que Kant fait de cette formule. C'est ce courage intellectuel qui permet de conduire un véritable raisonnement.

ÉNONCÉ

Vouloir retourner à une vie naturelle a-t-il un sens pour l'homme ?

CORRIGÉ

- **Le hors-sujet à éviter :** Prendre l'expression « vie naturelle » dans le sens vague qu'elle peut avoir dans le langage ordinaire : une vie saine, vivre à la campagne, manger des produits bio, se soigner avec des tisanes...
- **Analyse :** Le sujet invite au contraire à s'interroger sur le sens de l'adjectif « naturel ». Il sous-entend que l'homme n'est pas un être naturel, qu'il est au contraire essentiellement un être de culture, qu'il n'a jamais vécu de manière naturelle et qu'ainsi l'idée de retourner à une vie naturelle serait absurde et vide de sens.

Corrigés *Je fais le point*

1. **Vrai.** Pour les stoïciens, comme pour la plupart des Anciens, l'Univers est un Cosmos, un système ordonné et harmonieux où tout a une place et un rôle à jouer. De ce point de vue, un homme doit comprendre et accepter son rôle : vivre en accord avec la nature et avec sa nature.

2. **Vrai.** Comme le soutient Épictète, l'homme est comparable à un comédien qui n'a pas choisi son rôle, il doit seulement le comprendre, l'accepter et bien le jouer.

3. **c)** « La nature ne fait rien en vain », c'est-à-dire sans raison ou sans but.

4. **a)** et **b)** La nature a doué l'homme de raison. Il peut ainsi distinguer le juste de l'injuste et vivre en société, au sein d'une cité *(polis)* régie par des lois.

5. **Faux.** Le mythe de Prométhée présente l'homme comme un être à part dans la nature qu'il est voué à transformer.

6. **Faux.** Condamner la prétention humaine à dominer la nature est une idée récente (même si elle renoue avec la conception antique de la nature). Descartes, lui, espère au contraire que le progrès des sciences et des techniques nous rende comme « maîtres et possesseurs de la nature ». Cela dit, le mot « comme » introduit une réserve importante : le vrai maître et possesseur de la nature pour Descartes, c'est Dieu. Dieu a créé le monde et lui a donné des lois que nous pouvons comprendre et utiliser, mais qu'il nous est impossible de changer.

7. **Vrai.** Descartes croit que le progrès nous rendra « plus habiles et plus sages ».
CHAPITRE 11 P. 157

8. **Vrai.** L'homme transforme la nature et sa propre nature par le travail et par l'éducation.

9. **Vrai.** Pour Sartre, l'homme n'a pas de nature, il est entièrement libre et responsable de ce qu'il choisit d'être : il est ce qu'il se fait. C'est la thèse centrale de l'existentialisme sartrien. PERSPECTIVE 2 P. 16

10. **Faux.** Comme la réponse précédente permet de le comprendre.

11. **a)** « On ne naît pas femme, on le devient ». En d'autres termes : ce n'est pas la nature mais la société qui fait d'un humain une femme, et cette dernière n'est pas condamnée à accepter le rôle traditionnel et les stéréotypes du genre féminin.

12. **Faux.** Lucrèce nie l'existence d'une finalité naturelle.

13. **Vrai.** Pour l'écologie radicale, la notion d'environnement est anthropocentrique.

14. **b)** La formule est inspirée de l'impératif catégorique de Kant. CHAPITRE 2 P. 37

15. **Vrai.** Serres estime que la nature a des droits, il voudrait qu'on la considère comme une personne juridique et non pas seulement comme un objet ou une chose.

Chapitre 5 La science

« Science sans conscience n'est que ruine de l'âme. » Rabelais

FICHE 1

Qu'est-ce que la science ? (1)

De quoi s'agit-il ?

Pour la pensée commune, science est synonyme de connaissance exacte, vérifiée et indiscutable. Pourtant, les connaissances scientifiques évoluent et les vérités qui semblaient les mieux établies hier s'avèrent parfois inexactes. Qu'est-ce donc que la science ? Quel est le critère de la scientificité ? Quelle vérité la science peut-elle atteindre et par quelles méthodes ?

1 Sciences formelles et sciences expérimentales

1. La logique

• La **logique** et les **mathématiques** constituent ce qu'on appelle les **sciences formelles** parce qu'elles ne s'occupent d'aucun contenu concret. **La logique établit la forme des raisonnements valides** (rigoureux) indépendamment de tout contenu. On peut en effet faire abstraction du contenu d'un raisonnement pour n'en retenir que la forme, comme dans l'exemple suivant :

– Tout homme est mortel		Tout **A** est **B**
– Or Socrate est un homme	➜	Or **C** est **A**
– Donc Socrate est mortel		Donc **C** est **B**

• **Tout raisonnement de cette forme est valide, quel que soit son contenu.** C'est le cas même si ce contenu n'est pas en accord avec le réel, comme dans l'exemple suivant :

– Tout ce qui est rare est cher		Tout **A** est **B**
– Or un âne boiteux est rare	➜	Or **C** est **A**
– Donc un âne boiteux est cher		Donc **C** est **B**

2. Les mathématiques

• **Les mathématiques sont vraies par la forme de leurs raisonnements**, c'est-à-dire par leur rigueur logique et non par leur accord avec la réalité concrète. Les mathématiques peuvent certes s'appliquer au réel, mais **leurs raisonnements concernent des idées abstraites** qui n'existent que dans l'esprit qui les conçoit. Par exemple, on chercherait vainement dans le réel un cercle parfait ou un point mathématique (sans extension).

• De plus, **les démonstrations mathématiques reposent sur des principes** (postulats ou axiomes) **dont le statut est problématique**. Par définition, ceux-ci ne peuvent être démontrés puisqu'ils constituent les points de départ de toute démonstration. On les considérait autrefois comme des évidences. **Pascal** affirme ainsi que les principes sont connus de manière immédiate et intuitive : ce sont, dit-il, des « connaissances du cœur et de l'instinct » (CHAPITRE 10 p. 143). Il existerait ainsi deux sortes de certitudes : celle des propositions que l'on démontre, que l'on établit par une déduction rigoureuse, et celle des principes qui se fonde sur ce que l'on « sent ». « Les principes se sentent, les propositions se concluent ; et le tout avec certitude, quoique par différentes voies », écrit Pascal.

Blaise Pascal (1623-1662)
Savant, philosophe et mystique du XVIIe siècle, Pascal a démontré l'existence du vide et donné son nom à une unité de mesure. Comme philosophe, il est surtout l'auteur d'un ouvrage inachevé publié après sa mort sous le titre de Pensées. Contre le rationalisme, Pascal affirme que certaines vérités sont senties par le « cœur » plutôt que démontrées par la Raison : « le cœur a ses raisons que la Raison ne connaît pas ».

• Mais les travaux de **Lobatchevski** puis de **Riemann** ont conduit à reconsidérer le statut de ces principes. En effet, ces mathématiciens du XIXe siècle ont montré qu'il était possible de concevoir des géométries différentes de celle d'**Euclide** (les géométries non euclidiennes) reposant sur des définitions et des postulats différents et démontrant des théorèmes eux aussi différents. Par exemple, dans la géométrie d'Euclide (la géométrie « classique »), la somme des angles d'un triangle est égale à deux angles droits (180°), alors qu'elle peut être supérieure ou inférieure à deux angles droits dans les géométries non euclidiennes, selon les postulats choisis.

• Les principes sont donc des hypothèses qu'on peut parfois changer sans qu'il en résulte aucune contradiction. On parle de **système hypothético-déductif**. Cela signifie que les démonstrations mathématiques n'établissent pas des **vérités absolues**, mais des **vérités relatives** à un système de postulats ou d'axiomes et de définitions. « La somme des angles d'un triangle est égale à 180° » n'est pas une vérité absolue.

• Contrairement aux sciences formelles, les **sciences expérimentales**, comme la **physique**, la **chimie** ou la **biologie**, se réfèrent au monde réel. Elles se fondent sur l'**observation** et l'**expérimentation**. Elles ne sont pas seulement vraies **formellement** mais aussi **matériellement**, c'est-à-dire parce que **leur contenu est en accord avec le réel** (ou supposé tel). Par exemple, la loi de l'attraction universelle est vraie parce qu'on peut observer que tous les corps s'attirent : elle est conforme à la réalité observable.

Décoder la démarche scientifique

2 Bernard : la méthode expérimentale

• **Claude Bernard**, un physiologiste du XIXe siècle, a dégagé les étapes de la **méthode expérimentale**. La première consiste à **observer les phénomènes** sans idées préconçues. La deuxième consiste à **formuler des hypothèses** ou idées expérimentales capables d'expliquer les faits observés. Ces idées sont suggérées par les faits et demandent à être vérifiées. Elles s'opposent en cela aux spéculations des métaphysiciens (au sujet de Dieu ou de l'âme, par exemple). La troisième étape consiste à **vérifier** les hypothèses par l'**expérimentation**. Mais cette démarche est sans fin car l'expérimentation fait naître de nouveaux phénomènes qu'il faut observer…

Mots-clés
- **sciences formelles**
- **sciences expérimentales**
- **logique**
- **mathématiques**

Mots-repères
- **absolu/relatif** p. 300
- **formel/matériel** p. 305

FICHE 2 Qu'est-ce que la science ? (2)

3 Popper : le critère de la scientificité

• Mais **Karl Popper**, un épistémologue du XXe siècle, montre que l'expérimentation ne vérifie pas à proprement parler les hypothèses scientifiques. Une théorie scientifique n'est pas à proprement parler **vérifiable,** mais **testable** ou **falsifiable**. La **falsifiabilité** est donc le critère de la scientificité. Les théories non scientifiques (comme le marxisme ou la psychanalyse) ne sont pas testables, elles sont à la fois **invérifiables** et **irréfutables.**

• Une théorie vraie n'est donc pas vérifiée par l'expérience, mais on la tient pour vraie jusqu'à preuve du contraire parce qu'aucune expérience n'a permis de la réfuter. La vérité des théories scientifiques n'est pas **absolue et éternelle**, mais seulement **relative et provisoire**.

Karl Popper
(1902-1994)

Popper soutient qu'une théorie scientifique n'est pas à proprement parler une théorie vérifiable, mais plutôt une théorie testable ou falsifiable. Les théories non scientifiques et les fausses sciences ne sont pas testables, c'est-à-dire qu'elles sont à la fois invérifiables et irréfutables. Popper critique ainsi le marxisme dans lequel il voit une fausse science menant au totalitarisme.

4 Bachelard : « Rien n'est donné. Tout est construit. »

1. La connaissance du réel n'est jamais immédiate

• Pour les Anciens, connaître, c'est **contempler l'Univers**. Pour la **science** moderne, il s'agit plutôt d'en **construire une représentation possible. Bachelard** souligne ainsi le rôle que jouent les constructions théoriques à chaque étape de la démarche expérimentale : **même les faits sont construits**, c'est-à-dire que **le phénomène scientifique est une production de l'esprit**. En effet, **l'observation n'est pas un phénomène passif : « L'observation scientifique est toujours une observation polémique, elle confirme ou infirme** une thèse antérieure », écrit Bachelard. De plus, les phénomènes scientifiques sont générés par des machines ou mesurés par des instruments qui sont comme des **théories matérialisées** : « il en sort des phénomènes qui portent de toutes parts la marque théorique ». Enfin, le rôle de la construction théorique est évident dans l'expérimentation, puisque celle-ci sert à vérifier une hypothèse. **« La connaissance du réel n'est jamais immédiate [...]. Rien ne va de soi. Rien n'est donné. Tout est construit », écrit Bachelard.**

2. Les concepts scientifiques se forment par rectification

• **Bachelard** souligne également que les concepts et les théories scientifiques se forment par rectifications successives, en surmontant des **obstacles épistémologiques : « On connaît contre une connaissance antérieure, en détruisant des connaissances mal faites ». Par exemple, la masse a d'abord été confondue avec le poids** (un objet a la même masse sur Terre que sur la Lune, mais pas le même poids).

Gaston Bachelard (1884-1962)
Bachelard souligne que la science ne progresse pas en accumulant les découvertes : le progrès scientifique connaît des ruptures, des révolutions, des « coupures épistémologiques ». L'esprit scientifique progresse ainsi en revenant sur ses erreurs, dans un véritable repentir intellectuel. Ce progrès se heurte à des « obstacles épistémologiques » comme l'expérience commune, où les idées toutes faites qui semblent relever du simple bon sens ou de l'évidence : « l'opinion a en droit toujours tort ».

5 Kuhn : les révolutions scientifiques

1. Une révolution scientifique impose un changement de paradigme

Découvrir les révolutions scientifiques

• **Thomas Samuel Kuhn**, un épistémologue américain du XXe siècle, souligne que **l'histoire des sciences est marquée par des révolutions** au cours desquelles un paradigme scientifique (un modèle théorique fondamental) est supplanté par un modèle radicalement différent (incommensurable). Ce dernier impose un vocabulaire et des concepts nouveaux, ainsi qu'une véritable **conversion intellectuelle qui engendre des conflits et des débats** (comme le montre l'exemple de la révolution copernicienne).

2. La vérité scientifique

• Constater que la science construit successivement des cadres théoriques radicalement différents conduit à **remettre en cause la conception commune de la vérité comme accord avec le réel**. La science n'est pas **vraie** parce que ses théories sont conformes au réel. Une théorie scientifique est donc une **construction de l'esprit** qui rend les phénomènes intelligibles, permet de les anticiper et de les maîtriser.

• Dans une perspective voisine, **Einstein** compare le physicien à un horloger qui aurait à expliquer le mécanisme d'une montre sans pouvoir l'ouvrir. La vérité dite objective n'est que la théorie qui explique le plus simplement possible l'ensemble des phénomènes qu'on a pu observer jusqu'à présent.

Mots-clés
- science
- méthode expérimentale
- falsifiabilité
- révolution scientifique

Mots-repères
- absolu/relatif p. 300
- vrai/probable/certain p. 311

FICHE 3

Toute vérité est-elle scientifique ? (1)

De quoi s'agit-il ?

Le scientisme prétend étendre la méthode scientifique à tous les domaines possibles et renonce à poser les questions auxquelles elle ne peut répondre. Mais ne peut-on accéder à la vérité par d'autres voies que celle des sciences ?

1 Positivisme et scientisme : toute vérité est scientifique

1. Le positivisme

- **Auguste Comte** est considéré comme le père du **positivisme**. Sa philosophie s'appuie sur la **loi des trois états** (**Doc.**) qui affirme que notre compréhension du monde passe par trois étapes ou états : l'**état théologique** (ou fictif), l'**état métaphysique** (ou **abstrait**) et l'**état scientifique** (ou positif). Dans le premier état, les hommes expliquent les phénomènes naturels par l'intervention d'êtres surnaturels, de divinités ou d'un Dieu unique. Dans le deuxième état, des entités abstraites (comme la « vertu dormitive » de l'opium) remplacent les êtres surnaturels. Dans le dernier état, l'esprit humain, parvenu à maturité, s'en tient à observer les faits et à établir entre eux des relations invariables : des lois (comme celle de la gravité) qui permettent d'anticiper et d'agir.

Auguste Comte
(1798-1857)
Il est considéré comme le père du positivisme. Le terme désigne à l'origine la philosophie de Comte lui-même, mais il renvoie par extension, à un courant de pensée qui place une confiance et des espoirs (qu'on peut juger excessif) dans le progrès scientifique.

- Pour Comte, **l'esprit doit se limiter à ce qu'il peut connaître de manière certaine et renoncer aux spéculations métaphysiques**. Il doit notamment renoncer à s'interroger sur la raison d'être des choses (pourquoi ?) et s'en tenir à la recherche des lois scientifiques. Comte prétend même confier la politique, c'est-à-dire l'organisation de la société, à la science (la **sociologie**).

2. Le scientisme

- Le **scientisme** prolonge et radicalise le positivisme. Il se caractérise par une **confiance immense dans le progrès scientifique**, supposé capable de résoudre tous les problèmes de l'humanité (notamment les problèmes sociaux), et prétend **étendre l'esprit et les méthodes scientifiques à tous les domaines. Ernest Renan**, figure emblématique du scientisme, espère ainsi « organiser scientifiquement l'humanité ». Il est convaincu que la science remplacera un jour la philosophie, la religion et même la poésie en dévoilant ce qu'il y a de merveilleux dans l'Univers.

En savoir plus sur le scientisme

Ernest Renan

Découvrir la théorie de Stephen Hawking

• Le terme de scientisme a été utilisé pour la première fois par le biologiste **Félix Le Dantec**. Celui-ci estime que **la science est la seule connaissance légitime**. « Je crois que la Science et la Science seule résoudra toutes les questions qui ont un sens », écrit-il. Il croit ainsi possible de faire de la psychologie une véritable science capable de pénétrer « jusqu'aux arcanes de notre vie sentimentale ». Toutefois, la science ne peut répondre à toutes les questions parce que « les hommes se posent bien des questions qui ne signifient rien ». À ses yeux, **les questions auxquelles la méthode scientifique ne peut apporter de réponses sont donc absurdes** et doivent être négligées.

Doc. ***Cours de philosophie positive***

Chacune de nos conceptions principales, chaque branche de nos connaissances passe successivement par trois états théoriques différents : l'état théologique ou fictif ; l'état métaphysique ou abstrait ; l'état scientifique ou positif (…). Dans l'état théologique, l'esprit humain dirigeant essentiellement ses recherches vers la nature intime des êtres, les causes premières et finales de tous les effets qui le frappent, en un mot, vers les connaissances absolues, se représente les phénomènes comme produits par l'action directe et continue d'agents surnaturels[1] (…).

Dans l'état métaphysique, qui n'est au fond qu'une simple modification générale du premier, les agents surnaturels sont remplacés par des forces abstraites[2], véritables entités (abstractions personnifiées) inhérentes aux divers être du monde et conçues comme capables d'engendrer par elles-mêmes tous les phénomènes observés, dont l'explication consiste alors à assigner pour chacun l'entité correspondante..

Enfin, dans l'état positif, l'esprit humain reconnaissant l'impossibilité d'obtenir des notions absolues, renonce à chercher l'origine et la destination de l'univers, et à connaître les causes intimes des phénomènes, pour s'attacher uniquement à découvrir, par l'usage bien combiné du raisonnement et de l'observation, leurs lois effectives[3], c'est-à-dire leurs relations invariables de succession et de similitude.

Auguste Comte, *Cours de philosophie positive*, 1830.

1. Agents surnaturels : les divinités de la mythologie grecque par exemple.
2. Forces abstraites : par exemple, la « vertu dormitive » de l'opium.
3. Les lois scientifiques

Mots-clés
- **positivisme**
- **scientisme**
- **progrès scientifique**
- **métaphysique**

Mots-repères
- **abstrait/concret** p. 300
- **croire/savoir** p. 302

FICHE 4 Toute vérité est-elle scientifique ? (2)

2 Critiques du scientisme

1. La science ne répond pas à toutes les questions

• Bien des questions se posent auxquelles la science ne peut répondre : est-il légitime de cloner un être humain ? Doit-on cultiver des organismes génétiquement modifiés ? Peut-on utiliser les découvertes scientifiques et techniques pour améliorer la condition humaine en augmentant nos capacités physiques et mentales comme le veut le transhumanisme ? « Science sans conscience n'est que ruine de l'âme », écrit **Rabelais**. La science et la technique nous offrent les moyens d'atteindre nos objectifs, mais elles ne disent rien de la valeur **morale** de ces objectifs ou de leur légitimité. Ces questions relèvent de la morale ou de l'éthique.

• **La science ne nous dit pas non plus comment organiser la société humaine** parce que cette organisation doit être guidée par des **valeurs** et des **idéaux**, comme la liberté ou la justice, qui ne peuvent être validés scientifiquement. De plus, le scientisme conduit à la **technocratie**, qui retire le pouvoir au peuple pour le confier aux experts. En effet, si on estime qu'il est possible de déterminer scientifiquement la meilleure manière d'organiser la société, il devient absurde de permettre au peuple d'en décider.

• **La science ne peut donc pas tenir lieu de morale ni de politique.** Elle conduit même à poser des questions qui ne relèvent pas de sa compétence, mais de celle de la **philosophie** : des **questions éthiques, politiques, mais aussi métaphysiques**, comme celle de l'existence de Dieu. Un astrophysicien peut par exemple se demander si l'histoire de l'Univers réalise un projet divin. On ne peut pas apporter de réponse vérifiable à ce genre de questions, mais doit-on pour autant renoncer à se les poser ?

• **Kant** observe que **la Raison est naturellement conduite à dépasser les limites de l'expérience possible et donc de la science**. Elle se pose alors des questions métaphysiques insolubles : le monde a-t-il un commencement ? L'Univers est-il infini ? La liberté est-elle possible ou tout se produit-il nécessairement selon les lois de la nature ? On ne peut pas répondre à ces questions scientifiquement en s'appuyant sur l'expérience. La métaphysique ne peut donc pas être une science. Mais **ce qu'on ne peut pas savoir ou connaître, on peut quand même le penser** et même l'admettre pour des raisons morales. Par exemple, la liberté est concevable et Kant estime que nous devons nous considérer comme des êtres libres et responsables (CHAPITRE 2 p. 37).

2. Russell : la philosophie vaut par son incertitude

• On peut aussi estimer, comme Bertrand Russell, que **la philosophie vaut par son incertitude** parce qu'elle libère l'esprit de ses préjugés en y introduisant le **questionnement** et le **doute**. Par exemple, nous sommes spontanément convaincus de l'existence d'un monde d'objets matériels extérieurs à notre esprit, mais Descartes montre qu'il s'agit d'une hypothèse en droit discutable. La vie pourrait ainsi n'être qu'un rêve (CHAPITRE 13 p. 187).

Bertrand Russell (1872-1970)

Mathématicien, logicien et philosophe britannique. Russell fait de la logique la base des mathématiques, contre l'intuitionnisme qui affirme que les mathématiques reposent aussi sur « l'intuition ». Il fait par ailleurs l'éloge de la philosophie et souligne son utilité dans un monde qui manque cruellement de sagesse. À ses yeux, la philosophie vaut avant tout par son incertitude, c'est-à-dire par sa capacité à ébranler nos certitudes et à nous faire envisager des hypothèses qui s'écartent de la pensée commune.

3. Des vérités non-scientifiques sont concevables

• On peut espérer atteindre la vérité ou certaines vérités par d'autres voies que la science. Le **dialogue**, par exemple, peut être considéré comme une méthode permettant d'établir une vérité au moins **probable** par l'échange et la confrontation rationnelle des points de vue. **Platon** estime ainsi que **la vérité est scellée par l'accord des interlocuteurs au terme d'une discussion bien conduite**.

• Habermas soutient que la discussion permet de déterminer si une règle de conduite et d'action ou un comportement sont moraux. Il élabore ainsi une **éthique de la discussion** qui vise à établir les normes qui doivent permettre à un débat de se dérouler de manière satisfaisante. Dans une perspective voisine, la théorie de la **démocratie délibérative** fait de la délibération publique le fondement de la légitimité politique : la confrontation rationnelle de conception différente du bien commun permet de prendre des décisions bien-fondées et légitimes.

• On peut également chercher et trouver une forme de **vérité intuitive dans l'art**, comme le pense **Bergson** : L'artiste voit mieux que le commun des mortels parce qu'il voit la réalité nue et sans voiles, écrit-il. L'art nous permettrait ainsi de saisir ce qu'il y a d'unique et d'inexprimable dans les choses et d'accéder par là même à une vérité qui échapperait à la science (CHAPITRE 1 p. 23).

• Il existe enfin une **vérité subjective**, que les relativistes comme **Protagoras** considèrent même comme la seule possible. Chacun aurait ainsi sa propre vérité, fondée sur des impressions subjectives dont il serait le seul juge : « J'ai froid », « J'ai mal », « J'ai peur ». La psychologie affirme ainsi qu'on ne peut mesurer la gravité d'un traumatisme en fonction de ses seules causes objectives. Comme le dit Protagoras : « L'homme est la mesure de toutes choses ».

Mots-clés

- **morale**
- **politique**
- **philosophie**
- **doute**
- **dialogue**
- **art**

Mots-repères

- **objectif/subjectif/intersubjectif** p. 308
- **vrai/probable/certain** p. 311
- **intuitif/discursif** p. 307

> La science

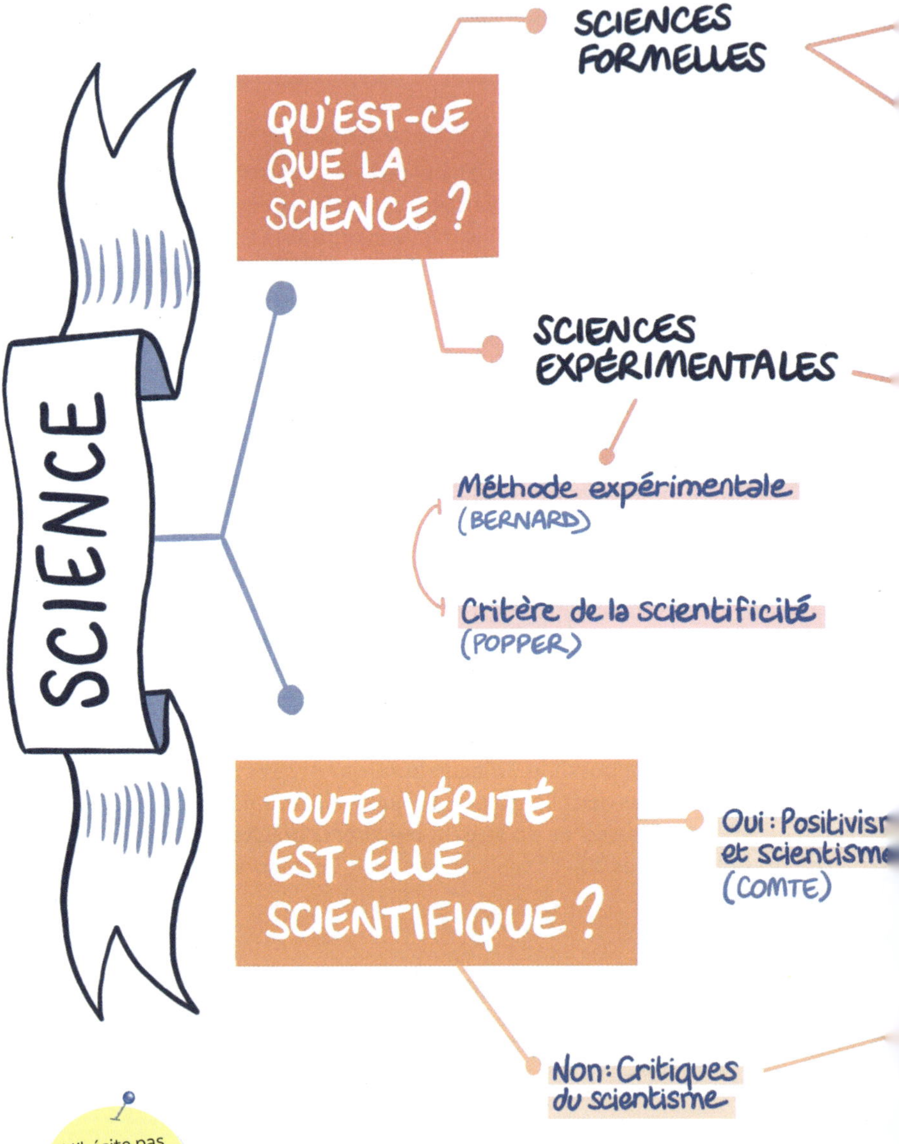

N'hésite pas à construire ta propre carte mentale

CARTE MENTALE

Logique = établit la forme des raisonnements valides

Mathématiques

- Principes des démonstrations = évidences ou hypothèses ?
  - Vérité mathématique = absolue ou relative ?
- Vraies par la forme de leurs raisonnements

Construire une représentation possible du réel

Par rectifications successives (BACHELARD)

Révolutions scientifiques (KUHN)

- « Science sans conscience » (RABELAIS)
- Métaphysique, penser/connaître (KANT)
- La philosophie vaut par son incertitude (RUSSEL)
- Dialogue = chemin vers la vérité (PLATON)
- Vérité dans l'art (BERGSON)
- Vérité subjective (PROTAGORAS)

Fiche test *Je fais le point*

QCM — 10 min

☐ À revoir
☐ Acquis

Pour chaque question, déterminer la ou les bonnes réponses.
Chaque question peut rapporter jusqu'à un point, un demi-point dans le cas d'une erreur et aucun point dans le cas de deux erreurs ou plus.

1 La logique peut se définir comme l'art de concevoir des raisonnements vraisemblables et convaincants.
☐ Vrai ☐ Faux

2 La logique et les mathématiques appartiennent à ce qu'on appelle les sciences expérimentales.
☐ Vrai ☐ Faux

3 Les mathématiques établissent des vérités qu'on peut qualifier de :
☐ **a.** certaines.
☐ **b.** absolues.
☐ **c.** relatives.
☐ **d.** probables.

4 La physique, la chimie, la biologie et la médecine... sont des sciences expérimentales.
☐ Vrai ☐ Faux

5 Claude Bernard est considéré comme le fondateur de la médecine expérimentale. Il décompose la méthode expérimentale en trois étapes : observation, hypothèse et :
☐ **a.** conclusions.
☐ **b.** discussion.
☐ **c.** vérification.

6 Selon Karl Popper, l'un des plus importants philosophes des sciences du XXᵉ siècle, la vérité scientifique est :
☐ **a.** provisoire.
☐ **b.** éternelle.
☐ **c.** absolue.
☐ **d.** probable.
☐ **e.** certaine.

7 Gaston Bachelard est un philosophe français du XXᵉ siècle qui, étonnamment, s'est intéressé autant à la poésie qu'à la science. Il déclare en une formule demeurée célèbre : « Rien n'est donné... »
☐ **a.** « tout est à prendre. »
☐ **b.** « tout est construit. »
☐ **c.** « tout a un prix. »

8 L'épistémologue américain Thomas Kuhn soutient que les vérités scientifiques sont des vérités absolues.
☐ Vrai ☐ Faux

9 Le scientisme affirme que la science est la seule connaissance réelle et utile.
☐ Vrai ☐ Faux

10 La science peut répondre (ou répondra un jour) à toutes les questions possibles.
☐ Vrai ☐ Faux

11 Kant soutient qu'il faut renoncer à tout questionnement métaphysique.
☐ Vrai ☐ Faux

12 Mathématicien, logicien et philosophe, Bertrand Russel estime que la philosophie vaut paradoxalement par son incertitude.
☐ Vrai ☐ Faux

13 Platon soutient que toute discussion est stérile et vaine.
☐ Vrai ☐ Faux

14 Pour Bergson, l'art nous éloigne d'une vérité que seule la science peut établir.
☐ Vrai ☐ Faux

15 Le sophiste Protagoras soutient que toute vérité est subjective.
☐ Vrai ☐ Faux

SCORE : ___ / 15

Les fonctions de l'introduction

MÉTHODE

- **Une introduction doit annoncer le sujet** qui va être traité. Vous ne devez donc pas supposer que le lecteur-correcteur sait déjà de quoi vous allez parler. Votre introduction ne doit donc pas commencer par une formule comme : « Cette question... », « La question posée... », etc.
- **Bannissez également les formules banales** comme « Depuis la nuit des temps », ou « De nos jours... », etc.
- **La fonction principale de l'introduction** est de **formuler une problématique** précise. Celle-ci constitue la base de votre copie.
- **On peut comparer l'introduction à un contrat**. Vous devez convaincre le correcteur de le signer, c'est-à-dire le convaincre que votre approche du sujet est pertinente.
- **Il n'est pas nécessaire d'annoncer le plan** de manière lourdement explicite (« premièrement... deuxièmement », etc.). La formulation du problème peut suffire à suggérer le plan.

ÉNONCÉ

Comment les théories scientifiques peuvent-elles à la fois être vraies et provisoires ?

CORRIGÉ

- Votre introduction doit **mettre en évidence le paradoxe évoqué par le sujet** et s'en étonner : à première vue la vérité est éternelle (deux et deux feront toujours quatre), pourtant les théories scientifiques ne le sont pas, elles changent, elles évoluent. C'est ainsi que les sciences progressent. L'essentiel est de parvenir à **formuler une problématique précise** qui suggère le plan du développement.
- **Proposition d'introduction**
Les opinions, les croyances et les erreurs changent mais, ce qui est vrai semble devoir l'être éternellement. Ainsi, il sera toujours vrai que la bataille de Marignan a eu lieu en 1515. Pourtant les sciences progressent et les théories périmées sont remplacées. C'est notamment le cas lors des révolutions scientifiques, comme l'a montré Thomas Khun. Comment ces théories provisoires peuvent-elles donc être vraies ? En quel sens ? Une théorie scientifique n'est-elle qu'une manière de se représenter les choses qui permet d'expliquer et de maîtriser les phénomènes ? Il s'agit donc de déterminer si la vérité des théories scientifiques est absolue ou seulement relative.

Corrigés *Je fais le point*

1. **Faux.** La logique peut se définir comme la science qui établit la forme des raisonnements valides.

2. **Faux.** Les mathématiques appartiennent aux sciences formelles puisqu'elles sont vraies par la forme de leurs raisonnements, c'est-à-dire par leur rigueur logique.

3. **a)** et **c)** Les mathématiques établissent des vérités certaines (démontrées) mais relatives à un système de définitions et de postulats variables.

4. **Vrai.** Ces sciences se fondent, en effet, sur l'observation et l'expérimentation.

5. **Vrai.**

6. **a)** et **d)** L'expérimentation ne permet pas de vérifier à proprement parler une hypothèse, mais seulement de la tester. On considère donc comme vraie jusqu'à preuve du contraire, une hypothèse qui a résisté à toutes les tentatives de réfutation.

7. **b)** « La connaissance du réel n'est jamais immédiate », écrit Bachelard. Faire de la science ne consiste pas à observer passivement le réel, mais à en construire une représentation possible.

8. **Faux.** Kuhn souligne que l'histoire des sciences est marquée par des révolutions au cours desquelles un paradigme scientifique est supplanté par un modèle radicalement différent. De ce point de vue, les vérités scientifiques ne sont pas des vérités absolues, mais seulement des constructions provisoires.

9. **Vrai.** Le terme de scientisme a été utilisé pour la première fois par le biologiste Félix Le Dantec. Celui-ci estime que la science est la seule connaissance légitime. « Je crois que la Science et la Science seule résoudra toutes les questions qui ont un sens », écrit-il.

10. **Faux.** À moins de soutenir comme Félix Le Dantec que les questions auxquelles la science ne répond pas sont absurdes, il faut bien reconnaître que la science ne répond pas à toutes les questions, notamment aux questions morales. Par exemple, la science ne nous dit pas ce qu'il faut faire de la science.

11. **Faux.** La métaphysique n'est pas une science puisqu'elle dépasse les limites de notre expérience. Mais ce qu'on ne peut pas *connaître*, on peut cependant le *penser*.

12. **Vrai.** La philosophie introduit le doute dans les fausses certitudes de la pensée commune.

13. **Faux.** Le choc des opinions contradictoires est souvent stérile, mais une discussion philosophique menée méthodiquement peut conduire à la vérité.

14. **Faux.** Bergson définit l'artiste comme un homme qui voit mieux que le commun des mortels parce qu'il « regarde la réalité nue et sans voiles ». .... CHAPITRE 1 p. 23

15. **Vrai.** Aux yeux de Protagoras, chacun a sa propre vérité fondée sur des impressions subjectives.

Chapitre 6 Le travail

« Le travail a créé l'homme lui-même. » Engels

FICHE 1

Le travail envisagé comme un obstacle à l'accomplissement de l'homme

De quoi s'agit-il ?

Les Anciens méprisaient le travail et s'en déchargeaient volontiers sur leurs esclaves. À leurs yeux, un homme ne pouvait s'accomplir qu'à condition d'être libéré du fardeau du travail et de se consacrer à des activités plus nobles. Bien qu'ils soient plus nuancés, les modernes perçoivent parfois eux aussi le travail de manière très négative : « Rien ne sert de vivre s'il faut qu'on travaille », écrit André Breton.

1 Aristote : l'idéal de la vie contemplative

- Les Grecs et les Romains voyaient dans le travail un **fardeau dont il était légitime** de se décharger sur des esclaves pour se consacrer à des activités plus épanouissantes et plus dignes de l'homme. Pour **Aristote**, par exemple, la **vie heureuse**, celle d'un homme pleinement accompli, est consacrée à la « **contemplation** », c'est-à-dire à la connaissance ou à la philosophie.
- L'homme peut en effet se définir comme un **animal doué de raison**, c'est-à-dire de la faculté de connaître, de distinguer le vrai du faux et le bien du mal (CHAPITRE 10 p. 143). Il est donc fait pour le savoir, comme le cheval est fait pour la course, par exemple. En d'autres termes, **l'homme est voué par nature à la recherche du savoir, à l'étude ou à la philosophie**, au sens large et étymologique du terme (« amour de la sagesse ou du savoir »).

2 Arendt : le travail est un asservissement à la nécessité

Hannah Arendt (1906-1975)
Arendt est née en Allemagne, elle y a fait ses études. Après avoir été arrêtée en Allemagne en 1933, puis une seconde fois en France en 1940, elle s'exile aux États-Unis. Arendt se veut politologue plutôt que philosophe. Ses travaux portent notamment sur le totalitarisme et l'antisémitisme. On retient généralement sa thèse sur la banalité du mal : Eichmann, le tortionnaire nazi de triste mémoire, lui apparaît, non comme une bête furieuse, mais comme un petit fonctionnaire obéissant aux ordres sans se poser de questions morales.

1. Le travail est un esclavage

- **Hannah Arendt** souligne que les Grecs considéraient le **travail** comme une **activité servile par nature** et que c'est la raison pour laquelle ils s'en déchargeaient sur des esclaves. La nécessité de se libérer du travail pour s'accomplir justifiait même l'**esclavage** à leurs yeux. Travailler, c'est en effet être esclave de ses besoins animaux, de ses besoins vitaux. On travaille pour gagner sa vie, pour gagner son pain. Ainsi, loin de permettre à l'homme de s'accomplir, **le travail rabaisse l'homme au rang de l'animal**.

2. Travailler et consommer

- Or, notre société tend à réduire l'homme à son statut de **travailleur** et de **consommateur**. Nous ne savons (presque) plus rien des activités plus **nobles** et plus **enrichissantes** que le travail, cultivées autrefois par l'**aristocratie**. Nous ne savons plus guère que **produire** et **consommer** des biens. Or, les progrès de l'automatisation vidant les usines, nous avons devant nous la perspective d'une « société de travailleurs sans travail ».

3. Travailler, œuvre et action

- Mais contrairement aux Anciens, Hannah Arendt n'affirme pas la supériorité de la **vie contemplative** sur la **vie active**. Elle entend au contraire réhabiliter cette dernière en distinguant le **travail** de l'**œuvre** et de l'**action**.
  - Le **travail** préserve la vie et doit être cantonné dans ce rôle, alors qu'il tend à envahir toute l'existence humaine.
  - L'œuvre peuple le monde d'objets humains (les œuvres d'art, par exemple). Elle procède de la quête d'immortalité, c'est-à-dire de cet effort de l'homme, qui fait sa grandeur, d'échapper à sa condition de mortel en produisant des œuvres, des exploits ou des paroles qui mériteraient de n'être jamais oubliés. L'œuvre s'oppose ainsi au travail qui produit des objets éphémères, détruits par la consommation.
  - Consistant essentiellement à « prendre une initiative, entreprendre, mettre en mouvement », l'**action** est liée au renouvellement des générations et à la naissance de nouveaux individus, « nouveaux venu et novateurs ». L'action est donc l'expression de l'unicité d'un homme, mais elle s'inscrit parmi d'autres hommes, elle crée un monde commun, un espace public ou politique qui permet à l'homme d'échapper au confinement de la famille et à l'isolement du soi.

3 Nietzsche : le travail entrave le développement de l'individu

- **Notre société glorifie le travail**, elle le survalorise même de manière suspecte, estime Nietzsche : encourager l'individu à travailler, c'est l'encourager à **se sacrifier dans l'intérêt du groupe**. La société cherche à **normaliser** l'**individu**. En effet, l'indépendance et l'originalité menaçant l'ordre social, tout individu est dangereux par définition. Or le travail entrave le développement de l'individu en l'épuisant et en le détournant de la réflexion, de la méditation, de la rêverie et des passions... Bref, de tout ce qui peut contribuer à faire de lui un être **unique**, **original** et **indépendant.** Le travail est donc est un **puissant facteur d'ordre et de sécurité** : « le travail constitue la meilleure des polices ».

Mots-clés

- vie contemplative
- esclavage
- travail
- œuvre
- action
- individu

Mots-repères

- en acte/en puissance p. 301
- identité/égalité/différence p. 306

FICHE 2

Le travail envisagé comme la condition de l'accomplissement de l'homme (1)

De quoi s'agit-il ?

Alors que les Anciens méprisent le travail, les modernes en font souvent l'éloge. C'est qu'ils voient en l'homme un animal fabricateur qui accomplit sa nature dans et par le travail.

1 Kant : l'homme est voué au travail

- « L'homme est le seul animal qui soit voué au travail », écrit **Kant**. En effet, **l'homme a besoin de travailler**, non seulement pour gagner sa vie, mais aussi pour s'occuper. Chacun peut en faire l'expérience : l'**oisiveté** nous tourmente, nous avons besoin de nous absorber dans une activité pour nous oublier nous-mêmes. Ainsi, même Adam et Ève auraient souffert de l'oisiveté s'ils n'avaient pas été chassés du paradis. Nous ne serions pas plus heureux si nous n'avions pas à travailler, bien au contraire. Quel meilleur repos d'ailleurs que celui qui suit le travail ?
- Ce sont ses **réflexions sur l'éducation** qui amènent Kant à aborder le thème du travail. Il faut apprendre aux enfants à travailler, affirme-t-il. Kant était lui-même un travailleur acharné et particulièrement discipliné.

2 Hegel : le travail forme

1. La conscience de soi

- En travaillant, **l'homme transforme la nature à son image**, se reconnaît dans son œuvre et atteint ainsi la **conscience de soi**. C'est la thèse d'**Hegel**, qu'il illustre en analysant le plaisir que les enfants prennent à jeter des cailloux dans l'eau : « Le petit garçon qui jette des pierres dans le torrent et admire les ronds qui se forment dans l'eau admire en fait une œuvre où il bénéficie du spectacle de sa propre activité ».

2. Le travail est libérateur

- Dans la **dialectique du maître et de l'esclave**, Hegel montre comment l'« esclave » (au sens large) apprend, se forme et devient plus fort grâce au travail alors que le « maître » s'affaiblit dans l'oisiveté, jusqu'à ce que, le rapport de force s'inversant, l'esclave devienne finalement le maître du maître. On peut interpréter la Révolution française comme une illustration de ce **renversement dialectique** : ceux qui travaillent (la bourgeoisie et le peuple) deviennent assez forts pour renverser la noblesse affaiblie par l'oisiveté et le confort de ses privilèges (**Doc.**).

Remarque

En France, la loi du 13 juillet 1965 a autorisé les femmes mariées à travailler sans l'autorisation de leur époux et à ouvrir un compte en banque en leur nom propre. Le travail a été un outil incontestable de l'émancipation des femmes, malgré les discriminations dont celles-ci sont encore victimes aujourd'hui dans leur vie professionnelle.

Georg Wilhelm Friedrich Hegel (1770-1831)

Hegel fait des études de théologie devient précepteur, puis professeur à l'université d'Iéna et ensuite à Berlin. Ses cours, recueillis par ses élèves, sont publiés à sa mort. Hegel envisage la philosophie comme une science systématique synthétisant toutes les connaissances et toute l'histoire des idées. L'histoire manifeste à ses yeux un progrès, elle est la réalisation de la Raison. Cette dernière n'est pas seulement une faculté de l'esprit humain, mais ce qui gouverne le réel. « Tout ce qui est réel est rationnel », écrit Hegel. Le progrès par lequel la Raison s'incarne progressivement dans le monde est dialectique, c'est-à-dire analogue à celui de l'esprit humain qui progresse en surmontant ses contradictions. La philosophie hégélienne a eu une influence considérable.

Doc. *Introduction à la lecture de Hegel*

« Le Maître[1] force l'Esclave[2] à travailler. Et en travaillant, l'Esclave devient maître de la Nature[3]. Or, il n'est devenu l'Esclave du Maître que parce que – au prime abord – il était esclave de la Nature, en se solidarisant avec elle et en se subordonnant à ses lois par l'acceptation de l'instinct de conservation[4]. En devenant par le travail maître de la Nature, l'Esclave se libère donc de sa propre nature, de son propre instinct qui le liait à la Nature et qui faisait de lui l'Esclave du Maître. En libérant l'Esclave de la Nature, le travail le libère donc aussi de lui-même, de sa nature d'Esclave : il le libère du Maître. Dans le Monde naturel, donné, brut, l'Esclave est esclave du Maître. Dans le Monde technique, transformé par son travail, il règne – ou, du moins, régnera un jour – en Maître absolu. Et cette Maîtrise qui naît du travail, de la transformation progressive du Monde donné et de l'homme donné dans ce Monde, sera tout autre chose que la Maîtrise immédiate du Maître. L'avenir et l'Histoire appartiennent donc non pas au Maître guerrier, qui ou bien meurt ou bien se maintient indéfiniment dans l'identité avec soi-même, mais à l'Esclave travailleur[5]. Celui-ci, en transformant le Monde donné par son travail, transcende[6] le donné et ce qui est déterminé en lui-même par ce donné ; il se dépasse donc, en dépassant aussi le Maître qui est lié au donné qu'il laisse – ne travaillant pas – intact[7].

Alexandre Kojève, *Introduction à la lecture de Hegel* (1947)

1. Le maître : celui qui commande ou occupe une position dominante en général et non pas seulement le maître au sens strict.
2. L'esclave : celui qui est dominé, contraint à obéir et à travailler et non pas seulement l'esclave au sens strict.
3. En travaillant, l'esclave apprend à maîtriser le monde : « Le travail forme », dit Hegel.
4. L'esclave est d'abord esclave de la nature parce qu'il est prisonnier de la peur de la mort et l'instinct de conservation : il préfère se soumettre que de risquer sa vie.
5. Par exemple, la Révolution française a fait triompher la bourgeoisie laborieuse face à la noblesse guerrière.
6. Transcender : dépasser.
7. L'esclave se libère par son travail.

Mots-clés

- **oisiveté**
- **conscience de soi**
- **dialectique**
- **maître**
- **esclave**

Mots-repères

- **absolu/relatif** p. 300
- **médiat/immédiat** p. 308

FICHE 3

Le travail envisagé comme la condition de l'accomplissement de l'homme (2)

3 Marx : le travail est le propre de l'homme

Karl Marx (1818-1883)

Marx écrit avec Engels le *Manifeste du parti communiste*. Il constate que la philosophie n'a fait que penser le monde et ambitionne, lui, de le changer. L'auteur du *Capital* dénonce ainsi l'exploitation de l'homme par l'homme et exhorte les prolétaires à se révolter. Il voit dans la religion un opium moral qui incline le peuple à endurer ses souffrances.

1. Le travail aliéné

- **Marx** souligne que Hegel tient le travail pour « l'être même de l'homme », c'est-à-dire son essence. En droit, travailler permet donc à l'homme de s'accomplir ou de réaliser son essence. Mais **dans les faits, le travail est souvent synonyme d'aliénation**, c'est-à-dire de dépossession et d'asservissement.

- Marx a donc dénoncé le **travail aliéné** : celui, surtout, du prolétaire, un esclave moderne, condamné à vendre sa force de travail pour survivre. Étranger à **ce qu'il fait**, et comme étranger à lui-même, il exécute une tâche qui, en raison de la rationalisation des méthodes de travail, va devenir de plus en plus souvent **mécanique** et **répétitive**. On pense à Charlot, dans *Les Temps modernes*. Bien que l'invention du travail à la chaîne soit postérieure à la mort de Marx, elle illustre parfaitement la notion de travail aliéné.

Réviser la pensée de Marx

- Mais si l'ouvrier est déshumanisé, ce n'est pas, selon Marx, parce qu'il travaille : c'est parce qu'il est **dépossédé** de son travail. D'abord, le produit du travail du salarié ne lui appartient pas : il appartient à son employeur, qui le revend en réalisant de gros bénéfices. Mais le travailleur est aussi dépossédé de la tâche elle-même, qu'il ne peut pas regarder comme son œuvre parce qu'elle ne lui appartient pas. Il ne s'investit donc pas dans ce qu'il fait, il n'y met rien de lui-même, ne peut s'y reconnaître, l'aimer et en être fier. La séparation de la conception du travail et de son exécution accentue bien entendu ce **processus d'aliénation** (ou de dépossession).

- C'est donc parce que le travail devrait permettre à l'homme d'**accomplir son humanité** au lieu de l'avilir que Marx dénonce son aliénation. Le prolétaire n'est pas condamné à travailler, il est condamné à **travailler pour un autre**. Il est ainsi privé des bénéfices (matériels et immatériels) que l'homme est en droit d'attendre du travail.

2. L'homme est « fait pour travailler »

• Pour Marx, le travail est le **propre de l'homme**. En travaillant, l'homme fait donc ce pour quoi il est fait, il accomplit sa nature, sa fonction propre. En effet, si on peut dire que des animaux comme l'araignée ou l'abeille travaillent, c'est en un sens très différent qu'on le dit de l'homme. Alors que l'**animal** travaille de manière **instinctive** et donc **mécanique**, l'homme qui travaille agit de manière **consciente** et **volontaire**, il réalise un projet dont il a conscience.

3. Rendre le travail au travailleur

• Marx veut donc mettre fin au **capitalisme** et à l'**exploitation de l'homme par l'homme** en rendant le travail au travailleur, c'est-à-dire en lui permettant de se réapproprier les **outils de production** (terres, usines, entreprises, etc.) et, du même coup, les **fruits de son travail** (abolition de la propriété privée des moyens de production ou collectivisme d'État).

4 Le mythe de Prométhée

1. L'homme ne peut survivre qu'en travaillant

• Ce point de vue moderne, diamétralement opposé à la vision du monde aristocratique des Anciens, semble pourtant préfiguré dans le **mythe de Prométhée**.

• Deux Titans, **Prométhée** et Épiméthée, ont été chargés de répartir parmi les animaux les atouts grâce auxquels chacun pourrait survivre. Mais Épiméthée (son nom signifie « l'imprévoyant »), qui a voulu faire le travail seul, a oublié l'homme, et il ne lui reste plus aucun avantage à distribuer. C'est pourquoi **l'homme, qui naît nu et sans défense, est le plus démuni de tous les animaux**. Prométhée se décide alors à « voler la maîtrise des techniques d'Héphaïstos et d'Athéna, en même temps que le feu [...] et à en faire cadeau à l'homme », raconte Platon. L'homme n'est donc pas un animal comme les autres : **il ne peut survivre qu'en travaillant**, c'est-à-dire en transformant la nature par son travail grâce aux techniques que son intelligence lui permet d'inventer.

2. *Homo faber*

• **Bergson** propose d'ailleurs de rebaptiser l'espèce humaine : *homo sapiens* (« homme sage ») pourrait se nommer plus modestement ***homo faber*** (« homme fabricateur », (CHAPITRE 11 p. 157).

Réviser la notion de travail

• Dans une perspective voisine, **Georges Bataille** définit l'homme comme l'**animal qui refuse le donné naturel**, qui le transforme par le **travail** et par l'éducation (que l'on peut envisager comme un travail sur soi). Il crée ainsi un monde nouveau, artificiel, le monde humain : celui de la **culture** par opposition à la **nature**.

Mots-clés

- **travail aliéné**
- **exploitation**
- **Prométhée**
- ***homo faber***

Mots-repères

- **en acte/en puissance** p. 301
- **essentiel/accidentel** p. 303

> Le travail

TRAVAIL

OBSTACLE À L'ACCOMPLISSEMENT DE L'HOMME (THÈSE)

Idéal de la vie contemplative (ARISTOTE)

Homme = animal raisonnable

Travail = asservissement (ARENDT)

Travail ≠ Œuvre ≠ Action

Entrave au développement de l'individu (NIETZSCHE)

L'homme est voué au travail (KANT)

Apprendre aux enfants à travailler

N'hésite pas à construire ta propre carte mentale

CARTE MENTALE

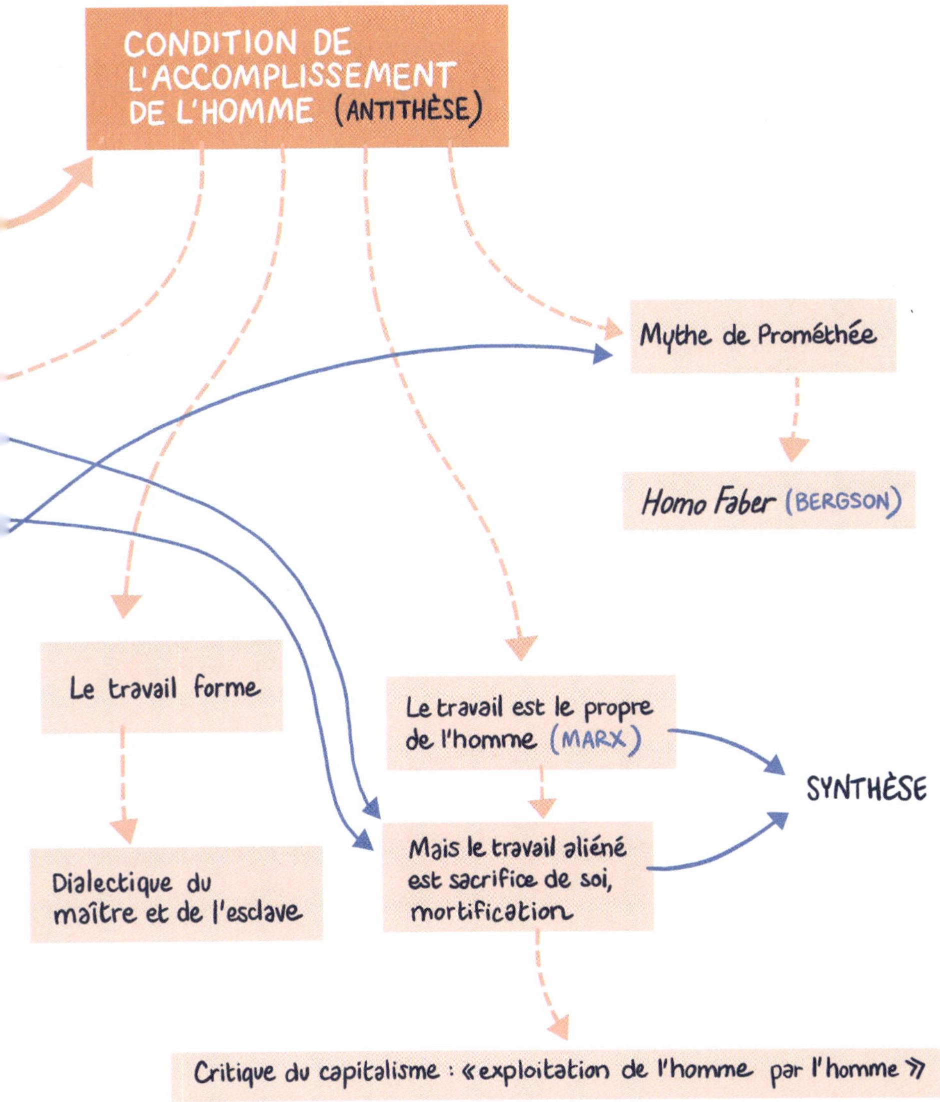

Fiche test *Je fais le point*

QCM

5 min

- ◯ À revoir
- ◯ Acquis

Pour chaque question, déterminer la ou les bonnes réponses. Chaque question peut rapporter jusqu'à un point, un demi-point dans le cas d'une erreur et aucun point dans le cas de deux erreurs ou plus.

1 Aristote estime que l'homme est par nature fait pour :

◯ a. travailler.
◯ b. philosopher.
◯ c. vivre en société.

2 Dans *La condition de l'homme moderne* (1958), Hannah Arendt soutient que le travail est :

◯ a. une activité servile par nature.
◯ b. ce qui fait la grandeur et la dignité de l'être humain.
◯ c. une nécessité vitale.

3 Nietzsche prétend philosopher à coups de marteau. Ce marteau philosophique lui permet de détruire ou déconstruire les fausses « idoles » comme la morale, la religion ou le travail. Il déclare ainsi en une formule demeurée célèbre : « Le travail est la meilleure... »

◯ a. « des thérapies. »
◯ b. « des écoles. »
◯ c. « des polices. »

4 Kant écrit dans ses *Réflexions sur l'éducation* que « l'homme est le seul animal qui soit voué... »

◯ a. « au malheur. »
◯ b. « à l'amour. »
◯ c. « au travail. »
◯ d. « au bonheur. »

5 Hegel soutient dans *La phénoménologie de l'esprit* que le travail permet à l'homme d'atteindre la conscience de soi.

◯ Vrai
◯ Faux

6 Hegel estime que le travail nous déshumanise en faisant de nous des machines ou des esclaves.

◯ Vrai
◯ Faux

7 On peut opposer schématiquement les pro-travail aux anti-travail. Marx est parfois classé à tort dans la seconde catégorie. En effet, il soutient dans son ouvrage majeur, *Le Capital*, que le travail est le propre de l'homme, c'est-à-dire que le travail est inscrit dans la nature de l'homme, qu'il le distingue des autres animaux et peut servir à le définir.

◯ Vrai
◯ Faux

8 Marx estime que le « prolétaire » (l'ouvrier) est un esclave moderne et dénonce « l'exploitation de l'homme par l'homme ».

◯ Vrai
◯ Faux

9 Quel mythe grec présente l'homme comme un animal voué par nature à transformer la nature ?

◯ a. le mythe de Sisyphe
◯ b. le mythe de Prométhée
◯ c. le mythe des androgynes

10 Ce penseur du XXe siècle définit l'homme comme l'animal qui dit non à la nature.

◯ a. Bataille
◯ b. Alain
◯ c. Arendt

SCORE : ____ / 10

Savoir argumenter

MÉTHODE

- Il faut avant tout bien comprendre ce qu'est un argument. **Distinguez bien argument, preuve, exemple et référence.**
- **Une preuve**, c'est un argument qui, en droit, mettrait fin à toute discussion. On peut douter qu'il en existe en philosophie.
- **Les exemples** ne sont pas des arguments. En effet, ils ont une valeur illustrative et non démonstrative, puisqu'on ne peut pas tirer de généralités à partir d'un cas particulier. Les exemples doivent être analysés (expliqués). Il ne faut pas les multiplier inutilement, ils ne peuvent pas remplacer les arguments.
- **Les références** aux auteurs ne doivent pas être présentées comme des arguments d'autorité. Une thèse n'est pas vraie parce qu'elle est défendue par un philosophe illustre. En revanche les idées empruntées aux auteurs doivent nourrir la réflexion. La connaissance des auteurs permet de penser mieux et plus qu'on ne le ferait tout seul. Penser par soi-même, ce n'est pas penser tout seul. Il est conseillé d'exposer un argument **avant** d'évoquer l'auteur auquel on l'emprunte puisque l'argument vaut d'abord par lui-même.
- **Les citations** sont un plus, mais elles ne sont pas indispensables. On peut se référer à un auteur sans le citer textuellement.
- Enfin, il est préférable de **relier les arguments** entre eux, au lieu de simplement les juxtaposer.

ÉNONCÉ

L'amour du travail a-t-il un sens ?

CORRIGÉ

- Il est vain de chercher une quelconque **preuve**. Vous ne prouverez pas que l'amour du travail a un sens ou qu'il n'en a pas. Il s'agit d'exposer et de confronter des arguments qui restent discutables.
- **Argument** : Nous avons besoin de nous occuper et de nous absorber dans une tâche qui nous permet de nous oublier.
- **Exemple** : Un chômeur ou un retraité peuvent se sentir désœuvrés et souffrir de ne pas pouvoir s'oublier dans le travail.
- **Référence** : Kant estime que nous avons besoin de travailler pour être heureux.
- **Citation** : « Le Ciel n'aurait pas pris soin de nous avec plus de bienveillance en nous offrant toutes choses déjà préparées », écrit Kant.

Corrigés *Je fais le point*

1. b) et c) Les Anciens méprisent le travail qu'ils considèrent comme une activité servile, indigne d'un homme libre. Aux yeux d'Aristote, l'homme n'est pas fait pour travailler, mais pour faire usage de la faculté par laquelle la nature a distingué celui-ci des autres animaux : la Raison. L'homme est donc fait pour « philosopher » au sens le plus large, c'est-à-dire, pour connaître ou penser. CHAPITRE 7 p. 103
Mais la Raison fait aussi de l'homme un animal social ou plus exactement un « animal politique ». PERSPECTIVE 1 p. 13

2. a) et c) Arendt estime que travailler, c'est être esclave de ses besoins vitaux. Cela ne la conduit pas à mépriser le travail puisqu'il est nécessaire à la vie, mais à rappeler qu'il existe d'autres activités qu'elle juge plus nobles et plus enrichissantes comme l'art ou la politique.

3. c) « Le travail est la meilleure des polices », écrit Nietzsche. En effet, le travail entrave le développement de l'individu, c'est-à-dire de tout ce qui tend à faire de lui un être indépendant, original, différent, et de ce fait une menace pour l'ordre social.

4. c) Kant soutient que l'homme est destiné par la nature à travailler comme si elle avait voulu qu'il mérite par son travail tous les biens dont il peut jouir. Nous ressentons le besoin de travailler, l'oisiveté nous tourmente, nous avons besoin de nous occuper et aucun repos ne vaut celui qui suit le travail.

5. **Vrai.** L'homme se reconnaît dans son œuvre et atteint ainsi la conscience de soi.

6. **Faux.** Hegel soutient au contraire que le travail permet d'apprendre, de se former, de devenir plus fort et même de se libérer (dialectique du maître et de l'esclave). Le philosophe souligne cependant que le machinisme dévalorise le travail en en faisant une activité mécanique.

7. **Vrai.** L'animal transforme la nature par une forme de travail. Mais il le fait de manière instinctive et mécanique. L'homme qui travaille agit au contraire de manière consciente et volontaire. Ainsi entendu le travail est donc bien le propre de l'homme.

8. **Vrai.** Le travail étant le propre de l'homme devrait lui permettre de s'accomplir au lieu de l'avilir. C'est donc à tort que Marx est parfois perçu comme un anti-travail. Le travail n'est pas par nature un esclavage, mais il le devient quand il tombe sous la domination d'autrui (travail aliéné).

9. b) Le mythe de Prométhée.

10. a) « L'homme est l'animal qui n'accepte pas simplement le donné naturel, qui le nie », écrit Georges Bataille.

Chapitre 7

Le bonheur

« Le bonheur ne saurait être qu'une forme de contemplation. » Aristote

FICHE 1 Une brève histoire du bonheur

De quoi s'agit-il ?

La Révolution française rompt avec les morales du devoir et de la soumission : le bonheur terrestre existe et il est pour tous. Il a donc eu, à travers l'histoire, des acceptions différentes.

1 Le bonheur : une vertu, une pratique ?

1. Pour les Anciens, la sagesse est la voie du bonheur

- Chez les Grecs, une sagesse est **un savoir utile à la vie.** , un art ou une science du bonheur. Celui-ci est considéré comme le « souverain bien », c'est-à-dire le bien suprême et le but ultime de la vie. C'est ce qu'on appelle l'eudémonisme (du grec *eudaimonia* : bonheur). Pour les eudémonistes la recherche du bonheur ne se distingue pas de l'action morale et de la vertu. Aristote affirme que c'est en fait dans l'accomplissement de sa fonction propre que l'homme peut atteindre le bonheur. Le propre de l'homme est la pensée : c'est donc dans l'usage de la raison qu'il trouve à s'accomplir vraiment. Les sagesses antiques proposent à l'homme de trouver la voie du bonheur dans **la pratique de la tempérance, du juste contrôle de ses désirs**. Pour Épicure, le bonheur ne survient que si l'on apprend à ne désirer que ce qui est à notre portée. Les stoïciens suggèrent d'accepter ce qui nous arrive. La quête de biens inaccessibles ne peut qu'engendrer le malheur. Cette doctrine n'est pas loin du message bouddhiste qui pose qu'il est possible d'atteindre la sérénité par l'annulation des désirs.

2. Le christianisme

- Dans le christianisme, et dans les religions monothéistes, la perspective du bonheur est renvoyée **après la mort :** il prend le visage du paradis. Pour l'atteindre, il faut donc pratiquer ici-bas la **vertu** et **endurer la souffrance**. Aux côtés de ce discours de consolation, le monothéisme va surajouter des perspectives de bonheur terrestre. Il y a d'abord la **voie mystique**, qui affirme qu'on peut connaître l'extase et la béatitude dans une sorte d'union spirituelle avec Dieu, obtenue par la prière. Par ailleurs, la pratique des vertus chrétiennes, charité, amour d'autrui, est censée procurer autant de joie à celui qui donne qu'à celui qui reçoit.

2 Le bonheur pour tous

1. Une idée révolutionnaire

- « Le bonheur est une idée neuve en Europe », affirme le révolutionnaire Saint-Just. Contre la morale chrétienne souffle un vent de liberté démocratique. Paraissent à cette époque de nombreux ouvrages et traités sur l'art d'être heureux. Le libertinage des Lumières vante les **plaisirs des sens** et l'**exaltation des passions**. Pour **l'utilitarisme** anglais, l'individu recherche une satisfaction maximale par le « calcul scientifique de ses

> **Jeremy Bentham** (1748-1790)
>
> Ce philosophe anglais est le père de l'utilitarisme. Cette doctrine affirme qu'une action est morale quand elle est « utile », c'est-à-dire quand elle tend à maximiser le bonheur ou le bien-être de l'humanité.

plaisirs et de ses peines », écrit **Jeremy Bentham**. Le bonheur de tous repose sur la meilleure répartition des biens.

2. Une chimère ?

- Mais Voltaire nous met en garde : « Il n'y a ni extrêmes délices, ni extrêmes tourments qui puissent durer toute la vie : le souverain Bien et le souverain Mal sont des chimères », écrit-il dans son *Dictionnaire philosophique*. Kant partage cette idée : **le bonheur absolu n'est qu'un « produit de l'imagination »**, un rêve.

- **Le progrès n'apporte pas forcément le bonheur.** Pour le pessimiste Schopenhauer, « la vie oscille, comme un pendule, de droite à gauche, de la souffrance à l'ennui ». Il émet cependant quelques règles pour essayer de moins souffrir. « Nous entrons dans la vie pleins d'exigences de bonheur et de jouissance, et nous avons l'espoir fou de les réaliser jusqu'à ce que le destin nous tombe dessus sans ménagement [...]. Vient alors l'expérience et elle nous enseigne que bonheur et jouissance sont pures chimères. » La vie est souffrance, déception et frustrations. Il faut **apprendre à surmonter le malheur**. « Éviter la jalousie », par exemple, et ne pas la susciter chez les autres, fait partie des règles pour être heureux. Bref, il faut repousser les désirs inutiles, se satisfaire des joies simples de la vie. Schopenhauer est très influencé par le bouddhisme dont les Trois Nobles Vérités sont la maladie, la vieillesse, la mort. La souffrance est liée au désir insatisfait. Il faut donc **supprimer le désir**.

3 Une obligation d'être heureux ?

- Le bonheur matériel, le culte du sujet sont devenus des règles de bonheur conforme et donc conformiste. D'où ce paradoxal **« devoir de bonheur »** qui emprisonne les individus. Le culte du bonheur entraîne l'**obligation d'être heureux hors du bonheur**, point de **salut** !

- Mai 68 a été la dernière utopie libératrice du XXe siècle contre la société de consommation, pour un monde de paix et de jouissances sans entraves, de partage et d'égalité pour tous les êtres humains. Il n'y a plus aujourd'hui de grandes aspirations au bonheur. L'individu contemporain a une **vision du bonheur simple** (d'où le succès de certains films, *Le bonheur est dans le pré* de Chatilliez ou *Le fabuleux destin d'Amélie Poulain* de Jeunet), une vision « politiquement correcte », qui ne dérange pas.

Mots-clés

- **souverain bien**
- **utilitarisme**
- **pratique**
- **salut**

Mots-repères

- **théorie/pratique** p. 310
- **idéal/réel** p. 306
- **transcendant/immanent** p. 311

FICHE 2 Les grandes doctrines antiques

De quoi s'agit-il ?

Le bonheur est de l'ordre du sentiment, de la plénitude, un état de conscience qui exclut le doute. C'est pourquoi son contraire, le malheur, ne peut être désiré, mais provient de l'ignorance dans laquelle baignent les hommes. L'exercice de la raison et l'effort de connaissance doivent aider l'homme à vivre heureux. À l'origine, savoir et philosophie sont intimement liés : la philosophie est l'amour de la sagesse, synonyme de savoir. Quelles sont les conditions de possibilités du bonheur ?

1 Le modèle sceptique

- Le **scepticisme** fut fondé par Pyrrhon au IVe siècle avant notre ère. Il constate l'impossibilité où nous nous trouvons d'arriver à une connaissance définitive du monde et recommande de mettre fin à notre inquiétude en acceptant les contradictions présentes et en **suspendant notre jugement** *(épochè)*. Toutes choses étant équivalentes, le sage accède à la paix de l'âme, au prix d'un conformisme social certain.
- Hegel distingue le **scepticisme antique**, celui de Pyrrhon et des sophistes, qui doute de la validité de nos connaissances relatives au monde extérieur, et le **scepticisme moderne** depuis Hume, qui nie la possibilité d'atteindre l'absolu de la connaissance métaphysique, mais admet au contraire la possibilité d'une connaissance scientifique du monde extérieur.

2 Le modèle stoïcien

- C'est sans aucun doute la tradition qui a eu le plus d'influence. Fondé lui aussi au IVe siècle avant notre ère par Zénon de Citium et son disciple Chrysippe, il s'est diffusé dans tout le bassin méditerranéen. Cicéron, **Sénèque**, Épictète et l'empereur romain **Marc-Aurèle** en sont les principaux auteurs. Le bonheur est une **création collective**. Pour Épictète, « on devient philosophe comme on devient athlète », c'est-à-dire en s'entraînant.
- **L'homme sage est alors celui qui s'abandonne à son destin sans en être affecté**. Pour cela, il doit être capable de maîtriser ses passions, comme le plaisir et le déplaisir, la crainte et l'envie, afin d'**atteindre un état d'apathie** qui le laisse libre et maître de lui-même, et le met en harmonie avec la nature. Le stoïcisme fait appel à la **connaissance comme moyen d'accéder à la vertu** : c'est une morale de l'effort et un bonheur fondé sur l'ascétisme.

Deux stoïciens

– **Sénèque** (4-65). Né à Cordoue, en Espagne, vit à Rome dès son plus jeune âge. L'empereur Claude lui confie l'éducation de son fils Néron. Au début du règne de Néron, il exerce une grande influence sur le jeune empereur. Mais Néron se détache peu à peu de son maître. Sénèque se retire alors de la vie publique et se consacre à la philosophie. Accusé d'avoir participé à une conspiration, il se suicida sur ordre de Néron.

– **Marc-Aurèle** (121-180). Empereur et philosophe, il eut à ce titre un destin exceptionnel. Son ambition était d'agir raisonnablement, en accord avec la nature. Ses *Pensées* interpellent chacun de nous : comment se libérer des préjugés, de l'égoïsme, et comment se replacer dans la perspective du cosmos.

3 Le modèle épicurien

1. Un contresens courant

• Là encore, c'est au IVe siècle avant notre ère qu'Épicure fonde l'École du Jardin dont l'enseignement touchait à la vie pratique de chacun. Le bonheur est une **création individuelle**. La principale source existante sur l'épicurisme est le poème latin de Lucrèce, *De natura rerum*. Il faut rétablir cette doctrine que l'acception courante définit comme le goût pour les plaisirs sensuels : c'est plutôt une doctrine de la **réduction de la souffrance**. Le mal n'existe pas, existent souffrances, douleurs, peines.

2. Limiter nos désirs

En savoir plus sur l'épicurisme d'Épicure

• Le plaisir est « le commencement et la fin de la vie heureuse » et constitue le Bien suprême. Le but de nos actions est le bonheur mais certains désirs sont la cause de nos souffrances et de nos malheurs. La sagesse épicurienne consiste à **réduire nos désirs en matière de plaisirs** « non nécessaires », comme la bonne nourriture et le sexe, voire « superflus », comme la richesse et la gloire, afin d'atteindre un état de non-désir et de non-souffrance. Cet état de **plaisir au repos** est **l'ataraxie**, identifié au bonheur, un bonheur atteignable. L'**hédonisme** des épicuriens aboutit à l'ascétisme le plus strict.

4 Le modèle hédoniste

• Pour **les cyrénaïques**, le bonheur se trouve dans la jouissance charnelle sous toutes ses formes, de l'érotisme à la cuisine. Le souverain Bien est le plaisir. Les cyrénaïques privilégient le **plaisir en mouvement**. Comme le plaisir est discontinu, il faut le prendre quand il est là, sous contrôle de la Raison. L'homme de valeur est un homme de savoir, un philosophe, sans préjugé, qui sait faire face à chaque situation.

• Pour le philosophe contemporain **Michel Onfray**, Épicure est plus proche qu'on ne le dit d'Aristippe. Il y a bien une différence de tempéraments et d'intensité, mais non de nature de leur hédonisme. En conclusion : en identifiant le Bien au Bon et à l'Utile, en soumettant la **théorie** et la **pratique** à la considération du résultat, Épicure préfigure **l'utilitarisme et le pragmatisme** de Stuart Mill et de William James. Il propose moins une théorie (une contemplation) qu'une pratique. Son souci ? La vie philosophique, mais il n'attend pas demain, c'est ici et maintenant.

Michel Onfray (1959)

Docteur en philosophie, il crée en 2002 une Université populaire à Caen. Il développe une œuvre atypique autour du « matérialisme hédoniste ». Il se propose d'étudier avec son public une contre-histoire de la philosophie. Au modèle dominant – idéaliste et platonicien –, il oppose le modèle alternatif d'une pensée hédoniste qui part du corps. On peut aujourd'hui vivre et penser en épicurien.

Politique du rebelle, Traité de résistance et d'insoumission (1997) ; *Antimanuel de philosophie* (2001).

Mots-clés

- **repos**
- **mouvement**
- **ataraxie**
- **sceptique**
- **hédoniste**
- **hédoniste**

Mots-repères

- **théorie/pratique** p. 310
- **universel/général particulier/singulie** p. 311

FICHE 3 Le bonheur comme horizon

De quoi s'agit-il ?

Il faut distinguer entre l'éthique religieuse et le « salut » promis dans une autre vie – et le bonheur, la sérénité, ou la libération qui sont le propre des sagesses. Les sagesses peuvent avoir des aspects sociaux et moraux, mais ce n'est pas leur vocation principale, qui est de s'intéresser à la satisfaction de l'individu. Mais le bonheur est peut-être aussi, paradoxalement, ce contre quoi lutte toute civilisation. C'est pourquoi il reste une idéologie ou un horizon inatteignable.

1 Le bonheur doit se mériter

1. La vie est une épreuve

- Il n'est plus question avec la pensée religieuse monothéiste d'accéder à un bonheur terrestre sans souci. Désormais lié à la vertu morale, le bonheur doit se **mériter**. Le christianisme introduit une **vision pessimiste** du monde. Le bonheur n'existe que dans l'au-delà. La vie terrestre est une épreuve.

2. Bonheur et devoir

- Le bonheur n'a en soi aucune **valeur morale**. C'est l'accomplissement de la vertu. Il est un « **idéal** de l'imagination », non de la raison souligne **Kant**. La raison est incapable de nous conduire au bonheur. À choisir entre faire son devoir ou être heureux, Kant affirme qu'il faut choisir de faire son devoir par respect envers l'humanité tout entière. Nous avons vu dans le chapitre consacré au devoir que l'homme accède à l'autonomie lorsqu'il s'oblige à agir selon la volonté **universelle** législatrice (les maximes de l'action). Mais cette autonomie a un prix : la morale kantienne ne saurait être une doctrine du bonheur qui reste de l'ordre de **l'espérance**. « Le problème qui consiste à déterminer d'une façon sûre et générale quelle action peut favoriser le bonheur d'un être raisonnable est un problème tout à fait insoluble ; il n'y a donc pas à cet égard d'impératif qui puisse commander, au sens strict du mot, de faire ce qui rend heureux, parce que le bonheur est un idéal, non de la raison, mais de l'imagination, fondé uniquement sur des principes empiriques, dont on attendrait vainement qu'ils puissent déterminer une action par laquelle serait atteinte la totalité d'une série de conséquences en réalité infinie », écrit Kant, dans ses *Fondements de la Métaphysique des mœurs*.

Emmanuel Kant (1724-1804)

Kant naît à Königsberg en Allemagne et y passe toute son existence. Sa sédentarité et la régularité de son emploi du temps sont légendaires. Professeur à l'université de Königsberg, Kant consacre sa vie à une œuvre monumentale qui a beaucoup marquée l'histoire des idées. Sa théorie de la connaissance distingue les choses telles que nous les connaissons (les phénomènes), des choses telles qu'elles sont en elles-mêmes (les noumènes), que nous ne pouvons pas connaître. C'est ce qu'on appelle l'idéalisme transcendantal. Sa philosophie morale s'oppose à celle des Anciens qui faisaient de la morale un art d'être heureux. Kant estime que la morale ne doit pas nous apprendre à être heureux, mais à nous rendre dignes du bonheur, en faisant notre devoir par devoir, c'est-à-dire de manière désintéressée et sans calcul.

- Cette lutte – devoir/bonheur – au cœur de la conscience chrétienne a été analysée par Hegel : « Je suis ce combat, je ne suis pas un des termes engagés dans ce conflit mais je suis les deux combattants et le combat lui-même, je suis le feu et l'eau qui entrent en contact et le contact est l'unité de ce qui absolument se fuit », écrit-il dans *l'Introduction à la philosophie de l'histoire*. La conscience ne peut qu'être malheureuse, déchirée entre l'absolu et sa conscience de la finitude de la vie.

2 Le bonheur, une idéologie sociale

- La société de consommation a fait du bonheur un mythe et masque ainsi les contradictions sociales. Mais cela ne signifie-t-il pas que **la civilisation est par définition hostile au bonheur ?** C'est ce qu'a souligné Freud. C'est pourquoi il ne peut donner qu'une définition psychologique du bonheur. « Les hommes veulent être heureux et le rester », mais cela est irréalisable : « Tout l'ordre de l'univers s'y oppose ; on serait tenté de dire qu'il n'est point entré dans le plan de la "Création" que l'homme soit heureux ». L'homme affronte sans cesse les difficultés du monde extérieur et les conflits internes que ces tensions provoquent. **Principe de plaisir et principe de réalité** s'opposent en permanence. Si le bonheur est la satisfaction de nos instincts, le monde extérieur nous oblige à éviter d'abord la souffrance. Freud voit dans la **sublimation** le moyen le plus puissant de transformer nos pulsions interdites en sentiments supérieurs acceptés par la société (art, religion, etc.). La satisfaction spirituelle, principe même de la civilisation, remplace la jouissance sexuelle.
- Marcuse, dans *Éros et Civilisation*, approfondit cette idée. Il va jusqu'à remettre en cause la cure analytique elle-même, qu'il appelle **« cours de résignation »**, car le psychanalyste, « en tant que médecin, doit accepter le cadre des faits dans lequel le patient vit et qu'il ne peut modifier ».

3 Le bonheur est toujours compromis

- Il n'y a de bonheur que pour une conscience et donc seul l'homme peut être heureux et se poser la question de la nature du bonheur. Mais **l'homme est un être temporel**. La **mort** signale ainsi l'impossibilité d'un bonheur durable total.
- Il reste alors à se tourner vers la **philosophie**, qui ne promet rien, qui est ce luxe inutile mais si nécessaire de la pensée critique en acte, le dernier refuge de l'individu. « Maintenant, proclame Nietzsche, il va falloir apprendre à marcher droit ! Homme, deviens ce que tu es », deviens toi-même ton propre maître.

Mots-clés

- **mérite**
- **idéologie**
- **valeur morale**
- **civilisation**

Mots-repères

- **théorie/pratique** p. 310
- **idéal/réel** p. 306
- **universel/général particulier/singulier** p. 311

> Le bonheur

③ Révolution
Le bonheur pour tous
④ Aujourd'hui
Culte du bonheur
② Christianisme
Bonheur = récompense de la vertu (paradis)
HISTOIRE DU BONHEUR
① Antiquité
Bonheur = sagesse, tempérance
BONHEUR

CARTE MENTALE

DOCTRINES ANTIQUES

- **Modèle sceptique**
  Bonheur = suspension du jugement
- **Modèle stoïcien**
  Bonheur = acceptation du destin
- **Modèle épicurien**
- **Modèle hédoniste**
  Bonheur = jouissance charnelle

LE BONHEUR COMME HORIZON

- Temps et mort → impossibité d'un bonheur total
- Idéologie, horizon inatteignable
- Bonheur dans l'au-delà (espérance)
  Vie terrestre = épreuve

N'hésite pas à construire ta propre carte mentale

Fiche test *Je fais le point*

QCM

10 min

- À revoir
- Acquis

Pour chaque question, déterminer la ou les bonnes réponses.
Chaque question peut rapporter jusqu'à un point, un demi-point dans le cas d'une erreur et aucun point dans le cas de deux erreurs ou plus.

1 Le mot sagesse désigne dans la Grèce antique un savoir utile à la vie et au bonheur.

- Vrai
- Faux

2 Selon Aristote, le bonheur :

- a. se trouve dans la jouissance charnelle.
- b. consiste à faire usage de sa raison.

3 Dans le christianisme, le bonheur n'est possible que dans l'au-delà.

- Vrai
- Faux

4 Complétez cette phrase de Saint-Juste « Le bonheur est… »

- a. « le plus vieux rêve de l'humanité. »
- b. « une idée neuve en Europe. »

5 Complétez cette affirmation de Schopenhauer : « La vie oscille comme un pendule… »

- a. « entre la joie et la tristesse. »
- b. « entre l'espoir et la déception. »
- c. « entre la souffrance et l'ennui. »

6 Selon cette doctrine antique, rien ne pouvant être dit vrai ou faux, beau ou laid, juste ou injuste, nous pouvons trouver le bonheur dans l'indifférence à toutes choses.

- a. stoïcisme
- b. scepticisme
- c. épicurisme
- d. hédonisme

7 Selon cette doctrine antique, le bonheur consiste à accepter son destin.

- a. stoïcisme
- b. scepticisme
- c. épicurisme
- d. hédonisme

8 Le mot épicurien désigne une personne qui profite de la vie.

- Vrai
- Faux

9 Le mot hédonisme dérive du grec *hédoné* qui signifie :

- a. désir.
- b. plaisir.
- c. bonheur.

10 Contrairement aux Anciens, Kant oppose bonheur et vertu.

- Vrai
- Faux

11 Complétez cette phrase de Kant : « Le problème qui consiste à déterminer d'une façon sûre et générale quelle action peut favoriser le bonheur d'un être raisonnable [un être humain] est … »

- a. « un problème tout à fait insoluble. »
- b. « un problème complexe mais soluble. »
- c. « un faux problème. »

12 Qui a dit : « Il n'est pas entré dans le plan de la "Création" que l'homme soit heureux » ?

- a. Pascal
- b. Schopenhauer
- c. Kant
- d. Freud

13 Freud oppose le principe de plaisir au :

- a. principe de souffrance.
- b. principe de réalité.
- c. principe de moralité.

14 Cet auteur voit dans la psychanalyse un « cours de résignation ».

- a. Sartre
- b. Marcuse
- c. Alain

15 Qui a dit : « Deviens ce que tu es » ?

- a. Socrate
- b. Confucius
- c. Nietzsche

SCORE : ____ / 15

Savoir construire une dissertation (1)

MÉTHODE

- **Une dissertation est toujours construite sur ce modèle :**
  1. L'**introduction** pose un problème
  2. Le **développement** élabore **progressivement** une solution.
  3. La **conclusion** résume cette solution de manière claire et précise.
- Le développement peut être structuré de mille façons. L'essentiel est que votre plan obéisse à une **logique claire et rigoureuse**. Il existe cependant des plans types. Ceux-ci ne doivent pas être appliqués de manière mécanique.

Le plan dialectique :

- C'est le plan « classique » : **thèse, antithèse et synthèse** (solution ou dépassement de la contradiction). Pour ne pas donner l'impression de vous contredire, présentez les thèses opposées comme des **hypothèses** que vous confrontez pour en éprouver la validité.
- Ne passez pas d'une partie à l'autre sans **transition**. Vous pouvez par exemple formuler une objection à la fin de la thèse pour justifier l'examen de l'antithèse.
- La synthèse ne doit pas résumer les deux premières parties, mais proposer **une vraie solution**. On peut considérer soit que les deux hypothèses envisagées sont fausses, soit qu'elles sont toutes les deux vraies. Dans ce dernier cas (qui est le plus fréquent), montrez que la réponse dépend du sens qu'on donne aux termes de la question posée. On peut s'en tenir à deux parties **si la seconde nuance la première** sans la contredire.

ÉNONCÉ

Peut-on apprendre à vivre heureux ?

CORRIGÉ

- **Problème :** Suffit-il pour être heureux d'assimiler les principes d'une science ou d'un art d'être heureux ?
- **Thèse :** Le vrai bonheur ne dépend pas des aléas de l'existence, mais d'une manière de voir les choses et de mener sa vie qui peut s'enseigner et s'apprendre : la sagesse.
- **Antithèse :** Il n'existe aucun art ni aucune science du bonheur que l'on pourrait apprendre. Le bonheur reste insaisissable et aléatoire.
- **Synthèse/conclusion :** Bien qu'aucune science ne puisse nous garantir un bonheur parfait, il est possible, par l'exercice, de modifier la manière dont on pense et dont on agit afin de favoriser l'apparition du bonheur.

Corrigés *Je fais le point*

1. **Vrai.** « La sagesse n'est autre chose que la science du bonheur », écrit Diderot.

2. **b)** L'homme étant par nature un « animal raisonnable », c'est-à-dire un être doué de raison, est fait pour penser, connaître, philosopher... Il trouve donc le bonheur dans l'accomplissement de cette fonction (sa fonction propre). PERSPECTIVE 1 p. 13

3. **Vrai.** Oui, mais. Comme les autres religions monothéistes, le christianisme permet à ses fidèles d'espérer un bonheur parfait dans l'au-delà (la béatitude). Mais cela ne signifie pas forcément qu'il se désintéresse entièrement du bonheur terrestre.

4. **b)** « Que l'Europe apprenne que vous [les révolutionnaires] ne voulez plus un malheureux ni un oppresseur sur le territoire français ; que cet exemple fructifie sur la terre, qu'il y propage l'amour des vertus et le bonheur. Le bonheur est une idée neuve en Europe. » Saint-Just, *Discours du 3 mars 1794*.

5. **c)** « La vie oscille [...] entre la souffrance et l'ennui. » La souffrance est liée au désir, l'ennui à l'absence de désir. Schopenhauer est bien pessimiste. Comment comprendre alors qu'il soit l'auteur d'un livre intitulé : *L'art d'être heureux ?* Cet art d'être heureux est en fait un art de traverser la vie sans trop souffrir.

6. **b)** Le scepticisme. CHAPITRE 4 p. 61

7. **a)** Le stoïcisme. AUTEUR Pyrrhon p. 286

8. **Vrai** et **Faux.** Épicure et ses disciples cherchent le bonheur dans une sage modération des désirs. Il est pourtant vrai qu'épicurien est aujourd'hui synonyme de *jouisseur.*

9. **c)** *Hédoné* signifie plaisir en grec.

10. **Vrai.** Aux yeux de Kant, agir moralement ou vertueusement, c'est faire son devoir par devoir, quoiqu'il en coûte et souvent au détriment de son bonheur. Pour les Anciens, au contraire, la morale est un art d'être heureux.

11. **a)** « Un problème tout à fait insoluble. » Aucun art ni aucune science du bonheur ne sont donc possibles aux yeux de Kant.

12. **d)** Freud. Il place le terme « Création » entre guillemets parce qu'il est athée.

13. **b)** Le principe de plaisir s'oppose au principe de réalité. Comme chacun en fait l'expérience, la « réalité » nous contraint souvent à renoncer à nos désirs.

14. **b)** Herbert Marcuse (philosophe et sociologue américain du XXe siècle).

15. **c)** Nietzsche.

Chapitre

8 L'État

FICHE 1 État et société

De quoi s'agit-il ?

Le monde humain est un monde intersubjectif. C'est seulement en société que l'homme développe ses potentialités. La *Polis*, comme le dit Aristote, est une exigence naturelle. Est-ce pour lutter contre la violence naturelle illimitée que les hommes finissent par adhérer à un pacte d'association ? L'État, pouvoir supérieur, devient alors le garant de la sécurité et de la paix. Est-ce pour échanger et développer leurs potentialités que les hommes s'unissent ? L'État devient l'origine de la liberté et du droit rationnellement partagés.

1 La société et l'État

1. Toute société comporte du pouvoir mais non un État

- Quelle différence y a-t-il entre la société et l'État ? **Il n'y a pas d'État sans société, mais il peut exister des sociétés sans État.** L'État est la société dans laquelle le pouvoir est différencié des autres formes de pouvoirs. La fonction politique existe indépendamment des autres pouvoirs, elle se spécialise. Dans une société sans État, le pouvoir reste plus diffus. Mais attention : toute société comporte du pouvoir.

2. Le pouvoir politique

- Le pouvoir est une **force organisatrice**, une capacité d'action relative à un certain domaine. On peut détenir un pouvoir intellectuel comme un pouvoir financier ou politique. Mais dès qu'il y a pouvoir, il y a affrontement des pouvoirs. Pour régler les différends, voire la violence, l'instauration d'un pouvoir supérieur semble seule capable de régler les affrontements. C'est pourquoi le pouvoir est communément compris comme pouvoir politique.

3. L'État est une invention humaine

- La société est naturelle, **l'État est une invention humaine** qui possède le pouvoir politique. Pour Aristote, le pouvoir est d'ordre naturel. L'esclavage, par exemple, est un droit naturel, conforme à la nature des choses, qui fait que certains hommes sont maîtres et d'autres esclaves.
- Pour Rousseau aussi le pouvoir est d'ordre naturel, mais avec cette différence essentielle que tous les hommes naissent libres et égaux en droit. **La notion d'ordre naturel est ambiguë.**
- Le pouvoir fut également longtemps conçu comme une **institution de droit divin**, justifiant par là même le pouvoir absolu du monarque. Le monarque ne pouvait donc, par essence, ressembler aux autres hommes. Ainsi, le sang royal était qualifié de « sang bleu ». C'est à partir du XVIe siècle qu'on pense que si Dieu a bien créé le monde, il a laissé à l'homme la tâche d'inventer la société : **l'État est une institution humaine**.
- **Au sens large**, l'État est une société organisée soumise à une législation et à une autorité étatique communes sur un territoire donné. **Au sens restreint**, l'État est une machine hiérarchique du pouvoir central (législatif, exécutif, judiciaire et idéologique) chargée de

faire respecter le droit, de garantir l'ordre public et les droits légaux des individus-citoyens, ainsi que la survie, le développement et les conditions du bon fonctionnement et de la reproduction de la société tout entière.

2 Naissance de l'État, le pacte d'association

1. Le pacte d'association ou contrat social

- Avec **Hobbes** et Rousseau, l'idée d'une **sociabilité** naturelle est remise en cause. L'État ne serait pas un fait naturel, comme le clan, la tribu, mais le résultat d'un **pacte d'association** élaboré par l'intelligence humaine pour expliquer et justifier ce fait social qu'est le pouvoir politique. D'autres philosophes, comme Kant et Spinoza, partagent cette idée.
- **Pour Hobbes**, c'est la peur qui pousse les hommes à se rassembler. Ils abdiquent leurs droits naturels, illimités mais vains, entre les mains du plus fort qui saura instaurer la paix par contrainte : **le contrat est ici unilatéral**. Ainsi naquit l'État, comparé au Léviathan biblique : tout-puissant, l'État décide seul du juste et de l'injuste, du permis et du défendu. **L'homme s'associe pour vivre en sécurité.**

Thomas Hobbes (1588-1679)
Philosophe anglais, théoricien du droit et du contrat social. Il s'intéresse à la philosophie matérialiste. En 1640, alors qu'éclate la Révolution anglaise, il rédige les *Éléments du droit naturel et politique*. Par prudence, il va s'installer en France. En 1660, les Stuarts sont restaurés. Le 21 juillet 1683, l'université d'Oxford condamnera *De cive* (paru en 1642) et *Le Léviathan* (publié en 1651) en reprochant à ces œuvres d'attribuer à l'autorité civile une origine populaire et de prendre le conatus (l'effort pour se conserver soi-même, cf. Spinoza) comme une loi fondamentale de la nature. Les étudiants dansèrent autour des bûchers où furent brûlés les livres condamnés.

3. Locke : État et tolérance

- La fin de l'État est la **sécurité,** pense **Locke**. Dans sa *Lettre sur la tolérance* (1689), il distingue trois ordres : celui de la force, celui de la raison, celui de la foi. Il affirme que l'homme appartient à la fois à la société civile et à la société religieuse. L'intolérance vient du mélange des deux domaines. L'État doit les empêcher d'interférer. L'État ne se préoccupe que des intérêts temporels de la société. Locke est considéré comme le fondateur de la philosophie libérale.

4. Rousseau : le peuple est souverain

- **Pour Rousseau**, le contrat doit permettre de restaurer la liberté. Pour devenir **citoyen,** c'est-à-dire associé – du latin *socius*, qui a donné société –, l'homme doit **renoncer à l'état de nature** : « Il faut opter entre faire un homme et un citoyen, car on ne peut faire à la fois l'un et l'autre ». Le souverain ne peut être autre chose que **le peuple assemblé ;** c'est la volonté générale qui seule peut faire les lois. Seul l'idéalisme moral rend compte de la valeur du contrat social en montrant où se situe l'origine du droit : **la liberté**.

Mots-clés
- **société et État**
- **pacte d'association**
- **sociabilité**

Mots-repères
- **en fait/en droit** p. 304
- **obligation/contrainte** p. 308
- **genre/espèce/individu** p. 305

FICHE 2 Nécessité de l'État

De quoi s'agit-il ?

« Mettre de l'ordre dans une maison de fous », c'est ainsi que Pascal définit la politique. La vie sociale concerne trois domaines : le domaine économique (rapports de production et d'échange de biens et de services) ; le domaine symbolique (langage, savoir et valeurs) ; et le domaine politique (droit et État).

1 Les Anciens et le gouvernement juste

- Pour Platon, Aristote et les philosophes grecs, la politique touche la sphère de l'existence libre. Platon accorde une grande importance à l'éducation de l'âme. Son objectif est d'inculquer à chacun le **respect** réfléchi de soi et d'établir une relation harmonieuse avec soi-même et le monde. Un État juste n'est possible qu'à partir d'une réforme radicale de l'homme.
- Le savoir et la philosophie sont donc au principe d'un **gouvernement** juste. C'est pourquoi il faut confier le pouvoir aux philosophes-rois. La finalité de l'État est d'éduquer l'homme à **chercher la Vérité, le Bien**, pour vivre en harmonie.

2 Machiavel et le réalisme politique

Nicolas Machiavel (1469-1527) - Penseur et homme politique italien.

Secrétaire du gouvernement de Florence, Nicolas Machiavel remplit de nombreuses missions diplomatiques avant d'être disgracié par les Médicis, de retour au pouvoir en 1512. C'est cette expérience politique qui nourrit la réflexion politique qu'il développe dans *Le Prince*, son œuvre la plus célèbre. Le philosophe y expose les moyens de prendre le pouvoir et de s'y maintenir : la force et la ruse. L'adjectif *machiavélique* retient d'ailleurs cette idée d'absence de scrupules dans l'exercice du pouvoir. Mais en analysant les mécanismes du pouvoir de manière objective et non moralisante, Machiavel ouvre la voie de la science politique moderne. Il incarne, par opposition à l'idéalisme de Platon, le réalisme politique : « quiconque veut fonder un État et lui donner des lois doit supposer d'avance les hommes méchants ».

1. L'homme est méchant

- **Machiavel** n'est pas un utopiste, c'est un homme de terrain. Il constate que les bonnes lois naissent des tensions sociales. Il y a une **fertilité des conflits**. Les hommes ne font le bien que par nécessité, ils sont naturellement « méchants ». Sans la loi et l'État, les hommes vivraient dans un état de guerre permanent.

2. L'apologie de l'État

- Il n'existe pas de loi « naturelle » qui instaure la pitié, la compassion, l'entraide, la conservation de soi. Seul l'État constitué est capable de le faire. C'est pourquoi Machiavel fait l'apologie de l'État qui permet de **garantir la sécurité et la stabilité**, c'est-à-dire un état de non-guerre, un équilibre. Pour cela, il faut donc éduquer les citoyens. Mais, pour éduquer les citoyens, il faut aux éducateurs de bonnes lois, c'est-à-dire des lois qui soient pour tous. Ce qui exclut une société où les lois ne sont pas pour tous.

3. Machiavel : critique de la monarchie absolue ?

• Spinoza – pour qui la finalité de l'État est la **liberté** – voit en Machiavel le critique de la monarchie absolue, celui qui montre au peuple le danger qu'il y a à se confier à un seul maître. Au XXe siècle, Ernst Bloch y verra plutôt l'origine cynique des plus féroces totalitarismes.

3 L'homme est perfectible grâce à l'éducation

1. Kant : L'homme est la seule créature qui doive être éduquée

• Kant, pour qui l'homme n'est ni bon ni mauvais naturellement, « est la seule créature qui doive être éduquée ». C'est pourquoi il a « **besoin d'un maître** ». Le projet politique de Kant est d'instituer une science universelle de l'homme qui vise à établir un rapport éthique, juridique et politique entre les êtres humains, par nature égoïstes. Il s'agit de réaliser une **société civile qui administrerait le droit de façon universelle**. Pour réaliser une telle société, il faut « sortir de l'état anarchique de sauvagerie pour entrer dans une Société des Nations ». Pour Kant, le peuple est souverain absolu et doit, par conséquent, se soumettre à la volonté collective à laquelle il a consenti. De ce fait, toute résistance ou désobéissance au pouvoir est punissable.

2. L'État permet à l'homme de progresser

• Rousseau et Kant voient dans l'État la seule possibilité pour l'homme de **développer sa perfectibilité**. L'État républicain s'appuie sur la raison pour affirmer la liberté et le droit universellement partagés mais qu'il faut conquérir. Car rien n'est jamais définitivement acquis. Tous deux sont lucides quant aux désirs et aux passions qui habitent les hommes et qui les font retomber dans la violence, l'irrationnel, et de ce fait dans l'inégalité et la soumission.

4 La force de l'individu responsable

• Il y a **conflit perpétuel entre l'État et la société**. La gestion du pouvoir par l'État reste donc très délicate : comment assurer la sécurité, l'égalité de droit et de la liberté avec des individus qui ne pensent qu'à eux ? La solution est, nous venons de le voir, d'**éduquer des citoyens, conscients, libres et responsables**.

• Un État trop libéral fait triompher l'individu au détriment du collectif. Il laisse dans la marge des millions d'hommes et de femmes brisés par une société qui oublie la solidarité. De même, un État omniprésent s'enferme sur lui-même et annihile la liberté individuelle. Il ne s'agit pas de construire une société parfaite mais meilleure.

Mots-clés
- **gouvernement**
- **réalisme politique**
- **perfectibilité**

Mots-repères
- **en fait/en droit** p. 304
- **obligation/contrainte** p. 308
- **genre/espèce/individu** p. 305

FICHE 3 Les formes de l'État

De quoi s'agit-il ?

L'État est le produit de l'histoire qui associe, dissocie et réconcilie la personne privée, en tant que membre d'une société, et la personne publique, citoyen qui participe à l'État. C'est à partir de la Révolution française que la distinction État et société est définitivement établie.

1 Homme privé et homme public

- Hegel distingue trois grandes étapes dans l'histoire de l'État liées à la distinction homme **privé**, homme **public** :
  - *la cité grecque* où l'État prime sur l'individu ;
  - *l'Empire romain* où l'homme privé prime sur l'État ; c'est d'ailleurs à cette époque que naît le Droit ;
  - *l'État moderne*, né de la Révolution française, qui voit s'instaurer un équilibre entre la personne privée et la personne publique. Pour Hegel, la finalité de l'État rationnel est de fondre intérêt général et intérêt particulier, liberté et nécessité.
- La philosophie du droit appartient à la sphère de l'esprit objectif. Elle se déploie en trois parties :
  - *le droit abstrait*, comme forme d'existence extérieure et objective que se donne la volonté libre ;
  - *la morale*, comme état d'esprit subjectif et intérieur ;
  - *l'éthique*, comme l'unité de la sphère objective et subjective qui prend figure dans les trois institutions : famille, société civile et État.

2 État et cité idéale dans l'Antiquité

1. La cité idéale de Platon

- La *polis* (cité) grecque est le concept politique de référence. Le **pouvoir**, en grec *arché*, a un sens plus moral, éthique, que politique. La politique se définit comme l'art de bien vivre. Pour Platon, l'État impose ordre et justice. La République de Platon, cité idéale, est dans son essence parfaite et divine. Dans cette **cité platonicienne**, chacun occupe **la place qui est naturellement la sienne dans son essence**. Ainsi, le pouvoir politique est imposé d'en haut par la nature, l'essence des Idées. On peut penser, comme Karl Popper, que l'État platonicien est totalitaire.

2. Aristote : la justice dans la cité

- Pour Aristote, l'État seul permet la vie heureuse. Mais **la cité d'Aristote**, à la différence de celle de Platon, est un **espace libre** de discussion qui doit permettre d'atteindre un souverain bien. Ce dernier n'est ni transcendant, ni imposé d'en haut par un philosophe-roi. Il naît du seul contact avec les autres hommes. L'homme est naturellement

sociable. Dans la cité, la justice est alors la **vertu** la plus importante pour vivre en communauté. Aristote distingue :
- la justice distributive, qui répartit justement les biens et les honneurs ;
- la justice corrective, qui compense les dommages subis.

3 Les différentes formes d'État

- **Montesquieu**, dans *L'Esprit des lois*, étudie les différentes formes d'État. Pour lui, un État ne peut survivre que s'il repose sur des principes fondamentaux. Il retient trois formes d'État viables : *le despotisme* qui repose sur la crainte ; *la monarchie* qui repose sur l'honneur ; *la république* qui repose sur la vertu et qui peut être une démocratie ou une aristocratie.
- On distingue aujourd'hui **concrètement** trois formes d'État :
  - *Le totalitarisme :* l'individu n'a pas de valeur. L'État est tout-puissant et contrôle tout : pas de séparation des pouvoirs, et parti unique. La police d'État est l'organe principal du pouvoir. Platon, Hegel conçoivent ainsi l'État.
  - *L'étatisme* : l'État joue un rôle décisif sur l'économie. Les moyens de production lui appartiennent afin d'instaurer une plus grande justice sociale. Rousseau, Marx, Engels et Lénine partagent cette idée.
  - *Le libéralisme :* l'intervention de l'État se limite à ses pouvoirs politiques. L'État assure trois fonctions : la police, la justice et la défense militaire. La liberté individuelle prime. Moyens de production et entreprises sont privatisés. Locke, Smith, Spencer pensent ainsi.

Montesquieu
(1689-1755)
Charles-Louis de Secondat, baron de Montesquieu étudie le droit et devient conseiller au Parlement de Bordeaux. L'auteur des *Lettres persanes* sera élu à l'Académie française. Mais la philosophie retient surtout son œuvre maîtresse, *De l'esprit de lois*, dans laquelle il formule sa célèbre théorie de la séparation des pouvoirs (exécutif, législatif et judiciaire). Il faut que le pouvoir limite le pouvoir pour en éviter les abus. On se souviendra également de sa définition de la liberté politique : « la liberté est le droit de faire tout ce que les lois permettent ».

- **L'État moderne** a deux caractéristiques principales : il est **multidimensionnel** (il s'incarne dans la réalité économique, politique, sociale) et **polyvalent** (il existe sous la forme de divers gouvernements).
- On y distingue trois aspects : le **gestionnaire** (du social, de l'administratif, de la croissance) ; le **sécuritaire** (sécurités sociale, routière, vie publique) et le **répressif** (police, armée, armement, guerre).

Mots-clés
- **privé**
- **public**
- **pouvoir**
- **État moderne**

Mots-repères
- **en fait/en droit** p. 304
- **légal/légitime** p. 307
- **obligation/contrainte** p. 308

FICHE 4

Faut-il supprimer l'État ?

De quoi s'agit-il ?

À la fois concept philosophique, historique et forme concrète de la communauté humaine, l'État a pris différentes formes. Il doit établir des rapports stables entre les hommes et entre leurs biens et être le garant de l'ordre social. Mais il est aussi l'organe de répression de la société. D'où la double question de la finalité de l'État et de sa suppression.

1 L'État est nécessaire

1. L'État garant de l'ordre, de la justice et de la liberté

- **Montesquieu**, comme Hobbes, Rousseau et Spinoza, conçoit l'État idéal comme garant de l'ordre, de la justice et de la liberté. L'État incarne l'intérêt général et exclut les rapports de domination. Pour cela, la séparation des pouvoirs est **nécessaire** :
  - *le pouvoir législatif* vote les lois et contrôle l'exécutif ;
  - *le pouvoir exécutif* a le droit de veto contre le législatif et fait appliquer les lois ;
  - *le pouvoir judiciaire*, strictement séparé de l'exécutif, contrôle le respect des lois.

2. Le rôle de la police

- **Le libéralisme de Montesquieu consiste en un équilibre entre toutes les forces sociales.** Aujourd'hui, c'est le troisième pouvoir qui nous interroge le plus. Faut-il avoir peur de la police ? Police vient du terme grec, *polis*, la cité. « C'est l'organisation de la cité dans le respect de tous et chacun, l'ordre reconnu pour les citoyens, la protection des personnes exposées et la contrainte exercée sur ces individus décidés à n'écouter que leur intérêt, donc nuisibles », comme la définit le philosophe Michel Onfray. Il ne faut donc pas avoir peur de la police qui se montre, mais sans doute craindre la « techno-police », police scientifique invisible qui maîtrise tous les nouveaux systèmes de surveillance et qui dispose d'un fichier sur chacun de nous. Comme *Big Brother*, « moins vous la voyez, plus elle vous voit » (Michel Onfray).

2 L'État est inutile

Karl Marx (1818-1883)

Marx constate que la philosophie n'a fait que penser le monde, il ambitionne, lui, de le changer. On ne peut nier qu'il y ait réussi. L'auteur du *Capital* dénonce l'exploitation de l'homme par l'homme. À ses yeux le prolétaire est un esclave moderne contraint de vendre sa force de travail en échange d'un salaire injustement bas. Le fait de posséder les moyens de productions (usines, machines, terres etc.) place en effet le « bourgeois » en position de force. C'est donc l'abolition de la propriété privée qui doit mettre fin à cette injustice. La religion est dénoncée comme un opium moral qui incline le peuple à endurer ses souffrances, pour atteindre le bonheur dans l'au-delà.

1. Marx : l'État sert les intérêts de la classe dominante

- **Marx démystifie la fonction idéologique de l'État** qui n'est en fait, sous couvert de l'intérêt général, que le pouvoir de la classe économiquement dominante, qui exerce le pouvoir à son profit. Il dénonce l'hypocrisie de toutes les théories de l'État : une société sans conflits d'intérêts n'a pas besoin d'un État. L'État n'est donc que le produit et la manifestation des antagonismes de classes. Il disparaîtra dans la société sans classes.

2. L'anarchisme : l'État est l'ennemi de la liberté

- **Pour les anarchistes, l'individu représente la valeur suprême**. La pensée anarchiste a pour devise : « Ni dieu, ni maître ». Les anarchistes rejettent donc toute intervention de l'État dans la vie des individus : il faut établir une société de libres associations humaines, et supprimer juges, policiers, armées. L'État est condamné car il représente l'aliénation de la liberté.

3 Dans une société non étatique, comment se préserver de la violence ?

1. Les sociétés sans État

- Une société non étatique est une société sans pouvoir centralisé, sans pouvoir judiciaire. C'est le cas des sociétés archaïques ou des utopies sociales de certains philosophes. Dans les sociétés archaïques, les fêtes et sacrifices sont une manière de **prévenir la violence**. Il faut un moyen de se libérer de la violence : c'est par exemple le rôle du *pharmakôn,* dont parle René Girard. Cette victime est choisie en raison du fait qu'elle ne peut susciter aucune vengeance, sinon la société rentre dans le cycle infernal de la vengeance, et d'une violence non jugulée.
- R. Girard va alors distinguer deux domaines : le « préventif » et le « curatif ». **Le passage du préventif au curatif correspond au passage de la société archaïque à la société étatique.** Lorsque la violence éclate hors des périodes festives et sacrificielles, il est déjà trop tard : rien ne peut mettre un terme à la spirale de la violence. Cette violence peut conduire à l'autodestruction du groupe. Par la répression, les sociétés étatiques ont les moyens d'arrêter cette violence : mais cet arrêt reste éphémère.

2. La violence est-elle inscrite dans la nature humaine ?

Connaître les théories sur la nature de l'homme

- La question est de savoir si la violence fait partie **intrinsèquement de la nature humaine,** et dans ce cas, c'est un mal incurable que l'on ne peut qu'atténuer ; ou si la violence n'est pas le propre de l'homme, et dans ce cas, comment extirper ce mal ? Selon notre conception de la nature humaine, nous proposerons des solutions répressives ou nous ferons confiance à la raison et au cœur, en proposant des transformations sociales, civiques et éducatives. Les deux propositions, réprimer ou faire confiance, n'étant pas incompatibles.

Mots-clés
- **nécessité**
- **anarchie**
- **violence**

Mots-repères
- **en fait/en droit** p. 304
- **légal/légitime** p. 307
- **genre/espèce/individu** p. 305

Révision Express

> L'État

ÉTAT & SOCIÉTÉ

- Contrat social (HOBBES, LOCKE, ROUSSEAU...)
- État =
  - Pouvoir politique
  - Institution humaine
- Sociétés sans État

ÉTA

LES FORMES DE L'ÉTAT

- Totalitarisme, étatisme & libéralisme
- HEGEL
  - Cité grecque
    État ++ / individu --
  - Empire romain
    Individu ++ / État --
  - État moderne
    Individu ↔ État
- Cité idéale = hiérarchie naturelle (PLATON)
- Justice = vertu primordiale

CARTE MENTALE

NÉCESSITÉ DE L'ÉTAT

- Éducation, justice (PLATON)
- Sécurité
  Stabilité
  (MACHIAVEL)
- Liberté
  Droit
  (KANT)
- Concilier liberté individuelle et intérêt collectif

SUPPRIMER L'ÉTAT ?

- L'État est nécessaire (HOBBES, ROUSSEAU, SPINOZA, MONTESQUIEU…)
- L'État est inutile
  - il sert la classe dominante (MARX)
  - il tue la liberté (Anarchisme)
- Sociétés sans État → Gestion de la violence ?

N'hésite pas à construire ta propre carte mentale

Fiche test *Je fais le point*

QCM

10 min

- ◯ À revoir
- ◯ Acquis

Pour chaque question, déterminer la ou les bonnes réponses.
Chaque question peut rapporter jusqu'à un point, un demi-point dans le cas d'une erreur et aucun point dans le cas de deux erreurs ou plus.

1 Rousseau considère que l'autorité politique est naturelle.

◯ Vrai ◯ Faux

2 Hobbes estime que l'État doit exercer un pouvoir absolu pour garantir l'ordre, la paix et la sécurité.

◯ Vrai ◯ Faux

3 Rousseau fonde l'autorité politique sur un contrat par lequel les hommes s'engagent à se soumettre à la volonté générale.

◯ Vrai ◯ Faux

4 Selon Pascal, si Platon et Aristote ont écrit sur la politique, c'était

- ◯ a. « parce qu'il n'y a pas de sujet plus important. »
- ◯ b. « comme pour régler un hôpital de fous. »
- ◯ c. « parce que tout tient à la politique. »

5 Qui estime qu'une cité parfaite serait gouvernée par des philosophes-rois ?

- ◯ a. Platon
- ◯ b. Aristote
- ◯ c. Rousseau

6 Complétez cette affirmation de Machiavel : « Quiconque veut fonder un État et lui donner des lois doit supposer d'avance les hommes... »

- ◯ a. « méchants. »
- ◯ b. « bons. »
- ◯ c. « raisonnables. »

7 Spinoza soutient que la finalité de l'État est :

- ◯ a. l'ordre et la sécurité.
- ◯ b. la croissance économique.
- ◯ c. la liberté.

8 Complétez cette phrase de Kant : « L'homme est un *animal* qui, lorsqu'il vit parmi d'autres membres de son espèce, a besoin... »

- ◯ a. « de se faire valoir. »
- ◯ b. « d'un maître. »
- ◯ c. « de s'en faire aimer. »

9 Hegel estime qu'il y a un juste équilibre entre l'individu et l'État dans :

- ◯ a. la Cité grecque.
- ◯ b. l'Empire romain.
- ◯ c. l'État moderne.

10 Platon soutient que la justice règne dans la Cité quand chacun y occupe la place qui est naturellement la sienne.

◯ Vrai ◯ Faux

11 Quelle doctrine politique limite l'action de l'État à ses fonctions régaliennes : police, justice et défense ?

- ◯ a. Le communisme
- ◯ b. L'anarchisme
- ◯ c. Le libéralisme

12 Qui prône la séparation des pouvoirs ?

- ◯ a. Locke
- ◯ b. Hobbes
- ◯ c. Montesquieu

13 Quel philosophe soutient que la fonction réelle de l'État est de défendre les intérêts de la classe dominante ?

- ◯ a. Hegel
- ◯ b. Machiavel
- ◯ c. Rousseau
- ◯ d. Marx

14 Les anarchistes veulent supprimer l'État, les juges, les policiers et l'armée au nom de la liberté.

◯ Vrai ◯ Faux

15 Ils estiment que la violence n'est pas inscrite dans la nature humaine.

◯ Vrai ◯ Faux

SCORE : ___ / 15

Savoir construire une dissertation (2)

MÉTHODE

Le plan analytique :

- **Le plan dialectique** s'applique à de nombreux sujets, mais il **n'est pas toujours pertinent**. Les questions auxquelles on peut répondre par oui ou non appellent assez « naturellement » une démarche dialectique. Exemple : L'État est-il l'ennemi de la liberté ? Les autres questions appellent souvent un type de plan différent, comme le « plan analytique » (pour lui donner un nom).
- Il consiste à analyser, c'est-à-dire à **décomposer le sujet en deux ou trois questions** principales qui constituent les grands axes (ou parties) du développement.
- **Chaque question conduit logiquement à la suivante** et ce lien logique est explicité dans une transition.

ÉNONCÉ

À quoi sert l'État ?

CORRIGÉ

- **Problématique/plan :**

I. L'État se présente comme l'indispensable garant de l'ordre, de la sécurité, de la liberté, de la justice, voire du bonheur des citoyens. Mais est-il autre chose en réalité qu'un appareil répressif au service des intérêts de la classe dominante ? Bref, quelle est la fonction réelle de l'État ?

II. Si on admet que l'État sert réellement à garantir l'ordre et la sécurité dans l'intérêt de tous et non à défendre un ordre établi au profit de la classe dominante, la question se pose encore de savoir jusqu'où son pouvoir doit s'étendre ? Faut-il limiter le rôle de l'État comme le veulent les libéraux ou faut-il étendre son pouvoir et sa responsabilité ? Doit-il, et dans quelle mesure, réguler l'économie ? Doit-il faire le bonheur des citoyens ? Tout doit-il être régi par l'État ?

- **Conclusion**

L'État reste jusqu'à preuve du contraire l'indispensable garant de l'ordre, de la sécurité, de la liberté et de la justice. Si la question de savoir dans quelle mesure il doit intervenir dans la sphère économique partage les esprits, le spectre du totalitarisme ne peut que nous convaincre de veiller à ce que l'État ne dépasse pas les limites de sa fonction au détriment des libertés individuelles.

Corrigés *Je fais le point*

1. **Faux.** « Aucun homme n'a une autorité naturelle sur son semblable », écrit Rousseau. L'ordre social et l'autorité politique reposent donc sur une convention : le contrat social. Pour Aristote au contraire l'autorité politique est naturelle, elle est comparable à celle que le père exerce (naturellement à ses yeux) sur la microsociété qu'est la famille.

2. **Vrai.** « Aussi longtemps que les hommes vivent sans un pouvoir commun qui les tienne tous en respect, ils sont dans cette condition qui se nomme guerre, et cette guerre est guerre de chacun contre chacun », soutient Hobbes.

3. **Vrai.** Aux yeux de Rousseau, seul cet engagement implicite peut nous obliger à respecter la loi qui exprime la volonté générale.

4. **b)** Selon Pascal, Platon et Aristote n'aurait écrit sur la politique que dans l'espoir de modérer la folie et la démesure des hommes de pouvoir.

5. **a)** Platon.

6. **a)** Ce pessimisme anthropologique (l'homme est mauvais) fonde le réalisme politique de Machiavel : le Prince (celui qui gouverne un État) doit avant tout se maintenir au pouvoir et faire régner l'ordre et la sécurité.

7. **c)** La liberté (qui suppose la sécurité). « Ce n'est pas pour tenir l'homme par la crainte et faire qu'il appartienne à un autre que l'État est institué ; au contraire c'est pour libérer l'individu de la crainte, pour qu'il vive autant que possible en sécurité [...] La fin de l'État est donc en réalité la liberté », écrit Spinoza.

8. **b)** « L'homme est l'animal qui a besoin d'un maître. »

9. **c)** L'État moderne issu de la Révolution française.

10. **Vrai.** Pour les Anciens comme Platon ou Aristote il existe une hiérarchie naturelle et la justice suppose que chacun soit à sa place. CHAPITRE 4 p. 61

11. **c)** Le libéralisme.

12. **c)** Selon Montesquieu, seule la séparation des trois pouvoirs (législatif, exécutif et judiciaire) permet de limiter les abus du pouvoir.

13. **d)** Selon Marx, l'État prétend agir pour le bien commun, mais en réalité il maintient par la force un ordre établi à l'avantage de la classe dominante.

14. **Vrai.** « Ni Dieu ni maître. » Les anarchistes soutiennent que l'individu ne doit se soumettre à aucune autorité. CHAPITRE 15 p. 217

15. **Vrai.** L'anarchisme est fondé sur une conception optimiste de la nature humaine : l'homme serait naturellement bienveillant, enclin à l'entraide et à la coopération. De ce point de vue les hommes ne deviendraient violents qu'en réaction à l'injustice sociale.

Chapitre

9 Le langage

« C'est dans les mots que nous pensons. » Hegel

FICHE 1 Les origines du langage

De quoi s'agit-il ?

Comment expliquer cette faculté de langage chez l'homme ? Par la science ? la philosophie ? Ni le commencement ni l'origine ne nous sont accessibles. Cette faculté reste énigmatique.

1 Une naissance scientifique ?

1. La science cherche à dater l'apparition du langage

• **Quand, comment et pourquoi le langage est-il apparu ?** Une étude américaine de 1999, parue dans la revue de la National Academy of Sciences, affirme que **la capacité de l'homme à parler ne serait pas apparue il y a 40 000 ans mais 300 000 ans.** « Si la taille du canal hypoglossal (canal osseux transportant la connexion nerveuse entre le cerveau et la langue) reflète la taille du nerf, et que la taille du nerf reflète l'aptitude à la coordination et au contrôle de la langue, alors le Neandertal avait un degré de contrôle de la langue équivalent à celui des hommes modernes », signale Matt Cartmill, coauteur de l'étude.

2. L'apparition du langage semble conditionnée à quatre facteurs

• **Scientifiquement**, **la question de la naissance** du langage ne peut pas se résoudre : nous n'avons aucun indice de ce qu'a pu être une société humaine sans langage. Il est impossible d'observer une société dans sa phase d'acquisition du langage. Mais les chercheurs insistent sur les facteurs suivants :

- **la descente du larynx** est une donnée cruciale : pour produire de manière stable les phonèmes cardinaux i/u/a de n'importe quelle langue, il faut que le larynx se soit abaissé de façon à présenter deux tubes résonateurs (dont le canal hypoglossal) ;
- la taille du cerveau : mais ce facteur est à utiliser avec prudence (les baleines ont un gros cerveau). Il s'agit plus de la **structure du cerveau,** que de sa grosseur ;
- **les outils :** un outil complexe demande une pensée capable de planifier abstraitement et de se transmettre de génération en génération par le langage ;
- **les rapports sociaux :** la taille des groupements humains est un indicateur du niveau de développement cognitif. Pour fonctionner, des groupements importants ont besoin de se structurer (codes juridique, religieux) et donc d'avoir un langage. On peut donc supposer que plus les groupements humains étaient nombreux et structurés, plus le langage devait être développé.

3. L'apparition du langage est antérieure à celle de l'homme « moderne »

• Comme le rappelle Yves Coppens, l'homme « moderne », **l'*Homo sapiens***, avec des caractéristiques physiques semblables aux nôtres, remonte à 50 000 ans. Il est très jeune si on le compare à l'Australopithèque qui a environ 5 millions d'années ! Ce n'est qu'il y a 3 millions d'années que l'aventure humaine commence avec ***Homo :*** *Homo habilis* et les premiers outils ; *Homo erectus* et la naissance du feu, début probable du langage tel qu'on le connaît aujourd'hui ; *Homo sapiens* : le langage verbal est bien en place.

- **Mais reste la question : comment et pourquoi le langage est-il né ?**

2 Une naissance à jamais énigmatique

1. Le problème de Cratyle : les mots expriment-ils la nature des choses ?

- **Philosophiquement, le problème de l'origine** du langage recouvre une autre question : **à quel besoin humain répond l'invention du langage ?**
- **L'hypothèse de Platon** dans *Le Cratyle* : Platon met en scène deux interlocuteurs qui s'opposent. Cratyle soutient que **les mots expriment la véritable nature des choses**, c'est-à-dire leur essence, tandis qu'Hermogène ne voit dans les mots que **des signes conventionnels institués pour rendre possible la communication.** Socrate critique tour à tour les deux thèses, mais ne prend pas position, dans le pur style du **dialogue aporétique**, sans réponse car sans issue.
- Le langage serait donc : soit ce qui nous permet, si nous nous en donnons la peine, de connaître ce qu'est véritablement la nature des choses. Les mots sont les choses. On retrouve la dichotomie platonicienne du sensible, l'apparaître, et de l'intelligible, l'être. Soit, selon la tradition représentée par Hermogène, un outil d'origine culturelle, conventionnelle, pour communiquer, mais les mots ne sont pas les choses.

2. Rousseau : la langage naît des passions

- **L'hypothèse de Rousseau :** l'origine des langues n'est pas due aux premiers besoins de l'homme, puisqu'on peut subvenir à ceux-ci sans parler. En revanche, pour émouvoir, pour repousser un agresseur, la nature a fait jaillir les premières voix. Le langage naît d'abord des passions. **Le premier langage de l'homme est donc le cri**, le plus universel et le plus énergique des langages : cri d'appel au secours, cri de bonheur... **Un langage plus élaboré** et des signes plus nombreux naquirent ensuite, quand les idées se multiplièrent parmi les hommes et qu'entre eux s'établit une communication plus étroite.
- Mais pour Platon comme pour Rousseau, les hommes ont besoin d'échanger.

Jean-Jacques Rousseau (1717-1778)
Pour ce philosophe des Lumières, l'homme est perfectible grâce à l'éducation : il peut moralement s'améliorer. Grâce au contrat social, le Bien et le Droit régneront et l'homme-citoyen sera libre.
Essai sur l'origine des langues (1781).

Mots-clés
- « *homo sapiens* »
- signes conventionnels
- aporétique
- communication

Mots-repères
- origine/fondement p. 309
- essentiel/accidentel p. 303
- genre/espèce/individu p. 305

FICHE 2

Le langage est-il le propre de l'homme ?

De quoi s'agit-il ?

Au sens large, le langage est tout système de signes permettant une communication entre les hommes, qu'il soit formel, gestuel, symbolique, etc. Plus précisément, le langage désigne le système linguistique propre à l'homme, c'est-à-dire la langue et sa manifestation qu'est la parole ; c'est une forme d'expression et de communication liée à la pensée. Le langage ne se confond pas avec la parole. Mais peut-on affirmer que seul l'homme a un langage ?

1 Expression et communication

- Pourquoi et comment s'est constitué le langage demeure une question insoluble. Mais le langage remplit indiscutablement deux fonctions primordiales : l'expression et la communication. **Communiquer, c'est mettre en commun, donc échanger. Exprimer, c'est faire sortir :** ainsi, le langage (paroles et gestes) est l'expression de la pensée. C'est grâce au langage que la pensée peut en quelque sorte s'extérioriser, sortir, se manifester. Mais le langage est-il capable d'exprimer toute la pensée ?
- **Est-ce parce que je parle que je pense ? Est-ce parce que je pense que je parle ?** Le langage est-il l'élément fondamental qui nous distingue des animaux ? Il permet en tout cas d'accéder à la faculté de comprendre le réel, de symboliser, d'établir des relations de signification entre des réalités différentes. La parole et la pensée créent du sens et permettent de se construire.

2 N'y a-t-il de langage qu'humain ?

1. Descartes : le langage manisfeste une faculté de penser propre à l'homme

- Pour Descartes, le langage est une spécificité humaine. **Seul l'homme parle et utilise des signes pour communiquer ses pensées**. Il doit apprendre ces signes. Ces signes sont d'une autre nature que le cri inné et codifié des animaux. Parler est donc le propre de l'homme. D'ailleurs, les sourds-muets en sont un excellent exemple puisqu'ils parviennent à communiquer en inventant un autre type de langage. L'homme peut penser sans parler mais il ne peut pas parler sans pensée. C'est le *cogito*. Le langage humain fait appel à l'imagination, à l'intention, à la création.

2. Langage ou code de signaux ?

- Le linguiste français Benveniste récuse l'expression de « langage animal » : les animaux usent en réalité d'un **code de signaux**. Interprétant les recherches du zoologiste autrichien Karl von Frisch, il observe que la communication animale est **stéréotypée** (le signal

Émile Benveniste
(1902-1976)

Linguiste français, héritier de Saussure, il s'intéresse à la nature du signe linguistique et les façons d'énoncer de l'homme.

Problèmes de linguistique générale (1939 –1974).

a toujours la même signification), **héréditaire** (le signal est **inné**, transmis génétiquement) et ne permet pas l'échange **linguistique** (les abeilles ne « dialoguent » pas mais répondent à un signal par une action, par exemple aller chercher la nourriture). On ne peut donc pas parler d'un langage animal.

- Des études scientifiques montrent actuellement que les choses ne sont pas si tranchées : certains animaux « inventent » et « échangent » entre eux, « communiquent » avec l'homme, prennent des initiatives et que s'ils ne parlent pas « humain », on ne peut plus affirmer qu'ils ne pensent pas (dauphins, grands singes, et quelques autres mammifères).

3 Le langage est le premier élément de culture

1. Lévi-Strauss : le langage est un fait culturel par excellence

- Selon **Lévi-Strauss**, le langage est un « fait culturel par excellence ». En effet, **il est une partie intégrante de notre culture** puisqu'il est un élément que l'homme a ajouté à son état de nature. Pour preuve, le langage ne se transmet pas biologiquement, mais grâce à un apprentissage. Il n'est pas le produit d'une **hérédité** naturelle, mais d'un **héritage culturel**. C'est pourquoi le langage est **un moyen privilégié d'assimilation de la culture :** c'est parce qu'on lui parle qu'un enfant peut comprendre sa culture. Les règles du groupe sont d'abord des mots. Par exemple, les interdits sont transmis par le biais d'interdictions verbales.

Claude Lévi-Strauss (1908)
Philosophe, anthropologue et ethnologue français, il se fait connaître par *Tristes Tropiques* (1955). Il met en place une nouvelle méthodologie : le structuralisme. Toute société doit pouvoir se décrypter. Il faut étudier ses structures. Le structuralisme est donc une méthode, non une philosophie.

2. Benveniste : nous pensons dans les mots de notre langue

- Le langage est donc une manifestation essentielle de la culture : il existe des systèmes culturels comme l'art, la religion, le droit, qui fonctionnent de la même manière que le langage, c'est-à-dire comme des codes. **Mais le langage est le système culturel qui permet d'apprendre tous les autres.** D'où la vulnérabilité de l'être humain qui ne sait pas utiliser ce code. Il peut alors s'enfermer dans le silence ou devenir violent.

- Le langage humain a donc une **histoire.** Dès qu'il apprend à parler, l'enfant reçoit cette histoire en héritage, c'est-à-dire qu'il reçoit des **valeurs**. « Nous pensons un univers que notre langue a d'abord modelé », écrit Benveniste. D'où l'importance de comprendre de quel univers linguistique nous venons pour mieux nous comprendre et comprendre les autres.

Mots-clés
- **hérédité**
- **héritage**
- **inné**
- **acquis**
- **langue**
- **parole**
- **linguistique**

Mots-repères
- **origine/fondement** p. 309
- **essentiel/accidentel** p. 303

FICHE 3

Langage et pensée

De quoi s'agit-il ?

Si le langage permet à l'homme d'énoncer ses pensées, l'homme peut aussi comprendre sans la parole et parler sans comprendre. Les philosophes se sont interrogés sur les liens qui unissent le langage et la pensée.

1 Le langage peut exprimer la pensée

1. Platon : la pensée est un dialogue silencieux de l'âme avec elle-même

• Pour Platon, la pensée est un **langage intérieur**. Penser, c'est entrer en discussion aphone avec soi-même, c'est dialoguer avec soi dans le silence intérieur. La pensée est alors un discours que l'âme se tient silencieusement à elle-même.

2. Hegel : c'est dans les mots que nous pensons

• Hors les mots, il est impossible à l'homme de penser. Telle est la position de Hegel : « Vouloir penser sans les mots est une tentative insensée ». **Seul le langage donne forme à la pensée.** Ainsi, ce qui est informe, obscur, inachevé, bref informulé, devient clair dès lors qu'on trouve les mots pour le dire. Le langage donne à la pensée son existence la plus vraie.

3. Merleau-Ponty : la parole n'est pas « le signe » de la pensée

• Pour Merleau-Ponty, la pensée est **un cheminement qui se fait dans les mots**. La parole ne renvoie jamais à une pensée pure, isolée des mots : au bout du langage, il y a encore des mots. Plus qu'un moyen, le langage est une **puissance évocatoire** qui rend présent ce que l'on dit, et de ce fait lui confère une **réalité**. **Nommer, c'est donner une identité**, rendre la présence concrète. N'est-ce pas le premier acte des parents lorsqu'un enfant naît : l'identifier par un prénom ? Par contre, le premier acte des nazis dans les camps de concentration était d'effacer le nom, l'identité, et de tatouer un numéro sur le bras du prisonnier qui finissait lui-même par se demander « si c'est un homme », comme l'écrit Primo Levi.

4. Chomsky : le langage est un miroir de l'esprit

• Descartes et aujourd'hui **Chomsky** définissent le langage comme une production potentiellement infinie de signes et non comme une reproduction. Il y a plus en l'homme qu'un simple **mécanisme**. Le langage nous apprend à penser. Noam Chomsky considère le langage comme **le miroir de l'esprit**. Cela signifie que le système linguistique possède une capacité de création. De même, le cerveau est un organe fini, susceptible de produire des activités potentiellement infinies. Mais on ne peut savoir comment un homme a une idée neuve, ni mettre en évidence le lien entre la production d'une

> **Noam Chomsky** (1928)
> Linguiste américain. Il s'interroge sur la compétence linguistique, la manière d'acquérir et d'utiliser le langage. Il définit la « grammaire générative ».
> *Le Langage et la Pensée* (1968).

idée neuve par le cerveau et son expression linguistique. On peut seulement constater que le mécanisme linguistique « reflète » la réalité psychologique.

2 Le langage est incapable de rendre compte de la pensée

1. Nietzsche : le langage atomise la pensée

- « Comment comprendre que la langue de tout le monde soit le meilleur instrument de penser ? », dit Alain. Il n'est pas le seul à considérer le langage comme bien plus pauvre que la vie intérieure. Pour Nietzsche, le langage **atomise la pensée**. Tandis que notre activité psychique est un « flux continu », les mots nous présentent constamment les choses comme plus simples qu'elles ne sont, séparées les unes des autres, et nous poussent à croire aux faits isolés, déformant du même coup notre vie psychique.

2. Bergson : nous échouons à traduire entièrement ce que notre âme ressent

- Bergson est lui aussi radical dans la critique du langage. Pour lui, « la pensée est incommensurable (n'a pas de commune mesure) avec le langage ». Il distingue **trois raisons** essentielles :
  - le langage **fige** « ce que notre âme ressent » : les flux de conscience sont dénaturés par les mots qui les découpent et les juxtaposent ;
  - le langage **« impersonnalise »** : le langage est général, commun à tous, mais chaque vécu psychique est singulier, et de ce fait incomparable. Il est donc réducteur, pauvre à exprimer les nuances de la vie intérieure ;
  - le langage **fait écran** à l'intérieur de nous-même : les mots nous dérobent notre moi jaillissant et instable pour le chosifier, l'objectiver.

Comprendre la critique du langage selon Bergson

- Ainsi nos états se détachent-ils de nous, formant comme un « second moi », social et superficiel, un moi qui n'est plus moi. Le langage a une **fonction sociale et utilitaire** mais échoue à saisir l'originalité de l'individu.

3 Parler ou se taire ?

- Hegel démystifie l'ineffable alors que Bergson privilégie la pensée **intuitive**. **Mais suffit-il de parler pour penser et dire quelque chose ? Et peut-on vraiment penser sans les mots ?** Ce n'est pas parce que l'on parle beaucoup que l'on pense. Et ce n'est pas non plus parce que l'on se tait que l'on a une riche vie intérieure ineffable. Parler beaucoup peut refléter une pensée confuse, et se taire une pensée pauvre.

Mots-clés

- **mécanisme**
- **puissance évocatoire**
- **utilitaire**
- **génie**

Mots-repères

- **idéal/réel** p. 306
- **intuitif/discursif** p. 307
- **médiat/immédiat** p. 308

FICHE 4 Le pouvoir des mots

De quoi s'agit-il ?

La pensée n'est pas réductible au langage, ni le langage à la pensée. Même si leurs liens sont intimes et indéfectibles, il ne faut pas les confondre. En revanche, tous les mots ont un pouvoir indéniable.

1 La naissance de la linguistique

Ferdinand de Saussure
(1857-1913) né et mort en Suisse

Il fonde véritablement la linguistique qu'il considère comme une science. Le langage est un système formel dont on peut énoncer les règles.

Cours de linguistique générale.

- À partir du XIXe siècle, plutôt que de s'interroger sur l'origine du langage, on se demande comment fonctionnent les langues : ainsi naît la linguistique. Pour elle, la première fonction du langage est sociale et concerne la communication entre les individus. En linguistique, le langage associe un **signifiant**, c'est-à-dire un signe conventionnel (non naturel), à un **signifié**, qui est le concept (idée) auquel se rattache en quelque sorte sa traduction. Par exemple, le mot « table » associe le son « table » (signifiant) au concept de « table » (signifié), ayant pour référence l'ensemble de toutes les tables possibles, imaginaires ou réelles. Le langage est un **système de signes** exprimant des idées dont on analyse les relations. Le signe linguistique est donc **arbitraire,** dit **Ferdinand de Saussure**, c'est-à-dire qu'il n'y a aucun lien essentiel entre le mot et la chose, entre la forme et le sens du message communiqué.
- C'est pourquoi le mot donne lieu à une **pluralité de jugements :** il ne faut pas oublier que notre univers linguistique et notre vision du monde sont indissolublement imbriqués. La psychanalyse en a bien montré le poids : « guérir », c'est trouver les mots pour dire son mal, pour l'identifier et l'extérioriser par la parole. La parole a une **fonction magique**. Dans toutes les religions, les prêtres, les chamans agissent par la parole.

2 Parler pour être compris

1. Clarifier sa pensée

- La parole reste la manifestation première fondamentale du langage humain. On s'exprime pour être compris et pas seulement pour se **comprendre** soi-même. Sinon, toute communication devient impossible. Le cas extrême est représenté par les personnes autistes souvent enfermées dans leur univers. Pour être compris de quelqu'un d'autre, je dois faire un véritable effort de clarification de ma pensée. Ce que je dis à autrui, ce ne sont pas des mots, mais du **sens.**

2. Parole et raison

- En philosophie, c'est la **rationalité du langage** qui compte, c'est-à-dire la qualité universelle du message. Le ***logos*** signifie à la fois parole et raison. C'est la parole rationnelle, celle de la dialectique qui conduit au Vrai. Mais lorsque Platon veut se faire comprendre du plus grand nombre, lorsqu'il veut avoir plus d'impact sur les esprits, il utilise le **mythe**. Le mythe va au-delà de la parole rationnelle, dialectique. Il donne à voir, à imaginer, à poétiser. Il a un pouvoir. Tout comme les contes qui permettent aux enfants de laisser libre cours à leur imagination.

3 Les sophistes

1. Platon voit dans la rhétorique un art de la manipulation

- Si Platon critique les **sophistes**, c'est parce qu'il les considère comme de dangereux manipulateurs du langage, cherchant à obscurcir et à tromper la raison des hommes. Historiquement, les sophistes vivaient au ve siècle avant notre ère. Ils étaient « maîtres de savoir » et enseignaient, fort cher, la **rhétorique**, l'art de bien parler, de bien argumenter, de faire d'habiles discours politiques.

2. Les sophistes sont des philosophes relativistes

- Platon consacra un dialogue à l'un des plus célèbres : *Protagoras*. Beaucoup d'entre eux étaient pourtant de réels philosophes, intègres, mais aucun ne croyait en une seule et unique vérité. Ils avaient une **vision relative** du monde dont « l'homme est la mesure de toutes choses ». Cela était insupportable pour Platon : tout se juge à l'aune du monde **absolu** des Idées.

4 Affronter les dangers du langage et dialoguer

- Mais toute parole ne recèle-t-elle pas intrinsèquement la possibilité de la trahison ? **Parler n'est-ce pas déjà manipuler**, consciemment ou pas ? George Orwell, dans son célèbre livre *1984*, explique bien comment le peuple est d'abord manipulé par la *Nov langue*. Dans *Langage et Silence*, **George Steiner** analyse la façon dont le langage a pu dire et soutenir l'inhumain alors qu'il est en même temps l'essence de l'homme.

George Steiner (1929)
Né à Paris, il émigre aux États-Unis en 1940 avec sa famille après avoir échappé par miracle à une rafle. Il se dit survivant. Ce « maître de lecture » s'interroge en permanence sur la culture et le langage, sur la culture et la barbarie.
Après Babel (1975).

- « Ce dont on ne peut parler, il faut le taire », écrit L. Wittgenstein. On ne peut pas tout dire. Le silence vaut mieux qu'une parole blessante, et il faut savoir garder un secret. Mais le silence doit pouvoir être rompu : parler pour éviter la violence physique, pour dénoncer une injustice. Parler et se taire ne sont pas incompatibles lorsqu'il s'agit d'être à l'écoute.
- Parler, c'est donc **s'engager** : « je te donne ma parole », je m'engage. L'être humain est un être en relation : avec lui-même d'abord, avec le monde extérieur et avec les autres ensuite. Le langage est « l'être-pour-autrui », dit Sartre. La parole signale une présence et une pensée.

Mots-clés
- **signifiant**
- **signifié**
- **« *logos* »**
- **mythe**
- **rhétorique**
- **sophiste**

Mots-repères
- **absolu/relatif** p. 300
- **expliquer/comprendre** p. 304

Révision Express

> Le langage

LANGAGE

ORIGINE ?

- **Hermogène** : Les mots ont une origine conventionnelle
  - Saussure, linguistique
- **Cratyle** : Les mots ont une relation intrinsèque avec les choses
- Homo erectus ? Homo sapiens ?
- Le langage naît des « passions » (ROUSSEAU)

LANGAGE ET PENSÉE

- Pensée = langage intérieur (PLATON)
  - On pense dans les mots (HEGEL, MERLEAU-PONTY)
    - L'ineffable ?
- Le langage atomise, fige, appauvrit la pensée (NIETZSCHE, BERGSON)
  - Pensée intuitive ? (sans mots)

L'ineffable ? ↔ Pensée intuitive ? (sans mots)

CARTE MENTALE

EST-IL LE PROPRE DE L'HOMME ?

- Parler = penser ?
- Seul l'homme pense et donc parle (DESCARTES)
- Langage ≠ code de signaux (BENVENISTE)
- Science = certains animaux pensent et « parlent »
- Langage et culture sont liés (LÉVI-STRAUSS)

LE POUVOIR DES MOTS

- Thérapeutique, « Magique »
- Communiquer, signifier, évoquer
- Convaincre, manipuler, tromper (sophistes)
  - Orwell, Novlangue
- S'engager, promettre
- Blesser, violence verbale

N'hésite pas à construire ta propre carte mentale

Fiche test *Je fais le point*

QCM

10 min

◯ À revoir
◯ Acquis

Pour chaque question, déterminer la ou les bonnes réponses.
Chaque question peut rapporter jusqu'à un point, un demi-point dans le cas d'une erreur et aucun point dans le cas de deux erreurs ou plus.

1 Platon soutient dans le *Cratyle* que les mots :
- ◯ **a.** expriment la véritable nature des choses (leur essence).
- ◯ **b.** sont des signes conventionnels institués pour rendre possible la communication.

2 Qui a dit : « Les besoins dictèrent les premiers gestes, les passions arrachèrent les premières voix » ?
- ◯ **a.** Platon
- ◯ **b.** Descartes
- ◯ **c.** Rousseau

3 Descartes soutient que le langage n'appartient qu'à l'homme.
◯ Vrai ◯ Faux

4 Le langage est à ses yeux « un fait culturel par excellence ».
- ◯ **a.** Rousseau
- ◯ **b.** Durkheim
- ◯ **c.** Lévi-Strauss

5 Complétez cette affirmation de Benveniste : « Nous pensons un univers… »
- ◯ **a.** « que notre langue a d'abord modelé. »
- ◯ **b.** « où chaque chose a un nom. »

6 « Le discours intérieur que l'âme tient en silence avec elle-même a reçu le nom spécial de pensée », écrit
- ◯ **a.** Platon.
- ◯ **b.** Benveniste.
- ◯ **c.** Hegel

7 Hegel soutient que la vérité est ineffable, c'est-à-dire qu'on ne peut pas l'exprimer avec des mots.
◯ Vrai ◯ Faux

8 « Nous échouons à traduire entièrement ce que notre âme ressent », écrit :
- ◯ **a.** Platon.
- ◯ **b.** Descartes.
- ◯ **c.** Bergson.

9 Ferdinand de Saussure, parfois considéré comme le père des sciences du langage (la linguistique), distingue le signifiant :
- ◯ **a.** de l'insignifiant.
- ◯ **b.** de l'absurde.
- ◯ **c.** du signifié.

10 « Le signe linguistique est arbitraire », écrit Saussure. Cela signifie
- ◯ **a.** « que chacun est libre de donner aux mots le sens qu'il veut. »
- ◯ **b.** « que le lien entre signifiant et signifié est purement conventionnel. »

11 En grec *logos* signifie à la fois parole et raison.
◯ Vrai ◯ Faux

12 Platon admirait l'éloquence et le pouvoir de persuasion des sophistes.
◯ Vrai ◯ Faux

13 Un sophiste est le contraire d'un philosophe.
◯ Vrai ◯ Faux

14 Quel écrivain a inventé la « novlangue » ?
- ◯ **a.** Aldous Huxley
- ◯ **b.** George Orwell
- ◯ **c.** Ray Bradbury

15 Wittgenstein déclare en une formule demeurée célèbre : « Ce dont on ne peut parler… »
- ◯ **a.** « il faut le chanter. »
- ◯ **b.** « il faut le taire. »

SCORE : ____ / 15

Rédiger la conclusion

MÉTHODE

- **La conclusion clôt la « démonstration »** et montre au correcteur que le sujet a été rigoureusement traité. Il ne s'agit pas de résoudre définitivement une question philosophique, mais d'**exprimer le résultat de votre analyse**.
- Il est utile de rédiger une phrase de conclusion partielle à la fin de chaque grande partie. Cela permet de faire le point et de montrer que l'on ne perd pas de vue la question posée par le sujet.
- **Évitez autant que possible le relativisme paresseux** : toutes les opinions se valent, chacun a sa propre vérité, etc. Il faut s'efforcer de trouver des solutions aux problèmes que l'on pose, mêmes si celles-ci restent évidemment discutables.
- Dans le cas d'une démarche dialectique, la conclusion rappelle et résume de manière claire et précise la solution développée dans la synthèse.
- Il est utile de **relire l'introduction avant de rédiger la conclusion**, pour s'assurer que celle-ci apporte bien une solution au problème formulé dans l'introduction.
- Il n'est pas nécessaire d'ouvrir le sujet sur une nouvelle question. C'est souvent artificiel et peu pertinent.

ÉNONCÉ

Sommes-nous prisonniers de la langue que nous parlons ?

CORRIGÉ

- **Problématique** :
  On peut se demander si nous sommes prisonniers de la langue que nous parlons, c'est-à-dire si nous sommes condamnés à penser en français, en anglais ou en chinois par exemple, ou si notre pensée reste libre et indépendante des mots dans lesquels elle s'exprime.
- **Conclusion** :
  La langue que nous parlons peut agir comme un prisme à travers lequel nous percevons le monde. Cela ne signifie pas cependant que nous soyons piégés dans cette vision des choses. Il reste possible de se libérer des pièges que nous tend la langue que nous parlons. C'est même aux yeux de L. Wittgenstein le rôle de la philosophie : « la philosophie est un effort pour échapper à la manière dont le langage ensorcelle la pensée », écrit-il.

Corrigés *Je fais le point*

1. **a)** et **b)** Platon met en scène Cratyle et Hermogène. Le premier soutient que les mots expriment la véritable nature des choses (leur essence) alors que le second voit en eux des signes conventionnels institués pour rendre possible la communication.

2. **c)** Rousseau imagine que les hommes ont d'abord communiqué par gestes et qu'ils ont ensuite utilisé la parole pour exprimer leurs « passions », c'est-à-dire leurs désirs et leurs sentiments. Le langage serait ainsi apparenté à la musique.

3. **Vrai.** Selon Descartes le langage manifeste une faculté de penser qui est propre à l'homme. CHAPITRE 13 p. 187

4. Lévi-Strauss.

5. **a)** Benveniste souligne ainsi que notre vision du monde est modelée par la langue que nous parlons.

6. **a)** Platon. De ce point de vue, penser et parler sont une seule et même chose.

7. **Faux.** Hegel dénonce au contraire cette survalorisation de l'ineffable. Ce qu'on ne peut pas dire, on ne peut tout simplement pas le penser (du moins pas de manière claire et distincte).

8. **c)** Bergson estime qu'en raison de leur généralité, les mots ne peuvent exprimer ce qu'il y a de singulier dans les choses. CHAPITRE 1 p. 23

9. **c)** Signifiant et signifié sont comme les deux faces du signe linguistique. Le signifiant est la suite de sons qui constitue un mot (son image acoustique), le signifié est le concept auquel cette suite de son est associée par convention.

10. **b)**

11. **Vrai.** Cela suggère que parler et penser ne sont au fond qu'une seule et même chose comme le veut Platon.

12. **Faux.** Platon s'oppose aux sophistes qui font de la parole une arme au service du point de vue et des intérêts de celui qui parle.

13. **Vrai** et **Faux.** Platon oppose le sophiste au philosophe. Le premier ne parlerait que pour défendre son point de vue et ses intérêts alors que le second mettrait la parole (*logos*) au service de la vérité. Cependant les sophistes (ou certains d'entre eux) ne sont pas que des parleurs habiles, ce sont des intellectuels relativistes qui rejettent l'idée d'une vérité unique ou absolue.

14. **a)** La novlangue est la langue officielle d'Océania, un État totalitaire inventé par George Orwell dans son roman d'anticipation *1984*. Elle sert à manipuler la pensée pour imposer l'idéologie de Big Brother.

15. **b)** « Ce qui peut être dit, peut être dit clairement ; et ce dont on ne peut parler, il faut le taire ».

Chapitre 10 La Raison

« L'homme est un animal raisonnable. » Aristote

FICHE 1 Le rationalisme : la Raison a toujours raison (1)

De quoi s'agit-il ?

Au sens large, le rationalisme (du latin *ratio*, « raison ») désigne la confiance en la Raison. Les rationalistes estiment en effet que la Raison peut, en droit, tout expliquer et qu'elle devrait toujours guider notre conduite. Ils rejettent donc tout ce qu'ils estiment contraire à la Raison, comme l'instinct, les émotions, le mysticisme et la révélation religieuse. Au sens strict, le rationalisme désigne la doctrine philosophique selon laquelle toutes nos connaissances sont fondées sur des principes universels qui ne peuvent être tirés de l'expérience.

1 La Raison s'oppose à l'instinct et aux réactions affectives

1. Raison et instinct

- **Le rationalisme défend la Raison contre l'instinct et les réactions affectives.** Au sens strict et biologique du terme, un instinct est un **comportement mécanique et stéréotypé, propre à une espèce et nécessaire à sa survie**. L'animal est à la fois guidé et limité par l'instinct, alors que la Raison permet à l'homme de s'affranchir de ses limites.

- **Descartes oppose ainsi le comportement mécanique et instinctif de l'animal au comportement conscient et intelligent de l'homme doué de raison.** À ses yeux, les animaux ne sont que des machines qui n'agissent pas de manière consciente et intelligente. Ils font ainsi certaines choses mieux qu'un homme, mais ne savent pas ce qu'ils font et ne peuvent faire que ce pour quoi ils sont faits. La Raison est au contraire un « instrument **universel** » grâce auquel l'homme peut adopter un comportement pertinent dans des circonstances variées, inédites et non prévues par l'instinct.

- Mais le mot « instinct » peut aussi désigner, comme chez **Freud**, les **pulsions naturelles que l'homme doit maîtriser pour vivre en société**. Par exemple, la vie en société serait impossible s'il n'était pas interdit de tuer le voisin que l'on hait ou dont on convoite les biens. De ce point de vue, **la Raison s'oppose aux instincts égoïstes et destructeurs qui menacent la civilisation** puisqu'elle nous dicte les règles qui nous permettent de vivre ensemble.

René Descartes
(1596-1650)

Philosophe et savant du XVIIe siècle, Descartes a découvert, par exemple, les lois de la réflexion et de la réfraction de la lumière (dites lois de Descartes). Comme philosophe, il se montre surtout soucieux de définir une méthode pour guider l'esprit dans la recherche de la vérité. « Ce n'est pas assez d'avoir l'esprit bon, mais le principal est de l'appliquer bien », écrit-il dans son célèbre *Discours de la méthode* (1637). Le doute est le concept central de cette méthode : il permet d'éviter les erreurs liées à la précipitation ou aux préjugés et d'atteindre une vérité certaine. Le *cogito* (je pense) est la première de ces certitudes et le fondement de toutes les autres : « je pense donc je suis ».

2. Raison et passions

- **La Raison s'oppose plus généralement à ce que les philosophes appellent les passions**, c'est-à-dire les désirs, les sentiments, les émotions ou les réactions affectives. **Malebranche** souligne ainsi que nous pouvons être aveuglés par nos sentiments au point de **penser et d'agir contre toute Raison**. « Je vois par exemple que deux fois deux font quatre et qu'il faut préférer son ami à son chien », écrit Malebranche. Il y a donc des évidences rationnelles, universelles et indiscutables, tant dans les mathématiques que dans la morale. Mais nos passions peuvent les occulter. Ainsi, un homme peut préférer la vie de son cheval à celle de son cocher : c'est une **réaction affective**, celle d'un homme dominé par ses sentiments et, par conséquent, **incapable de penser et d'agir raisonnablement**.

Nicolas de Malebranche (1638-1715)

Ce prêtre philosophe, fait converger la philosophie et théologie : « La religion, c'est la vraie philosophie ». Nous voyons la Vérité en Dieu lui-même qui est quasiment assimilé à la Raison. Héritier du rationalisme cartésien, Malebranche valorise la Raison et dévalorise les sens et l'imagination.

2 La Raison s'oppose aux préjugés, à la tradition et aux croyances

- **Les préjugés, la tradition, les croyances irrationnelles font souvent obstacle à la connaissance de la vérité.** Les rationalistes n'acceptent donc de se soumettre qu'à l'autorité de la Raison. Cette volonté de n'accorder foi qu'à ce que la Raison peut clairement établir est particulièrement marquée dans la philosophie de **Descartes**.
- Dans *Les Principes de la philosophie*, par exemple, il feint de soumettre ses opinions « au jugement des plus sages et à l'autorité de l'Église », mais prie en même temps ses lecteurs de n'admettre que « ce que la force et l'évidence de la Raison les pourra contraindre de croire ».
- **Descartes fait du doute une méthode** qui permet d'écarter tout ce qui est incertain et de **ne retenir que les évidences rationnelles** dont on ne peut pas douter. Ainsi, la fausse évidence des idées héritées du passé et des philosophes qui font autorité (comme Aristote) est dissipée au bénéfice de la vérité.
- Cependant, aux yeux de Descartes, **la Raison ne s'oppose pas à la foi**, c'est-à-dire à la croyance religieuse, puisqu'il prétend démontrer l'existence de Dieu et l'immortalité de l'âme (CHAPITRE 16 p. 229).

Mots-clés

- **raison**
- **rationalisme**
- **préjugé**
- **doute**
- **évidence**

Mots-repères

- **universel/général particulier/singulier** p. 311

FICHE 2

Le rationalisme : la Raison a toujours raison (2)

3 La Raison s'oppose à l'expérience

1. Nos connaissances sont fondées sur la Raison

• Le **rationalisme** entendu au sens strict affirme que **nos connaissances ne peuvent pas être tirées de l'expérience seule**, mais de la **Raison** ou des **principes** qui la constituent (éventuellement secondés par l'expérience). Il suppose plus fondamentalement que **le réel est rationnel**, c'est-à-dire toujours conforme à la Raison et à ses principes. La confiance que les rationalistes placent dans la Raison n'a d'égale que leur méfiance à l'égard de l'expérience, c'est-à-dire à l'égard du **témoignage de nos sens**.

2. Platon : l'Idée est la vraie réalité

• **Platon** estime ainsi que **ce que nous percevons grâce à nos sens ne peut pas être vraiment réel**, ces perceptions étant changeantes et contradictoires : « La démarche qui consiste à examiner une chose au moyen de la vue est toute remplie d'illusions, et remplie d'illusions aussi celle qui se sert des oreilles ou de n'importe quel autre sens. » Prenons un exemple : l'eau peut se présenter sous des apparences changeantes et contradictoires, tantôt comme une glace dure et froide, tantôt comme un liquide tiède et agréable, tantôt comme une vapeur brûlante. Platon pense que la Raison saisit, comme cachée derrière ces apparences fluctuantes, la vraie réalité de l'eau, son essence, une et immuable : l'Idée de l'eau (H_2O pour la science moderne).

• **La vraie réalité d'une chose, c'est donc l'Idée abstraite, suprasensible** (située au-delà du monde perceptible) ou **métaphysique** (située au-delà de la réalité physique ou matérielle) qui se trouve derrière cette chose. On ne peut ainsi voir cette vraie réalité qu'avec la Raison, qui est comme l'œil de l'âme.

3. Descartes : « Nos sens nous trompent »

• On retrouve chez **Descartes** cette même méfiance à l'égard du témoignage des sens : « Nos sens nous trompent », écrit-il. Par exemple, un bâton à demi immergé dans l'eau paraît brisé. La Raison, même quand elle s'appuie sur les sens, **doit en rectifier le témoignage**. « Quand l'eau courbe un bâton, ma raison le redresse, la raison décide en maîtresse », écrit **La Fontaine**.

• **Descartes juge le témoignage de ses sens tellement trompeur qu'il s'efforce d'en faire entièrement abstraction** quand il entreprend d'établir les fondements de la connaissance dans les *Méditations métaphysiques* : « Je fermerai maintenant les yeux, je boucherai mes oreilles, je détournerai tous mes sens, j'effacerai même de ma pensée toutes les images des choses corporelles, ou du moins, parce qu'à peine cela se peut-il faire, je les réputerai comme vaines et comme fausses. »

4 Le réel est rationnel

1. Le principe de causalité

• Les rationalistes affirment que **toutes nos connaissances reposent sur des principes qui ne peuvent être tirés de l'expérience**. Ces principes sont tirés de la Raison, ou plutôt se confondent avec elle. Le principe de causalité en est un exemple : **rien ne se produit sans cause** ou, comme le dit **Leibniz**, sans une « raison suffisante ». Le principe d'inertie peut se comprendre comme une conséquence directe du principe de causalité : la trajectoire d'un mobile mécaniquement isolé est nécessairement rectiligne et uniforme puisqu'il est inconcevable qu'un corps change de vitesse ou de direction sans cause ou sans raison.

2. Hegel : « La Raison gouverne le monde »

• La conviction la plus fondamentale du rationalisme est que **le réel est rationnel**. C'est pourquoi la Raison a toujours raison. « Ce qui est rationnel est réel, et ce qui est réel est rationnel », écrit **Hegel**. Dans sa philosophie, la Raison n'est pas seulement une faculté humaine, c'est un principe qui gouverne le monde et donc l'histoire. Aux yeux de Hegel, l'histoire manifeste un progrès de la Raison, c'est-à-dire qu'elle réalise progressivement des idéaux comme la liberté, le bonheur ou la paix : « La Raison gouverne le monde et (...) par conséquent, l'histoire universelle s'est elle aussi déroulée rationnellement. »

3. Galilée : « La nature est un livre écrit en langue mathématique »

• L'exemple des jardins à la française peut illustrer cette conviction que le réel est rationnel : structurés, géométriques, ils sont censés révéler l'essence rationnelle du réel. Au-delà des apparences sensibles que reproduit le jardin paysagé à l'anglaise, au-delà du témoignage trompeur de nos sens, la nature est mathématique, géométrique, rationnelle. Les arbres sont des cônes, les étangs sont des cercles, les chemins et les rivières sont rectilignes. « La nature est un livre écrit en langage mathématique », affirme **Galilée**.

Hegel (1770-1831)
Hegel fait des études de théologie devient précepteur, puis professeur à l'université d'Iéna et ensuite à Berlin. Ses cours, recueillis par ses élèves, sont publiés à sa mort. Hegel envisage la philosophie comme une science systématique synthétisant toutes les connaissances et toute l'histoire des idées. L'histoire manifeste à ses yeux un progrès, elle est la réalisation de la Raison. Cette dernière n'est pas seulement une faculté de l'esprit humain, mais ce qui gouverne le réel. « Tout ce qui est réel est rationnel », écrit Hegel. Le progrès par lequel la Raison s'incarne progressivement dans le monde est dialectique, c'est-à-dire analogue à celui de l'esprit humain qui progresse en surmontant ses contradictions. La philosophie hégélienne a eu une influence considérable.

Mots-clés
- **Raison**
- **passions**
- **rationalisme**

Mots-repères
- **croire/savoir** p. 302
- **principe/cause/fin** p. 309

FICHE 3 Critiques du rationalisme (1)

De quoi s'agit-il ?

Le rationalisme ne veut admettre que ce que la Raison peut clairement démontrer. Mais comment démontrer la valeur de la Raison et celle de ses principes ? Et comment le faire sans s'appuyer sur la Raison elle-même ?

1 Montaigne : on ne peut pas garantir la valeur de la Raison

1. Toute démonstration repose sur des principes indémontrables

- Comme l'a bien vu Montaigne, toute démonstration s'appuie sur des principes qui ne peuvent être démontrés : « Aucune raison ne s'établira sans une autre raison : nous voilà à reculons jusques à l'infini. » **Soit on admet des principes indémontrables, soit l'esprit régresse à l'infini** dans la recherche des présupposés de la thèse qu'il veut démontrer.

2. Comment garantir la valeur des lois logiques ?

- Mais **les lois logiques auxquelles toute démonstration doit obéir ne sont pas moins problématiques** : qu'est-ce qui en garantit la valeur ? Le sentiment d'évidence qui nous les fait tenir pour vraies et indiscutables constitue-t-il une garantie suffisante ? **Pourquoi le réel devrait-il obéir aux lois logiques ?** Et comment examiner cette question autrement qu'en admettant la valeur des lois logiques qui président à cet examen ?
- **C'est la Raison elle-même qui est en cause ici.** Comment garantir l'**adéquation de la Raison au réel**, sinon en s'appuyant sur la Raison elle-même ? « Nous voilà au rouet », comme l'écrit Montaigne. Nous tournons en rond : la Raison est l'instrument qui doit permettre de démontrer ce qui est réel, mais il faudrait pouvoir démontrer la valeur de cet instrument lui-même.

> **Michel de Montaigne** (1533-1592)
> Michel Eyquem naît au château de Montaigne près de Bordeaux (ville dont il deviendra maire). Son père le fait éveiller en musique et lui apprend le latin comme une langue vivante. C'est pourtant en français qu'il écrit les *Essais*, dans sa bibliothèque. On peut encore lire les inscriptions gravées sur les poutres de celle-ci. Notamment la fameuse formule de *Sextus Empiricus* : « À tout argument s'oppose un égal argument », ainsi que cette fameuse question « que sais-je ? » qui résume le scepticisme de Montaigne.

3. Évidence rationnelle ou habitude de pensée ?

- Qu'est-ce que la Raison, d'ailleurs ? Un ensemble de principes prétendument indiscutables ? Mais ces **vérités premières**, supposées évidentes, ne sont-elles pas seulement des habitudes de pensées, de **simples croyances liées à une époque et à une culture** ? « Nous n'avons autre mire de la vérité et de la Raison que l'exemple et idée des opinions et usages du pays où nous sommes », écrit Montaigne. Ainsi jugeons-nous barbares les mœurs des cannibales parce qu'elles diffèrent des nôtres : « Chacun appelle barbarie ce qui n'est pas de son usage. »

• **Puisqu'on ne peut garantir la valeur de la Raison et de ses principes, on ne peut atteindre aucune vérité certaine.** C'est ce qu'on appelle le **scepticisme**.

Comprendre la pensée de Pascal

2 Pascal : le cœur et la Raison

• Mais devons-nous vraiment douter de nos connaissances parce qu'il est impossible de tout démontrer ? Cela montre seulement « la faiblesse de notre Raison », comme l'écrit **Pascal**. En effet, **la Raison doit reconnaître ses limites** : il y a une infinité de choses qui la surpassent, et **tout ne peut pas être démontré ou établi par le raisonnement** (**Doc.**)

• Par exemple, **Descartes**, supposant que la vie pourrait théoriquement n'être qu'un rêve, cherche vainement à démontrer l'existence du monde, alors que nous savons qu'il existe de manière **certaine, immédiate** et **intuitive** : « Nous savons que nous ne rêvons point ; quelque impuissance où nous soyons de le prouver par raison », écrit Pascal. Il n'est pas plus utile de chercher à démontrer l'existence de Dieu : « C'est le cœur qui sent Dieu, et non la Raison », écrit-il encore. **Les démonstrations mathématiques elles-mêmes s'appuient sur les vérités du cœur et de l'instinct**, c'est-à-dire sur des postulats qu'aucune démonstration ne peut établir. Pascal affirme ainsi : « C'est sur ces connaissances du cœur et de l'instinct qu'il faut que la raison s'appuie ».

Doc. ***Pensées***

« Nous connaissons la vérité, non seulement par la raison[1], mais encore par le cœur[2] ; c'est de cette dernière sorte que nous connaissons les premiers principes[3], et c'est en vain que le raisonnement, qui n'y a point de part, essaye de les combattre. Car la connaissance des premiers principes, comme qu'il y a espace, temps, mouvements, nombres, est aussi ferme qu'aucune de celles que nos raisonnements nous donnent. Et c'est sur ces connaissances du cœur et de l'instinct qu'il faut que la raison s'appuie, et qu'elle y fonde tout son discours. »

Pascal, *Pensées*, 1670.

1. Raison : faculté de connaître par le raisonnement ou la démonstration, en s'appuyant sur les principes perçus par le cœur.
2. Cœur : faculté d'appréhender les principes de manière immédiate et intuitive (par exemple l'existence de Dieu ou du monde).
3. Les premiers principes : les fondements de toutes nos connaissances, par exemple les postulats des mathématiques.

Mots-clés

- **logique**
- **réel**
- **scepticisme**
- **vérité du cœur**
- **intuitif**

Mots-repères

- **intuitif/discursif** p. 307
- **médiat/immédiat** p. 308

FICHE 4 Critiques du rationalisme (2)

3 L'empirisme

1. Qu'appelle-t-on Raison ?

• Au sens strict et technique du terme, le rationalisme soutient que nos connaissances ne peuvent pas être tirées de l'**expérience** seule et que la raison est nécessaire à l'élaboration de ces connaissances. Mais que signifie exactement ici le mot « Raison » ? Il désigne l'**ensemble des idées innées ou des principes grâce auxquels nous pouvons comprendre notre expérience**, c'est-à-dire ce que nous observons, ou plus généralement ce que nos sens perçoivent. **Kant** en donne un exemple : je vois une pierre exposée au soleil et je constate qu'elle est chaude. Mais je ne peux en conclure que le soleil réchauffe la pierre que parce que je sais a priori que tout a une cause (**principe de causalité**) et que j'établis ainsi un **lien de causalité** entre les deux phénomènes que j'ai observés.

2. Hume : « La Raison est une sorte d'expérience »

• Mais ces principes qui fondent nos connaissances ne sont-ils pas tirés eux-mêmes de l'expérience ? C'est la thèse de **Hume : l'idée de causalité naît de la succession régulière des phénomènes dans notre expérience.** Par exemple, j'associe par habitude la flamme à la chaleur. C'est pourquoi je fais de la première la cause de la seconde. Mais à proprement parler, la causalité n'est pas perçue : elle est seulement supposée, puisque nous ne percevons rien d'autre que les phénomènes qui se succèdent. **Le lien de causalité n'est qu'une croyance née de l'habitude** (**Doc.**) : il ne peut être prouvé et rien ne permet d'affirmer qu'il ne sera pas un jour démenti par l'expérience. Par exemple, jusqu'à présent, chaque fois que j'ai fait chauffer de l'eau, elle s'est mise à bouillir à cent degrés. Mais seule une croyance indémontrable dans la constance de la nature et de ses lois me fait affirmer qu'il en sera toujours ainsi.

• De ce point de vue, **ce que l'on appelle Raison pourrait n'être en réalité qu'un ensemble de croyances dérivées de l'expérience.** « La Raison est une sorte d'expérience », écrit Hume. Cette conception permet d'expliquer comment la Raison s'accorde au réel sans faire de Dieu l'auteur de cet accord à la manière de Descartes : **la Raison s'accorde au réel parce qu'elle dérive de l'expérience des choses.** Mais peut-on également tirer de l'expérience des principes moraux capables de guider notre conduite ?

David Hume (1711-1776)

David Hume préfère la philosophie à la carrière juridique à laquelle le destinait sa famille. Il travaille pourtant dans la diplomatie en parallèle de son activité philosophique. Contre le rationalisme dogmatique (celui de Descartes par exemple), Hume développe une philosophie sceptique et empiriste. Il estime donc comme Locke et contre Descartes, que nos connaissances (dont la valeur est seulement relative) dérivent de l'expérience : nos idées ne sont pas innées, mais sont des images affaiblies de nos impressions. Par exemple, la brûlure est une impression (ou une sensation) et le souvenir de cette impression est ce qu'on appelle une idée. Le scepticisme de Hume porte notamment sur la notion de causalité. En effet, nous n'observons jamais à proprement parler aucun lien de causalité entre les choses. C'est en réalité, la succession habituelle de deux événements qui nous conduit à établir entre eux un lien causal qui n'est ni nécessaire, ni objectif.

Cours

4 L'empirisme moral

1. La règle morale naît de l'expérience

- Les rationalistes comme **Malebranche** estiment que la raison nous montre une **vérité morale évidente et irrécusable**. Mais les principes qui guident notre conduite ne sont-ils pas plutôt tirés de l'expérience ? C'est la thèse de **Hume**. Par exemple, c'est l'observation qui m'apprend que j'ai intérêt à respecter la propriété d'autrui pour qu'il respecte la mienne en retour. De même que le lien de causalité naît du constat que deux phénomènes se succèdent régulièrement, la règle morale naît et se renforce progressivement par « la répétition de l'expérience des inconvénients qu'il y a à la transgresser », comme l'écrit Hume.

2. La morale repose sur des sentiments

- Nous cherchons ainsi ce qui est bon pour nous comme pour les autres et fuyons le contraire. Les **sentiments** de sympathie et de bienveillance nous permettent de comprendre autrui et ce qui est bon pour lui. **La morale repose donc sur l'expérience et les sentiments, elle ne doit rien à la Raison.** Aux yeux de Hume, la Raison ne peut pas fonder la morale puisqu'elle ne nous conduit pas forcément à faire des choix altruistes : « Il n'est pas contraire à la raison de préférer la destruction du monde entier à une égratignure de mon petit doigt ». C'est la sympathie par laquelle nous partageons le bonheur ou la souffrance d'autrui qui nous empêche d'agir égoïstement, et non la Raison. C'est en ce sens que Hume affirme que « la Raison est et ne devrait être que l'esclave des passions », c'est-à-dire des sentiments.

Doc. ***Abrégé du traité de la nature humaine***

« C'est seulement par la COUTUME[1] que nous sommes déterminés à supposer le futur en conformité avec le passé. Lorsque je vois une bille de billard se mouvoir vers une autre, mon esprit est immédiatement porté par l'habitude à attendre l'effet ordinaire, et il devance ma vue en concevant la seconde bille en mouvement. Il n'y a rien dans ces objets, à les considérer abstraitement et indépendamment de l'expérience, qui me conduise à former une conclusion de cette nature (...). Ce n'est donc pas la raison qui est le guide de la vie, mais la coutume. »

Hume, *Abrégé du traité de la nature humaine*, 1740.

1. Coutume : habitude

Mots-clés
- expérience
- empirisme
- sentiment
- morale

Mots-repères
- absolu/relatif p. 300
- vrai/probable/certain p. 311

> La Raison

LA RAISON
LA RAISON A-T-ELLE TOUJOURS RAISON ?
OUI
RATIONALISME
NON
CRITIQUES DU RATIONALISME

CARTE MENTALE

- La raison peut tout expliquer
  réel ↔ rationnel (HEGEL, GALILÉE)
- Elle doit nous guider
- Elle s'oppose à l'instinct (DESCARTES),
  aux pulsions (FREUD), aux « passions » (MALEBRANCHE)
- Elle fonde nos connaissances
  (principes constitutifs de la raison)
  Ex : principe de causalité
- Critique du témoignage des sens (DESCARTES)

- On ne peut garantir la valeur de la raison
- Raison = ?
  Habitudes de pensée, préjugés, croyance

→ Scepticisme (MONTAIGNE)

- Limites de la raison → Cœur & Raison (PASCAL)
- Empirisme
  - Principes sont tirés de l'expérience → principe de causalité (HUME)
  - La raison est une sorte d'expérience (HUME)
  - La règle morale naît de l'expérience et des sentiments (HUME)
    - sympathie
    - bienveillance

N'hésite pas à construire ta propre carte mentale

Fiche test *Je fais le point*

QCM

10 min

À revoir
Acquis

Pour chaque question, déterminer la ou les bonnes réponses.
Chaque question peut rapporter jusqu'à un point, un demi-point dans le cas d'une erreur et aucun point dans le cas de deux erreurs ou plus.

1 Les rationalistes pensent que la Raison peut tout expliquer.
- Vrai
- Faux

2 Descartes affirme que les animaux sont doués de raison.
- Vrai
- Faux

3 Les rationalistes comme Malebranche opposent la Raison aux passions. Mais que désigne exactement ce terme ?
- **a.** un intérêt très vif pour quelque chose
- **b.** les désirs, les émotions, les sentiments

4 Descartes oppose la Raison à la tradition.
- Vrai
- Faux

5 Le rationalisme peut se définir comme la doctrine selon laquelle :
- **a.** toutes nos connaissances dérivent de l'expérience.
- **b.** la Raison est la seule source de nos connaissances.
- **c.** nos connaissances ne peuvent pas être tirées de l'expérience seule.

6 Hegel affirme que tout ce qui est réel est rationnel.
- Vrai
- Faux

7 Complétez cette affirmation de Descartes : « Nos sens ... »
- **a.** « nous montrent les choses comme elles sont. »
- **b.** « nous trompent. »

8 Galilée (un savant italien du XVIIe siècle) déclare en une formule demeurée célèbre : « la nature est un livre écrit ... »
- **a.** « dans un langage indéchiffrable. »
- **b.** « en langage mathématique. »

9 Montaigne soutient qu'on ne peut pas douter de la valeur de la Raison.
- Vrai
- Faux

10 Qui est l'auteur de cette formule si souvent citée : « Chacun appelle barbarie ce qui n'est pas de son usage » ?
- **a.** Pyrrhon
- **b.** Pascal
- **c.** Montaigne

11 Pascal oppose le cœur à la Raison.
- Vrai
- Faux

12 Les empiristes soutiennent que toutes nos connaissances sont :
- **a.** fausses.
- **b.** fondées sur la Raison.
- **c.** fondées sur l'expérience.

13 Hume défend la thèse selon laquelle l'idée de causalité :
- **a.** est innée.
- **b.** dérive de l'observation de la succession régulière des phénomènes.

14 Kant estime que « la Raison est une sorte d'expérience ».
- Vrai
- Faux

15 Hume soutient que :
- **a.** la Raison détermine nos devoirs a priori, indépendamment de l'expérience.
- **b.** la morale repose sur l'expérience et les sentiments.

SCORE : ___ / 15

Méthode

Appréhender un texte

MÉTHODE

- Il s'agit de **se mettre à l'écoute d'une pensée, de la comprendre et de lui rendre justice**.
- Commencez par lire le texte plusieurs fois afin de dégager l'ordre et l'enchaînement logique des idées de manière claire et précise.
- Repérez la thèse de l'auteur (l'idée principale qu'il défend).
- Dégagez le problème dont il est question : un texte peut se comprendre comme une réponse à une question.

ÉNONCÉ

Expliquez le texte suivant.

Je vois par exemple que deux fois deux font quatre, et qu'il faut préférer son ami à son chien ; et je suis certain qu'il n'y a point d'homme au monde qui ne le puisse voir aussi bien que moi. Or je ne vois point ces vérités dans l'esprit des autres, comme les autres ne les voient point dans le mien. Il est donc nécessaire qu'il y ait une Raison universelle qui m'éclaire, et tout ce qu'il y a d'intelligences. Car si la raison que je consulte, n'était pas la même qui répond aux Chinois, il est évident que je ne pourrais pas être aussi assuré que je le suis, que les Chinois voient les mêmes vérités que je vois. Ainsi la raison que nous consultons quand nous rentrons dans nous-mêmes, est une raison universelle. Je dis : quand nous rentrons dans nous-mêmes, car je ne parle pas ici de la raison que suit un homme passionné. Lorsqu'un homme préfère la vie de son cheval à celle de son cocher, il a ses raisons, mais ce sont des raisons particulières dont tout homme raisonnable a horreur. Ce sont des raisons qui dans le fond ne sont pas raisonnables, parce qu'elles ne sont pas conformes à la souveraine raison, ou à la raison universelle que tous les hommes consultent.

Nicolas Malebranche, *De la Recherche de la vérité*, 1674.

CORRIGÉ

- **Problème** : Chacun a-t-il sa propre vérité ou la Raison nous permet-elle de saisir des *vérités évidentes et universelles* ?
- **Thèse** : La Raison est une faculté commune à tous les hommes qui permet de distinguer le vrai du faux et le bien du mal.
- **Idées principales** : Il y a des évidences indiscutables. Il existe donc une Raison universelle. Mais les hommes ne sont pas raisonnables quand leurs sentiments les dominent.

Corrigés *Je fais le point*

1. **Vrai.** Le rationalisme se caractérise par une grande confiance en la Raison qui doit pouvoir tout expliquer puisque rien n'arrive sans cause ou sans raison (principe de causalité), et puisque comme l'affirme Hegel : « Tout ce qui est réel est rationnel ».

2. **Faux.** Aux yeux de Descartes, les animaux ne sont rien de plus que des machines complexes, des sortes d'automates incapables de penser (théorie de l'animal-machine).

3. **b)** Sous la plume de bien des philosophes le mot « passions », généralement utilisé au pluriel, désigne les désirs, les émotions ou les sentiments considérés comme opposés à la raison et à la liberté. Ainsi la colère ou la tristesse sont-elles des « passions ».

4. **Vrai.** Selon Descartes il faut douter de tout, notamment des idées héritées du passé (celles d'Aristote par exemple), et n'admettre que ce que la raison peut démontrer.

5. **c)** Nos connaissances ne peuvent être tirées de l'expérience seule, elles se fondent sur des idées ou des principes constitutifs de la raison, comme le principe de causalité.

6. **Vrai.** Hegel énonce la conviction la plus fondamentale du rationalisme : « Tout ce qui est réel est rationnel », c'est-à-dire conforme aux principes de la Raison.

7. **b)** Le rationalisme se caractérise notamment par une certaine défiance à l'égard du témoignage des sens, comme le montre aussi la philosophie de Platon.

8. **b)** « La nature est un livre écrit en langage mathématique. »

9. **Faux.** Montaigne souligne ce paradoxe : il faudrait utiliser la Raison pour démontrer la valeur de la Raison.

10. **c)** Montaigne dénonce l'ethnocentrisme : les hommes sont prisonniers des habitudes de pensées du pays et de l'époque dans lesquels ils vivent.

11. **Vrai.** « Le cœur a ses raisons que la Raison ne connaît point », écrit Pascal. Cependant le cœur et la Raison se distinguent et se complètent plus qu'ils ne s'opposent dans son esprit : nos raisonnements seraient sans fondements s'ils ne pouvaient s'appuyer sur des connaissances du cœur et de l'instinct. CHAPITRE 16 p. 229

12. **c)** Sur l'expérience (*emperia* en grec).

13. **b)** De ce point de vue, le principe de causalité n'est pas connu a priori, ce n'est pas un principe constitutif de notre raison ou de notre intelligence. Le principe de causalité n'est qu'une croyance née de l'habitude.

14. **Faux.** Ce n'est pas Kant mais Hume qui assimile la Raison à un ensemble de croyances dérivées de l'expérience. PERSPECTIVE 3 p. 19

15. **b)** Selon Hume la règle morale naît et se renforce progressivement par « la répétition de l'expérience des inconvénients qu'il y a à la transgresser ».

Chapitre

11 La technique

« Nous rendre comme maîtres et possesseurs de la nature. » Descartes

FICHE 1

L'homme est inséparable de la technique

De quoi s'agit-il ?

Le progrès technique suscite beaucoup de craintes et de critiques. Mais comme le montre le mythe de Prométhée, la technique est indissociable de l'homme, qui lui doit sa survie même. L'homme est un animal capable de fabriquer des objets grâce à son intelligence.

1 Le mythe de Prométhée

- **Platon** raconte l'histoire de deux Titans, les frères **Prométhée** et **Épiméthée**, chargés par les dieux de répartir parmi les animaux les qualités grâce auxquelles chacun pourra survivre. Épiméthée demande à son frère de le laisser faire seul le partage. Il le fait de manière équilibrée pour éviter la disparition des **espèces** : certains animaux reçoivent ainsi la force mais pas la vitesse, ou au contraire la vitesse sans la force. Mais quand vient le tour de l'homme, Épiméthée (dont le nom signifie « l'imprévoyant ») s'aperçoit qu'il ne lui reste plus aucun avantage à offrir. C'est pourquoi **l'homme est le plus démuni de tous les animaux** : il naît « nu, sans chaussures, ni couverture, ni armes ». Prométhée (dont le nom signifie « le prévoyant ») se décide alors à « voler la maîtrise des techniques d'Héphaïstos et d'Athéna, en même temps que le feu [...] et à en faire cadeau à l'homme ». **C'est le don du feu et des techniques qui permet à l'homme de survivre.**
- **La technique apparaît ainsi comme consubstantielle à l'homme** : elle ne peut pas être séparée de lui, **elle fait partie de sa nature et elle est essentielle à sa vie**. L'homme est voué par nature à transformer la nature grâce à la technique.

2 Bergson : l'*homo faber*

1. L'intelligence, faculté de fabriquer

- **Bergson** propose d'ailleurs de rebaptiser l'espèce humaine : ***homo sapiens*** (« homme sage ») pourrait se nommer plus modestement ***homo faber*** (« homme fabricateur »). En effet, **l'intelligence qui caractérise l'homme pourrait se définir comme la faculté de fabriquer des outils** : « L'intelligence, envisagée dans ce qui en paraît être la démarche originelle, est la faculté de fabriquer des objets artificiels, en particulier des outils à faire des outils, et d'en varier indéfiniment la fabrication. »

Henri Bergson (1859-1941)

Prix Nobel de littérature en 1927, Bergson estime pourtant que le langage nous éloigne des choses comme de nos propres états d'âmes. Dans *Le Rire*, il compare les mots à des étiquettes collées sur les choses. C'est que les mots et les concepts formés par l'intelligence ne retiennent du réel que des généralités au service de l'action. L'intuition au contraire, balayant les conventions du langage, nous permet de saisir ce que les choses ont d'unique et d'inexprimable. Dans *Les deux sources de la morale et de la religion*, Bergson reproche au machinisme d'avoir tiré l'homme vers le bas en développant le goût du confort matériel et du luxe, alors qu'il aurait pu l'élever vers le ciel, développer son esprit et son âme en le libérant du souci des choses matérielles.

• En effet, la **capacité d'inventer et d'utiliser de nombreux objets artificiels comme les outils** est un critère qui permet de distinguer l'homme de ses ancêtres hominidés et plus généralement des autres animaux (même si certains animaux comme les singes en sont aussi capables dans une moindre mesure).

2. Le progrès technique marque l'histoire humaine

• **Le progrès des techniques marque également les grandes étapes de l'histoire humaine**, comme en témoignent des expressions comme « âge de pierre » ou « âge de bronze ».

• De plus, **la vie sociale des hommes gravite**, aujourd'hui encore, **autour de la fabrication et de l'utilisation d'objets artificiels**. Les *artefacts*, toujours plus nombreux et sophistiqués, sont au cœur de la vie des hommes.

• **Georges Bataille** affirme, dans une perspective plus large, que **l'homme peut se définir comme l'animal qui refuse le donné naturel**, qui le transforme par le travail et l'éducation. **Le monde humain est donc un monde artificiel**, entièrement modelé par le travail et la technique.

3 Les techniques humaines et les productions animales

• Les différences entre les **techniques humaines** et les **productions animales** ont été soulignées par des philosophes comme Marx ou Spengler.

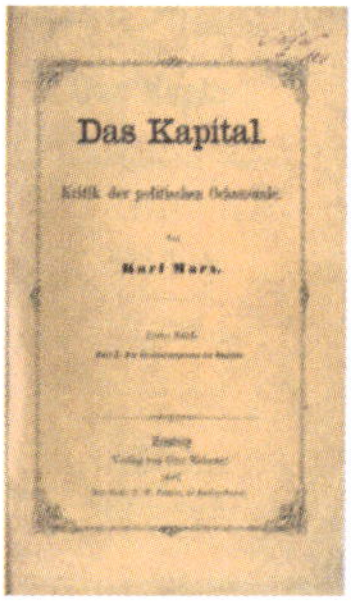

Das Kapital de Karl Marx

• **Marx** compare ainsi le travail des hommes à celui des animaux afin de dégager la **spécificité du travail humain**. Par exemple, l'araignée qui fabrique sa toile peut être comparée à un tisserand, l'abeille qui construit une ruche à un architecte. Mais l'architecte, s'il devait construire une ruche, la construirait d'abord dans sa tête, c'est-à-dire qu'il en concevrait d'abord le plan. Au contraire, **l'abeille n'est pas guidée par l'intelligence, mais par l'instinct**.

• **Oswald Spengler** souligne que **l'homme invente librement des techniques qui évoluent sans cesse**, alors que **les productions des animaux sont guidées par un instinct spécifique immuable** : « Dans l'existence de l'homme, la technique est consciente, arbitraire, modifiable, personnelle, *imaginative et inventive*. Elle peut s'apprendre et être perfectionnée. »

Mots-clés
- **Prométhée**
- **homo faber**
- **progrès techniques**
- **donné naturel**
- **instinct**

Mots-repères
- **essentiel/accidentel** p. 303
- **genre/espèce/individu** p. 305

FICHE 2

La technique permet à l'homme de maîtriser la nature au lieu de la subir

De quoi s'agit-il ?

L'homme semble bien faible en comparaison de la puissance de la nature. Mais le progrès des sciences et des techniques le rend maître et possesseur de la nature.

1 Descartes : l'homme maître et possesseur de la nature

1. Des connaissances utiles à la vie

Comprendre la pensée de Descartes

• Savant autant que philosophe, **Descartes** comprend dès le XVIIe siècle ce que les applications **pratiques** de la science peuvent apporter à l'humanité. La science s'éloigne des spéculations philosophiques **abstraites** et sans applications pratiques qu'on enseigne encore dans les universités à l'époque (la **philosophie scolastique** inspirée d'Aristote). Les propres découvertes de Descartes, celles du **principe d'inertie** et des **lois de la réflexion** et de la **réfraction de la lumière**, lui montrent « qu'il est possible de parvenir à des connaissances qui soient fort utiles à la vie » et qui nous rendrons « comme **maîtres et possesseurs de la nature** ».

2. Rendre les hommes plus sages et plus habiles

En savoir plus sur le transhumanisme

• Préfigurant les thèses du **transhumanisme**, Descartes imagine que le **progrès scientifique et technique** nous épargnera les souffrances de la maladie et de la vieillesse et même qu'il rendra les hommes « plus sages et plus habiles », c'est-à-dire qu'il augmentera leurs capacités intellectuelles et physiques. Repoussant les limites de la condition humaine, l'homme, maître et possesseur de sa propre nature, accoucherait ainsi d'une **humanité nouvelle, transformée ou transcendée par la science et la technique**.

2 La révolution industrielle et technique du XIXe siècle

• Mais c'est surtout au XIXe siècle, avec la **révolution industrielle et technique**, que le rêve de Descartes commence à se réaliser. En moins de cent ans, de 1825 à 1914, sont inventés, dans l'ordre : la locomotive, la photographie, le moteur à explosion, la pasteurisation, la dynamo, le téléphone, l'ampoule électrique, l'automobile, le cinéma, la radio, l'avion et le travail à la chaîne.

• L'apparition de **machines actionnées par la force de la vapeur**, comme le métier à tisser mécanique, a révolutionné l'univers de la production.

Des femmes travaillant sur des métiers à tisser mécaniques

3 Mill : l'éloge de la technique

• **John Stuart Mill**, témoin des progrès accomplis durant la révolution industrielle au XIXe siècle,l s'oppose à l'idée d'une nature parfaite qu'il serait interdit de transformer. Pour lui, **les prouesses techniques de l'homme sont de grandes victoires sur la nature** : construire des ponts, assécher des marais, creuser des puits, extraire du charbon et des minerais... En approuvant et en admirant ces réalisations, nous admettons implicitement « qu'il faut soumettre les puissances de la nature et non pas leur obéir ».

John Stuart Mill (1806-1873)
Philosophe anglais. La nature, pour lui, renvoie soit « au système entier des choses », soit « aux choses telles qu'elles seraient en l'absence de l'intervention humaine ».

• Ces puissances de la nature (par exemple la foudre, la mer ou le vent) sont souvent hostiles à l'homme, qui doit utiliser sa force et son ingéniosité pour les dominer. Il y parvient grâce à la **technique**, alors que sa force physique n'est rien en comparaison des forces gigantesques de la nature. **La grandeur de l'homme réside ainsi dans sa capacité à agir sur la nature pour la corriger et en tirer ce dont il a besoin.** « Si l'**artificiel** ne vaut pas mieux que le **naturel**, à quoi servent les arts de la vie ? » demande Mill (**Doc.**).

Doc. *La nature*

« Si l'artificiel ne vaut pas mieux que le naturel, à quoi servent les arts de la vie ? Bêcher, labourer, bâtir, porter des vêtements sont des infractions directes au commandement de suivre la nature.

Tout le monde déclare approuver et admirer nombre de grandes victoires de l'art[1] sur la nature : joindre par des ponts des rives que la nature avait séparées, assécher des marais naturels, creuser des puits, amener à la lumière du jour ce que la nature avait enfoui à des profondeurs immenses dans la terre, détourner sa foudre par des paratonnerres, ses inondations par des digues, son océan par des jetées. Mais louer ces exploits et d'autres similaires, c'est admettre qu'il faut soumettre les voies de la nature et non pas leur obéir [...]. Tout éloge de la civilisation, de l'art ou de l'invention revient à critiquer la nature, à admettre qu'elle comporte des imperfections, et que la tâche et le mérite de l'homme sont de chercher en permanence à les corriger ou les atténuer. »

John Stuart Mill, *La nature*, 1874.

1. L'art : la technique.

Mots-clés
- **maîtres et possesseurs de la nature**
- **naturel**
- **artificiel**
- **révolution industrielle**

Mots-repères
- **théorie/pratique** p. 310
- **abstrait/concret** p. 300

FICHE 3 Le procès de la technique

De quoi s'agit-il ?

Le progrès scientifique et technique confère à l'homme un pouvoir redoutable dont il doit user avec prudence et sagesse, notamment pour préserver la possibilité même de la vie humaine.

1 Mary Shelley : Frankenstein ou le Prométhée moderne

1. Prométhée symbole de la témérité humaine

Franskenstein de Mary Shelley

- **Mary Shelley** écrit au début du XIXe siècle un roman qui témoigne de la peur que suscite déjà le progrès des sciences et des techniques : ***Frankenstein* ou le Prométhée moderne**. Victor Frankenstein, un savant passionné, donne vie à une créature monstrueuse qui sème la mort et la désolation. **Prométhée, qui était le symbole de la grandeur de l'homme, devient alors celui de sa témérité.** Démesurément enhardi par la conscience du pouvoir que la science lui donne sur la nature, **l'homme se prend pour Dieu en créant la vie.** La littérature et le cinéma de science-fiction exploitent, aujourd'hui encore, dans des scénarios variés, le **thème de l'homme dépassé et menacé par ses propres créations**.

2. Technique et éthique

- Il n'est pas légitime de faire tout ce que l'on sait faire, c'est-à-dire de réaliser tout ce que la technique permet de faire. Le progrès scientifique et technique doit donc s'accompagner d'une **réflexion morale ou éthique** qui vise à distinguer dans le champ toujours plus vaste des possibles ce qui est utile, souhaitable et légitime. La **bioéthique** montre clairement l'utilité de cette réflexion morale en posant des questions, comme celle du clonage humain par exemple.

2 Bergson : le procès du machinisme

1. Le machinisme a développé le goût du confort et du luxe

- Le **machinisme** est communément accusé de **transformer l'ouvrier en machine** et d'uniformiser la production. Ces griefs ne sont pas sans fondements : l'ouvrier qui utilise une machine travaille souvent de manière **mécanique** et **répétitive**, et une machine produit des objets plus standardisés que la main d'un artisan. Cependant, la machine, augmentant le rendement du travail, procure à l'ouvrier un plus grand nombre d'heures de loisir qui pourraient être consacrées au **libre développement de son intelligence, de sa culture et de son originalité** plutôt qu'aux divertissements que le progrès de l'industrie a mis à la portée de tous.

- On devrait surtout reprocher au machinisme d'avoir **tiré l'homme vers le bas en développant le goût du confort matériel et du luxe**, estime **Bergson**. Le progrès technique aurait pu élever l'homme vers le ciel, développer son esprit et son âme en le libérant du souci des choses matérielles. Mais **les machines ont décuplé les forces de l'homme sans développer son âme** et ont renforcé son asservissement à la matière.

2. Un supplément d'âme

- **Les outils sont comme un prolongement quasi naturel du corps humain**, puisque la nature a doté l'homme d'une intelligence fabricatrice. Mais les machines, qui fonctionnent au pétrole ou au charbon, **ont agrandi de manière démesurée le corps et la force de l'homme sans développer son âme**. Ce corps agrandi nécessite « un supplément d'âme », c'est-à-dire une élévation et un développement spirituels. « La mécanique [...] ne rendra des services proportionnés à sa puissance que si l'humanité qu'elle a courbée encore davantage vers la terre arrive par elle à se redresser et à regarder le ciel », écrit Bergson.

3 Jonas : les dangers de la technique

1. L'homme menace la nature

- Malgré ses bienfaits, **le progrès technique constitue désormais une menace** pour la nature et la vie humaine qu'elle abrite. C'est dans ce contexte que **Hans Jonas** affirme que **l'homme est responsable de la nature** comme d'un bien fragile qui lui a été confié.
- La technique a permis à l'homme de se protéger de la nature, c'est-à-dire du monde sauvage qui le menaçait. Mais aujourd'hui, **l'homme menace la nature plus que la nature ne menace l'homme**. Par exemple, nous devons protéger l'océan de nos actions plus que nous devons nous protéger de l'océan. En menaçant la nature, l'homme est devenu un grand danger pour lui-même. Paradoxalement, **la technique qui nous a protégés est devenue notre plus grande menace**.

2. Une éthique pour la nature

- Le pouvoir que la technique donne à l'homme devrait donc être **limité** par une « **éthique pour la nature** » dont Jonas exprime l'exigence fondamentale dans une formule d'inspiration kantienne : « Agis de façon que les effets de ton action soient compatibles avec la permanence d'une vie authentiquement humaine sur Terre. »
- Nous avons le droit de risquer notre vie, mais pas celle de l'humanité. Aussi devons-nous nous méfier de notre témérité et **user de la puissance que nous confère la technique avec mesure, prudence et sagesse**.

Mots-clés
- **Frankenstein**
- **éthique**
- **machinisme**
- **prudence**
- **sagesse**

Mots-repères
- **obligation/contrainte** p. 308

FICHE 4 Modérer nos espoirs et nos craintes

De quoi s'agit-il ?

Le progrès technique suscite autant d'espoirs que de craintes. Mais que peut-on raisonnablement en attendre ? « Chacun croit fort aisément ce qu'il craint comme ce qu'il désire », écrit La Fontaine. Ne devons-nous pas modérer nos espoirs et nos craintes en faisant usage de notre raison ?

1 La Fontaine : « Le Loup et le Renard »

Jean de La Fontaine

• Dans sa fable « Le Loup et le Renard », **La Fontaine** raconte l'histoire suivante. Un renard a cru voir un fromage au fond d'un puits. Il y descend donc au moyen d'une poulie. Mais le fromage n'est que le reflet de la pleine lune et l'animal est coincé. Deux jours plus tard, un loup affamé passe par là. Le renard l'attire et le convainc de descendre dans le puits pour manger ce qu'il reste du fromage. En descendant, le loup fait remonter le rusé renard. « Ne nous en moquons point : nous nous laissons séduire sur aussi peu de fondement ; et **chacun croit fort aisément ce qu'il craint et ce qu'il désire** », conclut La Fontaine.

• La morale de la fable peut s'appliquer aux **espoirs** et aux **craintes** que suscitent la technique et ses **progrès** : nous espérons que le progrès réalisera le vieux rêve de l'immortalité en même temps que nous craignons l'apocalypse climatique. **Les espoirs et les craintes que suscite le progrès ne sont certes pas sans fondements, mais ils ne sont pas toujours entièrement rationnels**.

2 Freud : le progrès ne fait pas le bonheur

Sigmund Freud (1856-1939)

Freud n'est encore qu'un étudiant préoccupé par ses examens de médecine, quand le Dr Joseph Breuer applique pour la première fois, vers 1880, à une jeune hystérique (Anna O.) un procédé de traitement qui deviendra la psychanalyse. La jeune femme présente des symptômes physiques et psychiques liés à des traumatismes anciens qu'elle évoque sous hypnose. L'étude de ce cas permet à Freud d'établir les notions fondamentales de la psychanalyse (refoulement et résistance, par exemple). Aux yeux de Freud, la psychanalyse est une science qu'il tient à distinguer de la philosophie. Cependant, son œuvre dépasse le strict cadre de la médecine et transforme profondément l'idée que l'homme se fait de lui-même. Ses analyses éclairent sous un jour nouveau des sujets comme la morale, l'art, la technique et le bonheur.

• Au début du XXe siècle, **Freud** remarque que malgré les progrès prodigieux de la physique, de la biologie et de leurs applications techniques (comme la médecine), **les hommes ne sont pas plus heureux qu'ils ne l'étaient autrefois**. La croyance selon laquelle le progrès technique ferait le **bonheur** de l'humanité est donc une **illusion**, c'est-à-dire une **croyance enracinée dans un désir**. Cela ne signifie pas, précise Freud, que le progrès technique soit dénué de toute valeur pour l'économie de notre bonheur. On peut seulement affirmer que **la domination de la nature par la science et la technique n'est pas la condition suffisante du bonheur**, ni par conséquent l'unique objectif du progrès de la civilisation (**Doc.**).

3 Vivre au présent

1. *Carpe diem*

- « ***Carpe diem*** », cueille le jour. La célèbre formule d'Horace est souvent mal comprise. En effet, elle n'invite nullement à profiter de la vie et de ses plaisirs sans limites et sans modération, mais à vivre au présent, à habiter le présent. Les stoïciens conseillent à leurs disciples de ne vivre ni dans le passé (la nostalgie, les regrets, les remords), ni dans l'avenir (qu'il suscite l'espoir ou la peur).

2. La fin du monde

Découvrir l'heuristique de la peur

- Nous vivons à la fois **dans l'espoir et dans la crainte** qui sont inséparables comme le remarque Spinoza : nous craignons que ce que nous espérons ne se produise pas et nous espérons que ce que nous craignons ne se produise pas. Si la peur de la fin du monde et l'espoir de sauver la planète peuvent nous sauver la vie, ils peuvent aussi nous la gâcher en nous interdisant d'**habiter le présent**.

Doc. ***Malaise dans la civilisation***

Il est encore une cause de désillusion. Au cours des dernières générations, l'humanité a fait accomplir des progrès extraordinaires aux sciences physiques et naturelles, et à leurs applications techniques : elle a assuré sa domination sur la nature d'une manière jusqu'ici inconcevable. Les caractères de ces progrès sont si connus que l'énumération en est superflue. Or les hommes sont fiers de ces conquêtes, et à bon droit. Ils croient toutefois constater que cette récente maîtrise de l'espace et du temps, cet asservissement des forces de la nature, cette réalisation d'aspirations millénaires, n'ont aucunement élevé la somme de jouissances qu'ils attendent de la vie. Ils n'ont pas le sentiment d'être pour cela devenus plus heureux. On devrait se contenter de conclure que la domination de la nature[1] n'est pas la seule condition du bonheur, pas plus qu'elle n'est le but unique de l'œuvre civilisatrice, et non que les progrès de la technique soient dénués de valeur pour « l'économie »[2] de notre bonheur.

Freud, *Malaise dans la civilisation*, 1929.

1. Domination de la nature : maîtrise des phénomènes naturels.
2. L'économie de notre bonheur : ensemble des facteurs susceptibles de contribuer au bonheur.

Mots-clés

- espoirs
- craintes
- rationnel
- irrationnel
- progrès
- bonheur

Mots-repères

- croire/savoir p. 302
- vrai/probable/certain p. 311

Révision Express

> La technique

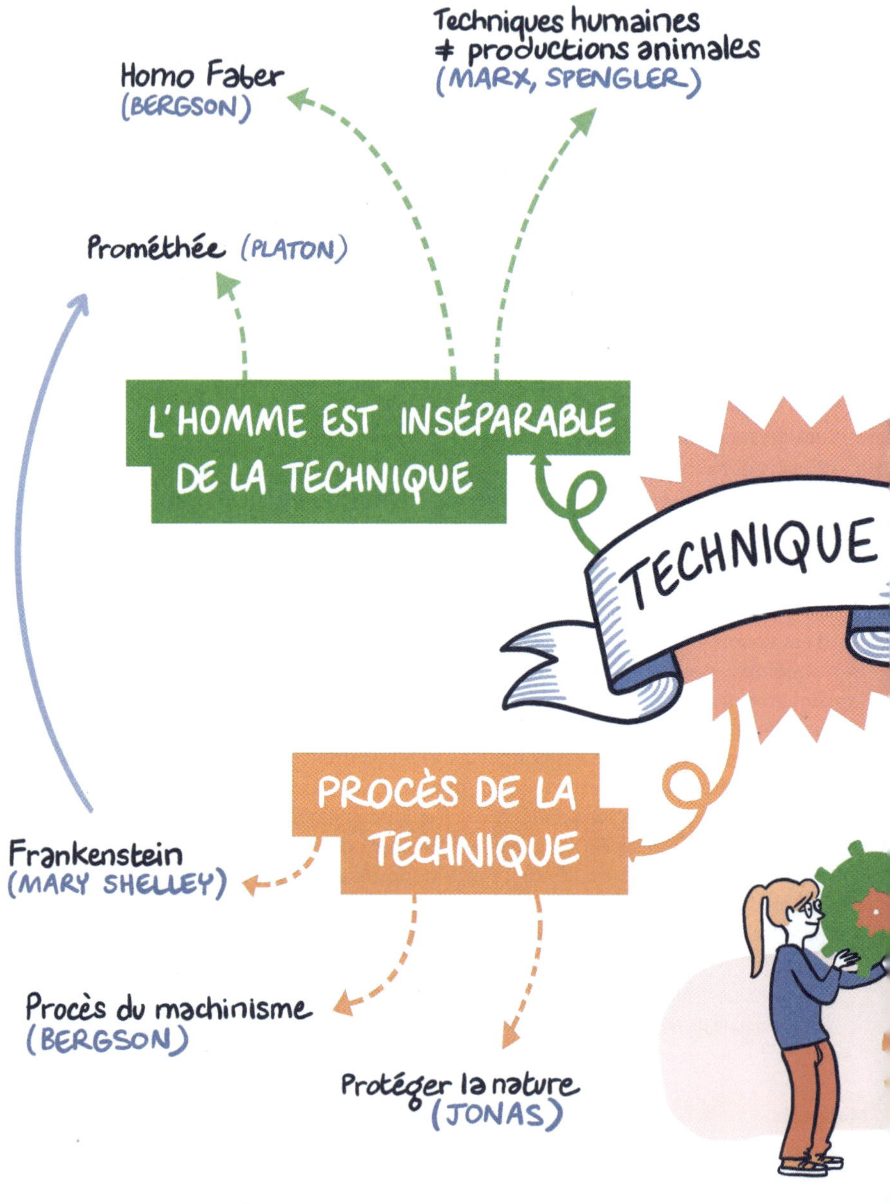

CARTE MENTALE

MAÎTRISER LA NATURE

Révolution industrielle

L'homme Maître et possesseur de la nature (DESCARTES)

Éloge de la technique (MILL)

MODÉRER ESPOIRS ET CRAINTES

Progrès ≠ bonheur (FREUD)

« Carpe diem » (HORACE)

« Chacun croit fort aisément ce qu'il craint et ce qu'il désire » (LA FONTAINE)

N'hésite pas à construire ta propre carte mentale

Fiche test *Je fais le point*

QCM

10 min

À revoir

Acquis

Pour chaque question, déterminer la ou les bonnes réponses.
Chaque question peut rapporter jusqu'à un point, un demi-point dans le cas d'une erreur et aucun point dans le cas de deux erreurs ou plus.

1 Dans la mythologie grecque, qui vole aux dieux la connaissance du feu et des techniques ?
- a. Prométhée
- b. Épiméthée

2 Bergson rebaptise l'espèce humaine. Homo sapiens pourrait se nommer :
- a. *homo œconomicus.*
- b. *homo politicus.*
- c. *homo faber.*

3 Bataille déplore le caractère artificiel du monde humain.
- Vrai
- Faux

4 Marx soutient que le travail n'est pas le propre de l'homme puisque certains animaux travaillent comme l'araignée ou l'abeille.
- Vrai
- Faux

5 Descartes soutient que l'homme sera un jour maître et possesseur de la nature. Comment envisage-t-il cette perspective ?
- a. Positivement : maîtriser la nature, c'est cesser enfin de la subir.
- b. Négativement : maîtriser la nature, c'est l'exploiter et la détruire.

6 Le transhumanisme vise à créer une sorte de surhomme grâce au progrès des sciences et des techniques.
- Vrai
- Faux

7 La plupart des innovations techniques qui caractérisent le monde moderne (à l'exception notable de l'informatique) sont apparues en moins de cent ans.
- Vrai
- Faux

8 Complétez cette affirmation de John Stuart Mill : « Tout éloge de la civilisation, de l'art ou de l'invention revient à critiquer... »
- a. « l'homme. »
- b. « la nature. »
- c. « la technique. »

9 Mary Shelley a écrit un roman mettant en scène une créature monstrueuse nommée Frankenstein.
- Vrai
- Faux

11 Bergson regrette que les machines aient décuplé les forces de l'homme sans développer son âme.
- Vrai
- Faux

12 Hans Jonas soutient que la nature menace l'homme plus que l'homme ne la menace.
- Vrai
- Faux

13 « Chacun croit fort aisément ce qu'il craint et ce qu'il désire. » Qui est l'auteur de cette affirmation ?
- a. Freud
- b. La Rochefoucauld
- c. La Fontaine

10 Freud estime que le progrès technique a indiscutablement rendu l'homme plus heureux.
- Vrai
- Faux

14 « *Carpe diem* », cueille le jour. La célèbre formule d'Horace nous invite à profiter de la vie et de ses plaisirs sans limites et sans modération.
- Vrai
- Faux

15 Les stoïciens conseillent à leurs disciples de se projeter vers l'avenir.
- Vrai
- Faux

SCORE : ____ / 15

Méthode

L'introduction d'une explication de texte

MÉTHODE

- Une méthodologie intelligente devrait éviter d'énoncer des **règles trop rigides**. Celles-ci doivent guider votre réflexion et non l'enfermer dans un carcan. Sentez-vous donc libre d'organiser votre introduction comme bon vous semble, l'essentiel étant qu'elle **dégage le problème dont il est question**, **la solution de l'auteur** et les éventuelles difficultés (objections) que soulève cette solution.
- Commencer par exposer **le problème** dont il est question a l'avantage de mettre immédiatement en évidence l'intérêt du texte et du même coup de son explication.
- **La thèse** de l'auteur, c'est-à-dire la solution qu'il donne au problème peut ainsi être exposée ensuite de manière très « naturelle ».
- L'introduction peut alors se terminer par **une objection** qui ne vise pas à réfuter le point de vue de l'auteur, mais seulement à montrer qu'il reste discutable.
- On peut envisager d'autres manières de faire. Par exemple, il est possible de commencer par exposer la thèse de l'auteur.

ÉNONCÉ

Expliquez le texte suivant.

Mais sitôt que j'ai eu acquis quelques notions générales touchant la physique, et que, commençant à les éprouver en diverses difficultés particulières, j'ai remarqué jusques où elles peuvent conduire, et combien elles diffèrent des principes dont on s'est servi jusques à présent, j'ai cru que je ne pouvais les tenir cachées sans pécher grandement contre la loi qui nous oblige à procurer autant qu'il est en nous le bien général de tous les hommes : car elles m'ont fait voir qu'il est possible de parvenir à des connaissances qui soient fort utiles à la vie ; et au lieu de cette philosophie spéculative[1] qu'on enseigne dans les écoles on en peut trouver une pratique[2], par laquelle, connaissant la force et les actions du feu, de l'eau, de l'air, des astres, des cieux et de tous les autres corps qui nous environnent, aussi distinctement que nous connaissons les divers métiers de nos artisans, nous les pourrions employer en même façon à tous les usages auxquels ils sont propres, et ainsi nous rendre comme maîtres et possesseurs de la nature[3]. Ce qui n'est pas seulement à désirer pour l'invention d'une infinité d'artifices[4] qui feraient qu'on jouirait sans aucune peine des fruits de la terre et de toutes les commodités qui s'y trouve, mais principalement aussi pour la conservation de la santé, laquelle est sans doute le premier bien et le fondement de tous les autres biens de cette vie ; car même l'esprit dépend si fort du tempérament et de la disposition des organes du corps[5], que, s'il est possible de trouver quelque moyen

•••

qui rende communément les hommes plus sages et plus habiles qu'ils n'ont été jusques ici, je crois que c'est dans la médecine qu'on doit le chercher[6].

René Descartes, *Discours de la méthode*, 1637.

1. Spéculative : théorique.
2. Pratique : utile pour vivre et agir.
3. Dieu reste dans l'esprit de Descartes le véritable maître de la nature car il est l'auteur de ses lois. L'homme est seulement comme maître et possesseur de la nature.
4. Artifices : techniques, outils, machines, artefacts.
5. Aux yeux de Descartes l'esprit (ou l'âme) et le corps sont deux réalités très différentes : l'esprit est immatériel, il n'est rien d'autre que de la pensée. Pourtant l'esprit et le corps sont si étroitement liés qu'ils forment comme une seule et même chose.
6. L'idée peut évoquer (aujourd'hui) le transhumanisme selon lequel le progrès scientifique et technique permettra d'augmenter les capacités physiques et intellectuelles de l'homme.

CORRIGÉ

Proposition d'introduction

1. De quel problème est-il question ?
Le progrès des sciences et des techniques suscite autant d'espoirs que de craintes. Mais que peut-on vraiment en attendre ?

2. Quelle est la thèse de l'auteur ?
Dans un passage du *Discours de la méthode*, Descartes déclare en une formule devenue célèbre que la science rendra l'homme « maître et possesseur de la nature ». L'auteur se plaît ainsi à imaginer tous les bienfaits que la science appliquée, notamment la médecine, apportera à l'humanité. La thèse a une valeur prophétique qu'on ne peut pas nier.

3. En quoi cette thèse est-elle discutable ?
Cependant, il nous arrive de regretter que le progrès des sciences et des techniques ait rendu l'homme si puissant et si téméraire qu'il s'imagine être le maître de la nature. L'homme ne risque-t-il pas plutôt de la détruire et de se détruire du même coup ? La nature appartient-elle à l'homme ? N'est-ce pas plutôt l'homme qui appartient à la nature comme le pensaient les Anciens ?

- **Attention** : l'introduction comporte des étapes, mais elle doit être présentée sous la forme d'**un seul paragraphe**.
- L'objectif principal d'une explication est bien d'**expliquer** la pensée de l'auteur et non de la **discuter**. Cependant, il est bon de souligner dès l'introduction que la thèse de l'auteur **fait problème**. Comme l'indique la consigne qui figure sur les sujets du bac : « il faut et il suffit que l'explication rende compte, par la compréhension précise du texte, du **problème** dont il est question ».

- **Proposition alternative**

1. **Quelle est la thèse de l'auteur ?**
   Dans cet extrait du *Discours de la méthode,* Descartes, philosophe et savant du XVIIe siècle, imagine les bienfaits que les sciences et les techniques pourraient apporter à l'humanité. Nous deviendrons un jour « comme maîtres et possesseurs de la nature », affirme-t-il.

2. **Objection et problème**
   Mais le progrès scientifique et technique peut susciter autant de craintes que d'espoirs. Faut-il se réjouir de voir l'homme dominer la nature ? Lui appartient-elle ? A-t-il le droit d'en faire ce qu'il veut ? Pour les Anciens la nature n'appartient pas à l'homme, c'est bien plutôt l'homme qui appartient à la nature.

- Retenez qu'une méthode ne doit pas être considérée comme un ensemble de règles rigides. Il ne s'agit pas de se conformer strictement à des consignes, mais d'en comprendre le sens et de les appliquer de manière souple et pertinente.

Gagnez des points

Chacun sait qu'il est toujours préférable de faire une bonne première impression. Apportez donc un soin particulier à la rédaction de votre introduction. Prenez le temps de la rédiger au brouillon, écrivez lisiblement, corrigez l'orthographe, évitez les formules trop banales comme : « de nos jours », depuis la nuit des temps », etc. Soignez le style donc, mais sans en faire trop, « le meilleur style est celui qui se fait oublier », disait Stendhal. Songez qu'il suffit souvent pour se distinguer positivement de « faire moins mal que les autres ». Par exemple, dans neuf copies sur dix, la première phrase de l'introduction comporte au moins une faute d'orthographe. Soyez l'exception !

Corrigés *Je fais le point*

1. a) C'est Prométhée et non son frère Épiméthée qui sauve l'espèce humaine en lui offrant la maîtrise du feu et des techniques. Ce mythe fait donc de l'homme un être à part dans la nature. CHAPITRE 4 p. 61 et CHAPITRE 6 p. 91

2. d) *Homo faber.* L'homme est essentiellement un animal fabricateur.

3. **Faux.** Bataille constate que l'homme se distingue des autres animaux par son refus d'accepter le donné naturel.

4. **Faux.** L'abeille ou l'araignée étant guidées par leur instinct agissent de manière mécanique et stéréotypée. L'homme seul travaille en ce sens qu'il transforme le donné naturel de manière consciente et volontaire. CHAPITRE 6 p. 91

5. a) Les préoccupations écologiques sont étrangères au XVIIe siècle.

6. **Vrai.** Le transhumanisme espère transcender la condition humaine.

7. **Vrai.**

8. b) Admirer la technique, c'est admettre implicitement que la nature n'est pas parfaite.

9. **Faux.** Frankenstein est le nom du « savant fou », et non celui de sa créature.

10. **Vrai.** Le progrès technique aurait pu élever l'homme vers le ciel, développer son esprit en le libérant du souci des choses matérielles. Mais les machines ont décuplé les forces de l'homme sans développer son âme et ont renforcé son asservissement à la matière. Bergson réclame ainsi un « supplément d'âme » pour rééquilibrer l'humanité.

11. **Faux.** Aux yeux de Jonas, c'est aujourd'hui l'homme qui menace la nature bien plus que l'inverse. Par exemple, nous avons à protéger l'océan plus que nous n'avons à nous protéger de lui.

12. c) La Fontaine. C'est la morale d'un fable intitulée *Le loup et le renard*.

13. **Faux.** Freud ne nie pas que le progrès puisse jouer un rôle dans l'économie de notre bonheur, mais il estime que, tout bien considéré, les hommes ne sont pas plus heureux aujourd'hui qu'hier. Le progrès technique n'est donc pas la condition suffisante du bonheur.

14. **Faux.** Horace ne défend pas un hédonisme débridé. Il nous conseille seulement de vivre au présent. « Que Jupiter nous accorde encore bien d'autres hivers, ou que notre dernier soit celui-ci, qui voit la mer Tyrrhénienne se briser sur les rochers, sois sage, filtre ton vin et réduis tes espérances à l'aune de ta courte vie. Pendant que nous parlons, le temps jaloux a fui : cueille le jour sans trop croire à demain. » (Horace, *Odes*)

15. **Faux.** Les stoïciens nous conseillent au contraire d'habiter le présent.

Chapitre 12

La vérité

« L'adéquation de l'esprit à la chose. » Saint Thomas d'Aquin

FICHE 1 Les critères de vérité

De quoi s'agit-il ?

Si philosopher, c'est chercher la vérité avec toute son âme, à quel critère précis répond-elle ? Critère signifie « règle pour discerner le vrai du faux ». Chaque philosophe ou savant lui a donné ses propres caractéristiques et l'a replacé au sein de sa pensée philosophique. Existe-t-il un critère universel de vérité, un signe qui permette de reconnaître infailliblement le vrai ?

1 La vérité comme transcendance

- Dans toute religion, la vérité est détenue par la divinité. Les religions monothéistes sont des religions révélées. Les Écritures tiennent une place centrale.
- Pour Platon, la vérité se trouve dans le monde des Idées, monde immuable car **la vérité a besoin de permanence :** ce qui est vrai doit l'être toujours. La vérité est transcendantale, absolue, ou n'est pas. Il est intéressant de remarquer qu'il n'y a pas dans la langue grecque de mot pour dire vérité. On utilise le mot *alétheia* qui signifie dévoilement.
- La vérité absolue est du domaine de la foi, du dogme ou de l'idéal. Ce qui ne peut pas représenter un **critère** universellement reconnu.

2 La vérité comme adéquation avec le réel

1. Saint-Thomas : la vérité est la conformité de la pensée avec la réalité

- Depuis Aristote, la source de connaissance vient du monde sensible. Mais pour Descartes, la vérité se trouve dans l'**évidence** instantanée du *cogito :* la seule certitude démontrable est la pensée. Je peux douter de tout, mais pour douter il faut bien penser le doute. La première vérité est celle de mon esprit. La vérité est **adéquation** de la pensée avec la réalité. Cette recherche de la vérité est pour Descartes une **domination** de la nature.

2. Spinoza : la vérité est à elle-même son propre critère

- **Spinoza** pense que la vérité se manifeste par son évidence propre : *verum index sui*, **la vérité est à elle-même son propre critère**. La vérité est donc étroitement liée à la réalité. La certitude accompagne l'idée vraie, et l'erreur n'est qu'une privation de connaissance. Pour lui, la philosophie est la recherche de la vérité par la connaissance.
- Définir la vérité comme adéquation de la pensée avec le réel est stérile : nous ne pouvons pas sortir de nous-mêmes, de notre système de représentation, pour confronter le réel et notre pensée. **Tout ce que nous connaissons est notre représentation du monde.**

Baruch Spinoza (1632-1677)

Né dans la communauté juive d'Amsterdam, Spinoza en sera exclu pour ses positions rationalistes.
Il gagne sa vie en polissant des lunettes et refuse même une chaire à l'université, pour conserver sa liberté d'expression. Son œuvre maîtresse, l'*Éthique*, est écrite « à la manière des géomètres ». Elle s'ouvre donc sur des définitions et énonce des axiomes qui servent de base à des démonstrations à la fin desquelles figure la mention C.Q.F.D. (ce qu'il fallait démontrer).

3 La vérité en sciences expérimentales

- La vérité absolue ne fait plus partie du vocabulaire des scientifiques. On distingue deux sortes de vérités scientifiques :
  - **la vérité formelle** qui concerne le domaine de la logique. Ne se préoccupant que de la cohérence interne d'un raisonnement (le contenu n'importe pas), elle possède un critère de vérité irréfutable ;
  - **la vérité matérielle** qui concerne le contenu. Issue de l'expérimentation, elle peut être tenue pour vraie en ce sens que le vrai est ce qui est vérifiable. Le critère de vérité est ici la validité d'un raisonnement par l'expérience.
- La vérité scientifique n'est pas un reflet dans un miroir. Le jugement vrai transpose et reconstruit la réalité à travers tout un réseau de manipulations techniques et d'opérations intellectuelles.

4 Kant et le critère universel de vérité

- **Il ne faut plus chercher un critère absolu mais s'interroger sur les structures de notre esprit**. Kant pense que nous ne pouvons connaître que dans le cadre spatio-temporel : le temps et l'espace sont les formes nécessaires de toute connaissance. **On ne connaît des choses que leurs phénomènes** et notre connaissance est fondée sur l'**intuition**.
- La fonction de la Raison est alors de **synthétiser**, de ramener le divers à l'identique. Mais ne pouvant connaître que les phénomènes, la Raison ne peut donc pas connaître absolument. Le seul critère universel de vérité serait donc celui de se limiter au domaine de l'expérience sensible.
- Kant remplace donc la question du critère **universel** de vérité par celle des **trois conditions** selon lesquelles une connaissance est vraie : la validité logique ou formelle ; l'accord entre les objets de l'expérience et les conditions *a priori* nécessaires pour connaître un objet en **général**, c'est-à-dire connaissance des phénomènes ; la vérification par l'expérience.
- **Le critère universel de vérité est introuvable :** soit il s'agit d'une quête individuelle et non universelle ; soit il s'agit de la vérité scientifique, et l'on sait maintenant qu'elle est « une erreur rectifiée » (Bachelard).

Mots-clés
- critère
- phénomène et noumène
- adéquation
- évidence
- intuition

Mots-repères
- croire/savoir p. 302
- universel/général particulier/singulier p. 311

FICHE 2 Valeurs de la vérité

De quoi s'agit-il ?

L'interprétation, dit Paul Ricœur, est « le travail de la pensée qui consiste à déchiffrer le sens caché dans le sens apparent ». Il en va ainsi de la vérité : nous lui accordons une valeur selon le sens que nous donnons au monde et à notre existence.

1 La vérité est une consolation

Définir la notion de vérité

• Pour Nietzsche, **la vérité est une création du métaphysicien et du religieux**, las de vivre et de souffrir, incapables d'agir et de créer, et qui **imaginent un monde rassurant**, le « vrai » monde. Si les hommes se réfugient dans la croyance en un monde immuable permanent (le monde intelligible de Platon, « l'autre monde » des religieux) et **inventent des valeurs morales**, c'est **pour se protéger** des forts, de ceux qui n'ont pas besoin de ces vérités rassurantes.

• Ainsi, ce que nous appelons « vrai » dérive de nos besoins et la vérité est une **« nécessité vitale »**. Nietzsche critique cette vérité qui rassure. Pour lui, vouloir la vérité, c'est vivre au rabais. Nietzsche veut assumer l'absence totale de vérité. Il n'y a ni vérité ni mensonge : il y a la vie et le danger de la vie que l'on accepte ou que l'on refuse. Mais ce n'est pas parce que la vérité « sauve » qu'elle est vraie.

2 La vérité est un idéal

• **Les hommes ont un besoin de certitudes pour vivre ensemble.** En cherchant la vérité, on cherche à abolir la séparation entre ceux qui trompent et ceux qui sont trompés. La vérité semble **égalitaire**.

• **La recherche de la vérité est le signe du libre désir de l'homme.** Elle correspond moins à un besoin qu'à l'affirmation d'un choix libre : la vérité n'est pas essentiellement utile, mais elle est une **aspiration.** Pour Jankélévitch, la vérité semble être une **vertu,** mais « toute vérité n'est pas bonne à dire ». On ne répond pas à toutes les questions, du moins on ne dit pas n'importe quoi à n'importe qui. Il faut toujours réfléchir aux conséquences de ce que l'on va dire. Il ne faut ni blesser, ni faire souffrir.

3 La vérité est pragmatique

1. Définition du pragmatisme

• **William James** donne une définition originale de la vérité : **la vérité est ce qui réussit, ce qui est utile**. Au sens large du **pragmatisme** (du grec *pragma*, action et efficacité), l'unique critère de vérité est la réussite. La pensée sert l'action : l'idée vraie est celle qui se révèle la plus payante. « Ce qui est vrai est ce qui est avantageux de n'importe quelle manière », dit W. James : par exemple, l'idée de Dieu n'est vraie que si j'en tire profit. En ce sens, la vérité est ce qui améliore l'homme. Mais l'utile et l'agréable ne sont pas des preuves du vrai. Ce que W. James appelle « la preuve par l'efficacité » ne garantit nullement la certitude et le bien-fondé intellectuels. « La preuve par le plaisir est la preuve du plaisir et rien de plus. »

2. Critique du pragmatisme

- Plus strictement, si « vrai » signifie « utile » au sens de **« vérifiable »**, on détient un critère assez adapté au monde, car on suppose que toute proposition, **tout savoir, doit se vérifier dans les faits**. Ainsi Bachelard disait que « le monde n'est ni notre représentation, ni notre convention, il est notre vérification ». Par contre, dans certains domaines (politique, publicité), si vrai signifie efficace, alors le **mensonge** serait vrai... Cette définition **pragmatique** de la vérité est dangereuse car elle tend à fonder des « vérités consolatrices » ou au contraire à faire disparaître des « vérités inutiles ».
- Dire que le vrai est ce qui est utile risque d'asservir la vérité. Si la vérité se mesurait à son efficacité, le danger serait qu'elle soit récupérée par les démagogues, ceux qu'Aristote appelait **les flatteurs du peuple**, c'est-à-dire tous ceux qui, voulant conquérir ou garder le pouvoir, veulent plaire par des mesures populaires mais contraires à l'intérêt général.

William James
(1842-1910)

Médecin, psychologue et philosophe américain, William James est l'un des fondateurs de la psychologie scientifique américaine. Vers 1900, il s'éloigne cependant de la psychologie scientifique pour soutenir une conception philosophique, le pragmatisme. Ce pragmatisme est tout à la fois un utilitarisme métaphysique (il faut croire ce qui est bon ou utile de croire), un empirisme (l'expérience, et rien que l'expérience) et une opposition à la thèse qu'il puisse exister quelque chose comme des connaissances objectives. Le critère de la vérité est la réussite de l'action.
Le Pragmatisme, un nom nouveau pour une vieille manière de penser (1909).

4 Vérité scientifique : humilité ou dogmatisme ?

- Pour Freud, **la vérité scientifique**, fondée sur l'expérimentation, **permet de retrouver une certaine humilité.** Mais pour le philosophe espagnol Ortega y Gasset, l'homme de science de plus en plus spécialisé perd le contact avec tous les autres domaines de la science. **L'expert s'approprie « la » vérité en la réduisant à sa spécialité** sans la replacer dans la globalité du monde.
- **Le néo-positivisme contemporain** représente aussi un danger car il conduit au **culte de la science** : la science « est-elle supérieure à l'homme lui-même ? », demande J. Monod.

Mots-clés
- **nécessité vitale**
- **pragmatisme**
- **dogmatisme**

Mots-repères
- **croire/savoir** p. 302
- **idéal/réel** p. 306
- **universel/général particulier/singulier** p. 311

FICHE 3 Les frontières de la vérité

De quoi s'agit-il ?
Chercher la vérité, c'est chercher du sens. Quel peut être le sens de ce qui s'oppose à la vérité, comme le mensonge, l'erreur, le faux, l'apparence, etc. ? Quels rapports la vérité entretient-elle avec ce qui s'oppose à elle ou lui est étranger ? Quelles sont les limites de la vérité ?

1 L'erreur est une vérité fausse

• Étymologiquement, **erreur** vient du latin *error*, course à l'aventure, et de *errare*, aller çà et là, errer, se fourvoyer. L'erreur est le résultat d'un processus actif, d'un jugement. C'est une assertion non conforme aux normes de la vérité. Pour Spinoza, l'erreur est une **privation de connaissance :** on peut donc rectifier une erreur en approfondissant ses connaissances.

• L'erreur pour Descartes n'est pas une « pure négation », mais elle vient d'un **mauvais usage de ma liberté infinie**. Elle naît de la disproportion entre mon entendement fini et ma volonté infinie. Je peux éviter d'errer si je suspends mon jugement jusqu'à ce que je découvre une idée claire et distincte. **L'erreur peut être redressée** par l'expérience ou par le raisonnement. Les sens me trompent souvent, par exemple le bâton à demi trempé dans l'eau m'apparaît brisé alors qu'il est droit, il suffit de le retirer de l'eau pour le voir.

2 L'illusion est un leurre souvent vital

1. Échapper à la réalité

• Étymologiquement, **illusion** vient du latin *illusio* qui signifie tromperie, et de *illudere*, se jouer de, se moquer de. L'illusion représente la limite de notre nature humaine sensible et la capacité que nous avons de nous mentir pour satisfaire nos désirs, échapper à la réalité-vérité.

• **L'illusion est étrangère à la réalité** et s'installe au niveau de la perception ou de la croyance. Prenons l'exemple du mirage, ou de l'illusion des personnes amputées qui souffrent d'un membre qu'elles n'ont plus. À côté de ces illusions naturelles, il existe aussi des illusions artificielles, des jeux d'illusion, comme les tours de magie, les leurres pour attirer les animaux, la technique du trompe-l'œil en peinture, le maquillage, etc.

2. Peut-on vivre sans illusions ?

• Il n'est pas toujours possible de la dissiper, contrairement à l'erreur. Certaines illusions sont sans doute des nécessités vitales : croire en l'avenir, espérer être heureux. Qui peut vivre sans illusion ? C'est ainsi que Freud et Nietzsche expliquaient ce besoin de vérité et d'un au-delà, tout en soulignant qu'il faudrait pouvoir s'en débarrasser, afin de vivre pleinement la vie d'en bas, celle qui nous appartient.

3 L'imagination, instrument de vérité ?

1. L'imagination au service de la vérité

- Étymologiquement, **imagination** vient du latin *imaginatio, imago*, image. L'imagination recrée la réalité plus qu'elle ne la crée. Elle tient une place importante dans la recherche de la vérité. Ainsi, le physicien imagine des hypothèses ; le philosophe, tel Platon, imagine un mythe, une fable, pour faire comprendre ce qu'un concept rationnel ne peut exprimer.

2. Pascal : L'imagination « maîtresse d'erreur et de fausseté »

- Mais l'imagination peut aussi avoir des **effets pervers :** par exemple, le paranoïaque imagine des faits qu'il croit conformes avec la réalité et qu'il tient pour vrais. On parle d'imagination diabolique pour expliquer la manipulation et la tromperie. Pascal appelait l'imagination « cette maîtresse d'erreur et de fausseté », d'autant plus dangereuse qu'elle ne l'est pas toujours.

3. Victor Hugo : « L'utopie est la vérité de demain »

- L'imagination, c'est aussi la référence à **l'imaginaire,** présent dans toutes nos relations aux autres et au monde, et à l'image que nous nous en faisons ou que nous donnons. On parle beaucoup aujourd'hui du pouvoir de l'image pour le déplorer. On dénonce la société du spectacle, société du simulacre. « L'imagination au pouvoir ! », disait un slogan de Mai 68. Trop d'images tuent l'imaginaire. Sans imaginaire, pas de rêve, ni d'utopie.

4 Le mensonge, la transgression des transgressions ?

- **Mensonge** vient du latin *mentiri*, mentir, et de *mens*, intelligence. Le mensonge est une **affirmation énoncée sciemment dans l'intention de tromper**. Kant pense que le mensonge « est la plus grande **transgression** du devoir de l'homme envers lui-même comme être moral, et envers l'humanité en sa personne » (*Fondements de la métaphysique des mœurs*).
- En effet, comment fonder des relations de confiance avec autrui si l'on accepte le mensonge ? Si je m'autorise à mentir, je dois penser que d'autres aussi mentent. Il n'est alors plus possible de faire confiance à quiconque. Comment vivre ensemble ? Que devient la vie sociale ? Kant voit dans le mensonge la **négation du respect de soi** et, de ce fait, en ma personne, **le non-respect de toute l'humanité**, puisque chaque être humain est en lui-même tous les hommes.

Mots-clés

- **erreur**
- **illusion**
- **mensonge**
- **imagination**
- **transgression**

Mots-repères

- **idéal/réel** p. 306
- **absolu/relatif** p. 300
- **universel/général particulier/singulier** p. 311

> La vérité

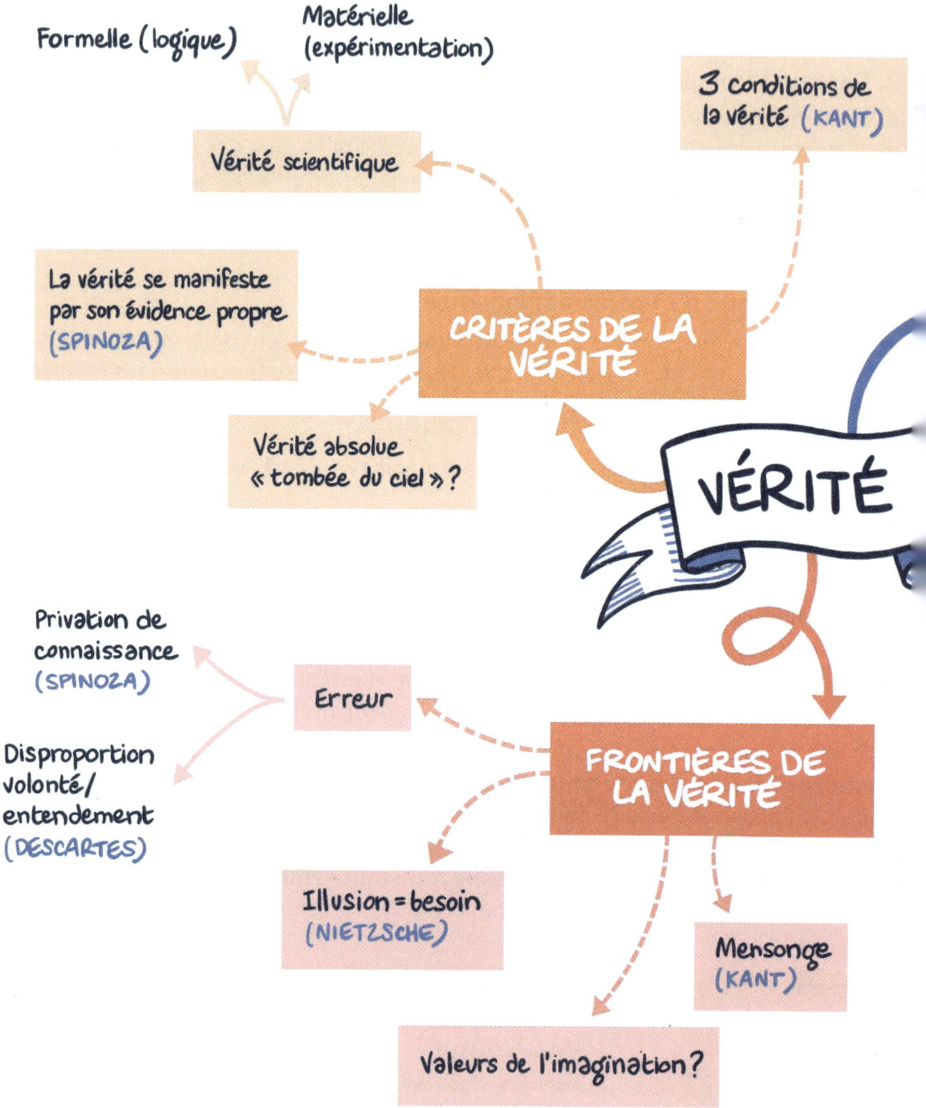
VÉRITÉ
CRITÈRES DE LA VÉRITÉ
Vérité scientifique
Formelle (logique)
Matérielle (expérimentation)
3 conditions de la vérité (KANT)
La vérité se manifeste par son évidence propre (SPINOZA)
Vérité absolue « tombée du ciel » ?
FRONTIÈRES DE LA VÉRITÉ
Erreur
Privation de connaissance (SPINOZA)
Disproportion volonté/entendement (DESCARTES)
Illusion = besoin (NIETZSCHE)
Mensonge (KANT)
Valeurs de l'imagination ?

CARTE MENTALE

logique

Accord avec les conditions *a priori* de la connaissance

Vérification par l'expérience

VALEURS DE LA VÉRITÉ

- Consolation, nécessité vitale (NIETZSCHE)
- Idéal lié à l'égalité
- Mais toute vérité n'est pas bonne à dire
- Vrai = utile ? (pragmatisme, W. JAMES) → démagogie ?
- Vérité scientifique
  - Humilité (FREUD)
  - « Savant ignorant » (ORTEGA Y GASSET)
  - Culte de la science (J. MONOD)

N'hésite pas à construire ta propre carte mentale

Fiche test *Je fais le point*

QCM

10 min

- À revoir
- Acquis

Pour chaque question, déterminer la ou les bonnes réponses.
Chaque question peut rapporter jusqu'à un point, un demi-point dans le cas d'une erreur et aucun point dans le cas de deux erreurs ou plus.

1 Pour Platon toute vérité est relative.
- Vrai
- Faux

2 Selon Spinoza nous ne pouvons pas connaître la vérité, car nous ne pouvons pas sortir de nous-même pour confronter notre pensée à la réalité.
- Vrai
- Faux

3 *Vérité formelle* est synonyme de *vérité absolue*.
- Vrai
- Faux

4 La vérité des sciences, c'est ce que l'expérience vérifie.
- Vrai
- Faux

5 Selon Kant l'homme peut atteindre une vérité absolue.
- Vrai
- Faux

6 Selon Nietzsche, « les vérités sont... » :
- a. « des illusions dont on a oublié qu'elles le sont ».
- b. « des faits irréfutables ».

7 Qui a dit : « On administre la vérité comme un élixir puissant et qui peut être mortel » ?
- a. Jankélévitch
- b. Spinoza
- c. Sartre

8 Dans le langage de la philosophie le mot pragmatisme désigne :
- a. une théorie définissant la vérité par la réussite.
- b. l'attitude de celui qui recherche l'efficacité.

9 Le positivisme, c'est :
- a. la doctrine selon laquelle seules les vérités positives, c'est-à-dire scientifiques, sont recevables.
- b. la doctrine selon laquelle il faut se montrer optimiste et confiant.

10 Qui déplore que la spécialisation des sciences ait engendré le « savant-ignorant » incapable de replacer ses connaissances dans la globalité du monde ?
- a. Lévi-Strauss
- b. Ortega y Gasset
- c. Bataille

11 Selon Descartes tout penseur est condamné à se tromper : je pense donc je me trompe.
- Vrai
- Faux

12 Qui a dit : « Ce qui caractérise l'illusion, c'est d'être dérivée des désirs humains » ?
- a. Platon
- b. Descartes
- c. Freud

13 Pascal désigne l'imagination comme :
- a. « cette partie dominante dans l'homme, cette maîtresse d'erreur et de fausseté ».
- b. « cette indispensable faculté d'anticiper l'avenir et, par là même, de le faire advenir ».

14 Une de ces formules est un slogan de Mai 68.
- a. « Think different »
- b. « L'imagination au pouvoir »
- c. « Le changement, c'est maintenant »

15 Kant soutient que le mensonge est :
- a. « l'oxygène de la respiration sociale ».
- b. « la plus grande transgression du devoir de l'homme envers lui-même ».

SCORE : ___ / 15

Comment développer une explication de texte ?

MÉTHODE

- **Le développement d'une explication peut être structuré de la manière suivante :**
  - D'abord, il est utile de mettre en évidence la **composition du passage**. En d'autres termes, il s'agit de dégager dans un court paragraphe les principales étapes du raisonnement de l'auteur. C'est une vue d'ensemble du passage qui permet d'en saisir clairement les articulations logiques.
  - Vient ensuite l'**explication détaillée**. Cette partie est la plus longue et la plus importante. Elle suit pas à pas la démarche de l'auteur et l'explicite sans prendre position.
- Il s'agit donc d'une **explication linéaire** et non d'un **commentaire composé** comme on en fait en classe de littérature. Il n'est généralement pas utile de mettre en évidence les moyens ou les procédés que l'auteur utilise pour exprimer sa pensée. Par exemple, ne relevez pas d'éventuelles figures de styles. Intéressez-vous au fond (au contenu) plutôt qu'à la forme.
- Comprendre une thèse, c'est aussi comprendre en quoi elle est discutable. On peut donc **discuter rapidement le point de vue de l'auteur** à la fin du développement. Cependant, cette partie « critique » est facultative et ne doit surtout pas prendre le pas sur l'explication.

ÉNONCÉ

Expliquez le texte suivant.

Il y a un principe du doute consistant dans la maxime de traiter les connaissances de façon à les rendre incertaines et à montrer l'impossibilité d'atteindre à la certitude. Cette méthode de philosophie est la façon de penser sceptique ou le scepticisme. [...]

Mais autant ce scepticisme est nuisible, autant est utile et opportune la méthode sceptique, si l'on entend seulement par-là la façon de traiter quelque chose comme incertain et de le conduire au plus haut degré de l'incertitude dans l'espoir de trouver sur ce chemin la trace de la vérité. Cette méthode est donc à proprement parler une simple suspension du jugement. Elle est fort utile au procédé critique par quoi il faut entendre cette méthode de philosophie qui consiste à remonter aux sources des affirmations et objections, et aux fondements sur lesquels elles reposent, méthode qui permet d'espérer atteindre à la certitude.

Kant, *Logique*, 1800.

CORRIGÉ

- **Composition du passage**

Kant distingue deux formes de doute. Le doute sceptique, d'abord, qui est défini dans le premier alinéa. Celui-ci vise à montrer qu'il est impossible d'atteindre une vérité certaine. Il est donc définitif. Le second alinéa montre ensuite que le doute peut au contraire être envisagé comme un moyen de parvenir à une vérité certaine. C'est ce que Kant appelle : la « méthode sceptique ». Le doute sous cette seconde forme n'est que provisoire, il suspend seulement le jugement. Si le doute sceptique peut paraître stérile, la méthode sceptique est très utile, comme Kant le souligne à la fin du passage.

- **Explication détaillée**

  - L'explication détaillée est linéaire, c'est-à-dire que le texte est expliqué ligne par ligne. Chaque phrase doit être analysée, certaines peuvent donner lieu à de longs développements. Celle-ci par exemple : « Mais autant ce scepticisme est nuisible, autant est utile et opportune la méthode sceptique, si l'on entend seulement par-là la façon de traiter quelque chose comme incertain et de le conduire au plus haut degré de l'incertitude dans l'espoir de trouver sur ce chemin la trace de la vérité. »
  - Kant oppose le doute sceptique qu'il juge nuisible à la méthode sceptique dont il souligne au contraire la pertinence et l'utilité. Le scepticisme est une doctrine fondée par Pyrrhon, un philosophe grec de l'Antiquité. À ses yeux, l'homme ne peut atteindre aucune vérité certaine. Ce que Kant appelle la « méthode sceptique » évoque la démarche de Descartes qui fait du doute un moyen d'atteindre à la certitude. Dans la philosophie de Descartes, douter permet d'écarter tout ce qui est incertain pour mettre en évidence des certitudes. Le célèbre *cogito* cartésien est la première de ces certitudes : je peux trouver des raisons de douter de l'existence du monde (d'un point de vue purement théorique la vie pourrait n'être qu'un rêve), mais je ne peux pas douter de ma propre existence en tant que chose pensante : « Je pense donc je suis ». Comme on le voit, la méthode sceptique consiste bien, comme l'écrit Kant, à conduire une chose « au plus haut degré de l'incertitude dans l'espoir de trouver sur ce chemin la trace de la vérité ». Le doute quand il est poussé à son paroxysme se transforme en son contraire, il se transforme en certitude.
  - Toutes les phrases méritent une explication. Il faut expliquer « le texte, tout le texte et rien que le texte ». Par exemple, on peut être tenté de négliger cette petite phrase : « Cette méthode est donc à proprement parler une simple suspension du jugement ». Or l'expression « suspension du jugement » mérite à elle seule un développement. En effet, elle est utilisée de manière récurrente par les sceptiques de l'Antiquité comme Sextus Empiricus. Suspendre son jugement, c'est s'abstenir de juger. Dans ce contexte, « juger » ne signifie pas seulement porter un jugement sur quelqu'un, mais affirmer quelque chose. Par exemple juger (affirmer) que la Terre est ronde ou que 2 et 2 font 4. Chez les sceptiques cette suspension du jugement est définitive : on ne doit jamais cesser de douter. Mais Kant donne à cette expression un sens différent.

La méthode qu'il prône est comme il le souligne « **à proprement parler** une **suspension** du jugement » : il ne faut s'abstenir de juger qu'en attendant de parvenir à la certitude. Suspendre son jugement signifie donc ici différer son jugement.

- **Discussion**

Kant juge le scepticisme « nuisible ». Pourquoi ? On peut considérer le scepticisme comme une impasse, spécialement au plan pratique : comment peut-on vivre et agir si on doute de tout en permanence ? La doctrine sceptique reste pourtant défendable. En effet, aux yeux de Pyrrhon, le doute conduit à une forme d'indifférence ou de détachement qui est la condition du bonheur.

Expliquer, c'est développer et interpréter, mais non répéter ou paraphraser.

- Expliquer est un synonyme de développer. Il va donc sans dire que l'explication doit être plus longue, et même beaucoup plus longue que le texte lui-même.
- Cependant, il ne suffit pas de répéter, reformuler, paraphraser et « diluer » le propos de l'auteur. Il s'agit de comprendre et d'analyser ses raisonnements de manière précise et détaillée : que dit-il exactement ? Pourquoi le dit-il précisément dans ces termes ? Quelles sont ses raisons ? Peut-on le contredire ?
- Expliquer signifie aussi interpréter. L'interprétation requière une certaine liberté, mais la liberté d'interprétation n'est pas totale. Dans l'interprétation quelque chose vient de l'interprète, cependant il ne peut pas faire dire n'importe quoi à ce qu'il interprète.
- Attention aux contresens ! Retenez enfin l'idée selon laquelle un texte peut se comprendre comme une réponse à une ou à des questions qu'un auteur se pose, mais que nous pouvons aussi nous poser, parce qu'elles ont une portée universelle.

Corrigés *Je fais le point*

1. **Faux.** Selon Platon, la vérité est absolue où elle n'est pas la vérité. Il rejette le relativisme du sophiste Protagoras. En effet, si chacun a sa vérité, il n'y a plus de vérité, mais seulement des opinions, des points de vue ou des croyances. Si tout est vrai, rien n'est vrai.

2. **Faux.** Nous ne pouvons certes pas sortir de nous-même pour confronter notre pensée au réel, mais la vérité se manifeste par son évidence propre, soutient Spinoza. « Qui a une idée vraie sait en même temps qu'il a une idée vraie et ne peut douter de la vérité de sa connaissance. »

3. **Faux.** La vérité formelle peut se définir comme l'accord de la pensée avec elle-même, c'est-à-dire la cohérence du raisonnement.

4. **Vrai.** Si on parle bien des sciences expérimentales comme la physique ou la biologie et non des mathématiques ou de la logique. CHAPITRE 5 p. 77

5. **Faux.** Selon Kant notre esprit ne pouvant se représenter les choses que dans un cadre spatio-temporel, les choses en soi sont inconnaissables et nous ne pouvons ainsi atteindre aucune vérité absolue. CHAPITRE 17 p. 243

6. **a)** Ce qu'on appelle vérité n'est qu'une illusion utile à la vie selon Nietzsche.

7. **a)** Jankélévitch admet avec la pensée commune que toute vérité n'est pas bonne à dire. La vérité doit ainsi être révélée avec précaution et progressivité, au moment opportun.

8. **a)** De ce point de vue, le vrai, c'est ce qui réussit, « ce qui marche », comme on dit.

9. **a)** On doit cette doctrine à Auguste Comte, un philosophe français du XIXe siècle. CHAPITRE 5 p. 77

10. **b)** Ortega y Gasset déplore que le barbare spécialiste ait supplanté le savant cultivé capable de penser le monde dans sa globalité.

11. **Faux.** Descartes estime que l'on peut éviter l'erreur en ne jugeant que de ce que l'on peut concevoir de manière claire et distincte. Il a pourtant soutenu des théories scientifiques erronées comme la théorie des tourbillons.

12. **c)** L'illusion n'est pas une simple erreur, mais une croyance enracinée dans un désir.

13. **a)** Pascal oppose l'imagination à la Raison.

14. **b)** L'imagination est ici perçue positivement comme un facteur de progrès, comme un puissant moteur du changement, et non comme ce qui nous détourne de la réalité.

15. **b)** Kant soutient qu'il faut toujours dire la vérité. À ses yeux nous devons agir en fonction de principes qui ont une valeur absolue. CHAPITRE 2 p. 49

Chapitre 13 La conscience

FICHE 1

L'Homme est conscience

De quoi s'agit-il ?

L'homme se découvre sujet à partir du moment où il se distancie de lui-même et du monde. Cette découverte lui permet d'accéder à la réflexion, au savoir, mais elle lui fait aussi comprendre que le monde n'est pas fait pour lui, ni les autres pour satisfaire ses désirs. De la pensée surgit le monde et la prise de conscience des autres. Sans cette prise de conscience, l'homme a le sentiment de soi mais non la conscience de soi.

1 Pourquoi peut-on définir l'homme par la conscience ?

1. Qu'est-ce que la conscience ?

• La **conscience** est **une donnée immédiate de la vie**. En effet, il est impossible de se représenter la conscience : elle n'est pas un objet jeté devant soi comme une quelconque chose, elle ne se montre pas. « Mais qu'est-ce que la conscience ? », demande Bergson, qui ajoute : « Vous pensez bien que je ne vais pas définir une chose aussi concrète, aussi constamment présente à l'expérience de chacun de nous ! » Imaginer, percevoir, distinguer, réfléchir, juger, agir, etc., sont autant d'actes qui ne prennent de sens que dans la mesure où ces actes sont présents à la conscience, où ils sont éclairés par cette « chose ».

2. L'animal a-t-il conscience de lui-même ?

• **Le sentiment de soi n'est pas la conscience de soi**. Je vis, et cette conscience d'être vivant est le premier savoir irréfutable qui caractérise mon humanité et me rend présent à moi-même et au monde. La conscience me distingue de l'animal qui peut posséder un certain sentiment de soi, de son environnement, mais n'a conscience ni de son passé ni de son avenir. La conscience est la source de toute interrogation sur la condition humaine et sur l'univers. C'est à partir d'elle que l'homme se construit.

2 Le surgissement de la conscience

1. La conscience surgit lorsque l'enfant dit « je »

Réviser la notion de conscience

• Cette apparition est **une intuition fulgurante**. La conscience surgit lorsque l'enfant dit « je » pour la première fois, lorsqu'il se sépare du monde fusionnel dans lequel il est plongé depuis sa naissance. Il passe du « Paul a faim » à « j'ai faim ». **Ce surgissement de la conscience le sépare à jamais du monde.** Mais cette rupture radicale et irrémédiable va permettre l'émergence de la réflexion.

• Ainsi, **dire « je »**, c'est se détacher de ce monde perçu comme fait pour moi, fait pour répondre à tous mes désirs. Ce monde, désormais peuplé d'autres « je », d'autres désirs que les miens, ne m'est plus aussi familier. Je ne suis plus dans le monde, mais **je suis au monde, devant le monde**. Je viens de prendre conscience à la fois de mon **identité** et de ma **différence** avec ceux (les personnes) et ce (le monde) qui m'entourent. Cet événement, l'un des moments essentiels de mon humanité, est irréversible. « Auparavant, l'enfant ne faisait que se sentir, maintenant il se **pense** », écrit Kant.

2. Conscience immédiate et conscience réfléchie

- La conscience est **le savoir, immédiat ou réfléchi**, que l'homme a de lui-même et qui se reconnaît comme situé dans le monde. La conscience dite psychologique passe de : « j'ai conscience » à « j'ai conscience d'avoir conscience ». Nous retrouvons ici l'étymologie du mot conscience : *cum scientia*, avec le savoir, un savoir accompagné, un savoir rassemblé autour d'un centre qui est l'homme.

3 La conscience, lumière et lien

1. La lumière de la conscience élève l'homme au-dessus de toutes choses

- La conscience est donc **le moi fondateur du monde et du sens**, l'absolue certitude de moi pour moi, condition sans laquelle il n'y aurait rien. Je sais que je sais. La conscience « élève l'homme **infiniment** au-dessus de tous les êtres vivants sur la terre. Par là il est une personne », écrit Kant.
- À partir de cette lumière, **l'homme va s'étonner, se questionner**. Il a quitté le « paradis » de la fusion, pour un monde incertain et dangereux, mais « quand l'univers l'écraserait, l'homme serait encore plus noble que ce qui le tue, parce qu'il sait qu'il meurt », dit Pascal. L'homme, ce « roseau pensant », peut être détruit par la nature, mais il reste pourtant **supérieur à la nature du fait qu'il sait qu'il va mourir**, qu'il est conscient de sa force comme de sa faiblesse. Telle est sa grandeur tragique : la pensée.

2. La relation à autrui

- Cette expérience de la conscience de soi est en même temps l'expérience de la **relation**. Paradoxalement, la séparation d'avec le monde nous ouvre le chemin de la relation à autrui, c'est-à-dire du rapport au monde et aux autres. D'une conscience définie comme une intuition intime, nous sommes passés à une conscience réfléchie : **le sujet conscient se prend lui-même comme objet de connaissance**. Les autres lui sont à jamais étrangers, car séparés, et pourtant nécessaires pour savoir qu'il est. En effet, « qui me dit que je suis sinon l'autre », interroge Sartre ?

Mots-clés
- **conscience**
- **conscience de soi**
- **je**
- **pensée**
- **sens**

Mots-repères
- **médiat/immédiat** p. 308
- **objectif/subjectif/intersubjectif** p. 308

FICHE 2

Le « *cogito* » cartésien

De quoi s'agit-il ?

Avec Descartes naît la philosophie moderne du sujet : avant de savoir ce qu'est le monde, nous avons conscience en toute certitude que nous sommes conscience et esprit. Cette certitude fondatrice, cette conscience de soi, nous distingue radicalement de l'animal. C'est aussi pourquoi l'esprit est plus aisé à connaître que le corps, nos pensées étant entièrement en notre pouvoir. De là une supériorité de la conscience sur le corps. La pensée est alors signe de mon humanité.

1 Le *cogito*, une évidence

1. La certitude du *cogito*

• Cette évidence du **« je pense donc je suis »** *(***cogito** *ergo sum)* surgit après que **Descartes** a mis en doute tout ce qui existe : moi, le monde, ce que me livrent mes sens, ce que je conçois... Tout peut être truqué par un malin génie qui me trompe. Mais c'est ce doute même qui certifie que je suis : **douter, c'est encore penser,** et penser, c'est être quelque chose, car « pour penser, il faut être ». Puisque je doute, je suis, j'existe. Je suis le sujet du doute, j'existe non comme une chose ou comme un objet, mais comme sujet : l'homme se découvre en disant « **je** pense donc **je** suis ».

René Descartes (1596-1650)

Philosophe français. C'est l'auteur de référence qui cherche à découvrir la possibilité d'une vérité indubitable, et met le sujet au centre de toute réflexion. Évidence nécessaire pour construire le monde, seule la raison bien appliquée, et aidée en cela par des règles, permet de découvrir la vérité première. Ce premier principe est le cogito, d'où découleront toutes les autres vérités.

Le Discours de la Méthode (1637) ; *Les Méditations métaphysiques* (1641) ; *Les Principes de la philosophie* (1644).

2. Du doute à l'évidence du vrai

• Le **doute** cartésien est provisoire, **méthodique**, il n'est pas sceptique. Une fois dans sa vie, et **une** seule, il est nécessaire de faire table rase de toutes les connaissances acquises afin de reconstruire sur des bases solides, sûres. Descartes cherche la vérité et une méthode pour y parvenir. Si « le bon sens est la chose du monde la mieux partagée », cette raison n'est pas toujours utilisée à bon escient. Il s'emploie à élaborer des règles qui nous guideront de manière certaine vers le vrai.

2 L'essence de l'homme, c'est sa conscience

1. La certitude de ma propre existence en tant que chose pensante est la première vérité

• Cette certitude que je suis est la certitude de la pensée elle-même sans laquelle aucune autre certitude ne serait possible. **Cette vérité première** fonde toutes les autres. L'homme se définit ainsi par sa conscience et n'existe que dans la mesure où il est conscient de son existence, en tant qu'être pensant. Ainsi, l'essence de l'homme, c'est sa conscience, synonyme de pensée chez Descartes, qui est donc le **savoir immédiat de soi-même**.

2. L'âme et le corps

- Mais l'homme est à la fois **esprit** et **matière**, substances radicalement différentes. Pourtant, contrairement au dualisme platonicien qui voit dans le corps un obstacle à la connaissance, Descartes affirme **l'union** de ces deux substances. La conscience n'est pas seulement logée dans le corps « comme un pilote en son navire », elle forme un **tout** avec lui.
- L'esprit est plus aisé à connaître que le corps parce que l'homme se découvre d'abord essentiellement comme conscience. Le moi qui pense est seul, il se découvre seul, il ignore si un monde extérieur à lui existe. Cette **solitude du *cogito***, c'est ce qu'on appelle le **solipsisme**, du latin *solo,* seul, et *ipse*, soi-même. Sartre critiquera cette position de Descartes en partant de l'idée que ce qui est premier est l'existence et non l'essence, et sortira le *cogito* de sa solitude ontologique.

3. La théorie cartésienne de l'animal-machine

- L'homme est alors le seul être à **vivre l'union** de l'âme et du corps. Les autres vivants, notamment les animaux, sont des automates, sans pensée, sans sentiment, sans langage. Tout chez eux est mécanisme, comme une horloge bien agencée. Ces **animaux machines** ont une **différence de nature** et non de degré avec l'homme. Ainsi, l'homme est bien ce vivant si particulier à l'image de Dieu qui lui a donné une volonté infinie et un entendement fini mais autonome. La conscience définit l'homme.

3 Le « je pense » espère un « je suis libre »

- L'homme conscient se pose comme sujet qui connaît et qui peut s'opposer à ce qu'il connaît. « Penser, c'est dire non », affirme Alain. Être conscient, c'est donc **décider**, agir. Et même si je ne décide rien, Descartes considère que cette non-décision signifie néanmoins ma liberté, certes le plus bas degré de la liberté, mais la liberté quand même.
- C'est pourquoi la conscience manifeste l'exercice de la **liberté dans l'action** : lorsque je fais, je signifie que je suis libre : « Le "je" prouve que j'agis par moi-même, que je suis un principe et non un résultat », écrit Kant.
- On reprochera à Descartes d'avoir ignoré la dimension sociale et historique des hommes. Moderne par son approche nouvelle du sujet et du monde, il reste l'héritier de la pensée grecque en quête d'éternel, d'immuable. La confiance absolue en une raison inébranlable commencera à vaciller véritablement avec Nietzsche et Freud.

Mots-clés

- **« *cogito* »**
- **solipsisme**
- **doute méthodique**
- **différence de nature**

Mots-repères

- **médiat/immédiat** p. 308
- **objectif/subjectif/intersubjectif** p. 308

FICHE 3

La conscience de soi et la connaissance de soi

De quoi s'agit-il ?

Se connaît-on ? Nous savons que nous vivons, nous en avons conscience. Mais comment comprendre notre évolution physique, intellectuelle, spirituelle, tous ces états psychiques qui font de chaque individu un être en constante transformation ? Suis-je le même moi du début de ma vie à ma mort ? Kant répond que l'on sait qu'on est mais pas qui l'on est. De même Pascal, qui voit en la conscience, en la pensée, à la fois la grandeur de l'homme et son destin de mortel. La conscience permet d'élaborer, dans l'activité de synthèse, une certaine connaissance du monde mais ne peut s'appréhender elle-même comme connaissance absolue.

1 La conscience unifie mais ne sait pas ce qu'elle est

1. Le problème de l'identité personnelle

- Sommes-nous aujourd'hui le même qu'hier ? Nos états psychologiques et physiques sont changeants, multiples. **Qu'est-ce que le moi** ? demande Pascal. La réponse ne coule pas de source. Votre grand-mère qui regarde une photo d'elle adolescente, malgré le temps écoulé, qui a transformé son corps, son esprit, est toujours **essentiellement** la même personne. Et vous-même, si vous feuilletez l'album photos de votre naissance à aujourd'hui, vous avez tant changé ! Pourtant, vous savez intuitivement que c'est bien vous ce bébé qui dort, cet adolescent qui rit, qui s'étonne, qui souffre. Nos états de conscience changent mais la conscience demeure **identique**, dans la colère ou la joie nous sommes toujours fondamentalement la même personne, affirme Kant. Si nous avons la conviction d'être toujours la même personne malgré la diversité de nos états de conscience, c'est parce que la conscience semble réaliser une **unité.**

2. Conscience de soi et connaissance de soi

- Mais si avoir conscience, c'est toujours avoir conscience de soi, cette conscience de soi n'est pas, contrairement à ce que pense Descartes, connaissance de soi : « J'ai conscience que je suis et non pas de ce que je suis », écrit Kant. C'est seulement dans l'**opération** de **synthèse** que le moi se saisit identique à lui-même. **Le *cogito* œuvre à l'activité de synthèse.** Il unifie la diversité de mes représentations. Le principe suprême de la connaissance humaine tout entière, c'est la liaison. **Penser, c'est lier, relier**.

2 La conscience rassemble mais ne se connaît pas

1. La conscience rassemble le divers et lui donne sens

- Synthétiser, c'est donc **rassembler l'essentiel**, combiner, réunir le divers en un tout cohérent. Il est intéressant de s'arrêter quelques instants sur l'origine de certains mots. *Intellegere,* qui a donné intelligence, faculté de comprendre, de mettre ensemble, vient d'une racine indo-européenne qui signifie cueillir, rassembler, choisir ; lire vient de *legere*. Lier, relier, c'est attacher ensemble, mettre en rapport.

Ainsi, **penser, lier et lire** ont la même origine étymologique. Lorsque je pense, lie ou lis, je fais acte à la fois de synthèse et de liberté, puisque, en quelque sorte, si je suis l'étymologie, je choisis ce que je vais rassembler.

2. Kant : « j'ai conscience que je suis et non pas de ce que je suis »

- Nous connaissons à travers une série de jugements. Tout jugement est une synthèse entre différents concepts. C'est donc le « je pense » qui donne sens à la diversité de mes représentations (concepts). L'activité du *cogito* est la **condition de possibilité** de toute expérience. L'expérience n'est possible que si les objets dans le cadre spatio-temporel sont pensés, c'est-à-dire liés dans leur diversité. **Kant** le réaffirme : la conscience de soi n'est pas la connaissance de soi. C'est dans **l'opération** de synthèse que le moi se saisit identique à lui-même. **Le *cogito*, qui sait qu'il est, permet la connaissance mais il n'est pas connaissance de ce qu'il est.**

Emmanuel Kant (1724-1804)
Philosophe prussien. C'est notre faculté de connaître qui détermine la connaissance et non l'inverse. Le « Je pense » a une fonction de synthèse. Sa conception de la conscience morale, influencée par Rousseau, pose la question du devoir – « Que dois-je faire ? » – comme un impératif catégorique, c'est-à-dire comme une loi universelle d'action puisque la Raison est la même en tout être humain.
Anthropologie d'un point de vue pragmatique (1798) ; *Fondements de la métaphysique des mœurs* (1785).

3 La conscience même inconnaissable demeure l'essence de l'homme

- « Je puis bien concevoir un homme sans mains, pieds, tête (car ce n'est que l'expérience qui nous apprend que la tête est plus nécessaire que les pieds). Mais je ne puis concevoir l'homme sans **pensée** : ce serait une pierre ou une brute », écrit Pascal. La conscience est à la fois la définition et l'activité essentielle de l'homme qui devient une personne.
- « Ce merveilleux pouvoir qui est en nous », comme le dit Kant, et que nous appelons conscience, source sans doute d'illusions mais aussi fondatrice de sens, reste le lieu et l'horizon indépassable de toutes les interrogations, les problématiques, qui permettent à l'homme de construire le monde et de se développer. Ce « je suis » est donc antérieur à tout. Sans lui, rien n'a de sens.

Mots-clés
- **pensée**
- **unité**
- **condition de possibilité**
- **opération**

Mots-repères
- **analyse/synthèse** p. 301
- **identité/égalité/différence** p. 306
- **essentiel/accidentel** p. 303

FICHE 4 Conscience, projet et mémoire

De quoi s'agit-il ?

La conscience n'est jamais vide, elle est toujours projection vers le monde, vers les autres. Elle vise autre chose qu'elle-même pour trouver du sens. Elle se construit en faisant, c'est pourquoi « l'existence précède l'essence » selon la célèbre formule de Sartre. Soumise au temps, elle n'échappe pas à sa condition de mortel, mais grâce à la mémoire, l'homme peut évoluer et créer.

1 La conscience existe comme projet et responsabilité

1. Husserl : « Toute conscience est conscience de quelque chose »

- La conscience est ce qui permet d'avoir accès au monde. Elle n'a ni dedans, ni dehors. Elle est relation à autre chose qu'elle-même. Le doute méthodique cartésien a révélé le *cogito* : que **le monde existe ou pas, je suis**. Mais la conscience est un vécu qui ne se construit pas sur mon savoir ou sur ma perception mais sur ce qu'il **vise**. « Toute conscience est conscience de quelque chose », a démontré Husserl. La conscience est avant tout un projet, c'est-à-dire une **intentionnalité** qui donne sens au monde. **Le sujet est sujet d'un monde qu'il projette lui-même**. Il n'y a pas de conscience vide.

2. Sartre : le projet existentiel

Timbre à l'effigie de Jean-Paul Sartre

- Sartre refuse aussi de réduire la conscience à la connaissance. La conscience est **expérience**, ouverture, visée, et non une « chose pensante » comme la définit Descartes, close et repliée sur elle-même (le solipsisme). Sartre sort la conscience de sa solitude en posant **l'existence avant l'essence :** j'existe avant tout et je construis mon être à chaque instant, par mes choix. Dans son célèbre roman *La Nausée* (1938), le héros Antoine Roquentin découvre l'existence du monde et sa contingence en ressentant la nausée. Ce sentiment ontologique, existentiel, révèle l'absurdité du monde et de l'existence que rien ne justifie. **Ce sens est à construire par mes projets**.

- À la différence des objets, conformes à ce qu'ils sont, aux fonctions que les hommes leur ont données, l'homme existe (du latin *ek-sistere :* sortir de), c'est-à-dire échappe à la nature grâce à sa liberté totale. **Je suis ce que je me fais** par mes décisions, mes projets. Je suis seul responsable de ma vie et de ce que j'en fais. Mais mon **choix** implique aussi l'humanité : en me choisissant, je choisis pour les autres. Si je choisis la violence, je choisis la violence pour l'humanité ; si je choisis des projets de paix, je choisis la paix pour tous les hommes (CHAPITRE p. 15 p. 217).

2 La conscience est mémoire

- La conscience se déploie dans la **durée**, « étoffe même » de la vie psychologique, dit **Bergson** : ce n'est pas une réalité abstraite, intemporelle, inaltérable, mais la perception du temps telle que nous le ressentons réellement, telle que nous le vivons. Cette durée, « donnée immédiate », c'est ma **conscience elle-même**. C'est pourquoi elle est le lieu de ma liberté, de mon invention, de ce qui fait que rien n'est jamais joué à l'avance. Elle conserve le passé mais elle est aussi élan vers le futur. **Sans conscience, l'homme serait rivé à une stérile intemporalité et ne connaîtrait pas la liberté créatrice.**

- Bergson développe une pensée très originale : l'homme est la dernière espèce animale apparue sur Terre, il fait donc partie de l'évolution, mais il est la **seule espèce dont l'élan vital** a surmonté la matière grâce au cerveau. L'évolution continuera sous la forme de **créations spirituelles**. C'est pour cette raison que l'homme occupe une place privilégiée dans la nature.

Henri Bergson (1859-1941)
Philosophe français, de l'élan vital et de l'énergie spirituelle, il s'appuie sur les résultats de la recherche scientifique de son temps. Il s'oppose au kantisme qui régnait alors, et à l'ensemble des thèses admises à son époque. Il édifie une philosophie atypique, inclassable. L'élan vital traverse la matière et se différencie en produisant trois formes de vie : la plante, l'animal, l'homme. La conscience est le produit de l'évolution vitale : elle se déploie et se développe selon le niveau du vivant. Par sa fonction d'adaptation et grâce à la mémoire, elle permet la survie.
Essai sur les données immédiates de la conscience (1889) ; *Matière et Mémoire* (1896) ; *L'Évolution créatrice* (1907).

3 La conscience tragique du temps

1. Pascal : « C'est une chose horrible de sentir s'écouler tout ce qu'on possède »

- La conscience ne peut pas maîtriser l'écoulement temporel qui lui rappelle sa condition mortelle. L'homme alors se détourne du passé, du présent : « Ainsi nous ne vivons jamais, mais nous espérons de vivre », écrit Pascal. Seul le **divertissement** (du latin *divertere*, se détourner de), c'est-à-dire l'agitation, les contacts sociaux, l'activité professionnelle, les responsabilités, lui permettent de supporter la vie, car l'homme ne supporte pas de rester seul avec lui-même.

2. Camus : l'absurdité de la condition humaine

- Camus a posé différemment la question : puisque la mort est inéluctable, puisque rien ne justifie notre existence, il n'y a qu'un seul problème vraiment sérieux, c'est celui du suicide. Pourquoi ne pas mettre un terme à notre condition de mortel, à notre souffrance existentielle puisque aucun dieu ne nous console ? Mais sa démonstration aboutit à voir en l'homme un « Sisyphe heureux », c'est-à-dire un homme, certes **condamné à mourir, mais libre de construire sa vie** et d'y trouver des bonheurs, des engagements.

Mots-clés
- **intentionnalité**
- **existence**
- **essence**
- **mémoire**
- **durée**
- **divertissement**

Mots-repères
- **contingent/nécessaire** p. 302
- **essentiel/accidentel** p. 303

FICHE 5 La conscience morale

De quoi s'agit-il ?

Que l'on accepte l'hypothèse de l'inconscient, qu'on la réfute comme Alain et Sartre, ou qu'on y découvre un fonctionnement neuronal, la conscience est la faculté de juger du Mal et du Bien, de s'interroger sur ce qui devrait être. Le jugement moral est la conséquence d'un choix rationnel pour Kant. L'autre signifie que j'existe, tout comme je lui donne sens. Pour prendre conscience, il faut au moins être deux, déclarent Hegel et Sartre. Cette expérience du face à face est immédiatement éthique affirme E. Levinas. La conscience est donc d'abord, et avant tout, morale.

1 Comment définir la conscience morale ?

• La **conscience morale juge.** L'activité essentielle de la conscience est de saisir l'unité du monde afin de lui donner sens. Mais la conscience reste insatisfaite devant le monde tel qu'il est. D'ailleurs, tous les actes humains n'ont pas la même valeur. Le Mal est ce qui est contraire au Bien, jugé, apprécié comme tel par un individu ou un groupe d'individus. Cela peut être la faute, et la conscience morale s'appelle alors le remords.

• C'est parce que la conscience est relation à autrui que se pose la question morale et qu'elle est essentiellement d'ordre moral : elle pense le monde tel qu'il **devrait être**, juge du Bien et du Mal.

2 Respecter les règles sociales

• « Faire de la morale » dans le langage courant consiste à énoncer des règles de conduite, telles que « tu ne dois pas tuer », « tu ne dois pas mentir », « tu dois être honnête et respecter ton prochain », etc. En ce sens, **la morale est normative.**

• Elle n'est pas une préoccupation philosophique mais un **fait social.** Pour obéir à une règle établie, il n'est pas nécessaire de la juger et d'user de la conscience. **On peut obéir par peur de la punition et non par choix libre.**

Remarque

Dans *La République* de Platon, Glaucon raconte l'histoire d'un berger nommé Gygès qui découvre un anneau ayant le pouvoir de le rendre invisible. Gygès profite de son invisibilité pour pénétrer dans le palais royal, séduire la reine, assassiner le roi et s'emparer du pouvoir. Glaucon défend (sans être lui-même convaincu) l'hypothèse selon laquelle, ceux qui pratiquent la justice « agissent par impuissance de commettre l'injustice ». Ainsi on ne s'abstiendrait de commettre l'injustice que par peur d'être jugé et sanctionné. « Personne n'est juste volontairement », soutient Glaucon.

3 La conscience morale de l'impératif catégorique

1. Kant : « Que dois-je faire ? »

• **« Que dois-je faire ? »** est **la question cruciale de l'éthique**. Elle prend sa source dans la raison. L'acte moral véritable est un impératif, un commandement, une détermination. C'est, dit Kant, un « **impératif catégorique** », c'est-à-dire « une volonté conforme à la Raison ». La conscience morale s'impose sous la forme d'un **impératif du devoir qui prend la forme d'une loi morale** : « Agis uniquement d'après la maxime qui fait que tu peux vouloir en même temps qu'elle devienne une loi universelle. »

2. La notion d'autonomie : obéir à la loi qu'on s'est prescrite

- Le jugement moral véritable est la conséquence d'un **choix rationnel.** Je connais la finalité de mon action dont je suis responsable. Ce n'est plus la soumission à une règle extérieure à moi, mais le respect d'une règle intériorisée, acceptée en toute conscience et liberté (CHAPITRE 2 p. 37).

4 L'Autre est-il le fondement de la conscience morale ?

1. Levinas : « La relation au visage est d'emblée éthique »

- Devenir conscient est le moment décisif de la subjectivité. Et ce « moment décisif dure toujours », écrit Kierkegaard. Qu'est-ce que cela signifie ? Cela signifie que ma rencontre avec **l'Autre** est la prise de conscience que je fais partie de l'humanité, que je la porte en moi, comme l'Autre, mon ***alter ego***. **Le visage de l'autre est une relation éthique immédiate**.
- L'expérience fondamentale de chaque être humain est cette expérience du face à face, du **visage**. L'accès au visage est d'emblée **éthique**, affirme E. Levinas. Il est d'emblée signification. Il est ce qu'il y a de plus exposé, de plus fragile, de plus menacé ; il est ce qui peut inciter à la violence. Mais en même temps, il est ce qui nous interdit de tuer, il est commandement. **L'autre est celui contre lequel je peux tout et à qui je dois tout**. « Tout homme porte la forme entière de l'humaine condition », disait déjà Montaigne.

2. Voir en l'autre un semblable

- Comment alors peut-on être xénophobe ou raciste ? Cette **peur de l'Autre**, venue de la nuit des temps où l'homme ne survivait que s'il était le plus rusé, le plus fort, est la peur de l'inconnu. Le raciste refuse l'Autre pour s'affirmer soi-même. Mais il ne fait que se refuser lui-même puisque l'Autre est un *alter ego*, un autre moi.
- L'homme est un **hôte** : il reçoit et il est reçu. « L'hospitalité signifie donc le droit qu'a l'étranger, à son arrivée dans le territoire d'autrui, de ne pas y être traité en ennemi », écrit Kant. La conscience est ainsi la possibilité de fonder l'humanité. « Ton acte, c'est toi [...]. Tu t'échanges [...]. L'homme n'est qu'un nœud de relations ; les relations seules comptent pour l'homme », a si bien écrit A. de Saint-Exupéry.

Mots-clés

- **éthique**
- **« *alter ego* »**
- **impératif catégorique**
- **fait social**

Mots-repères

- **idéal/réel** p. 306
- **obligation/contrainte** p. 308

> La conscience

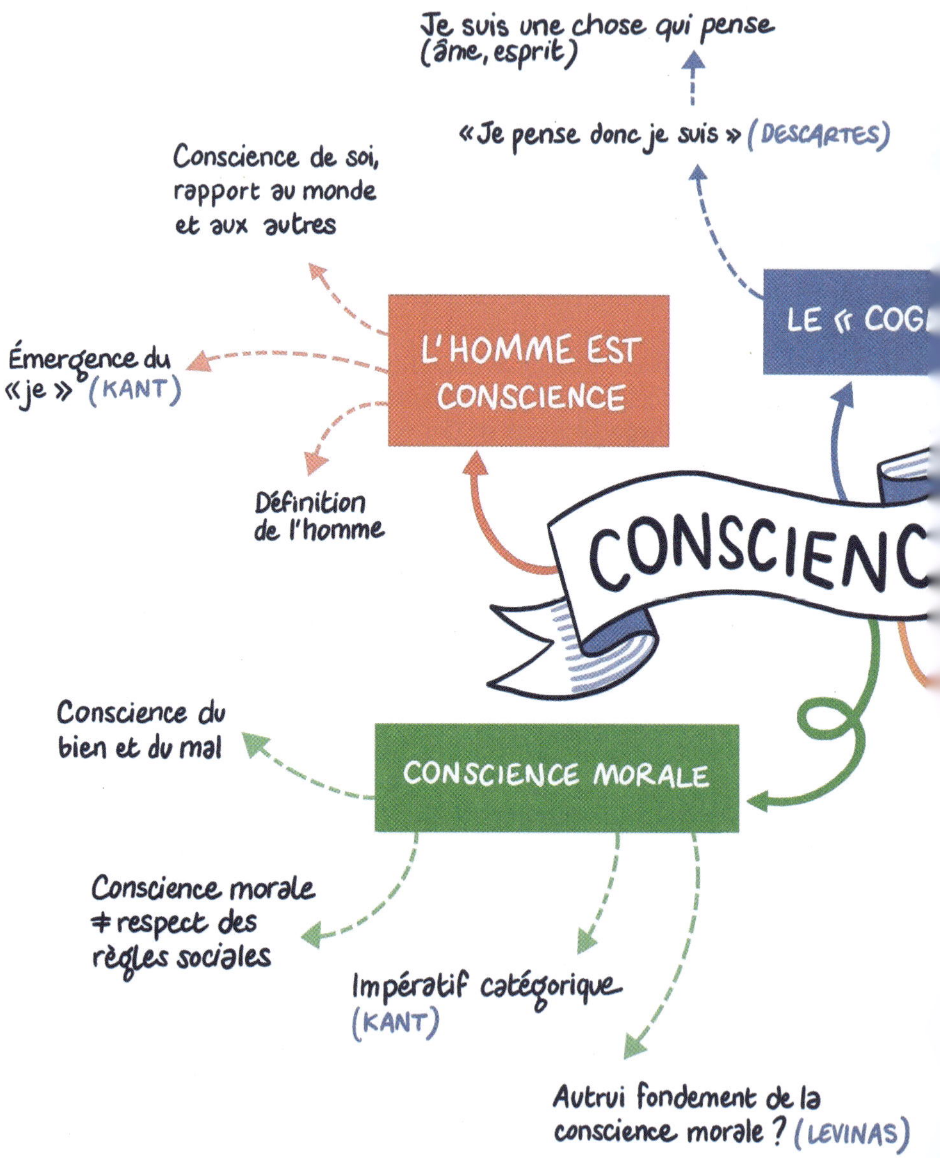

CARTE MENTALE

cience est
é (KANT)

Identité personnelle :
qu'est-ce que le moi ?

Je sais que je suis, mais non ce que je suis (KANT)

CONSCIENCE / CONNAISSANCE DE SOI

Conscience tragique du temps (PASCAL, CAMUS)

CONSCIENCE, PROJET, MÉMOIRE

Conscience est mémoire (BERGSON)

Conscience, projet et responsabilité (HUSSERL, SARTRE)

N'hésite pas à construire ta propre carte mentale

Fiche test *Je fais le point*

QCM

10 min

◯ À revoir
◯ Acquis

Pour chaque question, déterminer la ou les bonnes réponses. Chaque question peut rapporter jusqu'à un point, un demi-point dans le cas d'une erreur et aucun point dans le cas de deux erreurs ou plus.

1 Bergson estime qu'il est inutile de définir la conscience.

◯ Vrai ◯ Faux

2 Bien des philosophes font de la conscience l'essence de l'homme et le fondement de sa dignité.

◯ Vrai ◯ Faux

3 Quel philosophe décrit l'apparition du « je » dans le vocabulaire d'un enfant comme une étape cruciale de son développement ?

◯ **a.** Descartes
◯ **b.** Rousseau
◯ **c.** Kant

4 Le vocabulaire de la philosophie distingue la conscience immédiate de :

◯ **a.** la conscience médiate.
◯ **b.** la conscience différée.
◯ **c.** la conscience réfléchie.

5 Complétez cette affirmation de Sartre : « Pour obtenir une vérité quelconque sur moi, il faut que je passe… »

◯ **a.** « par l'autre. »
◯ **b.** « par la psychanalyse. »
◯ **c.** « par bien des épreuves. »

6 « Je pense donc je suis », déclare Descartes. Mais qu'entend-il par-là ?

◯ **a.** Il faut réfléchir, se questionner et philosopher pour vivre d'une vie proprement humaine
◯ **b.** Ma propre existence en tant que chose pensante est une évidence indiscutable

7 Descartes est un sceptique puisqu'il doute de toutes choses.

◯ Vrai ◯ Faux

8 Le terme *solipsisme* désigne :

◯ **a.** la solitude théorique de la conscience incapable de prouver une autre existence que la sienne.
◯ **b.** le fait de n'être engagé dans aucun rapport social.

9 Qui a dit : « J'ai conscience que je suis, mais non de ce que je suis » ?

◯ **a.** Descartes
◯ **b.** Kant
◯ **c.** Hegel

10 Compléter cette affirmation de Husserl : « Toute conscience est… »

◯ **a.** « mémoire. »
◯ **b.** « subjective. »
◯ **c.** « conscience de quelque chose. »

11 Qui a dit : « Conscience signifie d'abord mémoire » ?

◯ **a.** Husserl
◯ **b.** Bergson
◯ **c.** Sartre

12 Le terme conscience désigne la faculté de formuler des jugements moraux sur les actions humaines.

◯ Vrai
◯ Faux

13 Kant soutient que la voix de la conscience est en réalité celle de la société.

◯ Vrai
◯ Faux

14 Qui a dit : « La relation au visage est d'emblée éthique » ?

◯ **a.** Levinas
◯ **b.** Lévi-Strauss
◯ **c.** Kant

15 Qui a dit : « L'hospitalité signifie donc le droit qu'a l'étranger, à son arrivée dans le territoire d'autrui, de ne pas y être traité en ennemi » ?

◯ **a.** Kant
◯ **b.** Platon
◯ **c.** Maurras

SCORE : ____ / 15

Rédiger la conclusion d'un commentaire

MÉTHODE

- La conclusion doit rendre justice à l'auteur et à sa pensée. Elle souligne ainsi **la valeur et les limites de la thèse** qu'il défend.
- Il s'agit donc, d'une part, de résumer le principal intérêt du texte et, d'autre part, de relever les éventuelles difficultés que peut laisser subsister l'analyse de l'auteur.
- **Attention** : Il s'agit moins d'exprimer un désaccord subjectif que de tenter d'évaluer objectivement le point de vue défendu par l'auteur. Il est donc préférable de **garder un ton neutre**.

ÉNONCÉ 1

Expliquez le texte suivant.

Ainsi, à cause que nos sens nous trompent quelquefois, je voulus supposer qu'il n'y avait aucune chose qui fût telle qu'ils nous la font imaginer. Et pour ce qu'il y a des hommes qui se méprennent en raisonnant, même touchant les plus simples matières de géométrie, et y font des paralogismes[1], jugeant que j'étais sujet à faillir[2], autant qu'aucun autre, je rejetai comme fausses toutes les raisons[3] que j'avais prises auparavant pour démonstrations. Et enfin, considérant que toutes les mêmes pensées, que nous avons étant éveillés, nous peuvent aussi venir, quand nous dormons, sans qu'il n'y en ait aucune, pour lors, qui soit vraie, je me résolus de feindre[4] que toutes les choses qui m'étaient jamais entrées en l'esprit n'étaient non plus vraies que les illusions de mes songes. Mais, aussitôt après, je pris garde que, pendant que je voulais ainsi penser que tout était faux, il fallait nécessairement que moi, qui le pensais, fusse quelque chose. Et remarquant que cette vérité : je pense, donc je suis, était si ferme et si assurée, que toutes les plus extravagantes suppositions des sceptiques[5] n'étaient pas capables de l'ébranler, je jugeai que je pouvais la recevoir, sans scrupule, pour le premier principe de la philosophie[6] que je cherchais.

Descartes, *Discours de la méthode*, 1637.

1. Paralogisme : faux raisonnement.
2. Faillir : se tromper.
3. Raisons : raisonnement.
4. Feindre : simuler, faire semblant.
5. Sceptiques : ces philosophes estiment qu'on peut douter de tout.
6. Descartes fait de la certitude de sa propre existence le fondement de l'édifice de la connaissance.

CORRIGÉ

1. Valeur de la thèse

Descartes renverse entièrement l'ordre de nos certitudes, c'est ce qui fait tout l'intérêt de son analyse : nous sommes spontanément convaincus que ce que nous pouvons voir de nos yeux propres yeux est indiscutable, tout comme le sont les vérités qu'établissent les démonstrations des mathématiques. Pourtant nous pouvons douter du témoignage de nos sens, comme de tous nos raisonnements. Ma propre existence, en revanche, est indubitable : « je pense donc je suis ». Le doute se heurte à la certitude du *cogito*.

2. Limite de la thèse (objection)

Mais ne peut-on pas pousser le doute encore un peu plus loin ? C'est la limite de la thèse de Descartes : qu'est-ce qui permet d'affirmer qu'il a bien un « je » qui pense ? Comme le souligne Nietzsche, la pensée pourrait être un processus sans sujet.

- **Attention :** Pour bien mettre en évidence les deux étapes de la méthode, la valeur et la limite de la thèse sont exposées ici dans des paragraphes distincts. Mais il est préférable de formuler votre conclusion en un seul paragraphe.

ÉNONCÉ 2

Expliquez le texte suivant.

Il y a certains philosophes qui imaginent que nous avons à tout moment la conscience intime de ce que nous appelons notre moi ; que nous sentons son existence et sa continuité d'existence ; et que nous sommes certains, plus que par l'évidence d'une démonstration, de son identité et de sa simplicité[1] parfaites. [...]

Pour ma part, quand je pénètre le plus intimement dans ce que j'appelle moi, je bute toujours sur une perception[2] particulière ou sur une autre, de chaud ou de froid, de lumière ou d'ombre, d'amour ou de haine, de douleur ou de plaisir. Je ne peux jamais me saisir, moi, en aucun moment sans une perception et je ne peux rien observer que la perception. Quand mes perceptions sont écartées pour un temps, comme par un sommeil tranquille, aussi longtemps, je n'ai plus conscience de moi et on peut dire vraiment que je n'existe pas. Si toutes mes perceptions étaient supprimées par la mort et que je ne puisse ni penser ni sentir, ni voir, ni aimer, ni haïr après la dissolution de mon corps, je serais entièrement annihilé[3] et je ne conçois pas ce qu'il faudrait de plus pour faire de moi un parfait néant. Si quelqu'un pense, après une réflexion sérieuse et impartiale, qu'il a, de lui-même, une connaissance différente, il me faut l'avouer, je ne peux raisonner plus longtemps avec lui.

Hume, *Traité de la nature humaine*, 1739.

1. Simplicité : caractère de ce qui n'est pas composé ou décomposable.
2. Perception : *feelings* en anglais, c'est-à-dire sensation (chaud, froid) ou sentiment (amour, haine).
3. Annihilé : anéanti.

CORRIGÉ

- **Valeur de la thèse**

La thèse de Hume permet de remettre en question ce qui nous apparaît peut-être à tort comme une évidence : chaque être humain posséderait une essence éternelle individuelle qui demeurait inchangée tout au long de sa vie, voire après sa mort. Cette entité immuable qui semble fonder mon identité, c'est ce que j'appelle « moi ». Mais l'existence de ce moi est invérifiable : le moi reste introuvable.

- **Limites de la thèse**

Peut-on cependant renoncer à l'idée d'être une seule et même personne tout au long de notre vie ? Si les pensées et les actes ne pouvaient être rapportés à aucun sujet (ou moi), la notion de responsabilité (légale ou morale) ne serait-elle pas vidée de son sens ? Pour que je sois tenu pour responsable d'un acte, il faut bien en effet supposer un je ou un moi à l'origine de cet acte et qui en porte durablement la responsabilité.

Statue du célèbre philosophe écossais David Hume située le long du Royal Mile à Édimbourg, en Écosse

Corrigés *Je fais le point*

1. **Vrai.** « Qu'est-ce que la conscience ? Vous pensez bien que je ne vais pas définir une chose aussi concrète, aussi constamment présente à l'expérience de chacun de nous », écrit Bergson.

2. **Vrai.** « Je puis bien concevoir un homme sans mains pied, tête [...]. Mais je ne puis concevoir un homme sans pensée : ce serait une pierre ou une brute », écrit Pascal.

3. **c)** Kant estime que la conscience apparaît lorsque l'enfant dit « je » pour la première fois.

4. **c)** La conscience réfléchie, c'est si on veut « la conscience d'avoir conscience » ou le fait de penser que l'on pense (et de penser ce que l'on pense).

5. **a)** Par exemple, c'est le regard d'autrui qui me fait prendre conscience que je suis jaloux, dit Sartre.

6. **b)** La certitude du *Cogito* (je pense donc je suis) est donc la première vérité certaine et le fondement de toutes les autres, selon Descartes.

7. **Faux.** Contrairement au doute sceptique, le doute cartésien se change en certitude : je ne peux pas douter de ma propre existence : je doute donc je suis.

8. **a)** D'un point de vue théorique et hypothétique ma conscience pourrait être la seule réalité, comme le montre l'argument du rêve chez Descartes.

9. **b)** Selon Kant la conscience de soi n'est donc pas une connaissance de soi.

10. **c)** Penser, c'est toujours penser à quelque chose. Ce qui distingue la conscience des choses, c'est que les choses sont comme fermées sur elles-mêmes, alors que l'essence de la conscience est d'être dirigée vers autre chose qu'elle-même.

11. **b)** La conscience est mémoire, mais elle est aussi anticipation. « La conscience est un pont jeté entre le passé et l'avenir », écrit Bergson. CHAPITRE 17 p. 243

12. **Vrai.** La conscience, c'est aussi la conscience morale. C'est même historiquement la première signification du mot conscience, comme dans cette célèbre formule de Rabelais : « Science sans conscience n'est que ruine de l'âme ». CHAPITRE 5 p. 77

13. **Faux.** Durkheim, le père de la sociologie moderne, soutient que notre conscience est modelée par la société. Mais aux yeux de Kant nos devoirs nous sont dictés par la Raison et non par la société. CHAPITRE 2 p. 37

14. **a)** « Le visage est ce qu'on ne peut tuer, ou du moins ce dont le sens consiste à dire : "tu ne tueras point" », écrit Levinas.

15. **b)** Kant voit aussi dans le respect inconditionnel de la personne humaine, l'exigence fondamentale de la morale.

Chapitre 14

L'insconcient

« Le rêve est la voie royale vers l'inconscient. » Freud

FICHE 1 Tout est-il conscient ?

De quoi s'agit-il ?

Au XVIIe siècle, Leibniz s'interroge sur ces « petites perceptions inconscientes » qui agissent à notre insu. Au XIXe siècle, Marx définit la conscience non plus comme source du monde mais au contraire comme produit social historique. Nietzsche aura l'intuition d'une force intérieure totalement séparée de la conscience. Mais c'est Freud qui démontre qu'une puissance obscure commande nos actes : il existe une activité psychique indépendante de la conscience et bien plus puissante qu'elle. Ce déterminisme psychique détrône la conscience.

1 La fragilité du « connais-toi toi-même » socratique

- Pendant longtemps la psychologie fut une branche de la philosophie : elle identifiait la conscience avec la totalité du **psychisme**. Cela signifiait que tout était toujours accessible à la conscience si je le voulais. On pouvait se connaître soi-même, comme nous le conseillait Socrate. Et se connaître, c'était savoir **se maîtriser**. En quelque sorte, si je voulais, je pouvais.
- Certes, Socrate reconnaît que tous les hommes, mêmes les plus sages, ont en eux « une espèce de **désirs** terrible, sauvage et déréglée » que la Raison peut dominer mais sans les détruire complètement. Ces faits terribles que l'homme est capable d'accomplir, comme le meurtre, le viol, l'inceste et tous les actes de barbarie, constituent alors des avertissements tonitruants, des limites à ne jamais franchir pour se conduire en humain vraiment humain qui contrôle ces désirs sauvages. Socrate nous demande d'être en **perpétuel éveil**, vigilant en permanence. La conscience demeure fragile. Que cache cette fragilité ? Qu'est-ce qui nous fait agir ?

2 Désir et histoire produisent la conscience

1. Spinoza : nous n'avons pas conscience des causes qui déterminent nos désirs

- Spinoza remarquait que les hommes se trompent en se croyant libres. C'est d'ailleurs le premier des préjugés dont tous les autres découlent. Pourquoi les hommes se croient-ils libres ? Parce qu'ils ont conscience de leurs actions, de leurs désirs. Pourquoi ne sont-ils pas libres ? Parce qu'ils ignorent les causes par lesquelles ils sont déterminés à vouloir une chose plutôt que telle autre.
- C'est parfois le corps qui nous renseigne le mieux. Le désir n'est pas autre chose que l'appétit accompagné de conscience. **Le désir**, qui est proprement de persévérer dans son être, **est l'essence même de l'homme.** Il définit l'homme avant la conscience.

2. Marx : notre conscience reflète notre réalité économique et sociale

- Si, pour Spinoza, le désir est l'essence de l'homme, la conscience n'est cependant pas altérée par l'histoire. Marx plonge l'homme dans le temps. Il pense que la conscience est un **produit social, historique**. La liberté est elle-même historique. L'histoire de la conscience devient l'histoire de l'émancipation de l'homme dans le monde. La conscience reflète l'idéologie dominante, les modes, les mœurs et les préjugés de l'époque.

3 L'intuition de quelque chose qui échappe à la conscience

1. Leibniz : la théorie des petites perceptions

- **Leibniz** eut le pressentiment génial de l'**inconscience** au sens moderne du terme. Il parle de « petites perceptions inconscientes ». Il prend l'exemple du bruit de la mer : pour que nous entendions ce bruit, il a bien fallu que nous percevions la multitude des vagues qui le compose. Pourtant, nous sommes incapables de distinguer chaque vague de cet ensemble. Nous les avons perçues sans en prendre conscience. Ainsi est notre conscience : **en partie obscure à elle-même.**

Gottfried Wilhelm Leibniz (1646-1716)
Philosophe allemand, esprit universel, « surdoué », puisqu'on dit qu'à l'âge de 15 ans, il maîtrisait toutes les connaissances de son époque, il est à la fois l'héritier et le critique de Descartes. Inventeur, en même temps que Newton, du calcul infinitésimal et du calcul différentiel, il élabore aussi le projet d'une langue universelle fondée sur un calcul formel, une logique. C'est un esprit labyrinthique. Voltaire a caricaturé son optimisme philosophique dans son célèbre *Candide*.
Essais de Théodicée (1710) ; *La Monadologie* (1714).

2. Nietzsche : « Ce dont nous avons conscience, c'est peu de chose ! »

- Nietzsche aura aussi l'intuition que « ce dont nous avons conscience, c'est peu de chose ! ». **L'inconscient**, plus profond, plus inaccessible que la conscience, est bien plus riche et élaboré. Il **enrichit** la vie alors que la conscience la mutile en limitant nos forces instinctives. Mais la conscience est parfois débordée à son insu par cet inconscient. L'homme pense agir en toute conscience et semble conduit par des mobiles qu'il ignore. « Le moi n'est pas maître dans sa propre maison », dira Freud.

3. Freud : « Le moi n'est pas maître dans sa propre maison »

- C'est Freud qui va élaborer ce que certains philosophes avaient subodoré : tel un iceberg, la conscience n'est que la partie visible de l'appareil psychique. L'inconscient n'est plus un degré inférieur de la conscience, une conscience en quelque sorte moins intense, il est **autre** chose que la conscience. **L'hypothèse de l'inconscient** pose que des pensées inconscientes sont efficaces, dynamiques, et qu'une force les maintient à l'écart de la conscience. Cette force est celle du **refoulement**.

Mots-clés
- **déterminisme psychique**
- **produit historique et social**
- **désir**
- **refoulement**

Mots-repères
- **en acte/en puissance** p. 301
- **expliquer/comprendre** p. 304

FICHE 2 La théorie freudienne

De quoi s'agit-il ?

Freud, neurologue autrichien, assiste à Paris, en 1885, aux cours de Charcot qui traite les hystériques par l'hypnose. Revenu à Vienne, il va ouvrir un cabinet et appliquer l'hypnose pour atteindre les couches non conscientes du psychisme de ses malades qui souffrent de maladies psychosomatiques. Il remplace ensuite l'hypnose par d'autres méthodes d'investigation, notamment l'association d'idées. Il va peu à peu élaborer sa théorie de l'inconscient, instance psychique totalement séparée de la conscience.

1 Les représentations de l'inconscient ou topiques

1. La première topique

• **La première topique** (du grec *topos*, lieu), c'est-à-dire la première représentation du lieu où se situe la vie mentale. Dès 1900, **Freud** distingue trois niveaux de la vie mentale :

- **le conscient**, caractérisé par la vigilance. C'est la partie visible de l'iceberg qu'est l'appareil psychique ;
- **le préconscient**, formé par l'ensemble des processus disponibles, provisoirement inconscients, mais accessibles à la conscience ;
- **l'inconscient**, siège des activités psychiques inaccessibles à la conscience, parce que des forces de refoulement s'y opposent. Le sujet repousse les idées ou les images qui représentent les **pulsions** inconscientes.

Sigmund Freud (1856-1939)
Autrichien. « Père » de la psychanalyse, il fonde une nouvelle interprétation du psychisme humain. L'inconscient est décrit comme une instance totalement indépendante de la conscience. La cure psychanalytique consiste à retrouver par la libre association d'images, d'idées, de souvenirs, la source de la névrose, et d'établir un équilibre vivable entre les contraintes sociales de nos désirs.
Cinq leçons sur la psychanalyse (1910) ; *La Science des rêves* (1900) ; *Malaise dans la civilisation* (1930).

2. La deuxième topique

• **La deuxième topique.** À partir de 1920, Freud introduit de nouveaux concepts et élabore une nouvelle conception du psychisme humain :

- **Le Ça** correspond plus ou moins à l'inconscient de la première topique et contient les **pulsions,** tout ce qui est involontaire, spontané, naturel dans les forces qui gouvernent la vie humaine. Le Ça ne connaît ni morale, ni temps.
- **Le Moi** se développe au contact de la réalité extérieure dont il doit tenir compte. Il est volontaire, mais une grande partie de ce moi est inconsciente. Cette découverte est capitale : **il n'y a plus ici d'instance consciente à proprement parler**. On a affaire à une **structure**, c'est-à-dire à quelque chose dont chaque élément n'a de sens que par rapport aux autres. **L'inconscient joue toujours un rôle.**
- **Le Surmoi ou l'idéal du Moi** est issu des rapports de l'enfant avec ses parents et la société. Il représente les **interdits** sociaux intériorisés. S'il est nécessaire à la constitution de l'individu puisqu'il l'intègre dans la société, il est de ce fait la source du refoulement, l'autorité suprême de **censure**.

• Ainsi le **Moi**, coincé entre le Ça, régi par le **principe de plaisir**, et le Surmoi, régi par **le principe de réalité**, est dans une situation inconfortable. Il lui faut sans cesse trouver des compromis. Lorsque les conflits deviennent insolubles, les névroses et les troubles psychosomatiques surgissent.

2 Les pulsions et les masques de l'inconscient

• Une pulsion est une **manifestation de l'inconscient** qui pousse l'individu à agir pour supprimer un état de tension organique. Freud considère que deux pulsions essentielles nous déterminent :

- les pulsions d'**auto-conservation,** comme la faim, et les pulsions **de vie** comme les pulsions sexuelles ou **libido.** Ce sont ces dernières auxquelles la conscience s'oppose parce qu'elles sont anarchiques, excessives et refusent de prendre en compte la réalité. Seul compte **le plaisir**, la satisfaction immédiate ;
- les pulsions **de mort** tendent à l'autodestruction, à l'agressivité et représentent une menace pour la civilisation.

• Toutes les pulsions insatisfaites, les désirs refoulés, censurés par la conscience, arrivent pourtant à s'exprimer indirectement sous formes symboliques, sous des déguisements.

• **Le rêve** est la « voie royale » de l'inconscient qui s'avance **masqué**. Les lapsus et les actes manqués sont des subterfuges par lesquels se manifeste également l'inconscient.

3 Les apports de la psychanalyse freudienne

Découvrir la psychanalyse

• Freud a bouleversé l'idée que l'homme se faisait de lui-même et de sa situation dans le monde. Après la révolution de Copernic – qui démontre que la terre n'est pas le centre de l'univers –, après celle de Darwin – qui « réduit à rien les prétentions de l'homme à une place privilégiée dans l'ordre de la création » –, la psychanalyse fait subir à l'homme une troisième humiliation : **l'homme n'est pas un sujet régi par la seule conscience, son autonomie est une illusion.**

• La frontière entre le normal et le pathologique devient floue. L'homme n'est pas maître de son monde intérieur qui échappe à la conscience. Mais tout est sens, tout signifie. **Tout acte humain a un sens.**

Mots-clés
- inconscient
- pulsion
- Surmoi
- censure
- Ça
- structure

Mots-repères
- expliquer/comprendre p. 304
- ressemblance/analogie p. 310

FICHE 3

Le refus de l'insconcient

De quoi s'agit-il ?

La conscience est tout le psychisme, affirment Alain et Sartre. Il n'existe pas de force inconsciente qui agirait en dehors de la conscience et irait jusqu'à la maîtriser. En dignes héritiers de Descartes, ces deux philosophes mettent la Raison, la pensée, le *cogito*, au centre de l'action humaine. L'homme est rationnel et responsable. Ils s'opposent ainsi à la psychanalyse qui fait de l'homme le jouet de ses pulsions. Pourtant, l'hypothèse de l'inconscient ne rend pas l'homme irresponsable. Les nouvelles sciences cognitives s'interrogent sur la formalisation de nos décisions et comportements.

1 L'inconscient est un renoncement à soi

- **Alain** s'oppose radicalement à Freud. L'existence d'un inconscient échappant totalement à la conscience est une absurdité. En effet, comment rendre conscient quelque chose qui ne l'est pas déjà un peu ? Il n'y a pas, comme le pense Freud, un autre moi appelé inconscient, une autre instance psychique séparée de la conscience.

- « Penser, dit Alain, c'est peser ce qui vient à l'esprit, suspendre son jugement, se contrôler soi-même et ne pas se complaire. » Pour ce philosophe de la liberté, la Raison est capable de maîtriser les désordres du corps comme les passions.

- D'ailleurs, **l'inconscient c'est le corps,** c'est-à-dire quelque chose de physiologique, de nerveux. On idolâtre le corps en juxtaposant un second moi au moi conscient. « L'homme est obscur à lui-même » mais, comme pour Descartes, la conscience est l'essence de l'homme. Renoncer à la conscience, c'est renoncer à soi, renoncer à la liberté.

Alain, de son vrai nom **Émile Chartier** (1868-1951)

Philosophe français. Professeur au lycée Henri IV, remarquable pédagogue, il veut que la philosophie retrouve sa valeur d'éthique. Comparé à Socrate par sa faculté à interroger, il cherche par la Raison à sauver l'homme de ses passions, de ses préjugés. Il refuse la notion d'inconscient freudien.

Propos (1906-1935).

2 L'inconscient est un alibi de la conscience

1. Sartre : l'inconscient, c'est de la mauvaise foi

- La conscience est un « éclatement », un pur jaillissement. Elle est toujours, nous l'avons vu, conscience de quelque chose, intentionnalité. La conscience qui refoule doit connaître ce qu'elle refoule pour le censurer. Le refoulé est donc connu par la conscience, il n'y a pas d'inconscient au sens freudien.

- L'inconscient est alors, dit Sartre, de la **mauvaise foi**, un mensonge à soi où l'on se trompe soi-même : « La mauvaise foi a [...] en apparence la structure du mensonge. Seulement, ce qui change tout, c'est que, dans la mauvaise foi, c'est à moi-même que je masque la vérité. » L'homme écarte ce qui le dérange. L'être humain ne peut jamais coïncider avec lui-même, il existe une distance, un décalage, une **inauthenticité** entre ce que je vis et la représentation que j'ai de ce vécu. C'est aussi pourquoi chaque expérience humaine est unique.

2. L'homme est libre et responsable de ses actes : il sait ce qu'il fait

- **Exister et être libre sont indissociables :** « L'homme naît libre, responsable et sans excuse. » Il n'y a aucune place pour un inconscient autonome qui existerait en dehors de la conscience. Et comme Alain, il affirme : « l'homme qui refuse la conscience, refuse sa liberté ».

3 L'hypothèse de l'inconscient n'annihile ni la liberté ni la responsabilité

- La découverte de l'inconscient a pu donner à croire qu'il nous fallait renoncer à la l'idéal de la sagesse et de la maîtrise de soi : les Anciens pouvaient se donner comme objectif d'apprendre à connaître et à **maîtriser les désirs et les passions** qui gouvernent communément les hommes (désirs insatiables de gloire ou de richesses, par exemple). Mais comment pourrait-on contrôler les **pulsions** obscures qui peuplent les profondeurs de l'inconscient ?
- En réalité, ni Freud ni aucun psychanalyste n'affirment une quelconque fatalité dans la vie de l'être humain. Leur démarche reste **éthique** et se manifeste dans l'objectif essentiel de leur pratique : rendre au sujet la possession de lui-même, lui faire comprendre ce qui se joue en lui à son insu pour le libérer. Comme l'écrit P. Ricoeur, « l'analyste est l'accoucheur de la liberté ».
- **La psychanalyse est une tentative de connaissance pour rendre sa responsabilité au sujet.** Le moi n'est pas maître dans sa propre maison. Mais cela ne signifie pas qu'il doive renoncer à le devenir : « Là où le Ça est, le Moi doit advenir », écrit Freud. La psychanalyse (comme thérapie) doit, en effet, permettre au sujet de prendre conscience de ce qu'il refoule, de s'en libérer et de parvenir ainsi à la maîtrise de lui-même. Ainsi, loin d'invalider l'idéal antique de la sagesse et de la maîtrise de soi, la psychanalyse en indiquerait au contraire le chemin.
- Si l'inconscient est un Autre qui parle en moi, me surprend, m'angoisse, ce que Lacan résume dans sa fameuse formule : **« ça parle »**, cela signifie qu'il est « structuré comme un langage » dont il me faut tenter de comprendre le sens.

Mots-clés
- **mauvaise foi**
- **inauthenticité**
- **« ça parle »**

Mots-repères
- **absolu/relatif** p. 300
- **médiat/immédiat** p. 308

> L'inconscient

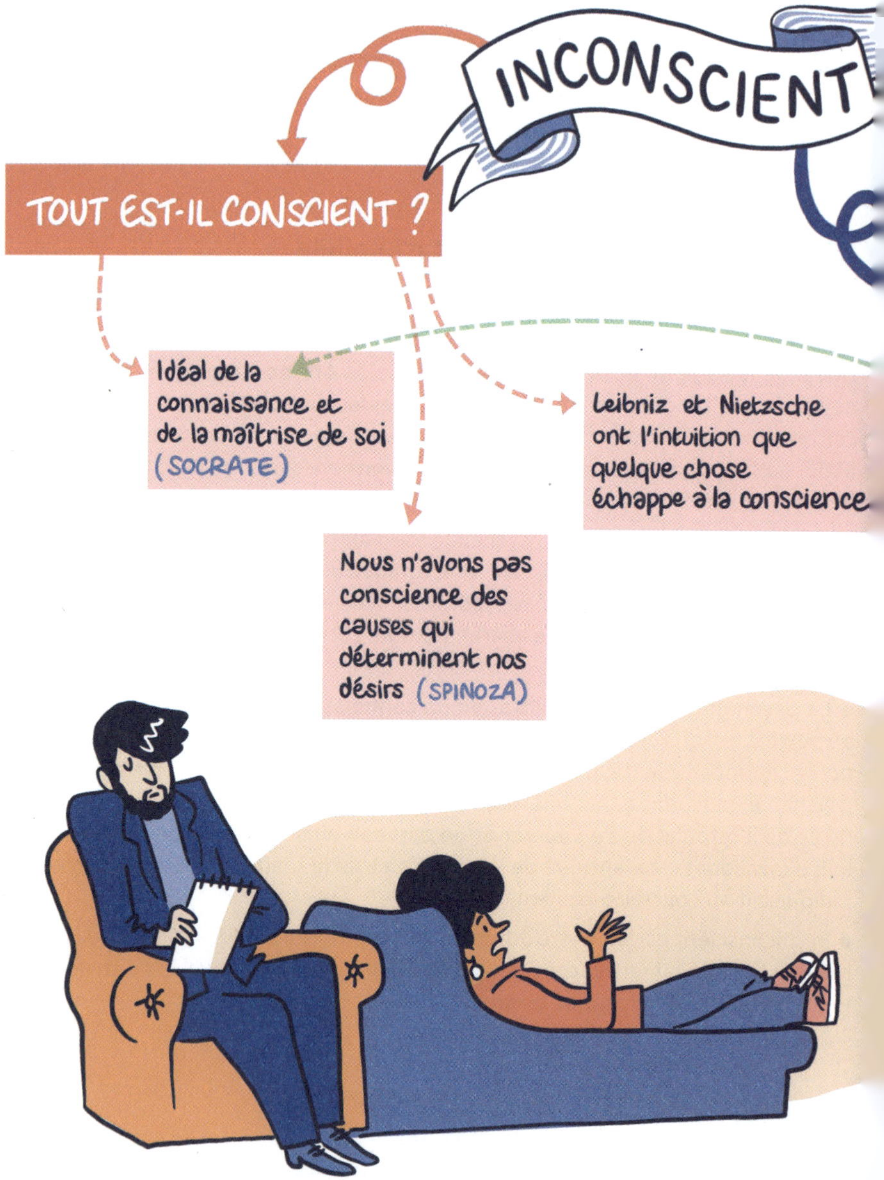

CARTE MENTALE

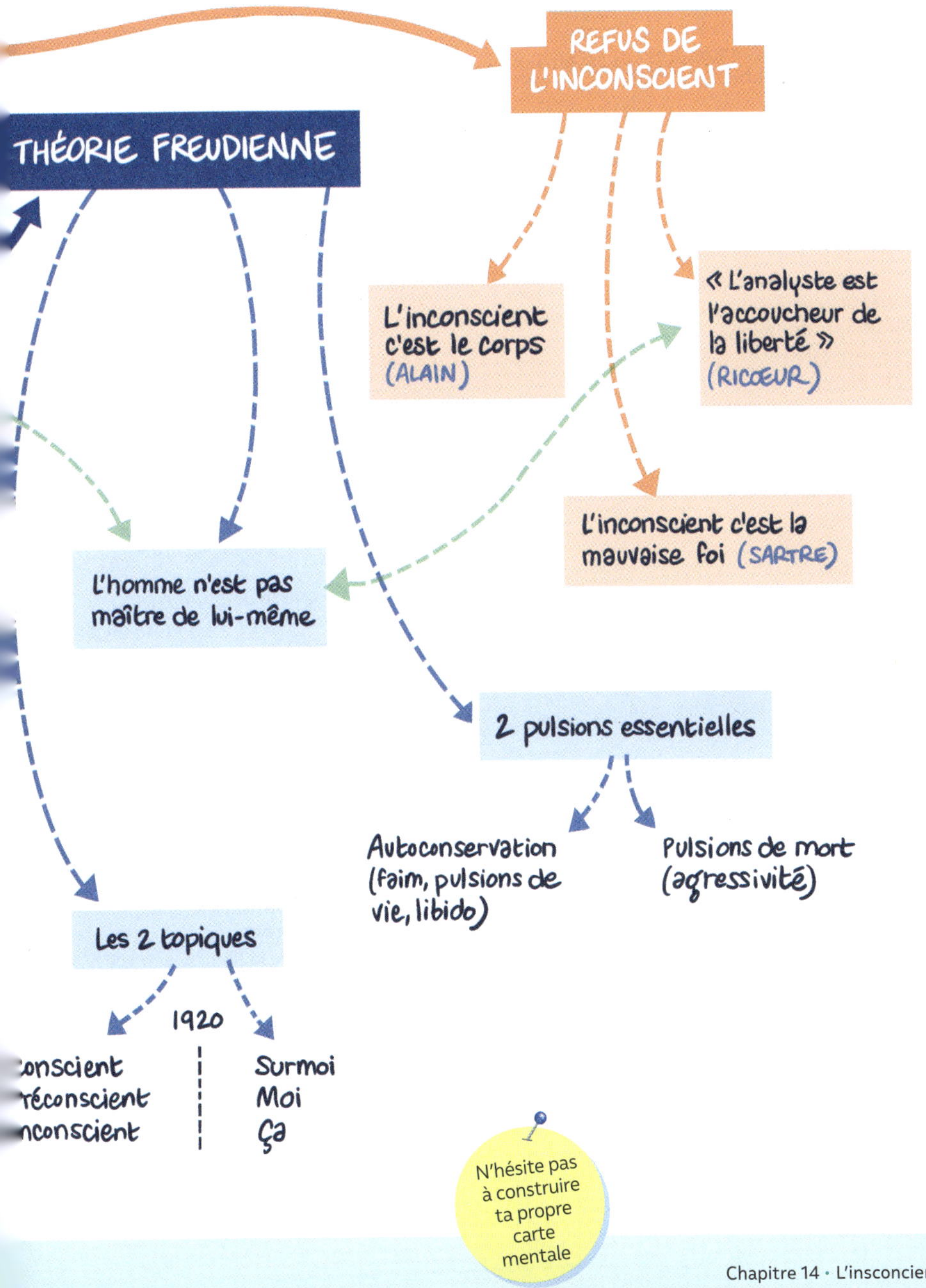

Fiche test *Je fais le point*

QCM

10 min

◯ À revoir
◯ Acquis

Pour chaque question, déterminer la ou les bonnes réponses.
Chaque question peut rapporter jusqu'à un point, un demi-point dans le cas d'une erreur et aucun point dans le cas de deux erreurs ou plus.

1 La notion d'inconscient est aussi ancienne que la philosophie.
◯ Vrai
◯ Faux

2 *Psychisme* est synonyme de conscience.
◯ Vrai
◯ Faux

3 « Connais-toi toi-même. » Quel philosophe a adopté cette devise inscrite au frontispice du temple de Delphes ?
◯ a. Aristote
◯ b. Platon
◯ c. Socrate

4 Qui a dit : « le moi n'est même pas maître dans sa propre maison » ?
◯ a. Freud
◯ b. Alain
◯ c. Sartre

5 Spinoza soutient que :
◯ a. nous sommes gouvernés par des désirs inconscients.
◯ b. nous n'avons pas conscience des causes qui déterminent nos désirs.

6 À qui doit-on la théorie des petites perceptions ?
◯ a. Descartes
◯ b. Leibniz
◯ c. Freud

7 « Ce dont nous avons conscience, que c'est peu de chose ! » Qui est l'auteur de cette affirmation ?
◯ a. Leibniz
◯ b. Nietzsche
◯ c. Freud

8 Freud conçoit l'inconscient comme un degré inférieur de la conscience, c'est-à-dire une conscience moins intense.
◯ Vrai
◯ Faux

9 Par quel terme Freud désigne-t-il l'ensemble des interdits sociaux intériorisés ?
◯ a. Surmoi
◯ b. Moi
◯ c. Ça

10 Complétez cette affirmation de Freud : « Le rêve est ... »
◯ a. « la réalité de demain. »
◯ b. « le moyen le plus sûr de tenir les hommes endormis. »
◯ c. « la voie royale vers l'inconscient. »

11 Freud compare l'invention de la psychanalyse à la révolution copernicienne et à la théorie de l'évolution. Pourquoi ?
◯ a. Parce que la psychanalyse a suscité de nombreuses réactions de rejet
◯ b. Parce qu'elle a humilié l'homme

12 Alain estime que la découverte de l'inconscient a soulagé l'humanité du poids de la culpabilité.
◯ Vrai
◯ Faux

13 Quel philosophe réduit l'inconscient à la mauvaise foi ?
◯ a. Alain
◯ b. Sartre
◯ c. Ricœur

14 Complétez cette affirmation de Paul Ricœur : « L'analyste est ... »
◯ a. « le fossoyeur de la liberté. »
◯ b. « l'accoucheur de la liberté. »

15 « Ça parle ! » Qui est l'auteur de cette formule à première vue énigmatique ?
◯ a. Nietzsche
◯ b. Freud
◯ c. Lacan

SCORE : ____ / 15

Comment réussir une bonne explication de texte philosophique ?

MÉTHODE

- **Écouter la pensée d'un auteur :**
L'explication de texte est un exercice d'humilité. Il s'agit de se mettre à l'écoute d'une pensée, de la comprendre et de lui rendre justice. Nous sommes naturellement plus enclins à discuter, à critiquer et à réfuter, qu'à écouter et à comprendre. Expliquer un texte suppose qu'on fasse taire d'une certaine façon ses propres pensées pour faire place à celles d'un autre. C'est en ce sens un exercice très différent de la dissertation.

- **Développer :**
« Expliquer » est un synonyme de « développer ». À l'évidence, l'explication doit donc être plus longue, et même beaucoup plus longue que le texte lui-même. Chaque phrase doit être analysée.

- **Éviter la paraphrase :**
Expliquer, ce n'est pas simplement répéter ou paraphraser. Il s'agit de comprendre le raisonnement de l'auteur de manière précise et détaillée : que dit-il exactement et pourquoi le dit-il ?

- **Ne pas faire de contresens :**
Le contresens est l'erreur la plus lourde : comprendre autre chose, voire comprendre le contraire de ce qu'il fallait comprendre. Soyez attentif et n'oubliez pas que les philosophes soutiennent souvent des thèses paradoxales. Par exemple, Kant affirme que « le beau plaît universellement ».

- **Éviter les digressions et le « recouvrement » :**
Il s'agit d'éclairer le texte, pas de parler d'autre chose. Il faut dévoiler le sens du texte, non le recouvrir. Par exemple, vos connaissances sur le sujet ne doivent pas être exposées pour elles-mêmes, mais seulement dans la mesure où elles peuvent éclairer les propos de l'auteur. Retenez cette formule : « expliquer le texte, tout le texte et rien que le texte ».

- **Exploiter ses connaissances pour développer**
Le texte, comme le sujet de dissertation porte sur des notions au programme, comme la vérité ou la liberté. Il est bien entendu utile de se souvenir de son cours, pour mieux comprendre le sens que prennent ces termes dans le texte. Il ne s'agit pourtant pas de réciter un cours, ni sur les notions évoquées, ni sur l'auteur. La connaissance de la doctrine de l'auteur n'est pas requise. Cela signifie qu'on ne peut exiger que vous la connaissiez et que le texte peut se comprendre (en principe) sans elle. Cela ne signifie pas cependant que la connaissance de la pensée de l'auteur ne puisse pas être mise à profit pour éclairer le texte.

Corrigés *Je fais le point*

1. **Faux.** La psychologie qui était autrefois une branche de la philosophie a longtemps identifié psychisme et conscience. Ainsi pour Descartes au XVIIe siècle, toute pensée est consciente par définition : « Par le mot de penser, j'entends tout ce qui se fait en nous de telle sorte que nous l'apercevons immédiatement par nous-mêmes », écrit-il.

2. **Faux.** C'est du moins ce qui est communément admis de nos jours sous l'influence de Freud et de la psychanalyse. Des philosophes comme Alain ou Sartre remettent pourtant en cause l'existence d'un inconscient psychique.

3. c) Socrate.

4. a) Si le moi n'est pas maître dans sa propre maison, peut-il espérer le devenir, au moins en peu, grâce à la psychanalyse ? L'hypothèse de l'inconscient discrédite-t-elle l'idéal antique de la sagesse et de la maîtrise de soi ? CHAPITRE 7 p. 103

5. b) C'est parce qu'il n'a pas conscience des causes qui déterminent ses désirs que l'homme a l'illusion d'être libre, soutient Spinoza. CHAPITRE 15 p. 217

6. b) Leibniz note dès le XVIIe siècle que certaines perceptions sont trop faibles pour être conscientes. C'est ce qu'il appelle des perceptions sans aperception (ce que l'on perçoit sans s'en apercevoir).

7. b) Nietzsche a donc eu avant Freud l'intuition de l'inconscient.

8. **Faux.** L'inconscient freudien n'est pas un degré inférieur de la conscience, il est autre chose que la conscience.

9. a) Le Surmoi est en quelque sorte notre gendarme intérieur.

10. c) Le rêve est comme une fenêtre ouverte sur l'inconscient. Le rêve exprime de manière symbolique des désirs inconscients refoulés. Il doit être interprété pour révéler son sens caché, tout comme les actes manqués et les symptômes névrotiques.

11. a) et b) La découverte de l'inconscient humilie l'homme : nous ignorons le plus souvent les mobiles cachés qui nous font agir. Nous « sommes agis » plus que nous n'agissons de manière libre, consciente et volontaire. Or nous rejetons les idées qui nous déplaisent...

12. **Faux.** Alain voit dans l'inconscient une excuse facile.

13. b) Sartre estime en effet que nous ne pouvons pas ne pas connaître ce que nous voulons ignorer de nous-même. À ses yeux, aucune pensée, aucun désir ne sont enfouis dans un inconscient profond.

14. b) La cure analytique permettrait en effet de connaître, et dans une certaine mesure de maîtriser, nos désirs refoulés, au lieu de les subir.

15. c) « L'inconscient est structuré comme un langage », écrit Lacan. L'inconscient est comme quelque chose qui parle en moi.

Chapitre 15

La liberté

« Aime et fait ce que tu voudras. » Saint-Augustin

FICHE 1 Seul l'homme est libre

De quoi s'agit-il ?

La liberté est-elle absence de contraintes, acte de désobéissance, choix raisonné et raisonnable ? Qu'il s'agisse de la libre expression du moi ou d'une conquête sociale, seul l'homme a conscience de sa liberté.

1 La liberté comme spontanéité de l'agir

1. La liberté définie comme absence de contraintes

- En latin, *liber* signifie libre, sans entraves, sans chaînes, par opposition à *servus*, esclave. *Libertas* désignait l'état juridique de l'homme libre par opposition à la condition d'esclave. L'homme libre agit à sa guise, il n'a pas de maître. Les Anciens concevaient la liberté dans un contexte historique où l'esclavage allait de soi.

- **La première définition de la liberté est donc l'absence de contraintes**, la liberté de faire ce que l'on veut, à condition d'être un homme libre. Cette définition correspond à celle du sens commun : la liberté est l'absence d'obstacles, tout comme la chute « libre » d'un corps est celle qui ne rencontre pas d'opposition. Dans ce cas, l'animal aussi est libre : il agit spontanément, sans contraintes sociales. Mais c'est confondre instinct et intention, besoin et volonté. L'homme, conscient de sa destinée de mortel, va construire sa vie en faisant des choix et des **projets**.

- **Être libre, est-ce donc faire tout ce que l'on veut ?** C'est la position du sophiste Calliclès, personnage du *Gorgias* de Platon. Individu fougueux, passionné, intempérant, Calliclès représente la nature contre la loi. La seule définition possible de la liberté, c'est l'excès, c'est faire absolument ce que l'on veut, sans aucune contrainte, sans se soucier des autres, ni des conséquences de ses actes. Mais agir ainsi, est-ce vraiment être libre ?

2. Être libre, ce n'est pas faire tout ce que l'on veut ?

- **Le passionné est dépendant de sa passion**. Il n'est donc pas libre puisqu'il agit par rapport à elle. La liberté n'est pas l'assouvissement de tous les désirs ni le rejet de toute autorité. Ce que Calliclès oublie, **c'est que vivre sans contraintes, c'est vivre seul**. En effet, toute société est régie par des lois, donc par des restrictions, des compromis, parfois même des sacrifices.

- Mais si, comme le dit Aristote, l'homme est par essence un « animal politique », ou si, comme le dit Hegel, pour se savoir humain il faut au moins être deux, il est impossible de vivre seul. Bien sûr, il est possible de se retirer du monde, mais sauf à vivre entièrement seul en ermite, on ne peut pas faire tout ce que l'on veut : **la loi nous rattrape toujours**. Et n'oublions pas que nous sommes aussi soumis à notre corps qui ne nous obéit pas toujours.

3. Liberté et désobéissance

- On peut alors se demander si la liberté n'est pas la **désobéissance,** la transgression de la loi. Certains, comme les anarchistes, affirment l'indivisibilité de la liberté : une seule contrainte suffit à l'anéantir tout entière. On n'est pas plus ou moins libre : on est totalement libre ou on ne l'est pas. L'acte libre par excellence est donc la transgression. Bakounine considère la désobéissance d'Adam et Ève comme « le premier acte de l'humaine liberté ».

2 La liberté comme libre arbitre

1. Le libre arbitre est le pouvoir de faire ou de ne pas faire quelque chose

- **Définir la liberté comme absence de contrainte, c'est en donner une définition factuelle**, c'est-à-dire une liberté qui se réfère à l'action, à l'expérience. Cette liberté ne peut donc pas être totale dès lors que nous vivons en société. Cela signifie-t-il que la liberté n'existe pas ? **Le libre arbitre**, « puissance que nous avons de faire ou de ne pas faire quelque chose », comme le définit Bossuet, consiste en ce pouvoir d'agir ou de ne pas agir. La volonté infinie de l'homme, souligne Descartes, est la faculté de se déterminer uniquement par soi-même : le libre arbitre est véritablement la liberté. **Se déterminer uniquement par soi-même**, c'est accorder sa volonté et son action. Nous faisons chaque jour l'expérience de ce « sentiment vif interne », de cette liberté infinie. Nous pouvons à tout moment accepter ou refuser de faire quelque chose. Nous pouvons même refuser de choisir. Pour Descartes, ce refus est là encore le signe de notre liberté infinie. Cette **liberté d'indifférence** est le plus bas degré de la liberté, mais elle est liberté.

2. Sartre : « L'homme est ce qu'il se fait »

- La liberté est donc **la condition initiale de l'homme**, pense **Sartre**. L'homme n'est pas défini par une essence préétablie, il est libre de se faire, il est **projet**. L'obstacle stimule notre liberté parce qu'il nous met en situation de devoir choisir. C'est pourquoi Sartre peut écrire que « nous n'avons jamais été aussi libres que sous l'occupation allemande ». Volonté et liberté deviennent synonymes. On choisit sans la contrainte d'aucune force extérieure et en connaissant les conséquences de son choix. La liberté sartrienne s'oppose à la contrainte, mais aussi au déterminisme.

Jean-Paul Sartre (1905-1980)
L'existence est une immensité injustifiable dans laquelle je suis pris et qui me donne la nausée, comme chez Roquentin, le personnage de *La Nausée*, lorsqu'il éprouve l'absurdité de l'existence. Jetés dans l'existence, nous sommes sans justification. Chacun de nous doit alors se faire, car « l'existence précède l'essence », c'est-à-dire que rien n'est déterminé à l'avance : « Sois ce que tu veux devenir ». L'homme est un projet, toujours à réaliser. La vie n'a pas de sens, à chacun de lui en donner un : il n'y a ni nature humaine, ni inconscient qui peuvent justifier mes actions. C'est pourquoi, entièrement responsable de mon destin, j'expérimente la liberté dans l'angoisse.

Mots-clés
- **libre arbitre**
- **projet**
- **liberté d'indifférence**

Mots-repères
- **absolu/relatif** p. 300
- **idéal/réel** p. 306

FICHE 2 Liberté et Raison

De quoi s'agit-il ?

Pour être libre, faut-il n'être soumis à rien ni à personne ? Est-elle le contraire de l'obéissance ? Pour Kant comme pour bien des philosophes, la liberté consiste paradoxalement à obéir à la Raison.

1 Les limites du libre arbitre

- Définir la liberté comme un état de non-contrainte, de non-obstacle, c'est en donner une définition négative. C'est dire ce qu'elle n'est pas, mais jamais ce qu'elle est. Du coup, on ne connaît pas le contenu d'une telle liberté. Une coïncidence entre le désir intérieur et une extériorité sans résistance se réalise rarement dans les faits. **L'homme est contraint** par la nature (il est soumis au déterminisme de la nature) ; par la société et l'État (qui détient le monopole légitime de la contrainte) ; par autrui (la limite de ma liberté est la liberté de l'autre) ; par lui-même (l'inconscient).
- Il faut distinguer **liberté de fait** qui consiste à faire ce qui plaît, et **liberté de droit**. Cette dernière détermine nos limites et privilégie la place de la Raison, la maîtrise de soi. Je suis libre quand je suis délivré de l'erreur, de tout ce qui entrave la connaissance de soi, comme les préjugés, les passions. Être libre, c'est d'abord **être libéré**, et cette **libération** est le résultat de cette **conquête de soi par soi**.

2 Liberté et Raison, une exigence morale intérieure

1. Épictète : notre jugement ne dépend que de nous

- Épictète souligne que l'homme est libre parce que **nul ne peut le contraindre moralement.** Si j'obéis par crainte, c'est parce que, intérieurement, j'y suis assujetti, c'est-à-dire qu'auparavant j'ai consenti à la crainte, en jugeant qu'il valait mieux obéir. Comme **le jugement dépend de nous**, nous ne sommes jamais contraints que par nous-mêmes. Il n'y a pas de liberté sans connaissance. Descartes reprendra cette idée : **plus on connaît, plus on est libre**.

2. Kant : la liberté est autonomie

Réviser la morale de Kant

- Selon Kant, **l'homme est soumis aux lois naturelles** (comme la loi de la gravitation des corps), et en ce sens il n'est pas libre. En revanche, en tant que sujet doué de raison, il est libre de décréter les lois auxquelles il obéira. Ainsi, la loi morale n'est pas une loi extérieure à laquelle on se soumet, mais une loi que l'homme, en tant qu'être raisonnable, s'impose à lui-même. C'est en ce sens que **la liberté kantienne est autonomie**. La loi morale, loin de nier la liberté, la postule. Dès lors, être libre, c'est accomplir son devoir par devoir, c'est-à-dire agir toujours de telle sorte que mon action puisse servir d'exemple à autrui. La Raison rend l'homme libre et responsable.

3 Liberté et Raison, la nécessité bien comprise

1. L'illusion de la liberté naît de l'ignorance des causes qui nous déterminent

• **Spinoza** s'oppose à l'opinion commune. Il considère que **l'homme n'est pas « un empire dans un empire »**, mais qu'il fait partie intégrante de la nature, et à ce titre lui obéit. Comme une pierre qui, ayant conscience de son mouvement, se croirait libre, l'homme s'illusionne sur sa liberté quand il ignore les causes qui le déterminent.

2. La vraie liberté : comprendre et accepter la nécessité

• Faire acte d'allégeance envers la nature, c'est **acquiescer à la nécessité** qui règne, et c'est là la liberté authentique. Dès lors, plus l'homme se soumettra à cette nécessité, plus il fera acte de raison et connaîtra l'ordre profond de toutes choses. Spinoza identifie **liberté et nécessité.** La liberté n'est donc pas le pouvoir de faire ou de ne pas faire quelque chose : la sagesse ne réside pas dans la volonté de transformer le monde. L'homme sera libre s'il laisse parler en lui sa nature rationnelle et comprend que tout ce qui arrive est le résultat de la nécessité. Ainsi la science, en dévoilant progressivement les lois de la nature, nous rend aptes à les utiliser et à accroître du même coup notre liberté.

Comprendre la thèse déterministe

Baruch Spinoza (1632-1677)
Ce philosophe a une conception très originale de la liberté et rompt ainsi avec toute la tradition classique qui associe liberté et volonté. La liberté n'est pas le pouvoir de choisir entre des possibles mais la compréhension et l'acceptation de la nécessité.

4 La liberté est un leurre

• La conception de Nietzsche est un prélude à celle de Freud. La volonté ne se situe pas au début du choix, mais à la fin : elle est un **aboutissement.** En fait, la volonté est la victoire d'une pulsion sur les autres pulsions. Vouloir, c'est sentir le triomphe d'une force qui s'impose à nous à notre insu. Nous appelons volonté, choix, ce qui nous détermine sans que nous en ayons conscience. L'illusion suprême consiste à identifier ce sentiment à la causalité libre.

• Nietzsche se demande alors pourquoi la métaphysique a postulé l'existence d'une volonté libre. La plupart des philosophes raisonnent comme les métaphysiciens : ils postulent à la fois la bonté infinie de Dieu et l'existence du mal. Comment comprendre l'existence d'un Dieu bon et l'existence du mal ? En « inventant » un sujet libre, c'est-à-dire entièrement responsable de la méchanceté et du mal. La liberté est, pour Nietzsche, une **duperie**.

Mots-clés
- **nécessité**
- **autonomie**
- **libre arbitre**
- **libération**

Mots-repères
- **absolu/relatif** p. 300
- **idéal/réel** p. 306
- **en fait/en droit** p. 304

FICHE 3 Liberté et responsabilité

De quoi s'agit-il ?

L'homme est entièrement libre et responsable de ses actes. En tant que « projet » de lui-même, il choisit entièrement sa vie. La liberté est une conquête permanente.

1 Le postulat de la liberté

1. Le stoïcisme : une philosophie de la résignation ?

• Pour le stoïcien Épictète, c'est folie de vouloir que les choses arrivent comme nous les avons pensées. Les désirs téméraires ne sont que caprice et fantaisie. La liberté « consiste à vouloir que les choses arrivent non comme il te plaît, mais comme elles arrivent ». Si le libre arbitre est une illusion, comment faire pour combattre certaines situations d'injustice, d'inégalité ? Si être libre, c'est dire oui à la nécessité, n'est-ce pas se résigner ? Or, la résignation n'est-elle pas la voie qui mène à l'indifférence ? Dès lors, nous voyons que si les stoïciens sont philosophiquement pertinents dans leurs critiques du libre arbitre, leur définition de la liberté ne peut longtemps nous satisfaire. C'est qu'au fond, il est difficile de dissocier **liberté intérieure du sujet et liberté extérieure du citoyen**. Il est peut-être un devoir de liberté qu'il faut exercer pour nos semblables, malgré le déterminisme auquel nous sommes soumis. Bref, il faut postuler que nous sommes libres.

2. La morale suppose la liberté

Comprendre l'hypothèse de Kant

• La liberté est un postulat nécessaire pour fonder la morale. Pour Kant, **la loi morale est inscrite en chaque homme**, quelles que soient les formes qu'elle peut revêtir à travers les civilisations. Devoir et **responsabilité** sont des exigences qui s'imposent à tous, du seul fait que tout homme est un être doué de raison. Mais la morale n'a de sens qu'à partir du moment où l'homme est libre de choisir. La liberté kantienne est une **vérité de raison**, non une vérité de fait. On ne peut pas prouver la liberté puisqu'elle n'est pas un fait empirique comme la gravitation. On ne peut que **postuler** la liberté.

2 L'homme est entièrement libre et responsable

• Pour Sartre, l'être de l'homme se confond avec son « être libre ». Rien ne nous détermine, nous sommes tout choix, malgré notre passé (que nous pouvons toujours refuser ou accepter) ou notre « situation » (que nous pouvons assumer ou doter d'un sens qui nous convient). Notre liberté est **totale**, nous rendant ainsi totalement responsables.

• En tant que conscience, l'homme est donc fondamentalement **projet**, tension vers l'avenir. Il se fait lui-même par ses choix et ses actes, il s'invente ; l'homme est **désir de liberté**.

3 La liberté est inaliénable

• La liberté est l'essence même de l'homme. Y renoncer, dit **Rousseau**, **« c'est renoncer à sa qualité d'homme »**. L'homme ne renonce pas à sa liberté en passant de l'état naturel à l'état civil, il l'échange contre une liberté qui repose sur l'obligation de soumettre la volonté particulière à la volonté générale qui doit en tenir compte. C'est pourquoi on n'échange pas sa liberté pour plus de sécurité (comme chez Hobbes). Les théories qui proposent d'assurer la sécurité contre moins de liberté avilissent l'homme, le dégradent, et le transforment en instrument privé de toute moralité : « Les esclaves perdent tout dans leurs fers, jusqu'au désir d'en sortir ; ils aiment leur servitude comme les compagnons d'Ulysse aimaient leur abrutissement ». Rousseau nous met en garde contre toutes les formes de servitude volontaire, comme l'avait déjà fait La Boétie.

Jean-Jacques Rousseau (1712-1778)

« L'homme est né libre, et partout il est dans les fers. » Le remède à cet état de fait est le contrat social par lequel chacun s'engage à respecter la volonté générale qui s'exprime dans la loi votée par tous et applicable à tous.

« Le peuple soumis aux lois doit en être l'auteur. »

4 La liberté n'est jamais définitivement acquise

• On sait que derrière la formule de « l'intérêt général » se mêlent souci de l'ordre public, considérations économiques, etc. Pourquoi pénaliser la drogue et pas l'alcool, par exemple ? Chaque société essaie de préserver **les fondements immatériels** du **lien social** et d'interdire la transgression de certaines valeurs. Il est évident que les limites sont ici délicates à tracer.

• **Dès sa naissance, la liberté de l'homme est donc menacée** : le fait de vivre en société est la première menace. Viennent ensuite les conditionnements de toutes sortes : famille, école, travail, etc. Toute société exerce donc sur l'individu un « terrorisme naturel », selon l'expression de R. Caratini. Comme dans *Le Meilleur des mondes* de Huxley, la société idéale élimine presque toujours les individualités qui se font trop remarquer. La liberté n'est jamais un acquis mais une **libération incessante**.

• La liberté est une notion complexe, qui suppose l'activité de la raison en alerte. Qu'on pense qu'elle est le propre de l'homme ou pure illusion, voire tromperie, il faut vivre, affronter des choix. C'est l'un des paradoxes de nos sociétés démocratiques : l'extension des libertés est source **d'angoisse**. Sartre l'avait déjà souligné : « Nous sommes condamnés à être libres ». Il nous faut assumer cette tragique grandeur.

Mots-clés
- **responsabilité**
- **inaliénable**
- **angoisse**

Mots-repères
- **absolu/relatif** p. 300
- **idéal/réel** p. 306
- **en fait/en droit** p. 304

> La liberté

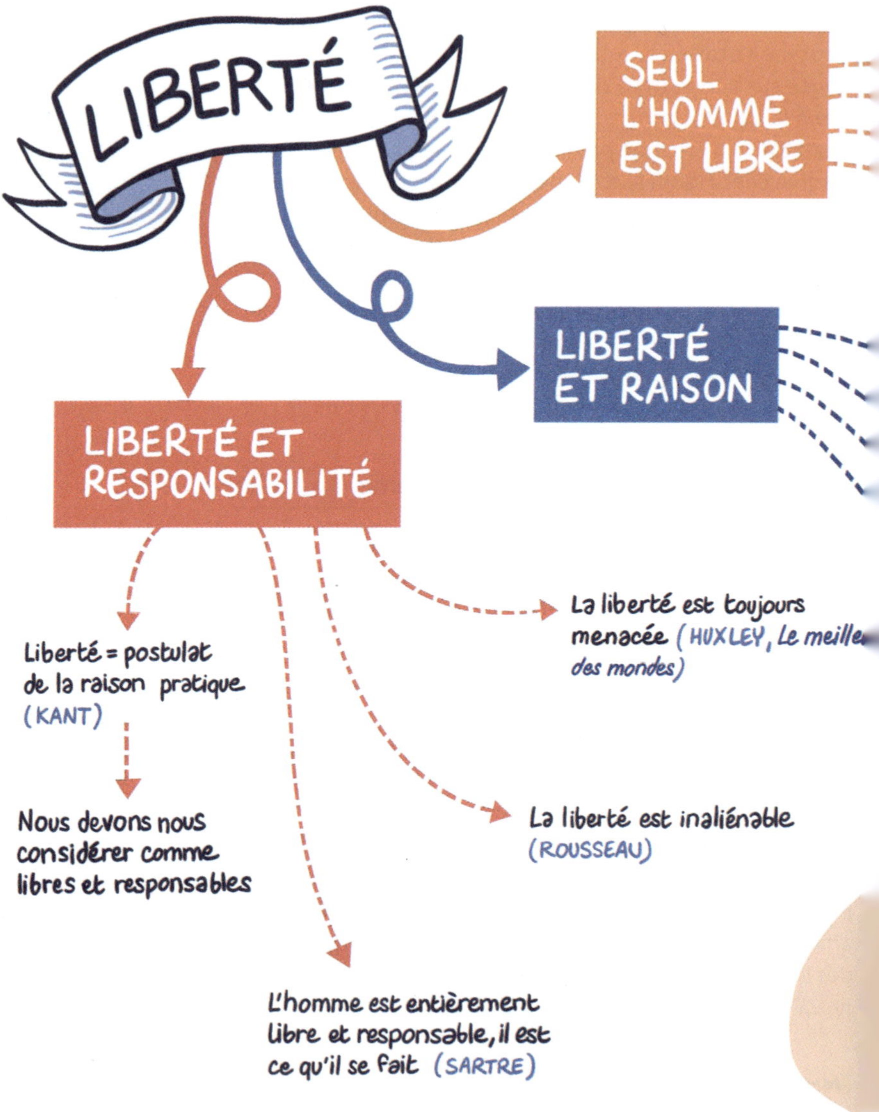
LIBERTÉ
SEUL L'HOMME EST LIBRE
LIBERTÉ ET RAISON
LIBERTÉ ET RESPONSABILITÉ
Liberté = postulat de la raison pratique (KANT)
Nous devons nous considérer comme libres et responsables
L'homme est entièrement libre et responsable, il est ce qu'il se fait (SARTRE)
La liberté est inaliénable (ROUSSEAU)
La liberté est toujours menacée (HUXLEY, *Le meille* *des mondes*)

CARTE MENTALE

Liberté = absence de contraintes (CALLICLÈS)

Liberté ≠ assouvissement de tous les désirs

Toute société est régie par des lois

Liberté = libre arbitre
(BOSSUET, DESCARTES, SARTRE)

Liberté = désobéissance ?
(anarchisme, BAKOUNINE)

Liberté = leurre (NIETZSCHE)

Liberté = compréhension de la nécessité
(SPINOZA)

Liberté = autonomie (KANT)

Liberté de fait / liberté de droit

N'hésite pas à construire ta propre carte mentale

Fiche test *Je fais le point*

QCM

10 min

◯ À revoir
◯ Acquis

Pour chaque question, déterminer la ou les bonnes réponses. Chaque question peut rapporter jusqu'à un point, un demi-point dans le cas d'une erreur et aucun point dans le cas de deux erreurs ou plus.

1 Liberté dérive du latin *libertas*. Ce terme désignait :

◯ a. l'État juridique de l'homme libre par opposition à la condition d'esclave.
◯ b. la puissance associée au pouvoir impérial.

2 Pour ce personnage du *Gorgias* de Platon, la liberté consiste à pouvoir faire tout ce que l'on veut.

◯ a. Gorgias
◯ b. Calliclès
◯ c. Socrate

3 Qui est l'auteur de cette affirmation : « La liberté est indivisible : on ne peut en retrancher une partie sans la tuer toute entière » ?

◯ a. Nietzsche
◯ b. Proudhon
◯ c. Bakounine

4 Bossuet définit le libre arbitre comme « la puissance que nous avons de faire... » :

◯ a. « tout ce que nous voulons sans limites ».
◯ b. « ce que la loi permet ».
◯ c. « ou de ne pas faire quelque chose ».

5 Qui a dit : « Jamais nous n'avons été aussi libres que sous l'occupation allemande » ?

◯ a. Sartre
◯ b. Pétain
◯ c. Céline

6 Épictète soutient que notre liberté intérieure est toute puissante.

◯ Vrai ◯ Faux

7 Kant soutient que la morale entrave notre liberté.

◯ Vrai ◯ Faux

8 Qui a dit : « L'homme n'est pas un empire dans un empire » ?

◯ a. Napoléon
◯ b. Spinoza
◯ c. Montaigne

9 Selon Spinoza la liberté se définit comme :

◯ a. le pouvoir de faire une chose ou non.
◯ b. la compréhension et l'acceptation de la nécessité.

10 Selon Nietzsche, vouloir, c'est sentir le triomphe d'une force qui s'impose à nous à notre insu.

◯ Vrai ◯ Faux

11 Qui soutient que la liberté a été inventée par les théologiens pour rendre l'humanité responsable du mal ?

◯ a. Nietzsche
◯ b. Freud
◯ c. Pascal

12 Kant soutient que la liberté est :

◯ a. une illusion.
◯ b. un postulat.
◯ c. un fardeau.

13 Sartre soutient que nous sommes totalement libres et donc totalement responsables.

◯ Vrai ◯ Faux

14 Qui a dit : « Renoncer à sa liberté, c'est renoncer à sa qualité d'homme » ?

◯ a. Voltaire
◯ b. Robespierre
◯ c. Rousseau

15 Rousseau soutient que se soumettre aux lois revient à renoncer à sa liberté.

◯ Vrai ◯ Faux

SCORE : ____ / 15

Comment réussir une bonne dissertation philosophique ?

MÉTHODE

• Écrire avec logique et clarté

La dissertation est un exercice scolaire qui exacerbe (pousse à un degré élevé) le souci de l'ordre, de la rigueur logique et de la clarté. Apprendre à disserter, c'est donc avant tout, apprendre à écrire avec ordre, logique et clarté. Comme le dit Boileau : « ce qui se conçoit bien s'énonce clairement, et les mots pour le dire arrivent aisément ».

• Penser par soi-même

Écrire une dissertation, ce n'est pas restituer un cours (même bien compris). Ce n'est pas non plus appliquer une méthode sans réfléchir. Disserter, c'est conduire une véritable réflexion sur un sujet. Cela requiert un certain courage : il faut « oser penser ». « *Sapere aude* », littéralement « ose savoir », « ose penser » selon l'interprétation que Kant fait de cette formule, « aie le courage de te servir de ton propre entendement ». C'est aux yeux du philosophe, la devise et l'esprit des Lumières. C'est ce courage intellectuel, cette résolution de penser par soi-même, qui fait les vraies dissertations. Penser par soi-même, c'est-à-dire penser véritablement, permet en effet de donner une unité, une cohérence à la copie. Une bonne dissertation doit avoir un auteur, il faut un sujet au verbe penser (ou un pilote dans l'avion si vous préférez).

• Poser un problème et le résoudre

Écrire une dissertation, ce n'est pas « développer un thème », c'est poser un problème et le résoudre (chacun à sa manière). L'introduction pose le problème, le développement élabore progressivement une solution et la conclusion la résume. Envisagez votre plan de manière dynamique, c'est-à-dire comme un mouvement ou une progression.

• Éviter de se laisser enfermer dans une méthode trop rigide

À la limite, comprendre la nature et l'esprit de la dissertation, pourrait dispenser de toute « méthode ». Certains estiment d'ailleurs, c'est un point de vue que l'on peut comprendre, que chaque sujet appelle une « méthode » qui lui est propre, c'est-à-dire un cheminement intellectuel approprié à ce sujet singulier. Quoiqu'il en soit, procéder avec méthode ne dispense pas de réfléchir et d'adapter les règles générales au cas particulier que constitue chaque sujet.

Les conseils de méthodes doivent vous guider et non enfermer votre pensée dans un carcan, c'est-à-dire dans un cadre trop rigide.

Corrigés *Je fais le point*

1. **a)** L'étymologie suggère donc une définition de la liberté : le pouvoir d'agir conformément à sa volonté. C'est ce qu'on peut appeler la liberté d'action.

2. **b)** Calliclès perçoit les lois comme des conventions contre-nature qui entravent la liberté des plus forts. CHAPITRE 3 p. 49

3. **c)** Michel Bakounine, un anarchiste russe du XIXe siècle, soutient que la loi tue la liberté en la restreignant. CHAPITRE 8 p. 115

4. **c)** Admettre l'existence du libre arbitre, c'est donc, du même coup, admettre la contingence : certaines choses peuvent se produire ou non. REPÈRE contingent/nécessaire p.302

5. **a)** De ce point de vue, l'occupation allemande était une *situation* qui obligeait les Français à exercer leur liberté (au sens du libre arbitre).

6. **Vrai.** Par exemple, si j'obéis par la crainte, c'est que j'ai d'abord consenti à la crainte, estime Épictète.

7. **Faux.** Aux yeux de Kant, agir par devoir, c'est agir librement. Le devoir est une obligation que nous nous donnons librement nous-mêmes et non une contrainte extérieure. REPÈRE obligation/contrainte p.302

8. **b)** Spinoza veut dire par là que l'homme est, comme toutes choses, déterminé à agir par des causes extérieures. Il ne fait pas exception.

9. **b)** Le libre arbitre est une illusion : notre volonté est déterminée par des causes extérieures (comme notre éducation et nos expériences de vie). Ce qui doit arriver (par notre volonté ou indépendamment d'elle) ne peut pas ne pas arriver. Cependant, comprendre et accepter qu'il n'y a pas de scénario alternatif à la réalité constitue une forme de liberté.

10. **Vrai.** Le libre arbitre est donc une illusion pour Nietzsche comme pour Spinoza.

11. **a)** « Les hommes ont été considérés comme "libres" pour pouvoir être jugés et punis, – pour pouvoir être coupables », écrit Nietzsche.

12. **b)** Kant fait de la liberté un « postulat de la raison pratique ». Cela signifie que les notions de responsabilité et d'obligation morales présupposent la liberté. CHAPITRE 2 p. 37

13. **Vrai.** Rien ne nous détermine : ni notre passé, ni notre situation, ni notre prétendue nature. « L'homme est ce qu'il se fait », écrit Sartre. PERSPECTIVE 2 p. 16

14. **c)** Rousseau soutient que la liberté est un bien inaliénable. Cela signifie que nous ne pouvons pas y renoncer pour obtenir l'ordre et la sécurité en échange. CHAPITRE 8 p. 115

15. **Faux.** En entrant en société, l'homme perd sa « liberté naturelle », mais il gagne ce que Rousseau appelle la « liberté civile » qui est à la fois limitée et garantie par la loi.

Chapitre

16 La religion

FICHE 1 Qu'est-ce que la religion ?

De quoi s'agit-il ?

Il n'y a pas de groupe humain sans religion. Le sentiment religieux est lié aux institutions sociales mais aussi au sentiment individuel qui lie le croyant à Dieu. Toute religion a la nostalgie de l'origine, du parfait, et tente de mettre de l'ordre dans le désordre du monde.

1 La triple étymologie

1. Des techniques censées assurer la bienveillance des dieux

• Le philosophe Roger Caillois rappelle que le terme latin *religio* désignait des nœuds de paille qui servaient à fixer, à relier les poutres des ponts entre elles. Le maître suprême de la **religion** s'appelait le *pontifex,* ce qui veut dire « le bâtisseur de ponts », le pontonnier. Ce *pontifex* avait pour fonction d'apaiser la colère des dieux lorsque les hommes transgressaient « l'ordre naturel des choses », notamment en construisant des ponts là où il n'y en avait pas naturellement. La religion est alors une question de techniques, de savoir-faire, de rites réservés à des spécialistes chargés **d'assurer à la communauté la bienveillance divine**.

2. Respecter l'ordre sacré des choses

• Une autre étymologie est proposée par Cicéron : elle associe *religio* et *relegere*, c'est-à-dire « recueillir, récolter scrupuleusement, sans erreur pour l'exercice du culte ». Il s'agit de respecter méticuleusement l'ordre originel et sacré des choses qui nous parle de la présence des dieux, de **redoubler d'attention**. Ces deux premières étymologies montrent bien que la religion n'est pas séparée des autres domaines d'activité de la société. C'est une institution parmi d'autres, une **affaire collective**. D'où le danger que représentent les incroyants, associés tout de suite à des personnes qui veulent bouleverser l'ordre social. C'est bien ce pour quoi Socrate fut injustement condamné : sa soi-disant impiété.

3. Relier l'homme à Dieu

• Le christianisme associe définitivement *religio* et *religare,* relier : la religion est un **lien qui relie l'homme à Dieu**. C'est en ce sens qu'aujourd'hui le pape s'appelle encore souverain pontife, l'intermédiaire entre les hommes et Dieu. Cette troisième étymologie aura des conséquences considérables en séparant le sacré des autres institutions humaines et en faisant de ce lien un domaine propre, individuel, personnel. **Ainsi la nature est désacralisée** – elle est instrumentalisée –, la société se sécularise et devient autonome.

2 Distinctions et spécificités

1. Durkheim : toute religion distingue le sacré du profane

• **Le phénomène religieux est la source principale de la culture humaine.** Pour **Émile Durkheim**, la religion est un ensemble de rites et de croyances par lesquels les hommes se rattachent à un ordre **universel** et supra-humain. Elle a donc **une fonction sociale** indéniable. Elle répond aussi à la question ultime des choses : pourquoi existons-nous ? Quel est le sens de la vie ? Qu'y a-t-il après la mort ? Toute religion distingue le sacré et le profane. Le **sacré** est ce qui a trait au culte et au divin, alors que le **profane** auquel on l'oppose est ce qui est devant le temple (et non à l'intérieur), ce qui est étranger au culte et au divin.

Émile Durkheim (1857-1917)
Ce philosophe et sociologue français fut l'un des fondateurs de la sociologie moderne. La religion est le reflet de l'ordre social. Par quoi remplacer le lien social généré par les religions si elles disparaissent ? Par la laïcité, affirme-t-il avec force.
Les Formes élémentaires de la vie religieuse (1912).

2. Philosophie et religion

- La **philosophie** interroge la Raison dans l'homme. Philosopher, c'est décider de poser un regard autre sur le monde, sans préjugés, sans *a priori*, débarrassé en quelque sorte de toutes croyances. Pas de foi aveugle pour qui philosophe, mais une liberté de penser et d'agir. Toute philosophie est une tentative de **compréhension rationnelle du monde**. La philosophie naît au moment où l'homme abandonne les **mythes** pour interroger et **comprendre** le monde par la Raison, le *logos* grec. Quant à la **métaphysique**, elle est une partie de la philosophie : *meta ta phusika*, en grec, signifie ce qui est au-delà ou au-dessus du monde physique. Ce nom de *meta ta phusika* est le titre donné aux livres d'Aristote qui venaient après ses livres de *Physique*.

3. Comte : le recours aux dieux est le moyen le plus simple d'expliquer les phénomènes

- **Le fait religieux est un principe universel d'explication**. **Auguste Comte** voyait dans « l'âge théologique ou fictif », dominé par l'imagination, l'enfance de l'humanité sur le plan intellectuel : le premier état (il en distingue trois) de toutes nos connaissances. Le recours aux dieux est le moyen le plus simple et le plus naturel d'**expliquer** les phénomènes. Mais à toutes les étapes du développement de l'humanité, l'homme a eu recours à des références transcendantes. C'est pourquoi Comte instaure une **religion de l'Humanité**, un « **positivisme** religieux », considérée comme le grand-être social suprême qui nous dépasse infiniment car « l'humanité se compose de plus de morts que de vivants ». La science n'a pas évincé Dieu.

Mots-clés
- **religion**
- **philosophie**
- **métaphysique**
- **mythe**
- **sacré**
- **profane**
- **positivisme**

Mots-repères
- **expliquer/comprendre** p. 304
- **universel/général/particulier/singulier** p. 311

FICHE 2 Raison et foi

De quoi s'agit-il ?

Toute religion offre à l'homme la possibilité de se transformer, de modifier sa conscience. Croire, c'est faire confiance. La foi, dit Kierkegaard, est un saut dans l'irrationnel. La croyance religieuse est un assentiment de l'esprit à une vérité sans justification rationnelle, d'un autre ordre, que l'on appelle transcendant et qui désigne généralement Dieu. Ne peut-on pas aimer Dieu intellectuellement ?

1 La foi échappe à la Raison

- La **Raison** est le moyen d'appréhender le réel, la totalité du monde, de coïncider avec le réel. Tout ce qui fait partie du monde est représentable. Or Dieu n'est pas représentable, il échappe de ce fait à la Raison, donc au monde : se pose le problème de la **transcendance divine**.
- Comment dire avec raison ce qui échappe à la Raison ? « N'y a-t-il pas au-delà de la rationalité une rationalité de la transcendance ? », demande Levinas. Même s'il est possible de penser Dieu, ce n'est pas en le ramenant dans le réel. La **foi** échappe à la Raison et la foi est accessible à tous. Sans passer par la raison, la foi est efficace, non élitiste.

2 Le cœur, une réponse à la transcendance divine

1. Pascal : « C'est le cœur qui sent Dieu »

- Toute la dignité de l'homme consiste bien en la pensée, mais Pascal montre **les limites de la raison humaine, inapte à comprendre par intuition**. À cause du péché originel, la nature humaine est déchue. L'homme doit alors **se tourner vers** Dieu (*convertere*, en latin : se tourner vers, se convertir). La foi ne peut être donnée que par Dieu, être **transcendant** : inutile de prouver l'existence de Dieu par des preuves rationnelles comme le fait Descartes, sans y parvenir pour Pascal, il n'a besoin que de son **cœur** car « il y a loin de la connaissance de Dieu à l'aimer ». Dieu est une vérité inaccessible à la raison humaine, **seul le cœur peut la connaître ou la sentir**. « C'est le cœur qui sent Dieu et non la Raison. Voilà ce que c'est que la foi. Dieu sensible au cœur, non à la Raison. » Pascal rejette le Dieu des philosophes et des savants (celui de Descartes), et croit depuis sa « nuit de feu » au « Dieu d'Isaac, d'Abraham et de Jacob ». La foi n'est pas de l'ordre de la Raison.

2. Le pari de Pascal

- C'est pourquoi le **célèbre pari** ne veut pas donner de preuve de l'existence de Dieu. Il part au contraire de l'hypothèse qu'**on ne peut démontrer ni que Dieu est ni qu'il n'est pas**. Pascal démontre alors qu'il serait suicidaire et irraisonnable de ne pas parier que Dieu est. Qui

Bien comprendre

Le pari de Pascal concerne le libertin, le rationaliste athée qui, comme le Dom Juan de Molière, « croit que deux et deux sont quatre et que quatre et quatre sont huit ». Le croyant comme Pascal n'a pas à parier que Dieu existe, puisqu'il sent sa présence dans son cœur.

refuserait de parier une vie infinie lorsqu'on a tout à y gagner ? Le pari n'est pas un acte de foi mais un examen des probabilités de gain, et il nous faut tous parier puisque nous sommes tous « embarqués », c'est-à-dire que nés il nous faudra mourir. La question de l'éternité se pose à tous. « Oui, mais il faut parier. Cela n'est pas volontaire, vous êtes embarqués. » Si je gagne, je gagne tout : la vie éternelle ; si je perds, je ne perds rien puisque ce sera de toute façon le néant.

3 La question de l'immanence

1. Spinoza postule l'existence de Dieu

- Spinoza constate que la **croyance religieuse ordinaire n'aide pas l'homme à se libérer des superstitions et de la crainte**. « La foi du charbonnier » n'élève pas l'esprit parce que l'homme conçoit Dieu comme une projection de son propre comportement, soumis au bien et au mal. Spinoza ne condamne ni les passions, ni le désir mais appelle l'homme à la **connaissance véritable**. Grand lecteur de Descartes, Spinoza utilise la méthode géométrique, mais au lieu de penser, comme Descartes, que l'on parviendra à la vérité à la fin de la démonstration philosophique, il postule qu'il faut partir de la vérité pour philosopher. Et cette vérité première est **Dieu ou la Nature**.

2. « Dieu ou la nature »

- **Dieu seul existe et agit par la seule nécessité de sa nature, et il n'y a rien en dehors de Dieu**. On parle ici **d'immanence** – qui s'oppose à la transcendance. Cela signifie que Dieu n'est pas extérieur à l'univers mais réside en lui. Telle est la philosophie de Spinoza : **il n'y a pas d'au-delà du monde**. Pour lui, *Deus sive Natura,* Dieu ou la Nature. Le monde spinoziste est un système logique, structuré, de telle sorte que Dieu ou la Nature puisse effectivement rendre compte du réel. C'est aussi pourquoi « l'homme n'est pas un empire dans un empire ». Il n'oppose pas le temporel et l'éternité, mais **l'ignorance et la connaissance**. Il fait de la philosophie une méditation de la vie, non de la mort. C'est pourquoi il prône **la joie**, car elle est signe d'un succès de mon être. L'illusion religieuse et la métaphysique séparaient l'homme du monde. Spinoza les réconcilie. **L'amour intellectuel** de Dieu produit la joie. Hegel et Bergson seront fortement influencés par ce philosophe inclassable.

Mots-clés
- **foi**
- **Raison**
- **cœur**
- **joie**
- **connaissance**
- **ignorance**
- **nécessité**

Mots-repères
- **transcendant/immanent** p. 311
- **intuitif/discursif** p. 307
- **croire/savoir** p. 301

FICHE 3 Critiques de la religion

De quoi s'agit-il ?

À côté des penseurs et philosophes qui voient dans la religion soit une nécessité sociale, soit une valeur supérieure à la Raison, une transcendance, d'autres critiquent la religion, instrument de pouvoir qui interdit la véritable liberté.

1 Le criticisme kantien

1. Spinoza postule l'existence de Dieu

- Pour Kant, l'homme, comme phénomène, est **soumis à la causalité, aux lois de la nature et de l'expérience** ; comme sujet moral, il exerce la liberté de se déterminer lui-même par sa raison. Connaissance et croyance sont deux dimensions humaines irréductibles. La métaphysique, puisqu'elle s'intéresse au domaine nouménal et non aux phénomènes, reste inaccessible. Il n'y a pas de solution aux problèmes métaphysiques. La **raison pratique** guide notre conduite et nous impose certains postulats d'ordre métaphysique : la liberté, l'immortalité de l'âme, l'existence de Dieu.

2. La foi rationnelle

- La religion est pour Kant « la connaissance de tous nos devoirs comme commandements divins ». Elle est donc **subordonnée à la morale**. Contrairement à Pascal, rien ni personne ne peut exiger de la Raison qu'elle s'incline. Lucidité et foi coexistent. Les philosophes des Lumières mènent une analyse critique envers la religion qu'ils examinent par la Raison. Leur scepticisme envers la tradition et l'autorité en général a pour conséquence une **grande tolérance** vis-à-vis de toutes les religions.

2 C'est l'homme qui fait Dieu

- La croyance est-elle indéracinable ?, se demandaient Épicure et Lucrèce. L'épicurisme s'attaquait déjà à la superstition religieuse née de la crainte de l'homme devant la mort. **Il n'y pas de projet divin pour l'homme**. Il faut donc libérer les hommes de la croyance aux dieux de la foule qui, comme les désirs, sont des tyrans. Si les dieux existent, ils se désintéressent des hommes.
- Pour **Feuerbach**, **l'homme accorde à Dieu les attributs humains**. Dans la religion, l'homme est donc **aliéné**, c'est-à-dire dépossédé de sa propre essence, dépouillé de son être pour l'attribuer à Dieu. Il y a du divin, le savoir et l'amour sont choses divines, mais il n'y a pas de Dieu. L'homme doit ainsi réaliser son essence humaine, ce qui est affaire de politique et non de religion.

Ludwig Feuerbach
(1804-1872)
Philosophe allemand, disciple de Hegel, il publie son œuvre maîtresse *L'Essence du christianisme* en 1841. Il considère l'aliénation religieuse comme un moment de l'histoire humaine, nécessaire mais à dépasser. L'humanisme matérialiste de Feuerbach est repris et commenté par Marx et Engels.

3 Opium du peuple ou mort de Dieu ?

1. Marx : « La religion est l'opium du peuple »

Comprendre la pensée de Marx

• Cette critique de Feuerbach va influencer Marx, mais il lui reproche de négliger les réalités économiques dans lesquelles vivent concrètement les hommes. La religion est le produit de ces maux. Les hommes se réfugient dans l'imaginaire pour échapper à cette douloureuse réalité, c'est pourquoi lutter contre la religion, c'est « lutter contre ce monde-là dont la religion est l'arôme spirituel ». Seule la **transformation révolutionnaire** du monde peut aider l'homme.

2. Nietzsche : « Dieu est mort »

• Nietzsche sonne **la mort de Dieu** qui est un effondrement de toutes les valeurs et de la culture. Cet « événement énorme » oblige les hommes désormais à **se dépasser**, à devenir des esprits libres. Nietzsche pourfend « la foi dans la science », tout comme il pourfend la pensée gréco-judéo-chrétienne : en fait, toute philosophie, pensée, religion qui rêve de parvenir à des vérités définitives dans un autre monde et qui oublie la vie bien vivante dans laquelle chacun est plongé, ici et maintenant. Il n'est pas question de nier « ce monde, le nôtre ». Il reproche au christianisme d'amollir l'homme, de le consoler de la vie au lieu de la lui faire vivre pleinement, et de l'intoxiquer en quelque sorte par une **morale du ressentiment**.

4 Freud et l'illusion religieuse

• Marx a mis l'accent sur la misère économique et sociale de l'homme qui se réfugie dans la religion. Freud voit dans la religion une **compensation à la misère psychologique**. Elle dérive des désirs humains frustrés et de l'enfance. La religion est une illusion qui apaise l'angoisse humaine en proposant une Providence bienveillante. À cette fonction consolatrice de la religion, Freud ajoute le **besoin protecteur d'un père aimant**.

• L'homme doit apprendre à **affronter la réalité** afin de se libérer et d'être **heureux ici-bas**. Telle est en quelque sorte la « leçon » que l'on peut tirer de ces diverses analyses. Et l'on ne peut qu'encourager chacun à exercer sa raison et à s'interroger sur ses propres croyances et leur origine. Mais tant qu'il y aura des hommes, il y aura des questions métaphysiques.

Mots-clés

- **raison pratique**
- **ressentiment**
- **matérialisme historique**

Mots-repères

- **transcendant/immanent** p. 311
- **abstrait/concret** p. 300
- **ressemblance/analogie** p. 310

FICHE 4
Société et religion

De quoi s'agit-il ?

Les sociétés actuelles sont caractérisées par l'individualisme : c'est l'individu qui s'approprie la religion, vécue comme une « recherche spirituelle ». La religion est un moyen d'épanouissement personnel. Plus Dieu est absolument transcendant, plus l'homme est grand. Mais peut-on encore parler de transcendance quand les croyances religieuses s'intéressent davantage au monde terrestre qu'au monde céleste ?

1 Nécessité civique de la religion

1. Trois sortes de religion

• Rousseau affirme dans le *Contrat social* que tout citoyen a besoin d'une religion. Il distingue trois sortes de religion :

- **le « vrai théisme »**, pure et simple religion de l'Évangile : « sans temples, sans autels, sans rites, bornée au culte intérieur du Dieu suprême et aux devoirs éternels de la morale » ;
- **la religion des peuples primitifs et de l'Antiquité :** « inscrite dans un seul pays, lui donne ses dieux, ses patrons propres et tutélaires ; elle a ses dogmes, ses rites, son culte extérieur prescrit par des lois » ;
- **le christianisme romain**, « religion des prêtres » qui donne aux hommes « deux législations, deux chefs, deux patries, les soumet à des devoirs contradictoires et les empêche de pouvoir être à la fois dévots et citoyens ».

• Mais **toutes trois détruisent le lien social :** la première, même si elle représente « le vrai christianisme », encourage l'homme à se détacher de la société et à consacrer sa vie à la contemplation ; la deuxième parce qu'elle développe les superstitions et peut rendre un peuple « sanguinaire et intolérant » qui croit agir justement en tuant ceux qui croient en d'autres dieux ; et la dernière parce qu'elle rompt l'unité sociale en opposant dans l'homme le citoyen au croyant.

2. La religion est un ciment social

• Pourtant, le contrat social, fondé sur la Raison, a besoin d'un fondement religieux, d'un principe supérieur. C'est la **condition nécessaire pour cimenter véritablement le pacte d'association**. Rousseau bannit l'incroyant « non comme impie mais comme insociable ». L'État contractuel doit être fondé sur le sacré et créer une **religion civile commune** (c'est ce que fit d'ailleurs Robespierre qui instaura le culte républicain de l'Être suprême).

2 Les conséquences de la sécularisation

1. Vers un monde sécularisé ?

• Marx et les sociologues du début du XXe siècle, comme Durkheim ou **Weber**, pensaient que le déclin des religions serait irréversible. Le monde se sécularisait. Weber annonce le « **désenchantement du monde** » : tout devient rationnel, la magie et les techniques d'enchantement ont été éliminées. La science est la référence. En France, la loi de séparation des Églises et de l'État de 1905 fait sortir la société de la religion. Les sphères laïques et religieuses sont désormais séparées.

Max Weber (1864-1920)
Ce sociologue allemand analyse les effets économiques des croyances religieuses. Il met en évidence la relation entre la morale puritaine du protestantisme – qui voit dans la réussite matérielle un signe d'élection divine – et la rationalisation économique du capitalisme. La religion n'est pas un phénomène irrationnel. Il n'est pas très optimiste sur l'avenir du monde, désenchanté, bureaucratisé. Il invite à développer une attitude éthique : soit de conviction, soit de responsabilité. Il s'intéresse également aux types de domination et d'activités sociales.
L'Éthique protestante et l'Esprit du capitalisme (1905).

2. La prolifération des croyances

• Mais la **sécularisation** n'a pas signifié la fin de la religiosité qui resurgit sous diverses formes. En fait, les croyances prolifèrent. Les sociologues dissocient aujourd'hui la question du déclin des grandes religions de la place qu'occupent les nouvelles croyances (astrologie, néo-bouddhisme, New Age, etc.). Toute croyance ne relève-t-elle pas d'ailleurs du religieux ? On assiste également à la radicalisation, voire à l'intégrisme, de certains mouvements religieux dans les trois monothéismes.

3 Les hommes peuvent-ils se passer de religion ?

• C'est la question que pose Durkheim : le rôle de la religion est décisif car ce n'est pas l'économie qui tisse le lien social. **Le ciment premier est bien la croyance religieuse**. Feuerbach affirmait que la finalité politique, la seule capable de réaliser l'homme, est en son fond religieux : « Il faut redevenir religieux, il faut que la politique devienne notre religion. »

• Le phénomène religieux est mêlé au sacrifice, au don de soi, à l'espérance, à l'amour, mais aussi à la terreur. René Girard assigne au sacré le rôle de *pharmakôn*, c'est-à-dire de remède aux maux de la société. Toute société a besoin d'un **bouc émissaire** contre lequel elle se cimente. Cette victime émissaire immolée, réellement ou symboliquement, permet au groupe de perdurer.

• Beaucoup d'idéologies contemporaines jouent le rôle de la religion en assurant une certaine cohésion sociale, un bonheur possible, à venir. Le fait religieux fait un retour en force : se traduit-il par un excès de violences, notamment au Moyen-Orient, berceau des monothéismes, ou au contraire, fait-il entendre un message de paix ? Force sociale, la religion relève du sentiment, c'est-à-dire de l'émotion. **L'homme ne semble pas pouvoir vivre sans sacré. Mais le sacré ne déracine pas la violence.**

Mots-clés
- **fonction civique**
- **religion civile**
- **théisme**
- **sécularisation**
- **bouc émissaire**

Mots-repères
- **abstrait/concret** p. 300
- **analyse/synthèse** p. 301

Révision Express

> La religion

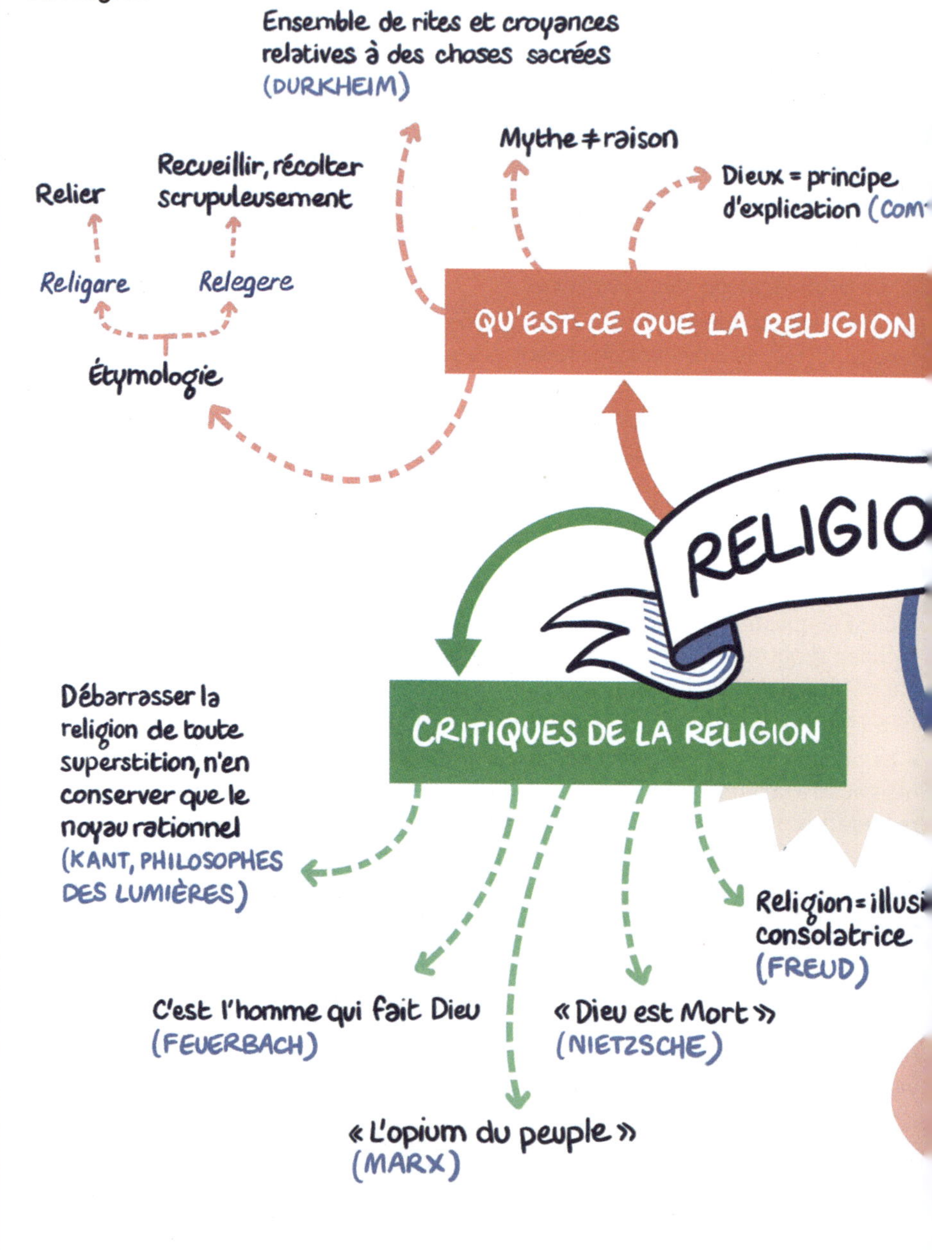

RAISON & FOI

La raison peut-elle appréhender Dieu ? (LEVINAS)

« C'est le cœur qui sent Dieu, et non la raison » (PASCAL)

« *Deus sive Natura* » (SPINOZA)

Dieu n'est pas une personne, mais tout ce qui existe (nature, Univers)

SOCIÉTÉ & RELIGION

Nécessité d'une « religion civile » (ROUSSEAU)

La sécularisation des sociétés (DURKHEIM, WEBER)

Peut-on se passer de religion ?

Religion = ciment social ?

N'hésite pas à construire ta propre carte mentale

Fiche test *Je fais le point*

QCM

10 min

◯ À revoir
◯ Acquis

Pour chaque question, déterminer la ou les bonnes réponses. Chaque question peut rapporter jusqu'à un point, un demi-point dans le cas d'une erreur et aucun point dans le cas de deux erreurs ou plus.

1 Selon ce philosophe latin religion dériverait du verbe relegere qui signifie « relire attentivement », « revoir avec soin ». De qui s'agit-il ?

◯ a. Cicéron
◯ b. Sénèque
◯ c. Lucrèce

2 Selon une autre hypothèse religion dériverait du verbe religare. Que signifie-t-il ?

◯ a. Reléguer
◯ b. Relier
◯ c. Vouer un culte

3 Complétez cette affirmation de Durkheim : « Toutes les croyances religieuses connues [...] présentent un même caractère commun : elles supposent une classification des choses [...] en deux genres opposés, désignés généralement par deux termes distincts que traduisent assez bien les mots de *profane* et de ... »

◯ a. « sacré. »
◯ b. « béotien. »
◯ c. « tabou. »

4 Durkheim conçoit la foi religieuse comme un sentiment personnel et intime qui relie l'homme à Dieu.

◯ Vrai ◯ Faux

5 Selon Auguste Comte l'intelligence humaine, au premier stade de son développement, explique les phénomènes naturels par l'intervention des dieux. Par quels termes désigne-t-il ce premier stade ?

◯ a. « Stade imaginaire primitif »
◯ b. « État théologique et fictif »
◯ c. « Stade religieux »

6 Qui a dit : « C'est le cœur qui sent Dieu, et non la Raison » ?

◯ a. Voltaire
◯ b. Kant
◯ c. Pascal

7 Pascal soutient qu'il faut parier que Dieu existe.

◯ Vrai ◯ Faux

8 « *Deus sive natura* » (Dieu ou la nature), écrit Spinoza. Qu'est-ce que cela signifie ?

◯ a. Il faut choisir : vénérer Dieu ou vénérer la nature
◯ b. Dieu n'est pas extérieur à l'Univers

9 Kant soutient que l'on peut démontrer l'existence de Dieu.

◯ Vrai ◯ Faux

10 Selon Feuerbach :

◯ a. Dieu a créé l'homme.
◯ b. l'homme a créé Dieu.

11 Qui a dit : « La religion est l'opium de peuple » ?

◯ a. Nietzsche
◯ b. Marx
◯ c. Feuerbach

12 Freud soutient qu'on doit éduquer les enfants :

◯ a. dans la religion.
◯ b. à la réalité.
◯ c. dans la laïcité.

13 Rousseau soutient que toute société a besoin d'une religion.

◯ Vrai ◯ Faux

14 Nietzsche ne s'est pas trompé en annonçant « la mort de Dieu ».

◯ Vrai ◯ Faux

15 Durkheim voit dans la religion un ciment social.

◯ Vrai ◯ Faux

SCORE : ____ / 15

Méthode

Prendre en compte les critères d'évaluation

MÉTHODE

- **Il est utile de connaître les critères de notation et d'en tenir compte :** Une copie de philosophie n'est pas notée en fonction d'un barème. En revanche, on peut estimer qu'un correcteur évalue, consciemment ou inconsciemment, **trois compétences principales** : la qualité de l'expression, les connaissances ou la culture philosophique, la pertinence, la clarté et la rigueur logique du raisonnement.

1. **La qualité de l'expression** : vous devez vous exprimer dans un français correct, utiliser des termes précis et dire les choses aussi clairement que possible. Évitez le style oral et le langage familier. Ne faites pas de phrases trop longues. Prenez le temps de relire votre copie pour corriger un maximum de fautes d'orthographe.
2. **Les connaissances et la culture philosophique** : il ne s'agit pas d'étaler ses connaissances, mais de s'appuyer sur ce que l'on sait pour penser plus et mieux qu'on ne pourrait le faire tout seul. Pensez à exploiter les distinctions conceptuelles que les textes officiels appellent « repères » pour clarifier vos analyses. La distinction contingent/nécessaire par exemple. Les références philosophiques sont valorisées (à condition d'être pertinentes).
3. **Le raisonnement** : il doit avant tout être pertinent, c'est-à-dire qu'il faut toujours traiter le sujet et éviter toute digression. Ne développez jamais une analyse pour elle-même, sans rapport avec le sujet. Il est également très important de raisonner clairement : il faut qu'on puisse vous comprendre et vous suivre. Enfin, votre raisonnement doit être rigoureux, c'est-à-dire logique. Souvenez-vous que les philosophes ont inventé la logique. Par exemple, ne confondez pas condition nécessaire (il faut) et condition suffisante (il suffit).

- **Faire la différence, se distinguer positivement :** On peut estimer qu'en l'absence de barème, les copies sont, de manière plus ou moins consciente, évaluées par comparaison. Il est donc pertinent de chercher à faire la différence. Faites en sorte que votre copie se distingue (positivement). Il suffit parfois pour cela de faire moins mal que les autres : écrire lisiblement, soigner la présentation, corriger ses fautes, faire un effort de méthode, développer... La valeur d'une copie ne se mesure évidemment pas à sa longueur. La qualité importe plus que la quantité. Cependant une copie très courte traite généralement la question de manière trop rapide et superficielle. Évitez donc de rendre une copie de moins de quatre pages.

Corrigés *Je fais le point*

1. a) Cicéron affirme qu'on qualifiait de religieux un « observateur zélé de toutes les prescriptions ayant trait au culte des dieux ».

2. b) C'est une étymologie séduisante. Elle suggère que la religion est ce qui relie les hommes à Dieu, mais aussi ce qui les relie entre eux.

3. a) Durkheim remarque qu'il peut y avoir des religions sans dieux, mais que la distinction du sacré et du profane se retrouve dans toutes les religions.

4. Faux. Durkheim envisage la religion comme un fait social, une croyance qui unie ceux qui la partage.

5. b) L'état positif ou scientifique constitue aux yeux de Comte l'aboutissement du développement de l'esprit humain.

6. c) Pascal estime qu'il est vain de chercher à démontrer l'existence de Dieu. Il y a des vérités qu'on peut éprouver, et non prouver. CHAPITRE 10 p. 143

7. Vrai et Faux. Un homme qui a la foi n'a nul besoin de parier que Dieu existe, puisqu'il le sent. En revanche celui qui n'a pas la foi n'a rien à perdre et tout à gagner (la vie éternelle) en pariant que Dieu existe. CHAPITRE 17 p. 243

8. b) Spinoza soutient que Dieu se confond avec la nature, c'est-à-dire avec l'ensemble de tout ce qui existe. C'est un Dieu immanent et non transcendant.

9. Faux. L'existence de Dieu ne peut être démontrée puisque la métaphysique n'est pas une science. Cependant la foi n'est pas contraire à la Raison selon Kant puisque Dieu est, comme la liberté et l'immortalité de l'âme, un « postulat de la raison pratique ». CHAPITRE 15 p. 217

10. b) Selon Feuerbach l'homme a inventé l'idée d'un être tout-puissant et infiniment bon pour se dédouaner de ses propres imperfections.

11. b) Marx compare la religion à l'opium parce qu'elle calme les souffrances des pauvres en leur faisant espérer une vie meilleure dans l'au-delà.

12. b) Freud voit dans la religion une illusion consolatrice dont les hommes peuvent se passer, à condition d'être éduqués à la réalité.

13. Vrai. Aux yeux de Rousseau, la société repose sur un pacte d'association qui a besoin d'être cimenté par la religion. CHAPITRE 8 p. 115

14. Faux. Nietzsche annonce et espère la « mort de Dieu » dans *Le Gai Savoir* en 1882 parce qu'il voit dans la morale religieuse une entrave à la vie. Force est de constater que, globalement, les grandes religions n'ont pas tellement décliné et que, de plus de nouvelles croyances se développent.

15. Vrai. Selon Durkheim, le sentiment religieux est la transfiguration du sentiment d'appartenance à une société. Les rites religieux expriment et renforcent ce sentiment.

Chapitre

17 Le temps

« C'est une chose horrible de sentir s'écouler tout ce qu'on possède. » Pascal

FICHE 1

Le temps existe-t-il en dehors de l'esprit ? (1)

De quoi s'agit-il ?

Le temps existe-t-il en dehors de notre esprit (à la manière d'une réalité physique), comme nous le pensons spontanément, ou n'existe-t-il au contraire que pour un sujet, un esprit, une conscience (à la manière d'une réalité psychique) ? Alors que Newton affirmait l'existence d'un « temps absolu, vrai et mathématique », donc objectif, les philosophes ont souvent estimé que le temps était subjectif. La question fait encore débat aujourd'hui pour la science.

1 Saint Augustin : le temps est dans l'âme

Saint-Augustin

1. La nature du temps est une énigme

- « Qu'est-ce que le temps ? », demande **Saint-Augustin** dans ses *Confessions*. **L'idée de temps**, si évidente quand on ne l'analyse pas, **devient paradoxale et énigmatique dès qu'on cherche à l'expliquer**. En effet, le passé n'est plus et le futur n'est pas encore. Seul le présent existe. Mais l'existence du présent est paradoxale. Si le présent était toujours présent, il ne relèverait pas du temps mais de son contraire : l'éternité. Le présent n'est donc un temps que parce qu'il s'en va dans le passé, parce qu'il tend à ne pas être.

- Saint-Augustin souligne que **l'idée de la longueur du temps ne résiste pas non plus à l'analyse** : le passé n'est pas long puisqu'il n'est plus. Le même raisonnement s'applique au futur qui, par définition, n'existe pas encore. Quant au présent, il ne peut pas davantage être qualifié de long. En effet, combien de temps le présent dure-t-il ? Ni cent ans, ni un an, ni une heure, puisque toute durée, aussi courte soit-elle, peut être divisée en deux parties dont l'une est passée et l'autre à venir. **Le présent n'est donc que la limite sans extension entre un passé qui n'est déjà plus et un avenir qui n'est pas encore.**

Saint-Augustin (354-430)

Après un parcours spirituel compliqué, Saint-Augustin se convertit au christianisme à l'âge de 32 ans. Ordonné prêtre quelques années plus tard, il devient évêque d'Hippone, une des principales cités de l'Afrique romaine. Le philosophe s'efforce de faire la synthèse du platonisme et du christianisme. On lui attribue parfois à tort cette formule effectivement en usage de son temps : *credo quia absurdum* (je crois parce que c'est absurde). En réalité, la foi n'est pas incompatible avec la Raison dans son système de pensée. Saint-Augustin est notamment l'auteur des *Confessions* et d'une fameuse analyse qui met en évidence la difficulté de saisir la nature du temps : le passé n'est plus, le futur n'est pas encore et le présent n'est que la limite sans extension qui les sépare. Où se trouve donc le temps que l'on dit long ?

2. Le temps n'existe qu'en nous

Comprendre la théorie de Saint-Augustin

- Saint-Augustin ne peut résoudre l'énigme du temps qu'en admettant que le temps n'existe que dans l'âme ou dans l'esprit, dans ce qu'on appellera plus tard la conscience. C'est dans l'âme que le passé, le présent et le futur sont présents, c'est en elle que le temps passe, s'étire et se mesure, qu'il existe. De ce point de vue, la réalité du temps n'est donc pas physique et **objective**, mais au contraire psychique et **subjective**.

2 Kant : le temps n'existe pas en dehors du sujet

1. Le temps n'est pas un concept empirique

- Kant parvient à une conclusion similaire par une voie différente. Il soutient d'abord que « le temps n'est pas un concept empirique ou qui dérive d'une expérience quelconque ». En d'autres termes, **le temps n'est pas une idée construite à partir des phénomènes que nous pouvons observer**. C'est au contraire parce que nous avons d'abord une représentation du temps que nous pouvons nous représenter la succession des choses ou leur simultanéité. Cela signifie que l'esprit humain ne perçoit des événements successifs ou simultanés que parce qu'il possède déjà, avant toute expérience (a priori), une idée ou plus exactement **une intuition du temps**.

2. Le temps est un cadre qui conditionne notre perception des choses

- Le temps forme ainsi (avec l'espace) une sorte de **cadre qui conditionne notre perception des choses**. Notre esprit ne peut percevoir les choses que dans ce cadre spatio-temporel. Pour l'esprit humain, toute réalité est nécessairement temporelle (ou spatio-temporelle). C'est ce qui explique que nous pouvons faire disparaître mentalement tout ce qui existe dans l'Univers, mais pas le temps ou l'espace. Si nous vidons l'Univers, deux choses demeurent : le vide (ou l'espace) et le temps, qui continue nécessairement de s'écouler. Arrêter le temps est en effet inconcevable puisque celui-ci s'arrêterait **nécessairement**… pendant un certain temps !
- « Le temps n'est pas quelque chose qui existe en soi […] ; il n'est rien en dehors du **sujet** », conclut Kant. Cette théorie lui permet par ailleurs de comprendre la possibilité de la **liberté**. Celle-ci semble en effet impossible puisque tous les événements, se succédant de manière nécessaire en vertu du principe de causalité, forment quelque chose comme un destin. Mais si le temps n'existe que pour l'esprit humain, la liberté devient pensable et son existence peut et doit être postulée au nom de la morale (CHAPITRE 15 p. 217).

Remarque

Kant distingue les noumènes des phénomènes. Les phénomènes sont les choses telles que nous les percevons dans le temps et dans l'espace. Les noumènes sont les choses en soi, c'est-à-dire telles qu'elles sont en elles-mêmes. Les choses en soi sont inconnaissables.

Mots-clés

- **temps**
- **sujet**
- **esprit**
- **liberté**

Mots-repères

- **objectif/subjectif/intersubjectif** p. 308
- **contingent/nécessaire** p. 302

FICHE 2

Le temps existe-t-il en dehors de l'esprit ? (2)

De quoi s'agit-il ?

Pour Saint-Augustin, Kant ou Bergson, le temps n'existe qu'en nous et pour nous. Mais que valent ces hypothèses philosophiques au regard de la science ? Contre toute attente, la physique contemporaine semble rejoindre l'intuition des philosophes.

3 Bergson : la durée n'existe que pour un être conscient

1. Réfutation du déterminisme

- Ce sont également les objections élevées par les **déterministes** contre l'idée de liberté qui conduisent **Bergson** à corriger l'idée que nous nous faisons communément du **temps**. En effet, du point de vue déterministe, la liberté est impossible parce que **le passé** (l'éducation, l'histoire personnelle et collective, etc.) **pèse sur notre présent et détermine nos choix**. Mais Bergson remarque que le passé ne peut pas peser de l'extérieur sur notre état présent puisque la notion d'**extériorité** appartient à l'**espace** et non au temps. Nos états de **conscience** se succèdent, mais ils ne sont pas posés les uns à la suite des autres sur une ligne (comme sur une frise chronologique par exemple) : « La durée toute pure [sans mélange ni confusion avec l'idée d'espace] est la forme que prend la succession de nos états de conscience quand notre moi se laisse vivre, quand il s'abstient d'établir une séparation entre l'état présent et les états antérieurs. »

Henri Bergson (1859-1941)
Prix Nobel de littérature en 1927, Bergson estime pourtant que le langage nous éloigne des choses comme de nos propres états d'âmes. Dans le *Rire*, il compare les mots à des étiquettes collées sur les choses. C'est que les mots et les concepts formés par l'intelligence ne retiennent du réel que des généralités au service de l'action. L'intuition au contraire, balayant les conventions du langage, nous permet de saisir ce que les choses ont d'unique et d'inexprimable. C'est aussi par l'intuition que nous accédons à la durée : « la forme que prend la succession de nos états de conscience quand notre moi se laisse vivre, quand il s'abstient d'établir une séparation entre l'état présent et les états antérieurs. »

2. Le temps ne peut exister en dehors de la conscience

- De ce point de vue, **le temps ne peut exister en dehors de la conscience**. En dehors il n'y a que l'espace dans lequel les choses existent simultanément. La succession, le temps, n'existent qu'en nous.

- C'est ce que montre l'analyse du **mouvement** : on pense communément qu'un mouvement a lieu dans l'espace. Or, si les positions successives d'un objet en mouvement occupent bien de l'espace, le mouvement lui-même, c'est-à-dire le passage d'une position à une autre, s'opère dans le temps, non dans l'espace, et n'existe que dans la conscience « Le mouvement, en tant que passage d'un point à un autre, est une synthèse mentale, un processus psychique et par suite inétendu [il n'occupe pas d'espace] », conclut Bergson

4 Les théories scientifiques

1. Aristote : le temps mesure du changement

- Aristote définit le temps comme la **mesure du changement** : « Voilà ce qu'est le temps : le nombre du mouvement. » Pour le philosophe, il n'y a donc pas de temps sans changement. En effet, si rien ne changeait, le temps ne passerait pas. Le temps n'est pas le mouvement, puisque ce dernier peut être plus ou moins rapide, mais bien la mesure du mouvement. De ce point de vue, **le temps n'existe que dans l'âme puisque c'est elle qui mesure le changement**.

2. Le temps absolu de Newton

- **Newton** admet que le temps d'Aristote, le temps qui mesure le changement, existe : ce sont les heures, les jours, les années. Mais ce temps **relatif** au changement n'est pas à ses yeux le vrai temps. **Le vrai temps est absolu, indépendant des choses et de leur mouvement.** Il continuerait de passer même si rien ne changeait : « Le temps absolu, vrai et mathématique, sans relation à rien d'extérieur, coule uniformément, et s'appelle la **durée**. » Ce temps absolu, indépendant des choses, de leurs mouvements et de notre esprit, est devenu une évidence pour la pensée commune, mais son existence est réfutée par la physique relativiste (celle d'Einstein).

3. Einstein : le temps est relatif

- Pour **Einstein**, le temps est **réel**, c'est-à-dire qu'il existe indépendamment de nous, mais il n'est pas **absolu** : il n'est pas une entité indépendante des autres choses qui constituent le monde. Le temps, ou plutôt l'espace-temps, est un des champs qui constituent la réalité physique. **L'espace-temps est le champ gravitationnel** en interaction avec les autres champs qui composent la réalité physique. Or, ce champ n'est pas uniforme : il peut s'étirer, se déformer, se courber ou se contracter, de sorte que le temps est ralenti par la gravité (il s'écoule plus lentement en plaine qu'en montagne) et par la vitesse. Pour la physique relativiste, **il n'y a plus un temps universel, mais des temps locaux** : les choses n'existent pas dans le temps, mais dans leur temps. La question de savoir ce qui se passe en même temps dans deux endroits distincts n'a donc plus de sens. Ainsi, la question de savoir ce qui se passe en ce moment dans une autre galaxie est absurde.

4. La physique remet en question la flèche du temps

- Mais la physique va encore plus loin : elle remet en question le fait que le temps s'écoule du passé vers le futur. À l'échelle microscopique, la différence entre le passé et le futur, entre la cause et l'effet, s'évanouit. **Le temps ne semble plus avoir de direction. Le temps tel que nous le concevons n'existerait ainsi que pour nous**, dans notre esprit et non dans les choses.

Mots-clés
- temps
- espace
- conscience
- mouvement
- durée

Mots-repères
- absolu/relatif p. 300
- universel/général/particulier/singulier p. 311

FICHE 3 Cela a-t-il du sens de vouloir échapper au temps ? (1)

De quoi s'agit-il ?

Une certitude demeure cependant : ce temps qui s'écoule inexorablement du passé vers le futur, de la naissance à la mort, qu'on ne peut ni ralentir ni accélérer, existe pour nous. C'est le temps vécu, celui qui nous menace, qui nous angoisse et auquel nous rêvons d'échapper. Mais cela a-t-il un sens de vouloir échapper au temps ? Devons-nous vraiment envisager le temps comme notre ennemi ? Ne serait-il pas plus sage de l'accepter et de nous réconcilier avec le devenir ?

1 Pascal : du divertissement à l'espoir d'une vie éternelle

1. La conscience tragique du temps

- « C'est une chose horrible de sentir s'écouler tout ce qu'on possède », écrit Pascal. Tout change, tout se corrompt et se défait, tout passe de manière irréversible. C'est ce qu'on appelle l'**irréversibilité du temps**. Dans la mythologie grecque, Kronos, le roi des Titans, dévore ses enfants. On peut dire du temps (chronos), qu'il agit de la même manière : le temps dévore tout ce qu'il engendre. Comment ne pas redouter ce père tout puissant qui engloutit sa progéniture ?

2. Le divertissement

Comprendre le divertissement selon Pascal

- **On peut échapper à la peur en s'efforçant d'ignorer ce qui l'engendre.** « Les hommes n'ayant pu guérir la mort, la misère, l'ignorance, ils se sont avisés, pour se rendre heureux, de n'y point penser », écrit Pascal. Pour ne pas y penser, il faut s'occuper. C'est la raison pour laquelle nous fuyons l'ennui et recherchons ce que l'auteur des *Pensées* nomme le **divertissement**. Pascal regroupe sous ce terme la plupart des activités humaines en tant qu'elles nous divertissent ou nous détournent du malheur de notre condition de mortels. Cela inclut des activités comme le jeu, la danse ou la chasse, mais aussi des activités sérieuses comme le travail ou la guerre. Bref, tout ce qui fait **diversion**.
- Le philosophe condamne cette attitude qui consiste à détourner le regard pour chercher refuge dans l'inconscience et l'illusion : « La seule chose qui nous console de nos misères est le divertissement, et cependant c'est la plus grande de nos misères. » Notre **salut** dépend au contraire d'une conversion qui tourne notre regard vers Dieu et l'espoir de la vie éternelle. C'est tout le sens du célèbre **pari de Pascal**.

Statue de Blaise Pascal sous la Tour Saint-Jacques à Paris

3. Le pari de Pascal

- L'auteur des *Pensées* s'adresse au **libertin rationaliste et athée** qui, comme le Dom Juan de Molière, « croit que deux et deux sont quatre et que quatre et quatre sont huit ». Il s'agit de lui montrer que s'il calcule bien, son intérêt est de **croire**, qu'il a tout à y gagner et rien à y perdre. Il faut donc parier que Dieu existe. Que mise-t-on ? Sa vie et la manière de la conduire, un mode de vie qu'il faudra réformer si on fait le pari de l'existence de Dieu. Quoiqu'il en soit, « ce que vous jouez est fini », c'est-à-dire limité dans le temps. Or, le gain espéré est infini : « une **éternité** de vie et de bonheur ». Si Dieu existe, on a tout gagné : le bonheur éternel ou le bonheur d'être éternel, d'échapper enfin au temps. S'il n'existe pas, ce qu'on a perdu n'est rien ou ne vaut rien : « Il n'y a de bien en cette vie que l'**espérance** d'une autre vie » (CHAPITRE 16 p. 229).

Réviser le pari de Pascal

2 Ferdinand Alquié : les sources affectives du désir d'éternité

- C'est le sentiment de la **fuite du temps** qui fait naître le **désir d'éternité**. Mais comme l'a montré Ferdinand Alquié, le désir d'éternité ou le **refus du temps** a de multiples causes.
- Il s'enracine d'abord dans ce que le psychanalyste Otto Rank appelle le **traumatisme de la naissance** : le premier changement dont chacun de nous fait l'expérience nous arrache brutalement au confort de la vie intra-utérine. Ne faut-il pas voir dans cette première expérience du temps la matrice de tous les paradis perdus.
- Le temps est donc ce qui nous éloigne toujours plus du paradis perdu. Mais il est aussi ce qui nous conduit inexorablement vers un avenir à la fois imprévisible et hanté par la **certitude du vieillissement et de la mort**.
- Enfin, le temps, périmant les solutions acquises par l'expérience nous contraint à nous adapter sans cesse, parfois dans la douleur, sous peine d'être nous-mêmes dépassés et périmés.
- Bref, tout semble contribuer à engendrer la **peur du changement**, le refus du temps ou le désir d'éternité. Mais la sagesse ne voudrait-elle pas au contraire que nous acceptions l'idée de l'impermanence de toutes choses ?

Mots-clés
- **irréversibilité**
- **divertissement**
- **éternité**
- **salut**
- **espérance**

Mots-repères
- **croire/savoir** p. 302
- **impossible/possible** p. 306

FICHE 4 Cela a-t-il du sens de vouloir échapper au temps ? (2)

3 Accepter le temps et le devenir

• Tout peut sembler vain et dérisoire au regard de l'idée que rien n'est éternel. Mais le caractère temporel de l'existence humaine lui enlève-t-il toute valeur et tout **sens** ? La valeur des choses ne réside-t-elle pas au contraire dans leur caractère éphémère et leur absolue singularité ? La vie est-elle absurde parce qu'elle n'est pas éternelle ? Quelle que soit la manière dont on l'envisage, **l'idée d'un sens de la vie implique que celle-ci soit orientée vers un but ou une fin qui se réalise dans le temps**. Ainsi, loin d'être absurde parce qu'elle est temporelle, l'existence humaine n'a de sens au contraire qu'à cette condition.

4 Le thème de la brièveté de la vie

• Mais nous déplorons moins le caractère temporel de l'existence que sa brièveté. « La vie est trop courte », disons-nous. Ce lieu commun mérite d'être discuté. D'abord, **rien dans l'absolu ne peut être dit « long » ou « court »**. La vie d'un homme est plus courte que celle d'une tortue mais plus longue que celle d'un papillon. Et si elle semble parfois bien courte, elle peut au contraire paraître longue quand notre passé nous semble lointain, confus et comme étranger à ce que nous sommes devenus.

• Si **la vie est trop courte n'est-ce pas que nous en faisons mauvais usage** ? C'est la thèse du stoïcien **Sénèque** dans *De la brièveté de la vie*. Que de temps ne perdons-nous pas dans des occupations inessentielles ? Comme la vie pourrait être longue si nous faisions bon usage du temps qu'il nous est donné de vivre ! On pourrait ajouter avec **Épicure** que **la longueur de la vie importe moins que sa qualité**.

Sénèque
(4 av. J.-C.-66)
Sénèque est un orateur et un homme politique romain. D'abord précepteur de Néron, il devient ensuite son ministre. Disgracié, il se suicide sur l'ordre de l'empereur. Dans *De la brièveté de la vie*, Sénèque soutient que la vie n'est courte que parce que nous faisons mauvais usage du temps qu'il nous est donné de vivre. Il expose et met en valeur les enseignement du stoïcisme dans les *Lettres à Lucilius*.

5 La peur de la mort

1. Épicure : « La mort n'est rien pour nous »

• Longue ou courte, l'existence n'est-elle pas gâchée par l'idée de la mort ? Épicure affirme paradoxalement que « la mort n'est pas à craindre » parce qu'elle « n'est rien pour nous ». En effet, « lorsque nous existons, la mort n'est pas là, et lorsque la mort est là, nous n'existons pas ». **La mort n'est donc rien, ni pour les vivants** (puisqu'elle n'existe pas encore pour eux), **ni pour les morts** (puisqu'ils n'existent plus). Épicure exclut l'hypothèse d'une vie après la mort parce qu'il est matérialiste, c'est-à-dire qu'il estime que toute réalité est matérielle. De ce point de vue, l'âme qui donne vie au corps est donc elle aussi matérielle et se décompose à la mort. Pour Épicure, croire que nous avons une âme immortelle relève de la superstition et nous gâche la vie. Une juste conception de la mort, qui réfute l'imagination, la superstition et les mythes, permet de vaincre la peur de la mort, de « jouir de sa vie mortelle » et de supprimer « le regret de n'être pas éternel ».

2. Le stoïcisme : accepter le cours naturel des choses

- Les stoïciens estiment qu'il faut **accepter** la mort parce qu'elle est dans l'ordre des choses. Toute leur philosophie est fondée sur **la distinction des choses qui dépendent de nous de celles qui n'en dépendent pas**. Nos opinions, nos désirs ou nos craintes, nos actions dépendent de nous, mais non pas l'ordre immuable de la nature. On ne peut le changer, mais seulement le comprendre et l'accepter : (CHAPITRE 4 p. 61). Naître, grandir, mûrir, vieillir et finalement mourir, tout cela est dans **l'ordre des choses**. Chaque chose dans l'Univers est à sa place et joue son rôle, tout conspire et fait sens. « C'est une malédiction pour les épis de ne pas être moissonnés, et ce serait une malédiction pour les hommes de ne pas mourir », affirme Épictète.

6 Être, c'est devenir

- **L'être peut sembler incompatible avec le devenir** puisque le changement anéantit ce qui est. C'est la thèse de **Parménide** : le changement, étant incompatible avec l'être, n'est qu'illusion.
- Mais si rien n'est stable, si « tout s'écoule » comme le soutient **Héraclite, l'être semble au contraire se confondre avec le devenir**. Les choses n'existeraient donc que parce qu'elles changent et le temps, au lieu d'être redouté parce qu'il voue toutes choses à l'anéantissement, devrait être regardé au contraire comme ce qui les fait exister.
- L'amour en est un exemple, parce qu'**il ne peut se conserver qu'en se transformant**. Avec le temps, tout change, mais tout ne se perd pas et la sagesse voudrait que nous renoncions au désir d'éternité en comprenant l'identité paradoxale de l'être et du devenir.

Mots-clés
- **sens**
- **peur**
- **acceptation**
- **nature**
- **être**
- **devenir**

Mots-repères
- **contingent/nécessaire** p. 302

Révision Express

> Le temps

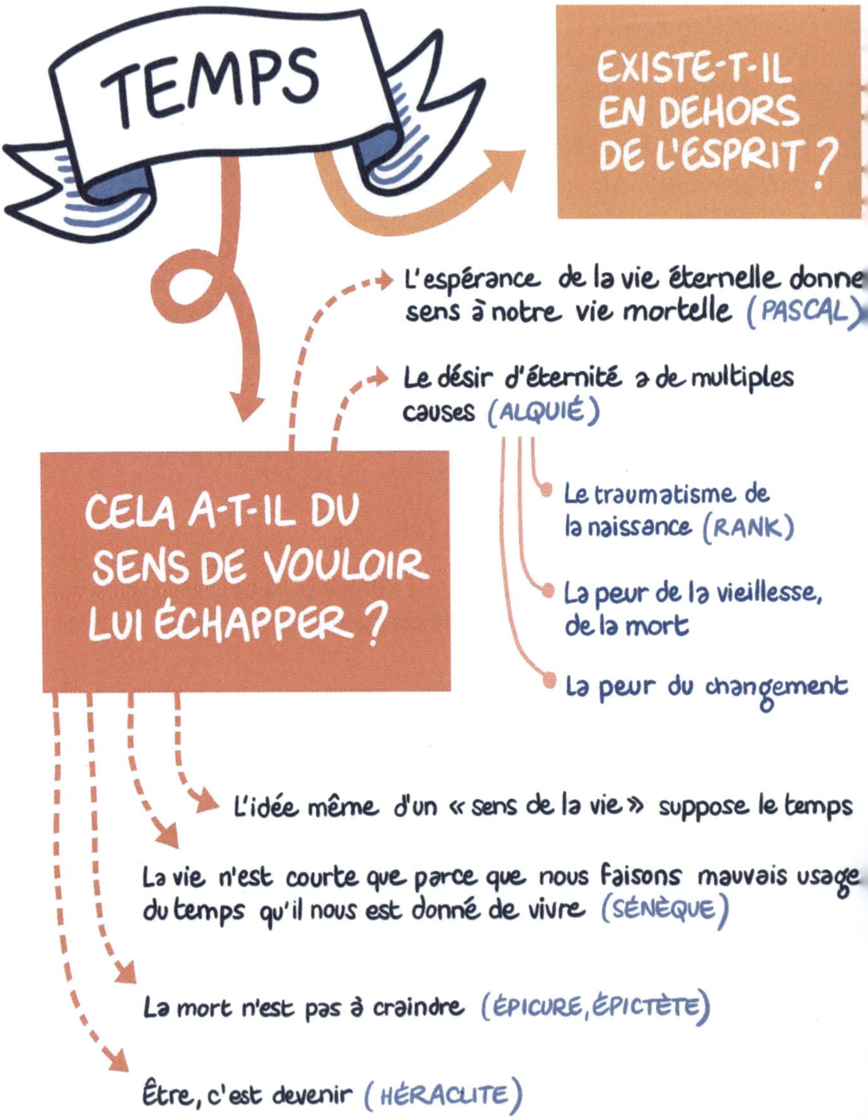

CARTE MENTALE

L'énigme du temps ne peut être résolue qu'en admettant qu'il n'existe que dans l'esprit (SAINT-AUGUSTIN)

Le temps forme avec l'espace le cadre dans lequel nous percevons toutes choses (KANT)

Le temps ne peut exister en dehors de la conscience. En dehors il n'y a que l'espace. (BERGSON)

Le temps qui s'écoule du passé vers le futur n'existerait que pour nous (THÉORIE PHYSIQUE CONTEMPORAINE)

N'hésite pas à construire ta propre carte mentale

Fiche test *Je fais le point*

QCM

10 min

- ◯ À revoir
- ◯ Acquis

Pour chaque question, déterminer la ou les bonnes réponses.
Chaque question peut rapporter jusqu'à un point, un demi-point dans le cas d'une erreur et aucun point dans le cas de deux erreurs ou plus.

1 Saint-Augustin estime que le temps :
- ◯ a. existe objectivement en dehors de l'esprit.
- ◯ b. ne peut exister que dans l'âme.

2 Kant soutient que le temps est un concept empirique, c'est-à-dire qu'il naît de l'observation de la succession des phénomènes : la succession des saisons, l'alternance du jour et de la nuit, etc.
- ◯ Vrai
- ◯ Faux

3 Selon Kant, « Le temps... » :
- ◯ a. « est notre pire ennemi ».
- ◯ b. « s'étire ou se contracte selon les circonstances ».
- ◯ c. « n'est pas quelque chose qui existe en soi ».

4 Complétez cette phrase de Bergson : « La durée toute pure est la forme que prend la succession de nos états de conscience quand notre moi se laisse vivre, quand il s'abstient d'établir une séparation entre... »
- ◯ a. « lui et les choses. »
- ◯ b. « l'état présent et les états antérieurs. »
- ◯ c. « le bien et le mal. »

5 Selon Bergson le mouvement n'a pas lieu dans l'espace.
- ◯ Vrai
- ◯ Faux

6 Aristote estime que même si rien ne changeait, le temps continuerait de s'écouler.
- ◯ Vrai
- ◯ Faux

7 Einstein a montré que le temps était ralenti par la gravité et la vitesse.
- ◯ Vrai
- ◯ Faux

8 Complétez cette phrase de Pascal : « Les hommes n'ayant pu guérir la mort, la misère, l'ignorance, ils se sont avisés, pour se rendre heureux... »
- ◯ a. « de les accepter. »
- ◯ b. « de n'y point penser. »

9 Selon Pascal, « la seule chose qui nous console de nos misères est... » :
- ◯ a. « le divertissement ».
- ◯ b. « la misère des autres ».
- ◯ c. « l'espoir d'aller au paradis ».

10 Selon Ferdinand Alquié dans *Le désir d'éternité*, le « traumatisme de la naissance » serait la matrice de tous les paradis perdus.
- ◯ Vrai ◯ Faux

11 Le stoïcien Sénèque déplore que la vie soit trop courte.
- ◯ Vrai ◯ Faux

12 Épicure estime que la longueur de la vie importe plus que sa qualité.
- ◯ Vrai ◯ Faux

13 Selon Épicure, « la mort n'est pas à craindre » puisque :
- ◯ a. « notre âme est immortelle ».
- ◯ b. « puisque notre âme n'est pas immortelle ».

14 Épictète considère la mort comme une malédiction.
- ◯ Vrai ◯ Faux

15 Qui est a dit : « Tout s'écoule » ?
- ◯ a. Pascal
- ◯ b. Parménide
- ◯ c. Héraclite

SCORE : ____ / 15

Comment gérer votre temps ?

MÉTHODE

- Bien des candidats quittent la salle d'examen trop rapidement parce qu'ils ne parviennent pas à mettre à profit tout le temps dont ils disposent. Au contraire, d'autres manquent de temps et doivent bâcler la fin de leur copie. Il est donc utile d'**apprendre à gérer votre temps**.
- Souvenez-vous que l'épreuve dure **4 heures**. C'est à la fois très long et très court : il faut être capable de maintenir son effort si on veut bien faire les choses.
- Prenez le temps de bien **choisir le sujet** que vous traiterez (5 minutes). Vous avez le choix entre deux sujets de dissertation et une explication de texte. L'explication n'est pas a priori plus facile que la dissertation. Faites votre choix en fonction de la question posée et de votre capacité à la traiter plutôt qu'en fonction du thème et de la sympathie qu'il vous inspire.
- Ne brûlez pas les étapes. **Travaillez d'abord au brouillon**. Analysez le sujet, dégagez une problématique, bâtissez un plan détaillé, rédigez éventuellement votre introduction. Ce travail préparatoire peut prendre entre 1h et 1h30 environ. Si vous le bâclez, votre travail sera plus superficiel et vous finirez probablement très tôt parce que vous n'aurez plus rien à dire.
- À ce stade, il vous reste encore entre 2 heures 15 et 2 heures 45 pour **rédiger au propre**. C'est bien suffisant. Surveillez quand même l'heure pour ne pas laisser le temps filer. Soignez la rédaction, notamment celle de l'introduction et de la conclusion. N'oubliez pas les transitions.
- Conservez une dizaine de minutes pour **relire et corriger les fautes**. C'est souvent plus long qu'on ne l'imagine.
- La qualité de **votre travail dépendra aussi du temps que vous aurez consacré à l'étude de la philosophie tout au long de l'année** et à vos révisions. Apprenez régulièrement, faites bien les exercices demandés et ne vous y prenez pas trop tard pour réviser. Des études sur la mémoire, et plus spécialement sur la mémoire de l'élève, montrent que plus on apprend, plus on apprend vite... et plus on oublie vite ! D'où l'utilité de réviser régulièrement pour se rafraîchir la mémoire. Ne chercher pas cependant à tout retenir. Comme le disait Montaigne : « Une tête bien faite vaut mieux qu'une tête bien pleine. »

Corrigés *Je fais le point*

1. **Vrai.** Saint-Augustin ne peut résoudre l'énigme du temps qu'en admettant que le temps n'existe que dans l'âme ou dans l'esprit, dans ce qu'on appellera plus tard la conscience. C'est dans l'âme que le passé, le présent et le futur sont présents, c'est en elle que le temps passe, s'étire et se mesure, qu'il existe. De ce point de vue, la réalité du temps n'est donc pas physique et objective, mais au contraire psychique et subjective.

2. **Faux.** Selon Kant, le temps n'est pas une idée construite à partir des phénomènes que nous pouvons observer, c'est au contraire parce que nous avons d'abord *(a priori)* une intuition du temps que nous pouvons nous représenter la succession des choses (ou leur simultanéité).

3. **c)** Aux yeux de Kant le temps et l'espace constituent un cadre mental dans lequel les hommes se représentent nécessairement les choses, mais ils n'existent pas en soi, en dehors de notre esprit.

4. **b)** Bergson remarque en effet que le passé n'est pas *extérieur* au présent, il lui est seulement *antérieur*. Nous confondons à tort le temps et l'espace quand nous nous imaginons par exemple que notre passé, notre histoire personnelle et notre éducation pèsent de l'extérieur sur notre état présent et déterminent ainsi nos choix.

5. **Vrai.** Dans l'espace une chose n'a jamais qu'une seule et unique position. Le mouvement se fait dans le temps, et non dans l'espace.

6. **Faux.** C'est à Newton que l'on doit l'idée d'un temps absolu, indépendant de choses et de leur mouvement.

7. **Vrai.** L'idée est exploitée dans divers scénarios de science-fiction.

8. **b)** C'est ce que Pascal appelle le *divertissement*.

9. **a)** Le divertissement nous console de nos misères, il est cependant « la pire de nos misères », parce qu'il nous détourne de la foi qui seule peut nous sauver selon Pascal.

10. **Vrai.** De ce point de vue, le souvenir inconscient de la vie prénatale serait à l'origine de mythes comme le jardin d'Eden, l'état de nature rousseauiste ou « le bon vieux temps ».

11. **Faux.** Aux yeux de Sénèque, la vie n'est courte que parce que nous perdons notre temps.

12. **Faux.**

13. **b)** Pour Épicure, paradoxalement, si la mort n'est pas à craindre, c'est parce qu'elle est un anéantissement.

14. **Faux.** Aux yeux du philosophe stoïcien, la mort est inscrite dans l'ordre naturel des choses et rien n'existe sans raison. CHAPITRE 10 p. 143

15. **c)** « Tout s'écoule », « on ne se baigne jamais deux fois dans le même fleuve », affirme Héraclite. C'est ce qu'on appelle le mobilisme universelle.

Cahier Spécial BAC

Description de l'épreuve

- **Durée :** 4 heures.
- **Coefficient :** 8.
- **Notation :** la copie est évaluée sur 20 points.

L'épreuve de philosophie donne le choix entre trois sujets : deux **sujets de dissertation** et une **explication de texte**.

1 Les sujets de dissertation

- Les sujets de dissertation prennent la forme d'une **question directe**. Ils font référence à une ou plusieurs notions du programme.
- La question posée invite à une **discussion rigoureuse**. Les candidats sont encouragés à explorer les enjeux des notions abordées et à examiner de façon critique les réponses que la question appelle.
- Les sujets proposés donnent aux candidats l'occasion de **mobiliser la culture philosophique acquise**, sans pour autant exiger des connaissances approfondies.

2 L'explication de texte

- Le troisième sujet est constitué d'un **texte philosophique** dont l'auteur figure dans la liste des auteurs au programme, qu'il est demandé aux candidats d'expliquer. Le texte fait référence à une ou plusieurs notions du programme.
- Il n'est pas obligatoire de connaître la doctrine ou l'œuvre de l'auteur. En revanche, les candidats doivent rendre compte d'une **compréhension précise** du texte et du problème qui y est soulevé.
- Si le texte vous semble vraiment **obscur**, il est probablement préférable de traiter un des sujets de dissertation. Cependant, méfiez-vous aussi des textes trop **clairs** : on peut difficilement expliquer ce qui est déjà clair et cela conduit souvent à paraphraser les propos de l'auteur.

SUJET DE BAC 1

DISSERTATION

De quoi sommes-nous responsables ?

DISSERTATION

L'amour du travail a-t-il un sens ?

EXPLICATION DE TEXTE

Doc. **Pascal, *Pensées***

Quand je me suis mis quelquefois à considérer les diverses agitations des hommes et les périls et les peines où ils s'exposent, dans la cour, dans la guerre, d'où naissent tant de querelles, de passions, d'entreprises hardies et souvent mauvaises, etc., j'ai découvert que tout le malheur des hommes vient d'une seule chose, qui est de ne savoir pas demeurer en repos, dans une chambre. Un homme qui a assez de bien pour vivre, s'il savait demeurer chez soi avec plaisir, n'en sortirait pas pour aller sur la mer ou au siège d'une place[1]. On n'achètera une charge à l'armée si cher que parce qu'on trouverait insupportable de ne bouger de la ville ; et on ne recherche les conversations et les divertissements des jeux que parce qu'on ne peut demeurer chez soi avec plaisir.

Mais quand j'ai pensé de plus près, et qu'après avoir trouvé la cause de tous nos malheurs j'ai voulu en découvrir la raison, j'ai trouvé qu'il y en a une bien effective, qui consiste dans le malheur naturel de notre condition faible et mortelle, et si misérable que rien ne peut nous consoler lorsque nous y pensons de près.

Quelque condition qu'on se figure, si l'on assemble tous les biens qui peuvent nous appartenir, la royauté est le plus beau poste du monde ; et cependant, qu'on s'en imagine un accompagné de toutes les satisfactions qui peuvent le toucher. S'il est sans divertissement, et qu'on le laisse considérer et faire réflexion[2] sur ce qu'il est, cette félicité languissante[3] ne le soutiendra point, il tombera par nécessité dans les vues qui le menacent, des révoltes qui peuvent arriver, et enfin de la mort et des maladies qui sont inévitables ; de sorte que, s'il est sans ce qu'on appelle divertissement, le voilà malheureux, et plus malheureux que le moindre de ses sujets qui joue et qui se divertit.

Blaise Pascal, *Pensées*, 1670.

1. Aller au siège d'une place : assiéger une ville ou une place forte.
2. Faire réflexion : réfléchir, prendre conscience.
3. Félicité languissante : « félicité » est un synonyme de « bonheur » ; la langueur est un état d'abattement.

La connaissance de la doctrine de l'auteur n'est pas requise. Il faut et il suffit que l'explication rende compte, par la compréhension précise du texte, du problème dont il est question.

CORRIGÉ

Dans un souci de clarté, le plan des corrigés est explicité par des titres. Cependant, la copie que vous rédigerez le jour de l'épreuve ne doit en comporter aucun.

DISSERTATION

De quoi sommes-nous responsables ?

Coup de pouce

Le sujet renvoie à la notion de liberté. À première vue, nous ne pouvons en effet être responsables que de ce que nous choisissons librement. Or, c'est justement ce qui fait problème : notre volonté peut-elle se déterminer sans être elle-même déterminée par rien ? Par suite, sommes-nous responsables de quoi que ce soit ?

Introduction

Dans son acception la plus familière, la notion de responsabilité tend à se confondre avec celle de culpabilité. Le responsable n'est autre que le coupable qu'il faut châtier. Pourquoi est-il coupable ? Parce qu'il a commis une faute, parce qu'il a choisi le mal au lieu du bien, et parce qu'il aurait pu (et dû) agir autrement.

C'est ce dernier point qui fait problème : quand je fais un choix, peut-on vraiment dire que j'aurais pu en faire un autre ? Je choisis en effet en fonction de mes goûts, de mes désirs, de mes convictions, de mes « principes »... Or, ai-je choisi tout cela ? Et plus radicalement, ai-je choisi d'être celui que je suis ?

Pour être responsable, il faudrait que je sois libre, et non déterminé par l'histoire qui a fait de moi ce que je suis. Le libre arbitre, dit Nietzsche, est une invention des théologiens, c'est « le tour de passe-passe théologique le plus suspect pour rendre l'humanité "responsable" ».

Dès lors, on est en droit de s'interroger sur cette notion de responsabilité, si familière, si « évidente » et pourtant éminemment problématique pour la philosophie. De quoi sommes-nous responsables au juste ? Qu'est-ce qui dépend vraiment de nous, de nos choix et de notre liberté ? Si tout ce qui arrive arrive nécessairement, si tout s'enchaîne inéluctablement en vertu du principe du déterminisme, la notion de responsabilité conserve-t-elle un sens ?

Conseil

Analysez les termes de la question pour dégager la problématique. À l'évidence, l'analyse doit porter ici sur la notion de responsabilité, mais aussi sur celle de liberté, même si le terme ne figure pas explicitement dans l'énoncé du sujet.

I. Thèse : nous ne sommes responsables de rien

A. Nous ne sommes pas responsables de ce que nous sommes

Être ou ne pas être, telle *n'est pas* la question, puisque nous n'avons pas choisi de naître. Nous n'avons pas choisi d'être et nous n'avons pas non plus choisi d'être *ce que nous sommes* : la condition humaine, notre nature d'homme (hérédité spécifique), la combinaison singulière de gènes qui fait de chacun de nous un individu unique, notre sexe, la couleur de nos yeux ou de nos cheveux… Même notre caractère est en partie déterminé par nos gènes. Nous n'avons pas davantage choisi la date et le lieu de notre naissance, ni notre héritage et notre identité culturelle.

Remarque

Ce sujet appelle un plan dialectique (thèse, antithèse, synthèse). Ce type de plan permet de traiter de nombreux sujets et donne de bons résultats, à condition de ne pas être appliqué de manière mécanique et caricaturale.

« On choisit pas ses parents, on choisit pas sa famille, on choisit pas non plus les trottoirs de Manille, de Paris ou d'Alger pour apprendre à marcher », dit la chanson. On ne choisit pas son passé, son histoire, les expériences de vie qui font de nous ce que nous sommes. Bref, on ne choisit donc pas d'être celui qu'on est. Mais choisit-on au moins *ce qu'on fait* ? Et par conséquent, en est-on responsable ?

B. Si nous ne sommes pas responsables de ce que nous sommes, nous ne le sommes pas non plus de ce que nous faisons

La liberté d'action n'est jamais totale ni jamais nulle. On choisit ce qu'on fait, mais nos choix résultent de ce que nous sommes et que nous n'avons pas choisi d'être. Suis-je responsable de mes goûts, de mes désirs, de mes croyances, de mes convictions ? Ma personnalité est le résultat de déterminismes biologiques, psychologiques et sociaux. J'ai intériorisé au cours de mon éducation des interdits et des injonctions, des normes sociales qui constituent ma conscience morale.

Pourtant, ce processus de « normalisation » ne suffit pas toujours à empêcher toute déviance, tout écart par rapport à la norme. À qui la faute ? La faute n'est à personne. « Ce que l'homme va faire est toujours une suite de ce qu'il a été », écrit le baron d'Holbach. Par conséquent, « il n'est pas maître d'agir autrement qu'il ne fait au moment où sa volonté est déterminée par son choix ».

Conseil

Les citations sont un plus, mais elles ne sont nullement indispensables. En revanche, votre réflexion doit être soutenue par des références philosophiques.

C. Le libre arbitre est une illusion

Nous ne sommes responsables de rien parce que le libre arbitre est une illusion. « Telle est cette liberté humaine que tous les hommes se vantent d'avoir et qui consiste en cela seul que les hommes sont conscients de leurs désirs et ignorants des causes qui les déterminent », écrit Spinoza.

Le criminel a-t-il choisi le crime ? Certes, mais il était déterminé par son passé à faire ce choix. Penser qu'il aurait pu en faire un autre est absurde : il faudrait admettre que la même cause (lui-même) puisse produire des effets différents ! « Notre vie est une suite d'instants nécessaires et notre conduite bonne ou mauvaise, vicieuse ou vertueuse [...] est un enchaînement d'actions aussi nécessaires que les instants de notre durée », écrit le baron d'Holbach. « Choisit-on d'être bien fait ou d'être bossu ? » demande Sade.

Transition

Mais peut-on en conclure avec ce dernier qu'il n'y a rien au monde de plus ridicule que de vouloir contrarier, punir ou corriger l'homme dont le comportement n'est pas conforme aux lois ou à la morale ?

II. Antithèse : nous sommes responsables de ce que nous choisissons librement

A. Le déterminisme ruine la morale

La conséquence d'un tel raisonnement est inacceptable. Peut-on exonérer l'individu de toute responsabilité au prétexte qu'il n'a pas choisi d'être l'homme qu'il est ? Saint Thomas d'Aquin souligne que nier le libre arbitre ruinerait la morale. La thèse selon laquelle chacun agit toujours de manière nécessaire élimine les notions de mérite et de démérite, « car si rien ne vient de nous, mais si nous sommes poussés à vouloir par nécessité, la délibération, le conseil et le précepte, la punition, la louange et le blâme, sur lesquels porte la philosophie morale, sont supprimés », écrit-il.

C'est le même raisonnement qui conduit Kant à faire de la morale un postulat de la raison pratique. Quelque intérêt que je puisse avoir à faire une chose, je dois reconnaître qu'il m'est possible d'agir autrement si tel est mon devoir. Si on veut me contraindre, en me menaçant de mort, de porter un faux témoignage contre un honnête homme, je dois reconnaître qu'il m'est possible de vaincre ma peur et de faire mon devoir. Je sais ainsi que je suis libre, c'est-à-dire que je *peux* faire une chose parce que je le *dois*.

B. Nous choisissons de nous laisser déterminer ou non

Hegel va dans le même sens : « Les circonstance ou mobiles n'ont jamais sur l'homme que le pouvoir qu'il leur accorde lui-même », écrit-il. Pour s'exonérer de toute responsabilité, un homme dira que sa volonté a été déterminée par tel ou tel mobile ; mais en réalité, il a choisi de se laisser déterminer par ces mobiles.

Le même argument se trouve chez Malebranche : il est vrai que nous sommes toujours déterminés par certains motifs, parfois cachés (inconscients), mais c'est que nous avons aussi donné notre consentement. Et nous le sentons bien : au moment même où nous prenons notre décision, « nous avons le sentiment intérieur de notre liberté ». Supposons par exemple que je sois tenté de voler un objet que je désire mais que je ne peux pas acheter. Je passerai à l'acte si, et seulement si, j'accepte de me laisser déterminer par mon désir. Et je sens intérieurement que je donne mon consentement au moment où je le donne.

Transition

Mais mon consentement est-il vraiment donné librement ? Ce que je choisis, est-ce que je le choisis librement ou nécessairement ? Et par conséquent, est-ce que j'en suis vraiment responsable ? Nous voilà revenus au point de départ !

III. Synthèse : nous sommes responsables de ce que nous choisissons nécessairement

A. Redéfinition de la notion de responsabilité

Comme on l'a vu, on ne peut ni admettre la notion de libre arbitre (parce qu'elle est impensable), ni renoncer à la notion de responsabilité. Il faut donc redéfinir les notions de liberté et de responsabilité.

Je suis responsable de ce qui advient par moi, non parce que cela aurait pu ne pas advenir, mais parce que cela devait advenir par moi *nécessairement*. Le criminel est responsable de son crime, non parce qu'il aurait pu ne pas le commettre, mais parce que c'est son choix, c'est-à-dire un choix qui émane de sa personnalité. C'est aussi la raison pour laquelle il doit être puni, c'est-à-dire corrigé : non parce qu'il aurait pu et dû faire autrement, mais plutôt *parce qu'il n'aurait pas pu faire autrement*, parce qu'il est ce qu'il est. Il s'agit donc de le punir pour le changer, afin qu'il ne puisse plus commettre d'autres crimes.

Conseil

La solution d'un problème dépend souvent de la manière dont on en définit les termes. La synthèse, pour apporter une véritable solution à la contradiction, doit donc souvent redéfinir les termes de la question.

C'est ce que suggère Diderot dans *Jacques le fataliste*. Jacques « croyait qu'un homme s'acheminait aussi nécessairement à la gloire ou à l'ignominie qu'une boule qui aurait la conscience d'elle-même suit la pente d'une montagne », et pourtant « il se mettait en colère contre l'homme injuste » parce que celui-ci « est modifié par le bâton ». Qu'elle prenne la figure de la culpabilité ou celle du mérite, la responsabilité est donc bien là, dans ce qui procède de moi et porte la marque de ma personnalité.

Être responsable, c'est avoir fait un choix qu'on doit pouvoir expliquer et justifier, c'est « avoir des comptes à rendre », c'est *répondre* de ses actes (le terme « responsabilité » vient du latin *respondere*, qui signifie « répondre »).

De quoi sommes-nous donc responsables au juste ? On ne saurait énumérer l'ensemble de nos responsabilités, la tâche serait infinie ! Nous sommes responsables de ce que nous avons voulu, même si notre volonté n'est pas libre, même si le libre arbitre est une illusion, même si nous ne nous sommes pas choisis nous-mêmes. Nous sommes responsables de ce qui arrive par nous, par notre volonté, par notre choix. Mais qu'est-ce qui dépend réellement de nous ?

B. Qu'est-ce qui dépend de nous ?

Il faudrait sans doute toujours le savoir, pour trouver le courage de changer ce qui peut l'être et la force d'accepter ce qui ne le peut pas. C'est ce que voulaient les stoïciens dont Descartes s'inspire dans le *Discours de la méthode*, au moment de se donner une morale provisoire : « Il n'y a rien qui soit réellement en notre pouvoir que nos pensées, en sorte qu'après que nous avons fait notre mieux touchant les choses qui nous sont extérieures, tout ce qui manque de nous réussir est, au regard de nous, absolument impossible. »

Épicure va dans le même sens : l'avenir n'est jamais tout à fait en notre pouvoir, ni jamais tout à fait hors de notre pouvoir. Si nos pensées dépendent de nous, le cours des choses dépend d'un grand nombre de causes. Notre responsabilité n'est donc peut-être jamais totale ni jamais nulle, mais toujours partielle. Or, c'est cette *part* de responsabilité qu'il faudrait pouvoir définir, comme on cherche à le faire lors d'un accident de la route, par exemple.

C. Responsabilité individuelle et responsabilité collective

C'est en raison d'une simplification pratiquement nécessaire qu'on déclare parfois que quelqu'un est responsable d'un accident à cent pour cent. En réalité, chacun l'est toujours au moins un peu, du seul fait qu'il a choisi de prendre la route. Il n'y aurait donc jamais que des degrés de responsabilité, et beaucoup de responsabilités collectives, diffuses et partagées.

Ainsi la responsabilité politique n'est-elle pas réservée à ceux qui gouvernent. Ainsi sommes-nous tous conjointement responsables de notre environnement, de la société ou de l'éducation de la jeunesse, par exemple. Un proverbe africain dit qu'il faut tout un village pour élever un enfant : un enfant n'est pas éduqué seulement par ses parents ; c'est aussi, d'une certaine façon, la société tout entière qui le forme. *Nous* sommes donc parfois *collectivement* responsables de ce qui apparaît pourtant à première vue comme relevant de la seule responsabilité individuelle.

Conclusion

La conception commune de la notion de responsabilité nous est apparue comme mal fondée, car fondée sur une notion impensable : celle du libre arbitre. Mais on ne pouvait cependant y renoncer : l'idée que nul n'est responsable de rien est en effet inacceptable. Il nous a alors fallu redéfinir la notion de responsabilité. Le responsable n'est pas celui qui aurait pu agir autrement, puisqu'il a agi en raison des nécessités de sa nature. Il est celui qui a voulu ce qui est arrivé et qui ne pouvait pas vouloir autre chose parce qu'il est ce qu'il est. Il est celui qu'on doit louer si ce qui est advenu par sa volonté est bon et blâmer si cela est mauvais.

Nous sommes donc responsables de ce qui dépend de nous, de notre volonté et de nos choix. Mais qu'est-ce qui dépend réellement de nous, et de nous seuls ? Qu'est-ce qui n'en dépend absolument pas ? Rien, peut-être… C'est probablement toujours « nous » qui sommes responsables, et jamais seulement l'individu pris isolément et en lui-même. Parce que l'individu isolé est un mythe, parce que je ne suis ce que je suis que par les autres… Il faudrait donc s'interroger sur la part de responsabilité de la société dans la genèse du crime, par exemple. Comment une société injuste pourrait-elle engendrer des individus vertueux ?

DISSERTATION

L'amour du travail a-t-il un sens ?

Coup de pouce

La question est délibérément provocante. C'est qu'elle est posée pour provoquer la réflexion. Celle-ci doit cependant rester méthodique et s'efforcer de décrire et d'analyser l'amour du travail afin d'en montrer la valeur et les limites. Il semble donc assez naturel d'envisager un plan en deux parties, la seconde complétant et nuançant la première sans à proprement parler la contredire.

Introduction

« Le travail éloigne de nous trois grands maux : l'ennui, le vice et le besoin », écrit Voltaire. Cela explique qu'on puisse aimer le travail et même parfois l'aimer passionnément, jusqu'à y consacrer l'essentiel de son temps, de sa vie ou de son énergie.

Pourtant, les Grecs méprisaient le travail. Ils y voyaient une activité servile, indigne d'un homme libre. De ce point de vue, l'amour du travail apparaît comme un non-sens : aimer le travail, ce serait aimer ses chaînes, aimer la contrainte, la souffrance et la servitude.

On peut donc se demander si l'amour du travail a un sens, s'il est sensé et justifié ou s'il procède au contraire d'une forme d'aveuglement, d'illusion, voire de perversion qui, paradoxalement, nous ferait aimer ce que nous devrions mépriser.

I. L'amour du travail peut avoir un sens

A. Description et analyse psychologique

Certains aiment le travail, ou du moins leur travail. Ils ont, à tort ou à raison, le sentiment que travailler leur fait du bien, contribue à leur équilibre, à leur bien-être et à leur épanouissement personnel. En effet, il est indéniable que travailler permet de se sentir utile et compétent, et donc d'être fier de soi. On peut aimer le travail parce qu'il permet de s'aimer soi-même. Rien n'est plus sensé.

Gagnez des points

Liez autant que possible les arguments entre eux au lieu de simplement les juxtaposer.

Mihaly Csikszentmihalyi, un psychologue ayant consacré sa vie à découvrir ce qui rend les gens heureux, estime que nos plus grands bonheurs correspondent à un état de concentration ou d'absorption complète dans une activité, qu'il nomme *flow* (« flux »).

Cette théorie éclaire le célèbre jugement de Kant qui affirme que « le Ciel n'aurait pas pris soin de nous avec plus de bienveillance en nous offrant toutes choses déjà préparées ». L'homme, en effet, a besoin d'occupation et de s'oublier lui-même dans une tâche qui l'absorbe.

B. Aimer ce qu'on fait

« Chaque chose a deux anses : l'une par où on peut la porter, l'autre par où on ne le peut pas », écrit Épictète. Mieux vaut aimer le travail, puisque nous devons travailler. Ce qu'on ne peut changer, ce qui est inscrit dans l'ordre naturel des choses ou dans la condition humaine, il faut l'accepter et même l'aimer si on le peut. Il faut donc envisager le travail sous son jour le plus favorable et lui rendre justice si on veut pouvoir l'aimer et être heureux.

Le sage est libre et heureux parce qu'il donne son assentiment à l'ordre des choses, affirment les stoïciens. Il est en accord, en harmonie avec ce qui est ou doit être. Mieux vaut en effet aimer ce qu'on a, ce qu'on est et ce qu'on fait que de se condamner à être éternellement insatisfait. Aimer le travail, c'est aimer la vie, non telle qu'on la rêve, mais telle qu'elle peut être. Rien ne semble plus sage et plus sensé.

C. Travailler permet de changer ce qui peut l'être

« Que la force me soit donnée de supporter ce qui ne peut être changé et le courage de changer ce qui peut l'être, mais aussi la sagesse de distinguer l'un de l'autre », écrit Marc Aurèle. Dans son esprit, il s'agit surtout d'agir à la lumière de l'idée que nous avons davantage de pouvoir sur nos pensées, nos désirs ou nos émotions que sur le cours des choses.

Mais nous pouvons interpréter la formule autrement : il y a, dans le monde, des choses qu'il est en notre pouvoir de changer et d'autres que nous ne pouvons qu'accepter. Or, on peut aisément les confondre : accepter ce qu'on pourrait changer ou, à l'inverse, s'évertuer à changer ce qui ne peut l'être.

Dans cette perspective, aimer le travail, c'est accepter sagement ce qui ne peut être changé (l'homme est condamné à travailler pour adapter la nature à ses besoins) et en même temps changer tout ce qui peut l'être par l'effort, la volonté et la peine.

Dès lors, c'est la détestation du travail qui apparaît comme un non-sens, puisqu'elle consiste à refuser ce qu'on ne peut qu'accepter (la nécessité de travailler) tout en s'interdisant de changer ce qui pourrait l'être précisément grâce au travail.

Transition

Mais l'amour du travail a-t-il toujours un sens ? Dans quelle mesure est-il raisonnable de s'investir dans le travail ? Peut-on toujours l'aimer ?

II. L'amour du travail peut ne pas avoir de sens

A. Le travail est ce qui permet à l'homme de s'accomplir mais aussi ce qui l'aliène

Le travail est un aspect de ce qu'on peut appeler la négativité humaine : « L'homme est l'animal qui n'accepte pas simplement le donné naturel, qui le nie », écrit Georges Bataille. Cela signifie que l'homme ne peut se satisfaire des choses telles qu'elles sont et que, par conséquent, il les transforme par le travail et par l'éducation (qui est un travail sur soi). Il crée ainsi un monde nouveau, artificiel : le monde humain, celui de la culture par opposition à la nature. Le travail est donc le propre de l'homme et lui permet de s'accomplir, comme Marx le souligne également. De ce point de vue, l'amour du travail est pleinement sensé et justifié.

Cependant, Marx dénonce le travail aliéné du prolétaire qui, condamné à vendre sa force de travail pour vivre, n'est rien de plus qu'un esclave moderne. Étranger à ce qu'il fait et comme étranger à lui-même, il exécute une tâche qui devient de plus en plus mécanique et répétitive. « Le travail aliéné est mortification », écrit Marx. Comment un individu doué de bon sens pourrait-il aimer ce travail-là ?

Remarque

Notez bien que le plan de ce développement n'oppose pas à proprement parler une thèse et une antithèse. En effet, les deux grandes parties du développement se complètent sans se contredire. C'est la raison pour laquelle une troisième partie (synthèse) serait sans objet.

B. L'amour du travail peut être un amour fou

Pourtant, les ouvriers aiment le travail, constate Paul Lafargue. La classe ouvrière est possédée par une étrange folie : « l'amour du travail, la passion moribonde du travail, poussée jusqu'à l'épuisement de l'individu », écrit-il en 1880 dans son livre *Le droit à la paresse*. Pour cet écrivain et homme politique français, il faut contraindre les ouvriers à travailler moins et à consommer les biens qu'ils produisent.

D'un point de vue psychologique, le surinvestissement dans le travail peut se comprendre comme une forme d'addiction. Les anglophones parlent aujourd'hui de *work addiction* (« addiction au travail ») et de *workaholics* (« bourreaux de travail »). Certains sont fiers de « se défoncer au travail », sans relever que l'expression provient du vocabulaire de la toxicomanie (addiction à une substance toxique).

D'un point de vue existentiel, le travail peut, comme le jeu, les spectacles ou la chasse, relever de ce que Pascal appelle le divertissement : tout ce qui « fait diversion », occupe notre esprit et nous détourne de la misère de notre condition de mortel.

D'un point de vue sociologique et politique, l'amour excessif du travail peut se comprendre comme relevant de l'idéologie au sens marxiste du terme : une vision des choses illusoire que la classe dominante (la bourgeoisie) impose dans son propre intérêt à la classe dominée (le prolétariat).

Sans être marxiste, c'est cette idéologie bourgeoise glorifiant le travail que Nietzsche dénonce : « Le travail constitue la meilleure des polices », écrit-il. Pour le philosophe, le travail est un puissant facteur d'ordre et de sécurité parce qu'il épuise les hommes et entrave le développement de leur individualité. De ce point de vue, l'amour du travail, magnifié et idéalisé, contribuerait à maintenir l'ordre établi à l'avantage des privilégiés. Il faudrait donc dénoncer cette illusion idéologique et faire prendre conscience aux hommes qui en sont victimes qu'ils sont tombés amoureux de leurs chaînes.

Gagnez des points

Quand un sujet évoque une notion étrangère au programme comme ici la notion d'amour, on la néglige souvent à tort. Pensez notamment à analyser des expressions comme « amour passionnel », « amour fou », « amour inconditionnel ».

C. Aimer le travail ou n'aimer que le travail ?

Le travail préserve la vie, c'est une raison suffisante de l'aimer. Ce qui n'aurait guère de sens, ce serait de n'aimer que lui. Si on travaille pour gagner sa vie, c'est-à-dire pour produire les moyens de sa subsistance (nourriture, vêtements, logement...), c'est que le travail est le moyen de la vie, et non sa fin. Il faut donc travailler pour vivre, et non pas vivre pour travailler. Que le travail, qui n'a qu'une valeur de moyen, devienne une fin en soi, c'est cela qui n'aurait pas de sens. Le travail n'est pas tout.

Aimer le travail n'empêche pas d'aimer la paresse, les loisirs et plus encore le loisir, le temps libre que l'on peut consacrer à des activités gratuites ou désintéressées qui n'ont pas d'autre but qu'elles-mêmes et la perfection de celui qui s'y adonne. La philosophie en est un exemple. Elle est, aux yeux d'Aristote, une fin en soi et ainsi, d'une certaine façon, le contraire d'un travail : elle relève de la *praxis* (« pratique ») et non de la *poiésis* (« production »).

Par exemple, l'artisan qui fabrique une chaise vise le résultat (la chaise), il ne travaille pas pour travailler. Le philosophe, au contraire, philosophe pour philosopher. Ce n'est pas le résultat qui compte ici, mais l'activité elle-même en tant qu'accomplissement de la nature même de l'homme.

Sans mépriser le travail à la manière des Anciens, Hannah Arendt entend le cantonner à sa dimension vitale (gagner son pain, gagner sa vie) pour conserver une place à l'œuvre et à l'action. Nous ne savons plus rien des activités plus nobles et plus enrichissantes que le travail, cultivées autrefois par l'aristocratie. Nous ne savons plus guère que produire et consommer des biens. Cela est d'autant plus absurde que, les progrès de l'automatisation vidant progressivement les usines, nous avons devant nous la perspective d'une « société de travailleurs sans travail ».

Conclusion

Loin d'être absurde et vide de sens, l'amour du travail semble parfaitement fondé : le travail éloigne de nous la misère, il crée des biens et des richesses qui nous assurent une vie confortable (avoir chaud quand il fait froid, avoir de la lumière quand il fait nuit, avoir à manger quand on a faim...).

Cet amour ne doit cependant pas être inconditionnel ni exclusif. On ne peut aimer le travail quelles qu'en soient les conditions (le travail aliéné) et n'aimer que lui. Ce n'est donc pas l'amour du travail qui n'a pas de sens, mais seulement la passion du travail, puisqu'elle fait perdre toute mesure, toute sagesse et tout discernement.

EXPLICATION DE TEXTE

Pascal, *Pensées*

Coup de pouce

La notion de divertissement est la clé de ce texte. Par ce terme, Pascal désigne tout ce qui peut occuper notre esprit et nous éviter de penser à la misère de la condition humaine. Il condamne pourtant le divertissement : « La seule chose qui nous console de nos misères est le divertissement ; et cependant c'est la plus grande de nos misères », écrit-il. Aux yeux du philosophe, seule la foi peut nous sauver : « Misère de l'homme sans Dieu, grandeur de l'homme avec Dieu. »

Introduction

Les moralistes, comme La Rochefoucauld ou Pascal, sont des observateurs désenchantés des mœurs humaines, dont ils s'efforcent de découvrir les ressorts cachés.

Pourquoi les hommes s'agitent-ils vainement ? Pourquoi risquent-ils leur vie dans des entreprises aussi absurdes que dangereuses ? C'est cette énigme que Pascal élucide d'un trait dans un passage célèbre des *Pensées* : « Tout le malheur des hommes vient d'une seule chose, qui est de ne savoir pas demeurer en repos dans une chambre. »

Comment comprendre ce besoin que nous avons de nous occuper, de nous agiter, de nous divertir à tout prix ? Pourquoi réclamons-nous le tumulte quand nous pourrions jouir du repos ? Pascal voit dans ce qu'il appelle le divertissement le moyen qui permet communément aux hommes d'échapper à la misère de leur condition de mortels. Mais les hommes ne se font-ils réellement l'amour, la guerre ou la conversation que pour échapper à l'angoisse de la mort ? La thèse peut paraître réductrice.

Développement

A. Composition du passage

Le passage s'ouvre sur une idée tirée de l'observation distanciée du comportement des hommes : nous nous épargnerions bien des misères si nous pouvions demeurer en repos. Mais pourquoi en sommes-nous tellement incapables ? C'est que, nous dit Pascal, nous avons besoin d'agir pour ne pas penser à la misère de la condition humaine. Le passage s'achève sur un exemple permettant de vérifier cette thèse : celui du roi sans divertissement.

B. Explication détaillée

Pascal se fonde sur des observations que son lecteur peut vérifier, y compris en lui-même : les hommes s'agitent, s'affairent, s'occupent de mille manières. Ils fuient comme la peste l'ennui et le désœuvrement, qu'ils semblent redouter plus que le danger, la violence ou la guerre. Pourquoi sommes-nous incapables de jouir paisiblement du confort que peut nous offrir un foyer ? Pourquoi prendre la mer au péril de sa vie ? Pourquoi assiéger une ville ou conquérir l'Asie quand on pourrait rester chez soi près du feu ?

Les exemples sont datés, mais cela n'enlève rien à la pertinence du questionnement de Pascal. Pourquoi faire le tour du monde à la voile, sauter d'un pont attaché à un élastique, jouer au casino ou aller au cinéma, sinon parce que nous ne pouvons demeurer chez nous avec plaisir ? On objectera peut-être qu'il est possible de « demeurer chez soi avec plaisir ». Mais chez soi ou ailleurs, pouvons-nous nous passer de divertissement ? Pouvons-nous vivre sans radio, sans téléphone, sans Internet, sans livres... bref, sans rien pour nous occuper l'esprit ? Ce n'est peut-être pas fondamentalement *chez soi*, mais plutôt *en soi* qu'il faut chercher le péril que nous fuyons dans l'action.

Conseil

Attention à ne pas trop développer le paragraphe qui analyse la composition du passage. Cela vous conduirait inévitablement à vous répéter ensuite. C'est une erreur très commune.

Pourquoi fuyons-nous cet ennui qui nous met face à nous-mêmes ? Parce qu'il nous fait prendre conscience de la misère de la condition humaine, du « malheur naturel de notre condition faible et mortelle », écrit Pascal. Le malheur serait donc en un sens naturel pour l'homme, c'est-à-dire qu'il est lié à la nature ou à la condition humaine, à notre condition de mortels. Pascal en propose une terrible image : la condition humaine est comparable à celle de prisonniers qui attendent que vienne leur tour d'être exécutés. Qui sera le prochain ? Qui la mort viendra-t-elle chercher aujourd'hui ?

Mais notre condition n'est pas seulement définie par la mort. Nous sommes aussi des êtres temporels : nous existons dans le temps, ce monstre qui dévore ses enfants. « Avec le temps, va, tout s'en va », chante le poète Léo Ferré. « C'est une chose horrible de sentir s'écouler tout ce que l'on possède », écrit l'auteur des *Pensées*. La vie, ou du moins cette vie ici-bas, Pascal la juge horrible et misérable : « Il n'y a rien de bon en cette vie », écrit-il. Rien de bon sinon « l'espoir d'une autre vie », éternelle et heureuse, ou heureuse parce qu'éternelle, c'est-à-dire hors du temps.

Puisque nous ne pouvons échapper à la misère de notre condition mortelle que par l'espoir du salut, nous devrions entrer dans la foi et réformer notre vie pour être sauvés. Mais les hommes choisissent d'ordinaire de fuir la réalité dans le divertissement. « Les hommes n'ayant pu guérir la mort, la misère, l'ignorance, ils se sont avisés, pour se rendre heureux, de n'y point penser », écrit Pascal. Pour ne pas y penser, il faut s'occuper. C'est la raison pour laquelle nous fuyons l'ennui et recherchons ce que l'auteur des *Pensées* nomme le divertissement.

Le philosophe condamne cette attitude qui consiste à détourner le regard pour chercher refuge dans l'inconscience et l'illusion : « La seule chose qui nous console de nos misères est le divertissement ; et cependant c'est la plus grande de nos misères », écrit-il. À ses yeux, notre salut dépend au contraire d'une conversion qui tourne notre regard vers Dieu et l'espoir de la vie éternelle.

Pascal achève sa démonstration avec l'exemple du roi sans divertissement, qui inspirera un roman à Giono. L'idée est simple et clairement formulée : « Un roi sans divertissement est un homme plein de misères. » Malgré tous les privilèges liés à sa condition, un roi n'est qu'un simple mortel et ne peut l'oublier qu'en se divertissant.

C. Brève discussion de la thèse

La vie ici-bas est-elle aussi misérable que l'affirme Pascal ? Ne vaut-elle que par l'espoir du salut ? Le divertissement au sens pascalien du terme est-il vraiment le ressort caché, la raison fondamentale de la plupart des activités humaines ? Ne fait-on l'amour ou la guerre que pour échapper à l'angoisse de la mort ?

La thèse de Pascal est séduisante par sa noirceur, son pessimisme et son désenchantement, mais on peut la juger réductrice. Nietzsche dénoncera ce qu'il appelle le nihilisme, c'est-à-dire la tentation de dénigrer la réalité, la vie ou le monde en les comparant à une autre réalité, une autre vie, un autre monde idéal. Par ailleurs, le rôle de la philosophie n'est-il pas au contraire de nous apprendre à vivre et à aimer la vie malgré la mort ?

Conclusion

Pascal souligne que les activités humaines ne sont souvent qu'une vaine agitation qui ne vise qu'à échapper à l'ennui. L'idée a tellement marqué les esprits qu'on parle aujourd'hui du « divertissement » au sens pascalien.

Cette thèse peut cependant paraître exagérément pessimiste et réductrice. On peut douter qu'il soit possible de ramener la quasi-totalité des activités humaines au divertissement pascalien. Et n'y a-t-il vraiment rien de bon en cette vie sinon l'espoir d'une autre vie, comme le prétend Pascal ?

Conseil

Dans la conclusion, pensez à rappeler à la fois la valeur et les limites de la thèse exprimée par l'auteur dans le texte.

SUJET DE BAC 2

DISSERTATION

Puis-je, au nom de ma conscience, refuser de me soumettre aux lois ?

DISSERTATION

Le doute est-il une force ou une faiblesse ?

EXPLICATION DE TEXTE

Doc. Pascal, *Pensées*, 1670

Qu'est-ce que le moi ? Un homme qui se met à la fenêtre pour voir les passants, si je passe par là, puis-je dire qu'il s'est mis là pour me voir ? Non ; car il ne pense pas à moi en particulier. Mais celui qui aime quelqu'un à cause de sa beauté, l'aime-t-il ? Non ; car la petite vérole, qui tuera la beauté sans tuer la personne, fera qu'il ne l'aimera plus. Et si on m'aime pour mon jugement, pour ma mémoire, m'aime-t-on, moi ? Non ; car je puis perdre ces qualités sans me perdre moi-même. Où est donc ce moi, s'il n'est ni dans le corps, ni dans l'âme ? Et comment aimer le corps ou l'âme, sinon pour ces qualités qui ne sont point ce qui fait le moi, puisqu'elles sont périssables ? Car aimerait-on la substance de l'âme d'une personne abstraitement, et quelques qualités qui y fussent ? Cela ne se peut, et serait injuste. On n'aime donc jamais personne, mais seulement des qualités. Qu'on ne se moque donc plus de ceux qui se font honorer pour des charges et des offices, car on n'aime personne que pour des qualités empruntées.

Blaise Pascal, *Pensées*, 1970.

La connaissance de la doctrine de l'auteur n'est pas requise. Il faut et il suffit que l'explication rende compte, par la compréhension précise du texte, du problème dont il est question.

CORRIGÉ

DISSERTATION

Puis-je, au nom de ma conscience, refuser de me soumettre aux lois ?

Coup de pouce
Ce sujet classique, qui invite à mettre en évidence la valeur et les limites de la loi, appelle assez « naturellement » un plan dialectique (thèse, antithèse, synthèse). Ce type de plan permet de traiter bien des sujets et donne de bons résultats, à condition de ne pas être appliqué de manière mécanique et caricaturale.

Introduction

Quand l'*Antigone* d'Anouilh fut représentée pour la première fois en 1944 sous l'occupation allemande, Antigone fut perçue comme représentant la Résistance, et Créon le gouvernement de Vichy. Antigone est, en effet, le symbole de la révolte et de la liberté, de la rébellion contre les décrets d'un pouvoir injuste et arbitraire. Évidemment, nous nous rangeons spontanément du côté d'Antigone qui refuse, au nom de sa conscience, de se soumettre à la loi qui lui interdit d'offrir les rites funéraires à son frère. Pourtant, ce droit, voire ce devoir, de désobéissance fait problème. Ainsi Kant estime-t-il que « toute révolte (...), tout soulèvement qui éclate en rébellion est, dans une république le crime le plus grave et le plus condamnable ». On est dès lors en droit de se demander s'il est légitime de refuser de se soumettre aux lois au nom de sa conscience, ou s'il faut au contraire regarder le respect des lois et de l'ordre social comme un devoir sacré.

Gagnez des points
Évitez d'annoncer votre plan de manière lourdement explicite. La formulation du problème suggère parfois suffisamment le plan, comme c'est le cas ici.

I. Thèse : Il est parfaitement légitime de refuser de se soumettre à une loi injuste. Plus qu'un droit, c'est un devoir et un acte courageux.

A. La désobéissance civile.

Chacun connaît l'histoire de Rosa Parks, cette femme noire qui devint une figure emblématique de la lutte contre la ségrégation raciale aux États-Unis en refusant de céder sa place dans un bus à un passager blanc. Son geste conduisit la Cour suprême à déclarer les lois ségrégationnistes dans les bus anticonstitutionnelles.

Le geste de Rosa Parks (quoique spontané et probablement sans dimension politique consciente au moment où il est accompli) s'apparente à la désobéissance civile : le refus assumé et publique de se soumettre à une loi ou à un pouvoir inique, utilisé comme une arme de combat pacifique. L'idée est associée notamment aux noms de Gandhi et de Martin Luther King qui en ont montré l'efficacité, mais l'expression a été formée par le philosophe américain Henry David Thoreau dans son essai *La Désobéissance civile* (1849).

Conseil
Analysez (expliquez) les exemples.

Le philosophe refuse de payer ses impôts pour signifier son refus de cautionner un État qui tolère l'esclavagisme et mène une guerre injuste contre le Mexique. « Le respect de la loi vient après celui du droit », écrit-il. En d'autres termes, il existe des principes de justice supérieurs aux lois. C'est au nom de ces principes qui relèvent du droit naturel que nous sommes fondés à refuser de nous soumettre à la loi.

Le respect aveugle et inconditionnel de l'autorité et de la loi nous fait agir contre notre volonté, contre notre conscience et contre tout bon sens. C'est ainsi que des régiments d'hommes paisibles marchent à la guerre, pour servir au péril de leur vie et la peur au ventre, la volonté de quelque puissant sans scrupule.

La loi ne rend pas les hommes plus justes, et nous ne sommes tenus d'obéir qu'à la voix de notre conscience, estime Thoreau : « agir à tout moment selon ce qui me paraît juste ».

B. La Boétie : « soyez résolus de ne plus servir, et vous voilà libres. »

L'efficacité de la désobéissance civile peut se comprendre à la lumière de la thèse de La Boétie selon laquelle le pouvoir ne peut se maintenir qu'avec le consentement de ceux sur lesquels il s'exerce. Comment un homme qui n'a que deux yeux et que deux mains pourrait-il maîtriser tout un peuple sans sa coopération ? Il suffirait donc, pour abattre le pouvoir, de cesser de le soutenir : « soyez résolus de ne plus servir, et vous voilà libres ».

C. Pascal : « Plaisante justice qu'une rivière borne. »

Quel respect devons-nous du reste à une législation capricieuse, changeante et contradictoire ? « Plaisante justice qu'une rivière borne », écrit Pascal. Les lois n'ont pas de fondement moral, elles ne sont ni justes, ni fondées en raison, ce ne sont que des coutumes qui ne tirent leur force que d'être établies. Pascal en conclut qu'il faut préserver l'illusion que les lois sont justes afin de maintenir la paix sociale. Mais nous pouvons en tirer une conséquence différente : une règle injuste qui ne se maintient que par la force de son ancienneté ne mérite en rien notre respect.

Bien comprendre

Votre dissertation ne doit comporter aucun titre. Le plan du corrigé n'apparaît ici que pour vous aider à le comprendre.

D. Saint Thomas d'Aquin : « transgresser la lettre de la loi pour rester fidèle à l'esprit de justice. »

Outre que la loi peut être injuste dans son principe même (les lois ségrégationnistes par exemple), l'application d'une bonne loi peut aussi devenir contraire au bien commun qu'elle vise. Il est impossible d'instituer une loi qui ne serait jamais prise en défaut, parce que comme le souligne st Thomas, le législateur ne peut tenir compte de toutes les situations possibles. Le bien consiste alors à « transgresser la lettre de la loi pour rester fidèle à l'esprit de la justice ».

Transition : Pour toutes ces raisons, l'idée d'agir selon ce qui nous paraît juste plutôt que de respecter les lois sans discernement, semble parfaitement sensée et légitime. Pour autant, peut-on soutenir l'idée selon laquelle nous ne serions tenus de respecter la loi que si elle nous semble juste ? Qu'est-ce qu'une loi à laquelle on peut désobéir ? Est-ce encore une loi ? Et ne voit-on pas, même intuitivement, que le respect de la loi est ce qui distingue la vie en société de l'état de nature ?

Gagnez des points

Donnez plus d'unité et de clarté à votre raisonnement en rédigeant des transitions.

II. Antithèse : Le respect des lois est la condition de la vie en société.

A. Hobbes : « le pouvoir de l'État est absolu. »

« Tant que les hommes ne sont pas tenus en respect par un pouvoir commun, ils vivent dans cet état qu'on nomme la guerre », écrit Hobbes. En effet, « l'homme est un loup pour l'homme » et s'il ne renonçait pas à sa liberté naturelle pour se soumettre à l'État et aux lois, la vie en société serait tout simplement impossible, ce serait « la guerre de tous contre tous ». On ne peut espérer échapper à la violence de l'état de nature et vivre dans un état de droit, que par une soumission inconditionnelle au pouvoir absolu de l'État.

B. Kant : « la paix est synonyme d'état de droit. La révolte y met fin. »

On peut considérer, en effet, que toute révolte ruine le fondement même de la société, à savoir le contrat qui institue ce que Kant appelle, à la suite des Anciens : la République (du latin *res publica* : la chose publique). C'est pourquoi, aux yeux de Kant, l'interdiction de s'opposer au pouvoir et aux lois est inconditionnelle. Cela signifie que, même quand le pouvoir viole le contrat social, en agissant de manière tyrannique et sans respect pour la volonté du peuple, la révolte n'en demeure pas moins condamnable. En effet, contester la décision du chef de l'État constitue *ipso facto*, un retour à l'état de nature : on ne sait plus de quel côté est le droit, c'est la loi du plus fort ou la guerre.

C. Socrate : « les lois sont l'âme de la Cité. »

Socrate n'est pas aussi radical que Kant. Son attitude témoigne pourtant d'un profond respect pour la loi. Socrate aurait pu en effet échapper à la mort en s'enfuyant de sa prison. Son disciple Criton essaye d'ailleurs de l'en convaincre dans le dialogue du même nom. Mais Socrate imagine les reproches que pourrait lui faire la Loi s'il ne la respectait pas. La Loi est comme l'âme de la Cité, ce qui la fait vivre. Socrate la compare à un parent à qui on doit respect et soumission parce qu'on lui doit la vie. Être fidèle aux lois, c'est respecter la Cité sans laquelle nous n'existerions pas. C'est donc d'une certaine façon rester fidèle à soi-même. Socrate préfère mourir en restant cohérent, que de sauver sa vie au prix de ce qu'il regarde comme une incohérence et une trahison.

D. Le sentiment d'injustice peut être très subjectif.

Si chacun pouvait faire ce que bon lui semble, son comportement serait dicté par un calcul d'intérêt égoïste et à courte vue. L'État impose au contraire le respect de lois rationnelles, utiles et légitimes. Il nous contraint à être raisonnables, il incarne la Raison comme le soutient Hegel.

De ce point de vue, on peut remarquer que ce qui nous révolte, ne fait souvent que contrarier nos désirs et nos intérêts. Thoreau revendique d'agir selon ce qui lui semble juste. Mais, à l'évidence, ce qui me semble juste, ne l'est pas forcément. La loi n'est-elle pas plus souvent juste que mon sentiment ? Il y a une grande subjectivité dans nos jugements, spécialement dans nos jugements moraux. Ce qui apparaît à ma conscience, comme juste ou injuste, parfois dans un grand sentiment d'évidence, peut être cependant très subjectif. Par exemple certains se sont battus en faveur du mariage pour tous, parce qu'ils jugeaient la loi discriminatoire. Mais c'est aussi au nom de leur conscience que certains maires refuseront d'unir des personnes du même sexe. L'objection de conscience n'est pas toujours là où on l'attend.

Transition : Le respect des lois apparaît donc comme la condition de la vie sociale et on peut difficilement accorder à chacun le droit d'agir en toute circonstance en fonction de ce qui lui paraît juste. Faut-il pour autant respecter toute loi comme une chose sacrée et inviolable ? Ce serait oublier ce que la loi même doit à ceux qui l'on fait changer en la transgressant.

Conseil

La synthèse ne résume pas les deux premières parties, elle propose une solution au problème souvent fondée sur un éclaircissement des termes de la question.

III. Synthèse : À quelles conditions puis-je refuser de me soumettre aux lois ?

A. Qu'appelle-t-on « loi » au juste ?

Le décret arbitraire d'un tyran ne mérite pas le nom de *loi*. On ne doit le respect qu'aux lois dignes de ce nom. Par exemple, le décret de Créon dans *Antigone*, est-il à proprement parler une loi ? Aux yeux de Rousseau, une loi, pour mériter son nom, doit être adoptée par le peuple et s'appliquer à tout le peuple. La loi est donc une règle votée par tous et applicable à tous. C'est le principe de la double universalité de la loi. Or le décret de Créon ne réalise aucune de ces deux conditions. D'abord, il concerne Polynice, le frère d'Antigone et non le peuple dans son ensemble. Ensuite, il n'exprime que la volonté particulière de Créon. À strictement parler, ce n'est même pas à une loi, mais seulement à un décret arbitraire qu'Antigone refuse de se soumettre. « Ce qu'un homme, quel qu'il puisse être, ordonne de son chef n'est point une loi », écrit Rousseau.

Si donc, la question est : peut-on refuser de se soumettre à un décret arbitraire au nom de sa conscience ? La réponse est dans la question. Quant à la loi proprement dite, elle est, en droit, toujours juste : le peuple ne peut pas, en principe, se traiter lui-même injustement. Le peuple veut son propre bien. En revanche, il ne le voit pas toujours et a donc besoin d'être éclairé par le Législateur. C'est pourquoi il peut être légitime de refuser de se soumettre à une loi, mais d'une certaine façon, au nom de la loi même, c'est-à-dire pour qu'elle atteigne le bien commun qui est son but.

B. On peut le plus souvent s'opposer aux lois sans leur désobéir.

Dans une démocratie, on peut toutefois s'opposer aux lois, sans avoir à les enfreindre : la loi donne le droit de s'opposer à la loi, le droit d'exprimer ses opinions, de manifester, le droit de grève et avant tout le droit de vote ! De ce point de vue, la désobéissance civile devrait être considérée comme un ultime recours. Dans une situation d'urgence, parce qu'on estime que des êtres humains sont maltraités en toute légalité ou parce que les autres formes d'action n'ont pu aboutir, on peut estimer que le refus de se soumettre est un droit et même un devoir. Tirant la leçon de l'Occupation, le projet de Constitution de la IVe République faisait de la résistance à un gouvernement qui viole les libertés et les droits garantis par la Constitution « le plus sacré des droits et le plus impérieux des devoirs ».

Conclusion : On ne peut refuser de se soumettre qu'à condition d'en avoir le courage.

Plus qu'un droit, la désobéissance peut donc être un devoir. Encore faut-il avoir le courage de désobéir. Car nous sommes plus soumis et obéissants que nous ne le croyons communément. C'est ce qu'a montré l'expérience de Milgram sur la soumission à l'autorité : la plupart d'entre nous se révèle incapable de désobéir à une autorité supposée légitime, même quand la désobéissance n'aurait aucune conséquence fâcheuse. Nous sommes souvent dociles et bien moins enclins à nous révolter que nous ne nous plaisons à l'imaginer. Peut-être faut-il alors cultiver notre faculté de nous indigner et nous rebeller, comme nous y invitait Stéphane Hessel dans un Essai intitulé : *Indignez-vous !*

DISSERTATION

Le doute est-il une force ou une faiblesse ?

Coup de pouce

Ce sujet renvoie notamment aux notions de raison, de vérité et de science. La notion de doute évoque le scepticisme, mais aussi la philosophie de Descartes qui a fait du doute une méthode pour chercher la vérité. Il s'agit de déterminer en quoi le doute peut être regardé comme une force ou comme une faiblesse. L'analyse de ses deux dernières notions ne doit pas être négligée.

Introduction

Le doute peut apparaître comme une faiblesse, spécialement au plan pratique : agir, oser, entreprendre requiert qu'on croit en soi, en la valeur de ce qu'on fait et en ses chances de succès. Dans cette perspective, le doute apparaît comme une faiblesse, c'est-à-dire comme un amoindrissement de notre capacité à agir et à réaliser nos désirs. Il peut cependant être envisagé aussi comme une force capable de nous libérer de nos fausses certitudes, comme un remède puissant contre la naïveté, la crédulité et l'aveuglement, comme un outil critique

Gagnez des points

L'introduction doit montrer qu'on peut légitimement se poser la question et non faire apparaître celle-ci comme un sujet qui « tombe » arbitrairement dans le cadre d'un examen. Bannissez par conséquent les formules comme : « la question posée », « le sujet proposé » etc.

indispensable à la pensée comme à l'action. On peut donc se demander s'il faut voir le doute comme la faiblesse d'un esprit incapable de d'arrêter un jugement, de décider et d'agir ou, au contraire, comme la force d'un esprit critique et lucide, armé contre la fausse évidence des apparences et des a priori.

I. La force du doute

A. Le doute sceptique

Rien ne peut être tenu pour vrai ou faux, beau ou laid juste ou injuste. On ne peut atteindre aucune vérité certaine. Il faut donc douter de toutes choses et suspendre son jugement. Questionner, examiner, chercher toujours mais ne s'arrêter jamais à aucune conclusion. Car à tout argument, comme l'écrit Sextus Empiricus, s'oppose un égal argument.

Mais peut-on vivre dans l'incertitude, le doute et l'incrédulité ? Le scepticisme nous invite à expérimenter le bonheur de n'avoir aucune certitude. Le bonheur et la paix, la tranquillité et la force que confèrent l'indifférence et le détachement. Pyrrhon, que l'on tient pour le père du scepticisme était à en croire Diogène Laërce indifférent à tout ce qui pouvait lui arriver. Rien ne le touchait, ne l'affectait, il supportait tout sans se plaindre : être renversé par un char ou mordu par un chien, tomber dans un trou… Le doute apparaît bien ici comme une force, non celle qui permet surmonter l'adversité et les obstacles pour faire coûte que coûte sa volonté, mais tout au contraire, celle qui permet de tout supporter sans trouble. La force dont il est question ici, c'est donc l'impassibilité, presque l'invulnérabilité du « sage » que rien ne peut perturber : l'ataraxie, littéralement l'absence de troubles, la sérénité.

B. Le doute cartésien

Mais, paradoxalement, le doute sceptique peut sembler dogmatique : est-il certain que rien n'est certain ? Le doute ne devient-il pas dans le scepticisme une sorte d'a priori ? Toutes choses ne sont-elles pas d'avance réputées douteuses ? Or, Descartes en a fait l'expérience, le doute quand on cherche à l'étendre à toutes choses, se heurte au moins à une certitude : celle de l'existence de l'esprit qui doute, la certitude du cogito : « je pense donc je suis », je doute donc je suis. Le doute ne saurait donc aller jusqu'au bout de lui-même sans se changer en son contraire, sans se changer en certitude.

Conseil
Efforcez-vous d'amener les références. Elles doivent autant que possible être appelées naturellement par votre raisonnement. Évitez ainsi de commencer chaque paragraphe par des formules comme « pour Descartes », « selon Kant » etc.

Alors que le doute sceptique est définitif, le doute cartésien n'est que provisoire, il n'est pas une fin en soi mais un moyen, un outil, une méthode pour atteindre une vérité certaine. C'est la raison pour laquelle le doute cartésien est aussi délibérément exagéré, « hyperbolique » comme dit Descartes. Le doute permet en effet d'écarter l'incertitude, ce qui lui résiste, ce dont on ne peut en rien douter, peut être tenu pour vrai assurément. Le doute cartésien et une arme redoutable contre l'erreur, l'illusion, le préjugé, contre la fausse évidence des apparences et des idées toutes faites ou mal faites. Le doute apparaît donc comme la force d'un esprit armé contre l'erreur.

C. Doute et philosophie

Le doute semble donc inséparable de la démarche philosophique elle-même. Il fait sa force, son intérêt et sa valeur. Bertrand Russel souligne ainsi que la philosophie vaut par le doute qu'elle éveille dans l'esprit de celui qui la découvre. Celui qui n'a jamais fait de philosophie traverse la vie sans jamais douter des habitudes de pensée de l'époque et du pays dans lesquels il vit. La philosophie vaut avant tout par son incertitude, écrit Russel. La formule éclaire (rétrospectivement) le célèbre jugement de Kant : on ne peut pas apprendre la philosophie. Si on ne peut apprendre la philosophie, c'est qu'elle n'est pas une science, mais un non-savoir, un questionnement. C'est ce qui en fait, estime Kant, une activité réservée à l'adulte : l'enfant, l'écolier sont capables d'apprendre et de réciter, mais l'adulte seul peut s'interroger, douter et penser par lui-même.

Le doute apparaît dès lors comme le propre d'un esprit adulte, critique et autonome, assez fort pour oser la liberté de penser. Il est l'arme de ceux qu'on a appelés sceptiques et libres penseurs parce qu'ils osaient douter de l'existence de Dieu et des Écritures comme de toute autorité morale ou intellectuelle : la force de ceux qui refusent de recevoir la vérité d'en haut.

Transition : Mais jusqu'où peut-on douter ? Peut vraiment penser, vivre et agir sans ne rien croire jamais ?

II. Limites du doute

A. Au plan pratique

Peut-on vivre et agir sans rien croire et surtout sans croire en rien ? Sans valeurs ? Pyrrhon prônait l'indifférence à autrui et aurait laissé un ami se noyer sous ses yeux. Et pourquoi agir autrement si l'on n'estime pas davantage la vie, l'amitié ou le courage que leur contraire ? Si Descartes doute de toutes choses, c'est seulement au plan théorique. Il se donne d'ailleurs une morale provisoire dans le *Discours de la méthode* : trois ou quatre maximes qui guideront sa conduite en attendant de pouvoir fonder une morale définitive sur des principes métaphysiques indubitables. Une de ces maximes prescrit d'être aussi ferme et résolu que possible dans l'action. Un voyageur perdu en forêt doit choisir une direction et marcher en ligne droite, s'il veut sortir de la forêt et non tourner en rond. L'urgence de l'action nous contraint à faire des choix que l'on ne peut entièrement fonder et à nous y tenir, parce qu'aucune action ne peut aboutir sans un minimum de constance, de cohérence et de persévérance. Si le doute est une force au plan théorique, il est en revanche préjudiciable à l'action.

Gagnez des points

Ménagez des transitions. Ne donnez pas le sentiment de passer de manière brutale et sans justification d'un point de vue à son contraire.

B. Au plan théorique

Savoir implique de douter. C'est la leçon de Descartes. Mais tant qu'on doute, on ne sait rien. Ce que l'on sait, par définition, on le tient pour vrai et assuré. Ainsi en est-il dans les sciences : le chercheur doit douter, tester ses hypothèses, c'est-à-dire essayer de les réfuter ou de les falsifier comme dit Karl Popper. Mais il tiendra pour vraie (jusqu' à preuve éventuelle du contraire) la théorie qui aura résisté à toutes ses tentatives de réfutation. S'il n'y a pas de vérité absolue, certaine et éternelle, cela ne nous condamne pourtant pas à suspendre notre jugement et à ne jamais rien tenir pour vrai. Le doute serait une faiblesse s'il devait nous interdire tout jugement. Oser penser, c'est aussi prendre le risque de se tromper pour avancer. « On découvre la vérité en revenant sur un passé d'erreur, dans un véritable repentir intellectuel », estime Bachelard.

« Que sais-je ? » demande Montaigne, conscient qu'on ne peut rien démontrer puisqu'il faudrait notamment démontrer d'abord la valeur de la raison elle-même. Comment un quelconque raisonnement pourrait-il établir la valeur de la raison ? Mais le scepticisme de Montaigne se traduit plus par une prudence et une circonspection à l'égard des habitudes de pensée de son temps et de son pays que par la volonté systématique de suspendre son jugement. Les *Essais* sont des essais de son jugement, des tentatives pour penser qui font bien plus et bien mieux que d'établir l'impossibilité de la certitude. La force du doute dépend donc de sa mesure. Erigé en doctrine ou en système le scepticisme se contredit et s'annule, c'est sa limite et sa faiblesse. La force et l'habileté de Montaigne est d'en faire une question.

Conclusion

Le doute est un outil indispensable dans la recherche de la vérité, une arme dans la lutte contre la fausse évidence des apparences et des idées reçues. Connaître implique de douter. Pourtant nous sommes condamnés à tenir pour vrai ce que nous croyons savoir. Encore faut-il demeurer conscient que ce qu'on a les meilleures raisons de croire n'est cependant jamais parfaitement assuré. Savoir qu'on croit et non croire qu'on sait. Et croire cependant, parce que douter toujours serait une faiblesse et comme une lâcheté. Douter est donc une force et une faiblesse : une force quand il libère l'esprit des fausses évidences pour faire place à la vérité (fût-elle relative et provisoire), une faiblesse quand il nourrit une indécision définitive de la pensée et de l'action.

Gagnez des points

Bannissez le scepticisme paresseux qui conclut systématiquement que « toutes les opinions se valent » ou que « chacun a sa vérité » etc. C'est une erreur commune et réellement pénalisante.

EXPLICATION DE TEXTE

Introduction

Chacun est convaincu d'être une seule et même personne de la naissance à la mort. Pourtant, mon corps change comme mon âme. Qu'est-ce donc que j'appelle « moi » ? C'est le fameux problème de l'identité personnelle, souvent examiné par les philosophes mais envisagé sous un angle original par Pascal dans un passage des *Pensées* : qu'est-ce qu'on aime quand on aime quelqu'un ? Qu'est-ce que ce moi qu'on est censé aimer pour lui-même ? Pascal estime que ce moi, qui devrait être l'objet de l'amour véritable, se réduit au support abstrait des qualités périssables que nous pouvons seules aimer : beauté, jugement, mémoire... Cette thèse paradoxale contrarie l'idée que nous nous faisons communément de l'amour. Mais, plus fondamentalement, elle soulève une grave difficulté : si le moi n'est rien d'autre qu'un support abstrait, un sac vide, comment peut-il être encore ce qui fait mon identité ?

Conseil
L'introduction doit impérativement cerner le problème dont il est question. C'est un critère de notation.

I. Explication

A. Les principales étapes du raisonnement

Pascal semble d'abord vouloir justifier une idée commune : celui qui aime vraiment ne s'attache pas à l'apparence de la personne qu'il aime, à sa beauté, il l'aime pour elle-même comme on dit. Mais le philosophe remet aussitôt en question ce lieu commun : le moi qui devrait être l'objet de l'amour véritable, se réduit en dernière analyse, au support abstrait des qualités physiques (beauté) et psychologiques (jugement, mémoire) qui peuvent seules être aimées. Le passage s'achève par une remarque incidente qui ne laisse pas de susciter la perplexité du lecteur : puisque personne ne peut être aimé pour lui-même, il n'est pas légitime de se moquer de ceux qui cherchent une reconnaissance sociale (et peut-être l'amour) en occupant des fonctions importantes.

B. Explication détaillée

1. La question : « qu'est-ce que ? »

Il s'agit donc de comprendre ce qui se cache derrière le mot « moi ». Qu'est-ce que le moi ? La question « qu'est-ce que ? » est aussi nécessaire que difficile. On le sait depuis Socrate qui exigeait de son interlocuteur qu'il définisse l'objet du débat avant d'y entrer. Poser la question : « qu'est-ce que le moi ? », c'est chercher à en saisir l'essence dans une définition qui restera ici en partie implicite : Pascal n'est pas de ces philosophes qui, prétendant imiter la démarche des mathématiciens, donnent des définitions rigoureuses de ce dont ils parlent. Le problème examiné relève de ce qu'il appelle l'esprit de finesse par opposition à l'esprit de géométrie. Si l'esprit de finesse définit ce qu'il examine, comme le fait l'esprit de géométrie, « il le fait tacitement, naturellement et sans art », écrit Pascal.

2. Le moi pourrait se définir à première vue comme l'objet de l'amour véritable

L'auteur des *Pensées* se met donc en quête de l'être du moi à partir du langage ordinaire : par exemple je peux dire que quelqu'un *me* regarde par la fenêtre. Mais, est-ce qu'à proprement parler il a l'intention de me voir, moi ? Est-ce mon moi qui est visé dans cette action ? Non, pas véritablement, puisque l'observateur veut seulement regarder des passants quels qu'ils soient. La remarque laisse d'abord perplexe. Elle est pourtant éclairée par l'exemple de l'amour : si l'homme derrière la fenêtre ne s'intéresse pas véritablement à moi, ce moi devrait en revanche être l'objet de l'amour véritable. Le regard aimant, à la différence de celui qu'on jette sur les passants anonymes, devrait percevoir et désirer la personne pour elle-même, pour ce qu'elle est vraiment.

C'est pourquoi on imagine parfois ce regard capable de voir au-delà des apparences : « on ne voit bien qu'avec le cœur, l'essentiel est invisible aux yeux », écrit Saint-Exupéry. Rousseau avant lui estimait l'amour capable de déceler ce qui resterait invisible pour un regard sans amour : « on a fait l'amour aveugle, parce qu'il a de meilleurs yeux que nous ». C'est aussi parce qu'il est censé viser le moi, que l'amour authentique ne peut être fondé sur l'attrait qu'exerce la beauté physique : aimer quelqu'un à cause de sa beauté, ce n'est pas vraiment l'aimer, parce que ce n'est pas aimer ce qu'il est vraiment. Car ce qu'il est vraiment, il l'est tout le temps alors que la beauté est périssable : comme la rose de Ronsard, « elle ne dure que du matin jusques au soir ». Pire, elle peut être anéantie plus vite encore par la maladie : « la petite vérole tuera la beauté sans tuer la personne », l'aimer vraiment pour elle-même serait donc l'aimer encore malgré cette disgrâce.

Pascal semble donc d'abord adhérer à un lieu commun : aimer vraiment quelqu'un c'est l'aimer pour ce qu'il est et non en raison de son apparence. La suite dément cette première interprétation.

Bien comprendre

Attention au contresens, c'est l'erreur la plus pénalisante dans une explication de texte. Pascal n'adhère pas à l'idée selon laquelle il faudrait aimer les personnes pour elles-mêmes et non pour leur apparence physique.

3. On n'aime jamais personne

Le raisonnement s'apparente à une démonstration par l'absurde : admettons en effet qu'aimer vraiment quelqu'un implique qu'on ne l'aime pas pour ses qualités périssables. Pourquoi l'aimera-t-on alors ? Pour son jugement, c'est-à-dire pour son intelligence ou sa capacité à se représenter justement les choses. C'est sans doute une qualité aimable, Pascal n'en doute pas, mais cette qualité n'est pas moins fragile que la beauté : la maladie ou la sénilité peuvent la ruiner aussi bien. Le même raisonnement vaut pour la mémoire comme pour n'importe quel trait psychique. Celui qui m'aime pour mon esprit (ou mon âme) ne m'aime donc pas davantage que celui qui m'aime pour mon corps. Le moi reste donc introuvable : « où est donc ce moi s'il n'est ni dans le corps, ni dans l'âme ? ». Et qu'est-ce que l'amour véritable, s'il ne peut se définir comme l'amour du moi véritable ? Cet amour authentique, qu'on voudrait éternel, semble pourtant ne pouvoir se fonder que sur des qualités périssables : beauté, jugement, mémoire... et pourrait-on ajouter humour, sensibilité, créativité etc. Rien de ce qui peut me rendre aimable n'est impérissable. Mieux : rien de ce qui peut « me » rendre aimable n'est véritablement moi ! Personne donc ne peut jamais m'aimer pour moi-même. Personne n'aime personne : « on n'aime jamais personne », écrit Rousseau. Qu'est-ce qu'on aime donc quand on aime ? Non la personne elle-même, puisque le moi n'est qu'une entité abstraite, un sac vide (vidé des qualités périssables avec lesquelles on l'avait d'abord confondu), non la personne donc, mais seulement des qualités que peut-être elle perdra sans toutefois se perdre elle-même, c'est-à-dire : sans devenir quelqu'un d'autre. Aimer la personne pour ce qu'elle est, ou pour ce qui fait qu'elle reste identique à elle-même en dépit du temps qui passe, ce serait « l'aimer abstraitement », aimer « la substance de son âme » : le substrat de ses qualités, attributs ou accidents (jugement, mémoire...). Or à l'évidence on ne saurait aimer ce support « quelques qualités qui y fussent ».

Gagnez des points

Citez régulièrement de brefs passages pour montrer que vous collez bien au raisonnement, mais évitez de citer tout le texte, phrase par phrase : c'est lourd et inutile.

Il faut préciser le sens philosophique du mot qualité : « qualité » ne se comprend pas ici par opposition à « défaut », comme dans la langue ordinaire. Dans le vocabulaire des philosophes, le mot « qualité » désigne tout ce qui peut être affirmé du sujet dans une proposition. C'est donc un synonyme d'attribut. Ainsi, quand Pascal affirme qu'on ne peut aimer la substance d'une âme « quelques qualités qui y fussent », cela ne signifie pas : en faisant abstraction de ses qualités au sens ordinaire du terme (intelligence, mémoire, courage, modestie, bienveillance...), mais abstraction faite de tout ce qu'on peut dire d'elle, de tout ce qui la qualifie. La « substance de l'âme » ou le moi pourrait être comparé à un vêtement qui n'aurait aucune forme déterminée, aucune couleur, qui ne serait pas plus fait de laine que de coton ou que d'aucune autre matière, qui ne serait ni chaud ou froid, à la mode, ni démodé etc. Ce vêtement-là, comment pourrait-on l'aimer, le préférer, le choisir, puisque rien ne le distingue ? Il est comme le passant du début du texte : banal et anonyme, comme tout le monde. L'élu, au contraire, ne peut l'être, à l'évidence, que parce qu'il se distingue de ses semblables, parce qu'il est unique, différent de tous les autres. Or, ce qui distingue l'être aimé des autres et le rend aimable, ne se confond pas aux yeux de Pascal avec ce qui justifie qu'on le regarde comme un sujet un et identique à lui-même à travers le temps, c'est-à-dire avec « la substance de l'âme », qui serait au fondement de l'identité personnelle : je peux perdre ces qualités qu'on aime « en moi », sans devenir quelqu'un d'autre, « sans me perdre moi-même », estime-t-il.

Et Pascal va encore plus loin : puisqu'on n'aime jamais une personne pour elle-même, puisqu'on l'aime pour ce qu'elle ne sera pas toujours (belle, intelligente, savante...), pourquoi se moquer de ceux qui se font honorer, aimer pour « des charges et des offices », c'est-à-dire pour des fonctions, des responsabilités publiques (notaire, greffier...). Être aimé parce qu'on est beau, parce qu'on a de l'esprit ou parce qu'on est un ténor du barreau (ou les trois à la fois), ce n'est de toute façon jamais être aimé pour soi-même, mais seulement pour des « qualités empruntées » : des qualités qui ne nous appartiennent pas en propre, qui ne sont pas nous, mais seulement des attributs du sujet que nous sommes.

Conseil

Ce point est discutable, mais réservez votre objection. Vous pourrez la formuler à la fin, sans « interrompre » la démonstration de l'auteur.

Qu'est-ce donc que le moi aux yeux de Pascal ? C'est « la substance de l'âme », le support abstrait des qualités de la personne. L'idée de substance est donc la clé de voute de sa démonstration. La substance, c'est-à-dire, comme l'étymologie le suggère, la réalité sous-jacente qui supporte les qualités (au sens philosophique). L'esprit peut distinguer la chose elle-même, de sa couleur, de sa forme, de la matière dont elle est faite etc. Mais est-elle encore quelque chose si on lui enlève l'intégralité de ses qualités ? Une chose n'est-elle pas plutôt la totalité de ses qualités ? La substance est-elle autre chose qu'une vue de l'esprit ? Appliquons maintenant ce raisonnement au moi : peut-on lui enlever l'intégralité de ses qualités sans l'anéantir ? On peut les lui enlever par l'esprit, mais le temps, le vieillissement peut les lui enlever réellement. Or, il y a quelque difficulté à admettre qu'une personne demeure ce qu'elle est si le temps lui enlève outre sa beauté, son jugement, sa mémoire etc. « Je puis perdre ces qualités sans me perdre moi-même », écrit Pascal. Cela reste à voir. Si la substance de l'âme existe bel et bien, la thèse est concevable, mais cette substance n'est peut-être qu'une chimère qui n'existe que dans l'esprit des philosophes.

Conclusion : valeur et limites de la thèse

La thèse de Pascal, on le voit, repose donc sur une idée discutable : celle de substance. Elle vaut cependant au moins par son caractère paradoxal. On n'aime jamais une personne pour elle-même ! L'idée, comme souvent dans la philosophie, vaut davantage par le questionnement qu'elle éveille que par la certitude de son fondement. « La valeur de la philosophie doit en réalité résider avant tout dans son caractère incertain même », écrit Bertrand Russel. Celle-ci nous fait voir sous un jour nouveau des choses familières : ici, l'amour, le moi, l'idée que l'on se fait communément de ce que devrait être l'amour véritable. Le paradoxe que défend l'auteur des *Pensées*, vaut donc parce qu'il nous fait douter de nos certitudes et nous incline du même coup à la tolérance : « qu'on ne se moque donc plus de ceux qui se font honorer pour des charges... ». Si, au plan théorique, on peut douter de la nature de l'amour véritable, il est prudent, au plan pratique, d'éviter de l'enfermer trop vite dans une norme.

Conseil

Soulignez l'intérêt philosophique du passage.

ANNEXES

ANTIQUITÉ

Les présocratiques

Le terme « présocratiques » est trompeur. En effet, il ne désigne pas, comme on pourrait le croire, des philosophes dont les idées préfigureraient celles de Socrate, mais seulement des penseurs **antérieurs** à celui-ci, ayant vécu aux VIe et Ve siècles av. J.-C. Les présocratiques sont généralement désignés par le nom de « **penseurs** » plutôt que par celui de « philosophes » en raison du caractère souvent énigmatique et poétique de leurs textes (on n'en possède que des fragments). Aristote considère leur pensée comme une philosophie balbutiante, mais leur intérêt est reconnu à partir de Hegel. **Héraclite** et **Parménide** sont des présocratiques.

Socrate (470-399 av. J.-C.)

Celui qu'on présente communément comme le **père de la philosophie** n'a pas écrit une seule ligne. On lui attribue cette formule célébrissime : « Je ne sais qu'une chose, c'est que je ne sais rien. » Platon, son élève, raconte que Socrate se croyait investi d'une mission : celle d'« examiner » ses concitoyens (les Athéniens), c'est-à-dire de les questionner pour leur faire prendre conscience de l'inconsistance de leurs opinions et les encourager à « **prendre soin de leur âme** », donc de leur formation intellectuelle et morale. C'est en raison de cette activité philosophique subversive que Socrate, accusé d'impiété et de corrompre la jeunesse, fut condamné à boire la ciguë (un poison mortel).

Platon (427-347 av. J.-C.)

Platon est le principal élève de Socrate. Il a écrit des **dialogues** qui mettent en scène son maître. Platon estime que ses concitoyens ont fait taire leur conscience en tuant Socrate : Athènes est corrompue, comme toutes les Cités existantes, et préfère l'ignorer. Il faut donc réformer la société pour y faire régner la Justice. C'est le rôle que Platon assigne aux **rois philosophes** qui gouvernent la Cité idéale qu'il imagine dans *La République*. Platon espère établir des réformes politiques en Sicile en conseillant Denys, tyran de Syracuse, mais échoue et rentre à Athènes pour y fonder une école de philosophie, l'**Académie**, où il enseignera sa fameuse théorie des **Idées** : les Idées, modèles des choses, sont la vraie réalité.

Aristote (384-322 av. J.-C.)

Aristote est le plus célèbre des élèves de l'Académie. N'ayant pu y succéder à Platon, il fonde sa propre école : le **Lycée**. Fidèle à son maître mais encore plus à la vérité, Aristote réfute la théorie des Idées. À ses yeux, l'**essence** (synonyme d'Idée chez Platon) n'existe pas dans un ciel métaphysique, mais est **immanente aux choses**. Aristote a eu une influence considérable sur l'Antiquité et le Moyen Âge. Aujourd'hui encore, on ne peut se poser la question de la spécificité de l'être humain sans évoquer sa fameuse définition de l'homme comme **animal raisonnable et politique**.

Zhuangzi (369-286 av. J.-C.)

Plus connu sous le nom de **Tchouang-Tseu**, Zhuangzi est un philosophe chinois de l'Antiquité. Il a donné son nom à l'œuvre la plus importante du **taoïsme** : le *Zhuangzi*. Il s'agit en réalité d'une compilation de textes écrits par divers auteurs. La pensée qui s'en dégage s'apparente au **scepticisme** : le discours ne permettant d'atteindre aucune connaissance certaine, « le meilleur usage qu'on peut faire de la parole est de se taire ». Le *Zhuangzi* contient une des **paraboles** les plus connues de la philosophie chinoise : Zhuangzi rêve qu'il est un papillon, mais se demande en se réveillant s'il n'est pas en réalité un papillon en train de rêver qu'il est un homme.

Pyrrhon (360-270 av. J.-C.)

Diogène nous dit que Pyrrhon fut le disciple d'Anaxarque, qu'il suivit chez les gymnosophistes, des ascètes hindous dont il aurait tiré sa philosophie : le **scepticisme** (ou pyrrhonisme). Cette philosophie se caractérise par l'idée qu'on ne peut connaître aucune vérité certaine, qu'il faut par conséquent douter de tout et suspendre son jugement (*épochè*). Ce doute généralisé doit permettre d'atteindre l'**ataraxie** (absence de troubles, quiétude, repos de l'âme). La vie de Pyrrhon, dit-on, justifiait sa théorie, car il était indifférent aux événements : « Il n'évitait rien, ne se gardait de rien, supportait tout, au besoin d'être heurté par un char, de tomber dans un trou, d'être mordu par des chiens », écrit Diogène.

Épicure (341-270 av. J.-C.)

Naissant dans une époque troublée (l'empire d'Alexandre le Grand se divise à sa mort et la situation de la Grèce se dégrade), Épicure renonce à l'idée du salut collectif au profit d'une philosophie du **salut individuel**. Il trouve refuge, avec ses disciples, derrière les murs du **Jardin**, une propriété qu'il achète à Athènes pour y fonder son école. Épicure est accusé dès l'Antiquité de mener une vie de débauche parce qu'il fait consister le bonheur dans le plaisir (**hédonisme**). C'est pourtant à tort qu'on parle des pourceaux d'Épicure, car le philosophe est en réalité un ascète qui recommande, bien avant les excès de la société de consommation, d'apprendre à reconnaître et à privilégier nos vrais besoins (**désirs naturels et nécessaires**).

Cicéron (106-43 av. J.-C.)

Cicéron est un orateur et un homme politique romain. Ses œuvres (souvent des **dialogues**) se nourrissent des philosophes grecs, comme les sceptiques et les stoïciens, dont il confronte les thèses.

Lucrèce (98-56 av. J.-C.)

Disciple latin d'Épicure (qu'il n'a bien entendu pas connu), Lucrèce est l'auteur d'un long poème philosophique intitulé *De la nature des choses*. Malgré la fidélité de Lucrèce à son maître (qu'il compare à un dieu), Lucrèce donne à sa philosophie une tonalité différente, plus triste, plus tragique. Pour Épicure, le bonheur est à portée de main et celui qui observe ses préceptes doit « vivre comme un dieu parmi les hommes ». Mais Lucrèce ne semble pas avoir atteint le bonheur et saint Jérôme prétend même qu'il s'est suicidé. Ce n'est pourtant vraisemblablement qu'une calomnie visant à discréditer une **pensée matérialiste**, évidemment opposée à la pensée chrétienne.

Sénèque (4 av. J.-C.-65 apr. J.-C.)

Sénèque est un orateur et un homme politique romain. D'abord précepteur de Néron, il devient ensuite son ministre. Disgracié, il se suicide sur l'ordre de Néron. Dans *De la brièveté de la vie*, Sénèque soutient que la vie n'est courte que parce que nous faisons **mauvais usage du temps** qu'il nous est donné de vivre.

Épictète (50-135)

Épictète (du grec *épiktêtos* : « serviteur ») est un esclave né en Asie Mineure et amené à Rome, où il est torturé par un maître cruel. Affranchi, probablement après la mort de ce dernier, il étudie la philosophie **stoïcienne**. Chassé d'Italie par un édit de Domitien qui bannit tous les philosophes, Épictète trouve refuge dans une cité grecque où il ouvre une école. Son enseignement est recueilli par Arrien dans les *Entretiens* et dans le *Manuel* (du grec *enkheiridion* : « ce que l'on garde sous la main »). C'est le premier « manuel » de l'histoire. Épictète souligne la visée essentiellement pratique de la philosophie, qui est un **art de vivre** plus qu'une démarche théorique et spéculative. Cet art de vivre repose principalement sur la distinction entre les choses qui **dépendent de nous** (nos pensées) et celles qui **ne dépendent pas de nous** (l'ordre des choses).

Marc Aurèle (121-180)

Empereur romain et philosophe **stoïcien**, Marc Aurèle rédige pendant ses campagnes militaires des pensées qui prendront à sa mort le titre de *Pensées pour moi-même*. Le philosophe s'adresse en effet à lui-même et cherche à se rendre impassible vis-à-vis des événements du monde. Le sage trouve refuge dans une **citadelle intérieure** dont aucun élément extérieur ne peut troubler la paix. Conformément à ce qu'enseignait Épictète, Marc Aurèle s'efforce de distinguer ce qui dépend de nous et peut être changé de ce qu'il faut trouver la force de supporter : « Que la force me soit donnée de supporter ce qui ne peut être changé et le courage de changer ce qui peut l'être, mais aussi la sagesse de distinguer l'un de l'autre », écrit-il.

Nagarjuna (vers 150-vers 250)

Nagarjuna est le plus célèbre des philosophes **bouddhistes**. Ce que l'on dit de lui relève de la tradition et ne peut être vérifié. Sa pensée, complexe, abstraite et exotique (d'un point de vue occidental), concerne fondamentalement l'**existence des choses**. À ses yeux, les choses n'existent pas intrinsèquement, c'est-à-dire qu'elles n'ont pas d'existence propre.

Sextus Empiricus (vers 160-vers 210)

Philosophe et médecin grec, Sextus Empiricus est la principale source de connaissance du **scepticisme**. Il affirme à la suite de Pyrrhon, père fondateur de la doctrine, que l'homme, ne pouvant atteindre aucune vérité certaine, doit suspendre son jugement et chercher l'**ataraxie** (la sérénité) dans le **détachement** et l'**indifférence** à toutes choses.

Plotin (204-270)

Plotin étudie la philosophie à Alexandrie auprès d'un maître platonicien et s'établit ensuite à Rome, où il ouvre une école. Il est le principal représentant du courant d'idées le plus remarquable de l'Antiquité tardive : le **néo-platonisme**, une philosophie inspirée de Platon qui a influencé la théologie chrétienne. À ses yeux, le monde procède d'un principe, qu'il appelle l'**Un** ou **Dieu**, dont la nature reste mystérieuse mais que l'on peut comparer à une source de lumière.

Au plus près de cette lumière divine se trouvent l'**Intelligence** et l'**Âme** ; au plus loin, la matière se perd dans l'obscurité.

Saint Augustin (354-430)

Après un parcours spirituel compliqué, saint Augustin se convertit au christianisme à l'âge de 32 ans. Ordonné prêtre quelques années plus tard, il devient évêque d'Hippone, une des principales cités de l'Afrique romaine. Le philosophe s'efforce de faire la synthèse du **platonisme** et du **christianisme**. On lui attribue parfois à tort cette formule effectivement en usage de son temps : *Credo quia absurdum* (« Je crois parce que c'est absurde »). En réalité, la foi n'est pas incompatible avec la raison dans son système de pensée. Saint Augustin est notamment l'auteur des ***Confessions*** et d'une fameuse analyse qui met en évidence la difficulté de saisir la **nature du temps** : le passé n'est plus, le futur n'est pas encore et le présent n'est que la limite sans extension qui les sépare. Où se trouve donc le temps que l'on dit long ?

MOYEN ÂGE

Avicenne (980-1037)

Philosophe et médecin arabe, Avicenne est l'héritier et le commentateur d'Aristote. Sa philosophie relève principalement de la **métaphysique** et de la **théologie**. Il estime par exemple que la métaphysique doit prouver l'existence de Dieu.

Saint Anselme (1033-1109)

Philosophe et théologien, archevêque de Cantorbéry, saint Anselme concilie **foi** et **raison** : la foi cherche l'intelligence, et inversement. C'est dans cette perspective qu'il démontre l'**existence de Dieu** : Dieu est l'être le plus grand qui puisse être conçu. Or, un être qui existerait dans le réel et non pas seulement dans l'esprit (comme idée) serait plus grand qu'un être qui n'existerait que dans l'esprit. Donc Dieu n'est pas seulement une idée. C'est ce qu'on appellera plus tard la **preuve ontologique**. Elle sera notamment reformulée par Descartes, puis réfutée par Kant.

Averroès (1126-1198)

Médecin et philosophe arabe, commentateur d'Aristote, Averroès a influencé la **scolastique** (la philosophie enseignée dans les universités européennes du IXe au XVIIe siècle). Cependant, sa philosophie, affirmant l'**éternité de la matière** et niant par conséquent la création, sera critiquée par saint Thomas d'Aquin et condamnée par l'Église.

Moïse Maïmonide (1138-1204)

Philosophe et médecin juif, Maïmonide étudie les fondements philosophiques du **judaïsme**. Il s'interroge notamment sur le rôle de la Loi divine dans la communauté politique.

Saint Thomas d'Aquin (1225-1274)

Né près d'Aquino en Italie, Thomas d'Aquin ne doit pas être confondu avec l'apôtre qui, doutant de la résurrection du Christ, a besoin de voir pour croire. Dominicain, maître de **théologie**, il enseigne à Paris et en Italie. Comme saint Augustin cherchait à concilier la philosophie platonicienne avec la foi chrétienne, saint Thomas s'efforce de concilier cette dernière avec la philosophie d'Aristote. On retient communément de sa philosophie l'idée que la foi, loin de s'opposer à la raison, est au contraire éclairée et confortée par l'intelligence. Saint Thomas prétend ainsi donner de multiples preuves de l'**existence de Dieu**. Par exemple, l'existence d'une finalité dans l'Univers implique l'existence d'une cause intelligente du monde (quelque chose comme un ingénieur de la création). C'est ce que Kant appellera la **preuve physico-théologique**. Le **thomisme** est la philosophie officielle de l'Église catholique.

Guillaume d'Occam (1285-1347)

Philosophe anglais, membre de l'ordre des franciscains, Guillaume d'Occam est notamment l'auteur d'une théorie qui affirme que les idées ne sont que des noms : le **nominalisme**. Cela signifie d'une part qu'une idée n'a pas d'existence réelle (contrairement à ce qu'affirme Platon) et d'autre part qu'elle n'est pas une construction logique qu'on peut exprimer dans une définition rigoureuse, mais une image ou un ensemble indéfini d'images analogues. Par exemple, l'idée de triangle, c'est l'image d'un triangle possible et non pas toute figure définie par l'intersection de trois droites.

RENAISSANCE

Nicolas Machiavel (1469-1527)

Secrétaire du gouvernement de Florence, Nicolas Machiavel remplit de nombreuses missions diplomatiques avant d'être disgracié par les Médicis, de retour au pouvoir en 1512. C'est cette expérience qui nourrit la **réflexion politique** qu'il développe dans *Le Prince*, son œuvre la plus célèbre. Le philosophe y expose les moyens de prendre le pouvoir et de s'y maintenir : la force et la ruse. L'adjectif « machiavélique » retient d'ailleurs cette idée d'absence de scrupules dans l'**exercice du pouvoir**. Mais en analysant les mécanismes du pouvoir de manière objective et non moralisante, Machiavel ouvre la voie de la **science politique moderne**. Il incarne, par opposition à l'idéalisme de Platon, le **réalisme politique** : « Quiconque veut fonder un État et lui donner des lois doit supposer d'avance les hommes méchants. »

Michel de Montaigne (1533-1592)

Michel Eyquem naît au château de Montaigne, près de Bordeaux (ville dont il deviendra maire). Son père lui enseigne la musique et lui apprend le latin comme une langue vivante. C'est pourtant en français qu'il écrit les ***Essais***, dans sa bibliothèque. On peut encore lire les inscriptions gravées sur les poutres de celle-ci, notamment la fameuse formule de Sextus Empiricus : « À tout argument s'oppose un égal argument » ainsi que la fameuse question « **Que sais-je ?** » qui résume le **scepticisme** de Montaigne. « Nous n'avons autre mire de la vérité et de la raison que l'exemple et idée des opinions et usances du pays où nous sommes », écrit-il. On retiendra de la biographie du philosophe sa fameuse amitié avec La Boétie : « Parce que c'était lui, parce que c'était moi. »

Francis Bacon (1561-1626)

Contraint de renoncer à ses hautes fonctions après avoir été accusé de corruption, cet homme d'État anglais s'est ensuite entièrement consacré à la philosophie. Il défend notamment l'idée selon laquelle les sciences doivent s'appuyer sur l'**expérience** autant que sur la **raison** pour établir la vérité. En comprenant les **lois de la nature**, les sciences permettent de maîtriser les phénomènes : « On ne commande à la nature qu'en lui obéissant. »

Thomas Hobbes (1588-1679)

Philosophe anglais, contemporain de Descartes (il est l'auteur d'objections aux *Méditations métaphysiques*), Hobbes a passé une partie de sa vie en exil en France. Sa pensée relève principalement de la **philosophie politique** et de l'**anthropologie** : l'homme étant un loup pour l'homme, l'état de nature est un état de **guerre perpétuelle** de tous contre tous, de sorte que la société ne peut exister sans que l'État ne garantisse l'ordre et la sécurité en exerçant un pouvoir absolu. L'auteur du *Léviathan* justifie donc l'**absolutisme**. Rousseau réfutera sa théorie du contrat social : la liberté étant inaliénable, le peuple ne peut pas y renoncer, fût-ce au bénéfice (du reste improbable dans une monarchie) de l'ordre et de la sécurité.

René Descartes (1596-1650)

Philosophe et savant du XVIIe siècle, Descartes a découvert les lois de la réflexion et de la réfraction de la lumière (dites « lois de Descartes »). Comme philosophe, il se montre surtout soucieux de définir une **méthode** pour guider l'esprit dans la recherche de la vérité. « Ce n'est pas assez d'avoir l'esprit bon, mais le principal est de l'appliquer bien », écrit-il dans son célèbre *Discours de la méthode* (1637). Le **doute** est le concept central de cette méthode : il permet d'éviter les erreurs liées à la précipitation ou aux préjugés et d'atteindre une vérité certaine. Le ***cogito*** (« Je pense ») est la première de ces certitudes et le fondement de toutes les autres : « Je pense donc je suis. »

ÂGE CLASSIQUE

Blaise Pascal (1623-1662)

Savant, philosophe et mystique du XVIIe siècle, Pascal a démontré l'existence du vide et donné son nom à une unité de mesure. Comme philosophe, il est surtout l'auteur d'un ouvrage inachevé publié après sa mort sous le titre de *Pensées*. Contre le **rationalisme** (donc notamment contre Descartes), Pascal affirme que certaines vérités sont senties par le « **cœur** » plutôt que démontrées par la raison. On le sait en amour : « Le cœur a ses raisons que la raison ne connaît pas. » Mais cette faculté de connaître les choses de manière immédiate et intuitive, d'éprouver ce qu'on ne peut prouver, permet aussi de sentir l'**existence de Dieu** ou celle du monde sans avoir besoin d'aucune démonstration.

John Locke (1632-1704)

La jeunesse de Locke est marquée par la première révolution anglaise. Plus tard, il fuit l'Angleterre parce qu'elle retourne à l'absolutisme. Contrairement à Hobbes qui avait justifié ce régime politique, Locke estime que le pacte social doit préserver les **libertés individuelles**. C'est que sa conception de l'état de nature est bien plus optimiste que celle de son compatriote : Locke voit dans l'état de nature un état de liberté auquel les hommes ne peuvent pas renoncer pour se soumettre à un pouvoir absolu. Locke développe également une théorie de la connaissance **empiriste** : il soutient, contre l'**innéisme** de Descartes, l'idée que toutes nos connaissances dérivent de l'expérience.

Baruch Spinoza (1632-1677)

Né dans la communauté juive d'Amsterdam, Spinoza en sera exclu pour ses positions **rationalistes**. Il gagne sa vie en polissant des lunettes et refuse une chaire à l'université pour conserver sa liberté d'expression. Son œuvre maîtresse, l'*Éthique*, est écrite « à la manière des géomètres ». Elle s'ouvre donc sur des définitions et énonce des axiomes qui servent de base à des démonstrations à la fin desquelles figure la mention C.Q.F.D. (« Ce qu'il fallait démontrer »). Spinoza fait de la **liberté** (au sens du libre arbitre) une **illusion** liée à l'ignorance des causes qui déterminent nos **désirs**. Une pierre qui deviendrait consciente après avoir reçu une impulsion extérieure se croirait libre, parce qu'elle aurait conscience de son mouvement (comme nous avons conscience de nos désirs) sans savoir que celui-ci a été initié par une cause étrangère.

Nicolas Malebranche (1638-1715)

Prêtre et philosophe français, Malebranche fait converger la **philosophie** et la **théologie** : « La religion, c'est la vraie philosophie », écrit-il. À ses yeux, nous voyons la vérité en Dieu, qui est quasiment assimilé à la raison. Héritier du **rationalisme cartésien**, Malebranche valorise la raison. À l'inverse, il dévalorise les sens et l'imagination.

Gottfried Wilhelm Leibniz (1646-1716)

Philosophe et savant, Leibniz est un disciple de Descartes, dont il reprend l'idée d'une explication mathématique de l'Univers. On lui doit le **calcul infinitésimal**. Comme philosophe, il est notamment connu pour avoir tenté d'expliquer comment le mal peut exister dans un monde pourtant créé par un Dieu parfaitement bon et tout-puissant. L'auteur des *Essais de théodicée* (1710) disculpe Dieu du mal qu'on peut observer dans le monde. Dieu aurait en effet créé le « **meilleur des mondes possibles** », c'est-à-dire non pas un monde parfait mais un monde contenant le maximum de bien et le minimum de mal. Même pour Dieu tout-puissant, tous les biens ne sont pas « compossibles » (compatibles). Voltaire caricaturera cette thèse dans *Candide*. Leibniz semble avoir été le premier à soupçonner, dans les *Nouveaux essais sur l'entendement humain* (1704), l'existence de **perceptions infra-conscientes** (théorie des petites perceptions).

Jean-Baptiste Vico (1668-1744)

Historien, juriste et philosophe italien, Vico s'oppose au **rationalisme** de Descartes. À ses yeux, la raison ne peut pas rendre compte de la **complexité de la réalité vécue**, notamment de la réalité historique.

George Berkeley (1685-1753)

Contre le matérialisme qui menace la foi, Berkeley, évêque et philosophe, nie l'existence de la matière et fait de Dieu l'essence même de la réalité. À ses yeux, **tout est spirituel**, tout est esprit ou dans l'esprit, la matière n'existe pas. C'est ce qu'on appelle l'**immatérialisme**. Cela ne signifie pas que nos sensations soient produites par nos propres esprits : elles ne sont pas imaginaires, mais bien réelles. Toutefois, elles ne sont pas causées par des choses matérielles, mais par un esprit différent des nôtres : Dieu, « qui agit en toute chose et en quoi toute chose consiste ».

Montesquieu (1689-1755)

Charles-Louis de Secondat, baron de Montesquieu, étudie le droit et devient conseiller au parlement de Bordeaux. L'auteur des *Lettres persanes* sera élu à l'Académie française. Mais la philosophie retient surtout son œuvre maîtresse, *De l'esprit de lois*, dans laquelle il formule sa célèbre théorie de la **séparation des pouvoirs** (exécutif, législatif et judiciaire). Il faut que le pouvoir limite le pouvoir pour en éviter les abus. On se souviendra également de sa définition de la **liberté politique** : « La liberté est le droit de faire tout ce que les lois permettent. »

David Hume (1711-1776)

Hume préfère la philosophie à la carrière juridique à laquelle le destinait sa famille. Il travaille pourtant dans la diplomatie en parallèle de son activité philosophique. Contre le rationalisme dogmatique (celui de Descartes, par exemple), Hume développe une philosophie **sceptique** et **empiriste**. Il estime donc, comme Locke et contre Descartes, que nos connaissances (dont la valeur est seulement relative) dérivent de l'**expérience** : nos idées ne sont pas innées, mais sont des images affaiblies de nos impressions. Par exemple, la brûlure est une impression (ou une sensation) et le souvenir de cette impression est ce qu'on appelle une idée. Le scepticisme de Hume porte notamment sur la notion de **causalité**. En effet, nous n'observons jamais, à proprement parler, de lien de causalité entre les choses. C'est en réalité la succession habituelle de deux événements qui nous conduit à établir entre eux un lien causal qui n'est ni nécessaire, ni objectif.

Jean-Jacques Rousseau (1712-1778)

Rousseau est le fils d'un artisan horloger qui le place en apprentissage à l'âge de 13 ans. Il fugue trois ans plus tard et est recueilli par Mme de Warens. Il lit, commence à écrire et devient l'ami de Diderot. Il doit d'abord sa notoriété au *Discours sur les sciences et les arts*, dans lequel il soutient la thèse paradoxale selon laquelle le « progrès » constitue en réalité une dépravation. On retient d'ailleurs généralement de la pensée de Rousseau l'idée que **l'homme est bon par nature**, mais perverti par la société. C'est oublier que l'auteur du *Contrat social*, estime aussi que la vie sociale transforme « l'animal stupide et borné » que nous sommes à l'état de nature en « un être intelligent et un homme ». Rousseau est enfin considéré comme le père de la **démocratie moderne** : « Le peuple soumis aux lois doit en être l'auteur », écrit-il. Les révolutionnaires, se reconnaissant dans sa pensée, font transférer ses cendres au Panthéon en 1794.

Denis Diderot (1713-1784)

Savant, écrivain et philosophe, Diderot est une figure emblématique des Lumières. Il dirige l'*Encyclopédie* avec d'Alembert. D'abord partisan du **déisme** (comme Voltaire), il devient ensuite **matérialiste** et **athée**. S'il existait un Dieu bon et tout-puissant, aucun enfant ne naîtrait aveugle, estime-t-il. Ce point de vue lui vaut d'être jeté en prison. Sur le plan moral, Diderot s'oppose à l'ascétisme (qui combat les désirs sensibles) et prône un retour à la **nature** et à l'**instinct**. Le *Supplément au Voyage de Bougainville* met ainsi en scène la vie heureuse des habitants d'une île de rêve qui laissent libre cours à leurs désirs sexuels.

Étienne Bonnot de Condillac (1714-1780)

Ce philosophe français des Lumières soutient que les **sensations** sont la source de toutes nos idées et connaissances. Cette thèse est illustrée par l'image d'une statue habitée par un esprit mais dépourvue de toute idée, qui élabore progressivement un savoir entièrement fondé sur ses sens.

Adam Smith (1723-1790)

Ce philosophe et économiste anglais de l'époque des Lumières est considéré comme le père du **libéralisme économique**. Pour Adam Smith, le libre jeu des intérêts égoïstes est la condition de la prospérité économique. « Tout en ne cherchant que son intérêt personnel, chaque individu travaille souvent d'une manière bien plus efficace pour l'intérêt de la société que s'il avait réellement pour but d'y travailler », écrit-il. Toutes les énergies sont mobilisées par la recherche égoïste du profit et les prix s'autorégulent sans intervention de l'État, de sorte que les échanges sont équitables et profitables à tous. Tout se passe comme si une « grande main invisible » régulait les échanges économiques.

Emmanuel Kant (1724-1804)

Kant naît à Königsberg en Allemagne et y passe toute son existence. Sa sédentarité et la régularité de son emploi du temps sont légendaires. Professeur à l'université de Königsberg, Kant consacre sa vie à une œuvre monumentale qui a beaucoup marqué l'histoire des idées. Sa **théorie de la connaissance** distingue les choses telles que nous les connaissons (les **phénomènes**) des choses telles qu'elles sont en elles-mêmes (les **noumènes**), que nous ne pouvons pas connaître. C'est ce qu'on appelle l'**idéalisme transcendantal**. Sa philosophie morale s'oppose à celle des Anciens, qui faisaient de la morale un art d'être heureux. Kant estime que la morale ne doit pas nous apprendre à être heureux, mais à nous rendre dignes du bonheur en faisant notre devoir **par devoir**, c'est-à-dire de manière désintéressée et sans calcul.

Jeremy Bentham (1748-1832)

Ce philosophe anglais est le père de l'**utilitarisme**. Cette doctrine affirme qu'une action est morale quand elle est « utile », c'est-à-dire quand elle tend à maximiser le bonheur ou le bien-être de l'humanité.

Georg Wilhelm Friedrich Hegel (1770-1831)

Hegel fait des études de théologie, devient précepteur, puis professeur à l'université d'Iéna et ensuite à Berlin. Ses cours, recueillis par ses élèves, sont publiés à sa mort. Hegel envisage la philosophie comme une **science systématique** synthétisant toutes les connaissances et toute l'histoire des idées. L'histoire manifeste à ses yeux un progrès, elle est la réalisation de la **Raison**. Cette dernière n'est pas seulement une faculté de l'esprit humain, mais ce qui gouverne le réel. « Tout ce qui est réel est rationnel », écrit Hegel. Le progrès par lequel la Raison s'incarne progressivement dans le monde est **dialectique**, c'est-à-dire analogue à celui de l'esprit humain qui progresse en surmontant ses contradictions. La philosophie hégélienne a eu une influence considérable.

Arthur Schopenhauer (1788-1860)

« La vie oscille comme un pendule, de droite à gauche, de la souffrance à l'ennui », écrit Schopenhauer. Il est l'auteur d'un *Art d'être heureux* qui nous apprend à nous armer contre la souffrance plutôt qu'à conquérir un bonheur impossible. Derrière l'illusion du monde tel que nous nous le représentons se cache le « **vouloir-vivre** », le principe métaphysique qui sous-tend toute chose et engendre le désir et la souffrance de l'homme.

Auguste Comte (1798-1857)

Auguste Comte est un philosophe et un économiste français. Il est considéré comme le père du **positivisme** (bien que le terme soit en réalité de Saint-Simon, dont il a été le secrétaire). Comte pense que notre compréhension du monde passe par trois états (**loi des trois états**) : l'état théologique, l'état métaphysique et l'état positif (ou scientifique). Dans le premier, les hommes expliquent les phénomènes naturels par l'intervention d'êtres surnaturels ou de divinités (Zeus lance la foudre, par exemple). Dans le deuxième, des entités abstraites remplacent les êtres surnaturels. Dans le dernier, l'esprit humain parvenu à maturité s'en tient à observer les faits et à établir entre eux des relations invariables : les lois. Celles-ci permettent d'anticiper et d'agir.

XIXE SIÈCLE

Antoine Augustin Cournot (1801-1877)

Cet économiste, mathématicien et philosophe français est surtout connu pour sa **théorie du hasard**, défini comme la rencontre de séries causales indépendantes. Il applique notamment cette théorie à l'histoire.

Ludwig Feuerbach (1804-1872)

Ce philosophe allemand matérialiste et athée est surtout connu pour sa **critique de la religion**. À ses yeux, les qualités que l'on attribue traditionnellement à Dieu (comme la sagesse ou l'amour) sont des qualités humaines élevées à la perfection. La religion projette ainsi dans le ciel un rêve de perfection qui coupe l'homme de lui-même.

Alexis de Tocqueville (1805-1859)

Cet historien et homme politique français doit sa notoriété à un livre : *De la démocratie en Amérique*. Tocqueville y analyse les effets possiblement pervers de l'**égalité démocratique** : alors que la hiérarchie sociale implique une relation entre les individus, l'égalité les rend indépendants et peut ainsi menacer l'unité de la société. Par ailleurs, la démocratie peut donner naissance à une forme de **despotisme bienveillant** : les individus pourraient se soumettre passivement à un État tout-puissant leur assurant un bonheur médiocre.

John Stuart Mill (1806-1873)

Fortement marqué par l'utilitarisme de Bentham, ce philosophe et économiste anglais fait du **bonheur collectif** le but de l'action morale. Selon lui, bien que les hommes agissent le plus souvent par intérêt, celui-ci peut donner naissance à des sentiments altruistes et désintéressés.

Søren Kierkegaard (1813-1855)

Mélancolique et romantique, ce penseur et théologien danois analyse les drames de l'existence humaine. Il décrit, en se fondant sur sa propre expérience, les **étapes de la vie**. Venant en premier, le « **stade esthétique** » est caractérisé par la recherche du plaisir et la jouissance de l'instant. Mais le désir n'est jamais satisfait. Vient ensuite le « **stade éthique** », caractérisé par le respect du devoir et la bonne conscience. Mais la vertu n'est pas récompensée par le bonheur. L'existence trouve alors son achèvement dans le « **stade religieux** », où l'homme se découvre lui-même dans un face-à-face avec Dieu.

Karl Marx (1818-1883)

Marx étudie le droit à Bonn, puis l'histoire et la philosophie à Berlin, avant de devenir journaliste. Il se marie avec une aristocrate et se noue d'amitié avec le fils d'un industriel, Engels, qui écrira avec lui le *Manifeste du parti communiste*. Marx constate que la philosophie n'a fait que penser le monde. Il ambitionne, lui, de le changer. On ne peut nier qu'il y ait réussi. L'auteur du *Capital* dénonce l'**exploitation de l'homme par l'homme.** À ses yeux, le prolétaire est un esclave moderne contraint de vendre sa force de travail en échange d'un salaire injustement bas. Le fait de posséder les moyens de production (usines, machines, terres...) place en effet le « bourgeois » en position de force. C'est donc l'abolition de la propriété privée qui doit mettre fin à cette injustice. La **religion** est dénoncée comme un **opium moral** qui incline le peuple à endurer ses souffrances pour atteindre le bonheur dans l'au-delà.

Friedrich Engels (1820-1895)

Engels est le fils d'un riche industriel allemand. Il découvre la condition ouvrière en travaillant pour une entreprise qui appartient à son père. Engels et Marx sont de grands amis. Ensemble, ils fondent la Première Internationale et écrivent *le Manifeste du parti communiste*. De son côté, Engels analyse notamment le rôle de la **violence** dans l'histoire. À ses yeux, celle-ci sert à adapter l'**ordre social** aux transformations économiques en vainquant la résistance des classes sociales qui, comme la noblesse au XVIIIe siècle, appartiennent au passé.

William James (1842-1910)

Ce psychologue et philosophe américain est le fondateur du **pragmatisme**, doctrine selon laquelle la vérité se définit par l'utilité et le succès. De ce point de vue, une théorie scientifique est vraie dans la mesure où elle permet de maîtriser les phénomènes et donne naissance à des applications techniques. Le vrai, c'est ce qui marche.

Friedrich Nietzsche (1844-1900)

Nietzsche a étudié et enseigné la philologie. Fils de pasteur, né au presbytère de Röcken en Allemagne, il proclame la « **mort de Dieu** », c'est-à-dire le déclin de la foi chrétienne, événement qu'il regarde comme une libération. À ses yeux, l'ascétisme de la morale chrétienne relève en effet de la haine de la vie. Nietzsche espère ainsi l'avènement d'une **humanité nouvelle**, libérée des entraves de la morale traditionnelle et animée par la « **volonté de puissance** ». C'est ce qu'il appelle le « **surhomme** ». Les « considérations intempestives » et souvent ambigües de Nietzsche font l'objet d'interprétations diverses et contradictoires. Sa sœur a falsifié l'œuvre du philosophe pour lui faire servir la cause du nazisme. Nietzsche meurt fou après une longue maladie, offrant ainsi un argument à ceux qui soulignent le danger de penser trop loin.

Sigmund Freud (1856-1939)

« Ce n'est pas à moi que revient le mérite [...] d'avoir mis au monde la psychanalyse », estime Freud en 1909 (*Cinq leçons sur la psychanalyse*). Il n'est encore en effet qu'un étudiant préoccupé par ses examens de médecine quand le Dr Joseph Breuer applique pour la première fois, vers 1880, à une jeune hystérique un procédé de traitement qui deviendra la **psychanalyse**. La jeune femme présente de multiples symptômes, tant physiques que psychiques, liés à des traumatismes anciens qu'elle évoque sous hypnose. C'est l'étude de ce cas qui permet à Freud d'établir les notions fondamentales de la psychanalyse (refoulement et résistance, par exemple). C'est donc à bon droit qu'on le considère comme le père de cette discipline qu'il veut scientifique. Quoiqu'il tienne beaucoup à se distinguer des philosophes, Freud est l'auteur d'une œuvre qui, dépassant le strict cadre de la médecine, propose une **nouvelle grille d'interprétation du monde**. Ainsi, l'art, le travail, la religion, la morale ou la civilisation sont éclairés à la lumière des thèses de la psychanalyse, au point que l'idée que l'homme a de lui-même s'en trouve définitivement transformée.

Émile Durkheim (1858-1917)

Ce philosophe et sociologue français est le père de la **sociologie moderne**. Celle-ci doit sa scientificité et son objectivité à un principe fondamental : « considérer les faits sociaux comme des choses ». Durkheim montre comment la société façonne les individus, leurs sentiments et leur personnalité. Par exemple, c'est à ses yeux l'institution de la famille qui crée les sentiments familiaux et l'institution du mariage qui crée la jalousie sexuelle, et non l'inverse. La société vit en nous autant que nous vivons en elle et nous lui devons notre humanité même : l'homme n'est homme que dans la mesure où il est civilisé.

Henri Bergson (1859-1941)

Prix Nobel de littérature en 1927, Bergson estime pourtant que le **langage** nous éloigne des choses comme de nos propres états d'âme. Dans *Le Rire* (1900), il compare les mots à des **étiquettes** collées sur les choses. C'est que les mots et les concepts formés par l'intelligence ne retiennent du réel que des généralités au service de l'action. L'**intuition** au contraire, balayant les conventions du langage, nous permet de saisir ce que les choses ont d'unique et d'inexprimable. C'est aussi par l'intuition que nous accédons à la **durée**, définie comme « la forme que prend la succession de nos états de conscience quand notre moi se laisse vivre, quand il s'abstient d'établir une séparation entre l'état présent et les états antérieurs ».

Edmund Husserl (1859-1938)

Philosophe allemand, Husserl fait des études scientifiques avant de se consacrer à la philosophie. Il est le fondateur de la **phénoménologie**, qui vise à faire de la philosophie une **science**. La méthode phénoménologique consiste à appréhender la **réalité** telle qu'elle se donne ou, comme l'écrit Husserl, à « revenir des discours et opinions aux choses mêmes ». Dans le prolongement du doute cartésien, la « **réduction phénoménologique** » revient à mettre entre parenthèses l'attitude spontanée et naïve qui consiste à affirmer sans réflexion l'existence d'un monde extérieur à la conscience.

Max Weber (1864-1920)

Sociologue allemand, juriste de formation, Weber est notamment connu pour sa thèse sur l'origine du **capitalisme**. À ses yeux, l'éthique protestante (calviniste) a favorisé l'apparition du capitalisme en encourageant les hommes à faire fructifier les biens qu'ils reçoivent de Dieu. On lui doit aussi, en autre, la distinction entre l'**éthique de la conviction** (qui s'appuie sur des principes, comme la morale kantienne) et l'**éthique de la responsabilité** (qui juge une action sur ses conséquences plus que sur les principes ou les maximes qui l'inspirent).

Alain (1868- 1951)

Émile Chartier, dit Alain, est philosophe, journaliste et écrivain. Il enseigne notamment au lycée Henri IV, où il marque beaucoup son public. On dit qu'il conseille à ses élèves d'écrire leurs textes d'un seul jet et sans ratures. Alain est **rationaliste** et **cartésien**. « Un objet est pensé, et non pas senti », écrit-il. À ses yeux, la raison peut et doit gouverner les « passions » et soumettre le corps. Alain s'oppose à Freud et nie l'existence d'un inconscient psychique, d'un « diabolique conseiller » qu'il serait trop facile de désigner comme le responsable de nos fautes. Pour lui, il n'y a de pensées que par un « je », un **sujet conscient**, libre et responsable.

Marcel Mauss (1872-1950)

Sociologue et ethnologue français, disciple de Durkheim (son oncle maternel), Marcel Mauss est surtout connu pour sa **théorie du don**. Selon lui, dans les sociétés dites « primitives », l'échange n'est pas seulement économique : c'est un « **fait social total** ». Par le don (et le contre-don), les communautés « s'obligent » mutuellement et créent ainsi des liens sociaux.

Bertrand Russell (1872-1970)

Mathématicien, logicien et philosophe britannique, Russell fait de la **logique** la base des mathématiques, contre l'intuitionnisme qui affirme que les mathématiques reposent aussi sur « l'intuition ». Il fait par ailleurs l'éloge de la philosophie et souligne son utilité dans un monde qui manque cruellement de sagesse. À ses yeux, la philosophie vaut avant tout par son **incertitude**, c'est-à-dire par sa capacité à ébranler nos certitudes et à nous faire envisager des hypothèses qui s'écartent de la pensée commune.

Karl Jaspers (1883-1969)

La pensée de ce psychologue et philosophe allemand est d'un accès difficile (comme celle de son contemporain Heidegger). Elle se fonde notamment sur les concepts d'**existence** et de **transcendance**. L'existence est caractérisée par l'expérience de la liberté et du choix. La transcendance désigne ce qui se situe au-delà du monde physique (mais non un Dieu personnel comme dans la religion). Pour Jaspers, c'est en s'ouvrant à cette transcendance que l'homme accède à une existence véritable.

Gaston Bachelard (1884-1962)

Le parcours social, et surtout intellectuel, de Gaston Bachelard force l'admiration. D'origine modeste, il travaille à la Poste tout en poursuivant des études de mathématiques. Il enseigne ensuite au collège, obtient une licence de philosophie, puis une agrégation et un doctorat. Le postier termine sa carrière à la Sorbonne, où il enseigne l'**histoire** et la **philosophie des sciences**. Bachelard souligne que la science ne progresse pas en accumulant les découvertes. Le progrès scientifique connaît des ruptures, des révolutions, des « **coupures épistémologiques** ». L'esprit scientifique progresse donc en revenant sur ses erreurs, dans un véritable repentir intellectuel. Ce progrès se heurte à des « **obstacles épistémologiques** » comme l'expérience commune ou les idées toutes faites, qui semblent relever du simple bon sens ou de l'évidence : « L'opinion a en droit toujours tort », écrit-il.

Martin Heidegger (1889-1976)

Ce philosophe allemand au jargon difficile est parfois considéré comme le plus grand philosophe de son temps. Son comportement sous le nazisme, quand il était recteur d'université, fait polémique. La philosophie de Heidegger est fondée sur la distinction de l'**Être** et de l'**étant**. Les étants sont les réalités particulières, tandis que l'Être est la source de toutes choses. L'homme est un étant particulier puisqu'il peut s'interroger sur l'Être et se demander pourquoi il y a quelque chose plutôt que rien. Cependant, il préfère communément échapper à l'angoisse et au questionnement en se réfugiant dans la banalité de la vie quotidienne.

Ludwig Wittgenstein (1889-1951)

Ludwig Wittgenstein est un philosophe et logicien anglais d'origine autrichienne. « La philosophie est une lutte contre la manière dont le langage ensorcelle notre intelligence », affirme-t-il. À ses yeux, la fonction de la philosophie est donc de nous débarrasser des pièges dans lesquels le langage nous fait tomber. La philosophie n'a pas pour but d'élaborer des thèses, mais de **clarifier nos pensées**. Les problèmes philosophiques proviennent de confusions qu'il faut dissiper.

Walter Benjamin (1892-1940)

Walter Benjamin est un écrivain allemand, membre de l'École de Francfort (un groupe d'intellectuels allemands des années 1950). Sa réflexion concerne notamment l'**art** et l'**histoire**. À ses yeux, l'interprétation des œuvres d'art permet de comprendre l'histoire.

XXE SIÈCLE

Karl Popper (1902-1994)

Karl Popper est un philosophe logicien et épistémologue d'origine autrichienne. On retient le plus souvent de sa pensée l'idée qu'une théorie doit être **falsifiable**, c'est-à-dire testable, pour être scientifique. Ce critère permet à Popper de distinguer les **sciences véritables** (la physique ou la biologie, par exemple) des **pseudo-sciences** (comme la psychanalyse ou le marxisme). Sa réflexion est aussi politique : Popper inscrit le marxisme dans une tradition métaphysique propice au **totalitarisme**, qu'il fait remonter à Platon (la Cité idéale décrite dans *La République* peut être perçue comme totalitaire).

Vladimir Jankélévitch (1903-1985)

Ce philosophe français, spécialiste de la philosophie allemande, est aussi musicologue. Sa réflexion porte notamment sur le **devenir**, la **durée** et l'**instant** : « Nous ne vivons véritablement que parce que nous passons. »

Hans Jonas (1903-1993)

Ce philosophe allemand est principalement connu pour son « **éthique pour l'âge technologique** » exposée dans *Le Principe responsabilité*. Jonas énonce une nouvelle obligation morale essentielle : « Agis de façon que les effets de ton action soient compatibles avec la permanence d'une vie authentiquement humaine sur Terre. » Il affirme également que la nature doit être considérée, à l'instar de l'être humain, comme une **fin en soi**.

Raymond Aron (1905-1983)

Ce philosophe et sociologue français fonde la revue *Les Temps modernes* avec Sartre et Beauvoir. Ses travaux concernent l'**histoire** et la **politique**. Dans *L'Opium des intellectuels*, Aron critique le marxisme et analyse la fascination que celui-ci exerce sur des intellectuels comme Sartre. « Mieux vaut avoir tort avec Sartre que raison avec Aron », disait-on à l'époque (de manière très partiale).

Jean-Paul Sartre (1905-1980)

Sartre nous apprend dans *Les Mots*, un roman autobiographique, qu'il a découvert le monde à travers les définitions des dictionnaires, entre les murs de la bibliothèque de son grand-père (chez qui il vivait avec sa mère). Comme dans la philosophie de Platon, les Idées ou les Essences précèdent donc l'existence dans son esprit. Pourtant, Sartre affirmera que pour l'homme, c'est au contraire l'existence qui précède l'essence : l'homme existe d'abord et il se définit ensuite. Il est donc libre et non prisonnier d'une nature, il se choisit lui-même par ses actes. Nous sommes ainsi entièrement **libres** et **responsables**, et seule la mauvaise foi peut nous faire prétendre le contraire. C'est ce que l'on appelle l'**existentialisme**. Sartre a reçu le prix Nobel de littérature pour *Les Mots* et l'a refusé : être nobélisé aurait signifié être enfermé dans une essence, dans une définition. Être défini, c'est être fini, c'est le contraire d'exister. C'est donc, d'une certaine façon, être déjà mort.

Emmanuel Levinas (1906-1995)

Emmanuel Levinas est un philosophe français d'origine lituanienne. On retient généralement de sa philosophie sa réflexion sur **autrui**. À ses yeux, l'autre est d'abord un visage qui exprime le dénuement, la vulnérabilité et, par là même, une exigence morale : je suis responsable d'autrui.

Hannah Arendt (1906-1975)

Hannah Arendt est née en Allemagne, où elle a fait ses études. Après avoir été arrêtée une première fois en Allemagne en 1933, puis une seconde fois en France en 1940, elle s'exile aux États-Unis. Arendt se veut **politologue** plutôt que philosophe. Ses travaux portent notamment sur le **totalitarisme** et l'**antisémitisme**. On retient généralement sa thèse sur la **banalité du mal** : Eichmann, le tortionnaire nazi de triste mémoire, lui apparaît non comme une bête furieuse, mais comme un petit fonctionnaire obéissant aux ordres sans se poser de questions morales.

Simone de Beauvoir (1908-1986)

Simone de Beauvoir est une philosophe, essayiste et romancière française. Son livre le plus connu, *Le Deuxième Sexe*, fait scandale. « **On ne naît pas femme, on le devient** », déclare Beauvoir. Cette affirmation contestée est en accord avec l'**existentialisme** qu'elle défend : l'existence n'est pas déterminée par une essence ou une quelconque nature. Une « femme », par exemple, n'est pas vouée par nature à être mère, elle le choisit librement (ou pas). Sa relation avec Sartre est mythique.

Maurice Merleau-Ponty (1908-1961)

Philosophe français de la génération de Sartre, Beauvoir et Aron (avec lesquels il codirige la revue *Les Temps modernes*), Merleau-Ponty est un représentant éminent de la **phénoménologie**, un courant philosophique fondé par Husserl qui préconise de « retourner aux choses mêmes », c'est-à-dire aux phénomènes ou au monde tel qu'il est perçu. Merleau-Ponty applique notamment la méthode phénoménologique à **autrui**. Il décrit par exemple l'expérience du dialogue comme une collaboration par laquelle les interlocuteurs « coexistent » littéralement.

Claude Lévi-Strauss (1908-2009)

Ethnologue français, Claude Lévi-Strauss est la figure fondatrice du **structuralisme**. L'ethnologie structurale vise à dégager, sous les phénomènes de surface qui différencient les cultures, des schémas sous-jacents, comme les structures de la parenté. Strauss soutient que **toutes les cultures se valent**, qu'elles ont toutes également progressé, mais sur des chemins différents.

Simone Weil (1909-1943)

Professeure de philosophie, cette intellectuelle française choisit de travailler en usine chez Renault pour expérimenter et partager la **condition ouvrière**. Plus tard, pendant la guerre d'Espagne, elle s'engage dans les Brigades internationales. Weil développe un **mysticisme** d'inspiration chrétienne nourri d'hellénisme.

Jeanne Hersch (1910-2000)

Jeanne Hersch est une philosophe suisse, professeure à l'université de Genève. À ses yeux, la fonction de la philosophie est d'**éclairer l'obscur** pour rendre leur épaisseur aux êtres, à la manière d'une torche qui révèlerait la profondeur insoupçonnée d'un puits. Son œuvre concerne principalement la notion de **liberté**. Celle-ci consiste à préférer ce qui est meilleur, et non pas à faire ce que l'on veut.

Paul Ricœur (1913-2005)

Ce philosophe français a enseigné à la Sorbonne puis aux États-Unis. Ses travaux concernent notamment l'**herméneutique** (l'art de comprendre ou d'interpréter). Ricœur estime que la lecture d'un récit (historique, romanesque, autobiographique...) donne naissance à un sens qui permet au lecteur d'élaborer l'idée qu'il se fait de lui-même. On lui doit l'idée d'**identité narrative** : je définis mon identité en me racontant.

Gertrude Anscombe (1919-2001)

Gertrude Anscombe est une philosophe et théologienne britannique, élève de Wittgenstein. Dans l'esprit de la **philosophie analytique**, elle s'attache à ce que nous pouvons dire adéquatement des choses puisque « c'est à travers le langage et à travers les mots que nos pensées prennent corps ».

Iris Murdoch (1919-1999)

Iris Murdoch est une écrivaine et philosophe britannique. Ses romans mêlent le **récit** et la **réflexion philosophique**. Comme Sartre (qu'elle a commenté), Iris Murdoch croit en la **contingence absolue du réel**.

John Rawls (1921-2002)

Ce philosophe américain a été rendu célèbre par sa *Théorie de la justice*. À ses yeux, la justice requiert essentiellement un **droit égal pour tous** et le plus étendu possible à la liberté. Cela n'exclut pas l'existence d'inégalités sociales et économiques, à condition que ces dernières soient avantageuses pour la société dans son ensemble et qu'elles s'accompagnent d'une réelle égalité des chances.

Gilbert Simondon (1924-1989)

Ce philosophe français assez peu connu a dénoncé la **technophobie** et s'est efforcé de réconcilier culture et technique.

Hilary Putnam (1926-2016)

Ce philosophe américain est notamment connu pour avoir proposé une expérience de pensée qui transpose l'hypothèse cartésienne du **Dieu trompeur** dans le monde moderne. Putnam imagine un cerveau placé dans une cuve et connecté à un ordinateur qui lui envoie des stimulis semblables à ceux de sa vie antérieure. Quel moyen aurait-il de savoir qu'il est un cerveau dans une cuve ? Devons-nous faire confiance au témoignage de nos sens ?

Michel Foucault (1926-1984)

Ce philosophe français est un des intellectuels les plus connus du XXe siècle. Sa méthode constante consiste à retracer l'histoire (il utilise plutôt le terme d'**archéologie**) de phénomènes comme la folie, la médecine, la prison ou la sexualité. On lui doit par exemple l'idée selon laquelle le pouvoir s'exerce aujourd'hui en rendant la société transparente sur le modèle du panoptique, une architecture carcérale imaginée par Bentham au XIXe siècle.

REPÈRES

QUE SONT LES MOTS REPÈRES ?

Les mots repères se retrouvent constamment dans l'étude de la philosophie. Ils accompagnent les notions et s'y réfèrent. Chacun des « couples repères » présente des distinctions lexicales qui aident à formuler rigoureusement la pensée, mais aussi des distinctions conceptuelles qui sont constitutives d'une culture philosophique élémentaire.

Les repères interviennent de manière transversale dans l'examen des notions et l'étude des œuvres. Ce ne sont donc pas des parties de cours séparées, mais des définitions au service de toute la pensée. Il ne s'agit pas d'apprendre par cœur ces définitions et de les utiliser mécaniquement, mais d'avoir des jalons qui aident à penser.

Les repères ne doivent pas être regardés comme des vérités gravées dans le marbre. Bien que les distinctions opérées soient très utiles, elles doivent être discutées. Par exemple, distinguer ce qui est légal de ce qui est légitime suppose qu'il existe des principes de justice supérieurs aux lois. Or, certains philosophes contestent cette thèse (CHAPITRE 4 p. 61).

Nous définirons les couples de mots avant tout dans leurs relations. Ces repères ne sont pas des mots de vocabulaire isolés, mais des termes mis en rapport.

Absolu / Relatif

« Absolu » dérive du latin *absolutus* qui signifie « parfait », « achevé ». « Absolu » est donc synonyme de « parfait », « total » ou « sans limites ». Par opposition, on qualifie communément de « relatif » ce qui est imparfait, incomplet ou limité. Si je dis par exemple que j'ai une confiance absolue en quelqu'un, cela signifie que cette confiance est totale, parfaite, sans limites. En revanche, une confiance seulement relative est une confiance imparfaite, limitée.

La signification du terme « absolu » se rattache aussi au verbe *absolvere* qui signifie « parfaire », « achever », mais également « détacher », « délier » ou « séparer ». « Absolu » s'oppose donc à « relatif » comme ce qui ne dépend de rien (n'est lié à rien) s'oppose à ce qui dépend d'autre chose (est en relation avec autre chose).

Cette distinction joue un rôle important dans la pensée philosophique. Ainsi les théologiens conçoivent-ils Dieu comme un être absolu, parfait, illimité et inconditionnel, un être dont l'existence ne dépendrait pas d'autre chose, qui n'aurait besoin que de soi-même pour exister. La distinction permet également de poser des questions relevant de la philosophie des sciences, de la morale ou de l'esthétique : le vrai, le bien, le juste, le beau peuvent-ils être absolus ou sont-ils toujours relatifs (au temps et au lieu, au point de vue, à la sensibilité ou aux goûts de chacun) ? La philosophie politique pose aussi la question de savoir si le pouvoir doit être absolu pour garantir l'ordre et la sécurité (Hobbes), ou au contraire limité pour préserver la liberté (Montesquieu).

Abstrait / Concret

« Abstrait » dérive du latin *abstrahere* (« retrancher »). L'abstraction consiste à séparer par l'esprit ce qui est uni dans l'expérience. L'esprit peut notamment distinguer l'essence d'une chose de ses accidents. Par exemple, Aristote définit l'homme comme un « animal raisonnable » (capable de raisonner et de parler). Cette définition abstraite néglige délibérément les « accidents » qui n'appartiennent pas à l'idée générale de l'homme (comme l'âge, le sexe ou les origines) pour ne retenir que les déterminations nécessaires et permanentes de l'homme (être un animal, parler, raisonner).

Dérivé du latin *concretus* (« dru », « épais »), « concret » signifie « perceptible », « tangible » ou « réel » et s'oppose donc aux idées abstraites formées par l'esprit.

« Abstrait » a généralement un sens péjoratif dans la langue courante. En effet, on qualifie d'« abstraites » des théories ou des idées difficiles à comprendre parce qu'elles sont trop générales et coupées de la réalité concrète, de l'expérience ou du vécu. On dit de celui qui forme ce genre d'idées qu'il se perd en abstractions. Ce reproche est souvent adressé à la philosophie, ou plus spécifiquement aux spéculations métaphysiques (concernant notamment Dieu, l'âme ou l'origine du monde), parfois par les philosophes eux-mêmes, notamment par les empiristes comme Hume.

Mais les rationalistes comme Platon ou Descartes estiment au contraire que les idées que l'esprit forme par abstraction sont plus vraies, voire plus réelles, que ce qui est perçu par les sens. L'esprit doit alors s'arracher à la séduction des apparences sensibles (ce que l'on appelle ordinairement le « concret ») et s'exercer à former des idées abstraites pour percer la vraie nature des choses. Pour Platon, l'étude des mathématiques prépare cette conversion de l'âme. C'est pourquoi il aurait fait graver cette inscription sur le fronton de l'Académie : « Nul n'entre ici s'il n'est géomètre. »

En acte / En puissance

Le vocabulaire de la philosophie doit cette distinction à Aristote, qui nomme « acte » ce qui existe en réalité par opposition à ce qui n'existe qu'en puissance, c'est-à-dire virtuellement ou possiblement. On peut dire par exemple qu'une statue est dans le bois *en puissance* avant que le sculpteur ne la fasse exister *en acte*, ou encore qu'un poulain est un cheval *en puissance*. Le passage de la puissance à l'acte (ou actualisation) achève l'être ou le réalise pleinement.

Le bonheur peut être compris, dans cette perspective, comme l'actualisation ou le plein accomplissement de l'animal raisonnable (doué de la faculté de connaître) que l'homme est en puissance. Aristote conçoit donc le bonheur comme une « forme de contemplation », c'est-à-dire de connaissance. L'éducation peut aussi se comprendre comme l'actualisation d'un être qui possède la raison en puissance, c'est-à-dire comme le processus par lequel l'enfant devient adulte en accomplissant sa nature d'animal raisonnable.

Analyse / Synthèse

« Analyse » dérive du grec *analysis*, qui désigne l'action de désagréger. L'analyse distingue, sépare ou décompose. L'analyse chimique, par exemple, permet d'identifier les composants d'une substance. La synthèse, au contraire, relie, rassemble ou compose, comme l'indique son étymologie (*sunthesis* : « poser ensemble »). Par exemple, un chimiste peut synthétiser un édulcorant ou un parfum, c'est-à-dire les produire à partir d'éléments simples. La synthèse va donc du simple au complexe, alors que l'analyse part du complexe qu'elle décompose en éléments simples.

Ceci est vrai de l'analyse des concepts, des problèmes ou des phénomènes en philosophie. Postulant qu'il est nécessaire de rechercher la vérité avec méthode, Descartes estime qu'il faut analyser les problèmes pour les résoudre et comprendre d'abord les choses les plus simples pour avancer progressivement vers la complexité : « Diviser chacune des difficultés que j'examinerais en autant de parcelles qu'il se pourrait et qu'il serait requis pour les mieux résoudre [...], conduire par ordre mes pensées en commençant par les objets les plus simples et les plus aisés à connaître pour monter peu à peu, comme par degrés, jusques à la connaissance des plus composés. »

La distinction des jugements analytiques et des jugements synthétiques permet à Kant de poser un des plus fameux problèmes de la philosophie des sciences : comment un jugement synthétique *a priori* est-il possible ? La proposition « Un triangle a trois côtés » constitue dans le vocabulaire de Kant un jugement analytique, puisque l'analyse du sujet (un triangle) suffit à justifier le prédicat (a trois côté). Mais une proposition comme « La somme des angles d'un triangle est égale à 180 degrés » ne peut pas se fonder sur l'analyse du concept de triangle. Or, les mathématiques ne se fondent pas non plus sur l'expérience (sur l'observation). Comment sait-on donc, et *a priori*, que la somme des angles d'un triangle est égale à 180 degrés ?

Concept / Image / Métaphore

Un concept, c'est ce qu'on appelle communément une idée ou une notion, c'est-à-dire la représentation mentale générale ou abstraite d'une chose. Par exemple, le concept de triangle, c'est l'idée générale de triangle, c'est-à-dire l'idée d'une figure géométrique délimitée par trois droites sécantes. Les philosophes se montrent généralement soucieux de former des concepts rigoureux, définis de manière précise. Par exemple, dans les dialogues de Platon, Socrate demande souvent à son interlocuteur de définir ce dont il parle : qu'est-ce que la vertu, la piété, le beau, la justice ?

Mais les philosophes ne dédaignent pas les images et les métaphores. Une image est ce qui évoque une réalité en raison d'une ressemblance ou d'une analogie. Par exemple, Platon compare l'âme humaine à un attelage ailé.

On appelle plus spécifiquement « métaphore » un procédé rhétorique ou une figure de style qui consiste à désigner une chose ou idée par un mot qui désigne initialement une autre chose ou idée. Une métaphore est donc un déplacement de sens, comme l'indique son étymologie (*métaphoria* signifie « transposition » en grec). Ce déplacement est justifié par une analogie. « Le temps de notre vie est un enfant qui joue et pousse des pions », écrit par exemple Héraclite. Techniquement, on parle de métaphore quand aucun terme n'introduit formellement la comparaison (« comme », « ainsi que », « ressembler à »...).

Contingent / Nécessaire

Est nécessaire « ce dont le contraire est inconcevable », écrit Alain. Par exemple, il est inconcevable que deux et deux ne fassent pas quatre ou qu'un phénomène se produise sans cause. On qualifie ainsi de « nécessaire » ce qui ne peut pas ne pas être ou ce qui ne peut pas être autrement.

Les partisans du déterminisme, comme Leibniz ou Spinoza, estiment que tout est nécessaire, c'est-à-dire que ce qui existe ou se produit ne pourrait pas ne pas exister. De ce point de vue, la liberté est une illusion. Les déterministes s'opposent donc à la pensée commune, qui admet que ce qui existe aurait pu ne pas exister et que l'avenir est contingent, c'est-à-dire indéterminé (et non pas seulement imprévisible). On qualifie donc de « contingent » ce qui peut exister ou non.

Sartre appelle « nausée » le sentiment aigu de la contingence des choses. « Possible » est parfois utilisé comme un synonyme de « contingent ».

Croire / Savoir

« Croire » se dit communément en deux sens. Au sens faible, c'est un synonyme de « présumer ». En ce sens, je peux dire que je crois qu'il va pleuvoir. Au sens fort, « croire » signifie être persuadé qu'une chose est vraie ou réelle. C'est en ce sens que le croyant croit en Dieu. Dans les deux cas, « croire » s'oppose à « savoir » : *croire* qu'il va pleuvoir, ce n'est pas le *savoir* ; quelle que soit la force de sa foi, le croyant ne peut croire que parce qu'il ne *sait* pas que Dieu existe. Si on pouvait démontrer l'existence de Dieu, on *saurait* qu'il existe, de sorte que, à proprement parler, on ne pourrait plus y *croire*.

On peut donc croire sans preuves et il serait même plus juste de dire qu'on ne peut croire qu'à condition de ne pas avoir de preuves. Savoir, au contraire, c'est posséder des preuves de ce que l'on tient pour vrai. Ce que l'on sait, on peut le justifier, le démontrer ou l'établir de manière indiscutable. Le savoir est donc l'objet d'une certitude objective. Mais que peut-on savoir ? L'homme peut-il acquérir des certitudes objectives ou faut-il douter de tout comme le soutient le scepticisme ? « Que sais-je ? » demande Montaigne.

Si le savoir est impossible, il n'y a donc que des croyances. En effet, les théories scientifiques elles-mêmes peuvent être regardées comme des « vérités provisoires » plutôt que comme des certitudes objectives et définitives. Cela ne signifie pas que toutes les croyances doivent être placées sur un pied d'égalité. D'une part, il reste possible de les hiérarchiser en fonction de leur degré de probabilité ; d'autre part, on peut distinguer la croyance naïve ou dogmatique de celui qui *croit savoir* ce qu'en réalité il ignore de la croyance sage et prudente de celui qui, à l'exemple de Socrate, sait *qu'il ne sait rien*. « Quand on croit de la foi la plus ferme que l'on possède la vérité, on doit savoir qu'on le croit et non pas croire qu'on le sait », écrit Jules Lequier.

Essentiel / Accidentel

La philosophie qualifie d'« essentiel » ce qui appartient à l'essence d'une chose ou à sa nature (*essentia* en latin). Est qualifié au contraire d'« accidentel » ce qui peut être changé dans une chose sans changer sa nature. L'essence d'une chose, c'est donc ce qui fait qu'elle est ce qu'elle est. L'essence du triangle, par exemple, c'est d'être une figure géométrique à trois côtés. Celle-ci s'exprime dans une définition qui retient les déterminations nécessaires et permanentes d'une chose (avoir trois côtés dans notre exemple) et fait abstraction de ses accidents, c'est-à-dire de ce qu'elle n'est pas toujours ou nécessairement. Ainsi, être équilatéral est un accident pour le triangle, comme la taille, la couleur de la peau ou le sexe sont des accidents pour l'être humain.

C'est cette essence, opposée aux accidents, que Socrate incite ses interlocuteurs à chercher en posant systématiquement la question « Qu'est-ce que ? » : qu'est-ce que la justice, le beau, la piété, la vertu ? Pour Platon, son disciple, les apparences sensibles, changeantes et contradictoires, ne pouvant être vraiment réelles, les essences (ou Idées), éternelles et immuables, constituent la vraie réalité. Mais ces réalités prétendument immuables existent-elles vraiment ? Héraclite estime au contraire que les choses n'existent que parce qu'elles changent, de sorte que l'être se confond avec le devenir : « Tout s'écoule. »

La connaissance historique nous ayant habitués à considérer les choses sous l'angle du devenir, nous sommes enclins aujourd'hui à douter de l'existence de ces essences éternelles et immuables chères à Platon. Dès lors, distinguer l'essentiel de l'accidentel ne semble pas toujours pertinent. Cela a-t-il un sens, par exemple, de se demander si la beauté est essentielle à l'art ou l'égalité à la justice ? S'il n'existe aucune essence éternelle de l'art ou de la justice, ces questions ne se posent même pas.

Exemple / Preuve

On appelle « preuve » ce qui sert à établir qu'une chose est vraie. Mais peut-on établir la moindre vérité ? Et si oui, de quelle façon ? Certains philosophes qualifiés de dogmatiques estiment que l'on peut établir des vérités certaines. Par exemple, Descartes présente ses arguments en faveur de l'existence de Dieu ou de l'immortalité de l'âme comme de véritables preuves. Les sceptiques estiment au contraire qu'on ne peut rien prouver du tout, en aucun domaine.

La pensée commune confond parfois « exemple » et « preuve ». Or, un exemple est un cas particulier dont on ne peut tirer aucune conclusion générale. Cependant, un seul exemple *a contrario* suffit en droit à réfuter une thèse : pour réfuter la thèse selon laquelle tout ce qui est rare est cher, il suffit de donner un seul exemple du contraire.

Expliquer / Comprendre

Les sciences de la nature, comme la physique ou la biologie, expliquent les phénomènes en les reliant à une cause ou à une loi. Par exemple, la chute des corps et la rotation des planètes s'expliquent par la loi de l'attraction universelle énoncée par Newton. Mais les sciences humaines, comme la psychologie ou l'histoire, procèdent-elles comme les sciences de la nature ? Wilhelm Dilthey estime que leurs méthodes diffèrent parce que les phénomènes naturels ne peuvent être saisis de la même manière que la vie psychique. « Nous expliquons la nature, nous comprenons la vie psychique », écrit-il. L'idée sera reformulée par Raymond Aron : « Nous expliquons la nature, nous comprenons l'homme. »

Comprendre, c'est saisir un sens, donner une signification à un comportement, un texte, un fait historique ou social. Ce que l'on comprend serait donc relié à une intention plutôt qu'à une simple cause ou à une loi. De ce point de vue, on pourrait dire qu'un historien *comprend* la Révolution française plus qu'il ne *l'explique*. Celui-ci peut certes expliquer la Révolution, c'est-à-dire la relier à des causes (comme la famine), mais surtout, il la comprend, c'est-à-dire qu'il en saisit le sens en la reliant aux intentions des révolutionnaires : abolir les privilèges et la monarchie absolue au nom de valeurs comme la liberté et l'égalité, instaurer la République…

En fait / En droit

Le fait se distingue du droit comme ce qui est se distingue de ce qui doit être (mais pas nécessairement). Par exemple, en droit, on est à l'heure à un rendez-vous, alors qu'*en fait*, on ne l'est pas nécessairement. D'un point de vue moral, le fait ne peut pas déterminer le droit. Par exemple, en fait, il est souvent vrai que le plus fort impose sa loi, mais cela ne l'autorise cependant pas à le faire en droit. Rousseau souligne que la force, étant un fait, ne donne aucun droit, de sorte que l'autorité politique ne saurait légitimement reposer sur la force.

Kant estime, dans une perspective voisine, que la raison détermine nos devoirs *a priori*, c'est-à-dire indépendamment de ce que l'on peut observer en fait : « La raison commande par elle-même, et indépendamment de tous les faits donnés, ce qui doit avoir lieu. » Ainsi, la psychologie et la sociologie décrivent les mœurs , c'est-à-dire la manière dont nous nous comportons en fait (*de facto* en latin), alors que la morale prescrit des normes qui déterminent comment nous devons nous conduire en droit (*de jure*).

Mais s'il n'y a rien de contingent dans la nature, comme l'écrit Spinoza, c'est-à-dire si tout ce qui se produit se produit nécessairement, la distinction du fait et du droit est-elle encore pertinente ? Quel sens y a-t-il, en effet, à affirmer que les choses devraient *en droit* être différentes de ce qu'elles sont *en fait*, si elles ne peuvent pas être différentes de ce qu'elles sont ? De ce point de vue, la sagesse consisterait à accepter ce qui est en fait, c'est-à-dire à comprendre que la réalité ne s'écarte jamais de la perfection. Cette idée soulève évidemment bien des objections.

Formel / Matériel

On qualifie de « formel » ce qui concerne la forme distinguée de la matière, c'est-à-dire du contenu ou du fond. Le vocabulaire de la philosophie distingue notamment la vérité formelle de la vérité matérielle. La vérité formelle, c'est la cohérence de la pensée, sa validité logique indépendamment de sa matière ou de son contenu. En effet, un raisonnement peut être formellement valide (logique) alors que son contenu (les idées qu'il exprime) ne sont pas conformes au réel. C'est le cas, par exemple, du raisonnement suivant : tout ce qui est rare est cher, or un âne boiteux est rare, donc un âne boiteux est cher. D'un point de vue formel, le raisonnement est correct, alors que ce qui affirmé (la matière, le contenu, le fond) est contraire à la réalité.

Nietzsche juge suspecte la perfection formelle des systèmes philosophiques qui, comme celui de Hegel, prétendent expliquer toute la réalité. On peut craindre que cette perfection formelle soit obtenue au prix d'une schématisation, voire d'une falsification, du réel. La « probité », comme l'écrit Nietzsche, consisterait au contraire à se rendre attentif au « texte du réel ».

Genre / Espèce / Individu

« Genre », « espèce » et « individu » sont des concepts qui servent à classer les choses pour les rendre intelligibles, c'est-à-dire pour éclairer la réalité. Par exemple, on peut dire que Socrate est un *individu* (un être unique, différent de tous les autres) appartenant à l'espèce humaine, qui se distingue elle-même au sein du *genre* animal par une faculté propre à l'homme : le *logos* (la faculté de raisonner et de parler). C'est dans cette perspective qu'Aristote définit l'homme comme un animal (genre) raisonnable (différence spécifique).

D'un point de vue théorique, on peut se demander avec Aristote si l'être d'une chose réside dans ses caractéristiques générales ou dans sa réalité individuelle et concrète : l'être de Socrate, par exemple, réside-t-il dans ses caractéristiques générales (dans son essence comme le croit Platon) ou plutôt dans son existence individuelle et concrète ? En pratique, les concepts de genre, d'espèce et d'individu peuvent s'avérer utiles quand on cherche à saisir l'essence d'une chose et à en donner une définition précise, notamment dans une dissertation. Qu'est-ce que l'homme ? Qu'est-ce que l'art, la religion, le travail ?

Hypothèse / Conséquence / Conclusion

Dans la langue courante, le mot « hypothèse » désigne une supposition ou une éventualité. Les philosophes emploient souvent le terme dans ce sens eux aussi. Dans le vocabulaire des mathématiques, le mot « hypothèse » désigne un axiome, un postulat, une convention ou une proposition qui sert de base à une démonstration. Par exemple, le postulat d'Euclide (par un point pris hors d'une droite, on peut mener une parallèle et une seule) est une hypothèse. Dans les sciences expérimentales, comme la physique ou la biologie, une hypothèse est une explication qui n'a pas encore été soumise au contrôle de l'expérience.

Le mot « conséquence » désigne communément la suite ou les effets d'une action. Par exemple, la morale conséquentialiste soutient qu'une action doit être jugée en fonction de ses conséquences ou de ses effets prévisibles. Dans le vocabulaire de la logique, le terme « conséquence » désigne ce qui découle d'un principe, c'est-à-dire ce qu'on peut en déduire (une déduction). En ce sens, « conséquence » peut être synonyme de « conclusion ». On parle par exemple de la conclusion d'un syllogisme. Celle-ci est nécessaire, indiscutable (dès lors qu'on a admis les prémisses du raisonnement).

Cependant, le mot « conclusion » désigne communément, et de manière moins stricte, le jugement qu'on porte à l'issue d'un raisonnement ou d'une analyse. En ce sens, une conclusion reste discutable. Par exemple, on peut constater que le droit varie en fonction des pays et des époques, mais faut-il en tirer la conclusion que rien n'est juste ou injuste ?

Idéal / Réel

On qualifie d'« idéal » ce qui, en raison de sa perfection, existe seulement à la manière d'une idée (*idea* en latin) pour un esprit. « Réel » qualifie au contraire ce qui existe à la manière d'une chose (*res* en latin), donc ce qui existe effectivement (en dehors de l'esprit). C'est en ce sens qu'on peut dire que les objets mathématiques (les nombres ou les figures géométriques) sont des objets idéaux (et non réels) : un point mathématique, par exemple, est un lieu idéalement précis et sans extension. Il se distingue en cela d'un point réel, comme celui qu'un professeur de mathématiques peut tracer à la craie. Mais Platon estime que les Idées, parfaites et immuables, sont plus réelles que les choses sensibles, parce que ces dernières ne sont que des apparences changeantes et contradictoires. De ce point de vue, la vraie réalité serait donc, paradoxalement, idéale.

D'un point de vue moral et politique, on peut estimer que l'action doit être guidée et stimulée par des idéaux comme la Justice. Platon conçoit par exemple une « Cité parfaite » (une société idéale) dans laquelle des rois philosophes feraient régner la justice. Mais Machiavel critique cet idéalisme politique et entend fonder sa propre philosophie sur une connaissance du comportement de l'homme réel et des conditions réelles de l'exercice du pouvoir.

Plus radicalement, Nietzsche dénonce ce qu'il appelle le « nihilisme », c'est-à-dire la dévalorisation du réel par l'idéal. En dénigrant le réel, les conceptions idéales de Platon, de la morale ou de la religion nous empêcheraient de l'aimer. La joie, au contraire, dit oui à la vie réelle avec tout ce qu'elle comporte de négativité, d'imperfections et de souffrances, oui à la vie aimée au point qu'on puisse accepter son éternel retour.

Identité / Égalité / Différence

L'identité, c'est le caractère de ce qui est en tout point le même. Leibniz affirme qu'il n'existe pas deux être identiques dans l'Univers, que chaque être est unique, différent de tous les autres et identique seulement à lui-même. Mais on peut se demander ce qui fait l'identité des choses et des personnes si tout change, si « tout coule » comme l'affirme Héraclite : dans ce cas, rien ni personne ne demeurerait alors identique à soi-même. C'est ce raisonnement qui conduit Hume à mettre en question l'existence d'un moi identique à lui-même à travers le temps.

D'un point de vue moral et politique, l'égalité (du latin *aequalis* : « de même niveau ») se distingue clairement de l'identité en cela qu'elle n'exclut en rien la différence. En effet, dans l'idéal démocratique, les différences (culturelles, ethniques, économiques...) n'empêchent nullement les hommes d'être égaux en dignité et en droit.

D'un point de vue anthropologique, on peut toutefois souligner avec Lévi-Strauss la difficulté que les hommes éprouvent communément à se regarder comme des égaux malgré leurs différences ethniques et culturelles.

Impossible / Possible

On qualifie de « possible » ce qui est concevable, c'est-à-dire conforme aux lois logiques ou aux lois de la nature (les lois établies par les sciences comme la physique). Le possible, c'est donc ce qui peut exister, ce qui existe peut-être ou pourrait exister un jour. Par exemple, l'existence d'une vie extraterrestre est possible : l'idée n'est ni logiquement inconcevable, c'est-à-dire contradictoire, ni contraire aux lois établies par la physique, la chimie ou la biologie. En revanche, un cercle carré est impossible, c'est-à-dire inconcevable.

Mais ce qui est illogique ou contraire aux lois établies par les sciences doit-il être tenu pour impossible absolument ? Pourquoi le réel devrait-il se conformer aux lois de la logique ? La vérité scientifique est-elle une vérité absolue ? N'est-il pas plus prudent de dire que certaines choses sont impossibles au regard des lois, de la logique humaine ou de nos connaissances actuelles ?

Intuitif / Discursif

L'adjectif « intuitif » qualifie ce qui relève de l'intuition (du latin *intueri* : « regarder attentivement »), c'est-à-dire une manière de connaître qui diffère du raisonnement. « Discursif » désigne au contraire ce qui relève du « discours », c'est-à-dire du raisonnement.

Alors que le raisonnement et la pensée discursive procèdent par étapes, comme dans une déduction logique, une démonstration mathématique ou une argumentation philosophique, l'intuition se définit au contraire comme une connaissance immédiate. L'intuition, c'est, en d'autres termes et comme l'étymologie le suggère, ce que je vois immédiatement par l'esprit. Par exemple, le *cogito* cartésien (« Je pense donc je suis ») est une intuition intellectuelle et non la conclusion d'un raisonnement : je sais de manière immédiate et intuitive que j'existe en tant que chose pensante. En revanche, la démonstration de l'existence de l'âme (que Descartes appuie sur la certitude intuitive du cogito) relève de la pensée discursive.

Chez Bergson, l'intuition s'oppose aux mots ou aux concepts qui, en raison de leur généralité, ne permettent pas de connaître les choses dans leur singularité. Il la définit comme une « espèce de sympathie intellectuelle par laquelle on se transporte à l'intérieur d'un objet pour coïncider avec ce qu'il a d'unique et d'inexprimable ».

La distinction *intuitif / discursif* permet de résoudre des problèmes relevant de la philosophie de la connaissance. Par exemple, les sceptiques estiment qu'on ne peut rien démontrer parce que toute démonstration repose sur des principes par définition indémontrables. On peut résoudre ce problème en considérant que les principes qui fondent nos connaissances (les postulats mathématiques, par exemple) relèvent de l'intuition. L'existence même d'une pensée intuitive reste cependant discutable.

Légal / Légitime

« Légal » et « légitime » dérivent du latin lex (« loi ») et qualifient ce qui est conforme à la loi. On peut cependant distinguer ce qui est légal, c'est-à-dire conforme aux lois en vigueur dans un État (droit positif), de ce qui est légitime, c'est-à-dire conforme à la vraie justice, éternelle et universelle (droit naturel).

« Il y a une loi vraie, droite raison, conforme à la nature, diffuse en tous, constante, éternelle [...] ; elle n'est pas autre à Rome ou à Athènes ; elle n'est pas autre aujourd'hui que demain ; mais loi une, et éternelle, et immuable, elle sera pour toutes nations et de tout temps », écrit Cicéron. C'est, par exemple, au nom de cette loi naturelle qu'Antigone désobéit au décret de Créon pour donner une sépulture à son frère. Son acte est légitime, mais illégal.

La distinction *légal / légitime* est discutable : elle pose la question de savoir s'il existe une « vraie justice », indépendante des temps et des lieux, des coutumes et des lois. Ce problème sous-tend un certain nombre de sujets de dissertation classiques. Suffit-il, pour être juste, de se conformer aux lois et aux coutumes de son pays ? Ce qui est légal est-il nécessairement légitime ? A-t-on le droit de désobéir à la loi ?

Médiat / Immédiat

On qualifie d'« immédiat » ce qui est direct, sans intermédiaire. Par exemple, l'intuition serait une connaissance directe ou immédiate, quelque chose comme une vision directe ou immédiate du réel. On qualifie au contraire de « médiat » ce qui est indirect, ce qui comporte un intermédiaire, une médiation. La pensée discursive (le raisonnement), qui procède par étapes et au moyen de concepts, est une connaissance indirecte ou médiate.

La distinction *médiat / immédiat* permet notamment de poser des problèmes relevant de la théorie de la connaissance : connaissance de soi, des autres et des choses. Descartes estime par exemple que nous connaissons immédiatement toutes nos pensées. « Par le mot de penser, j'entends tout ce qui se fait en nous de telle sorte que nous l'apercevons immédiatement par nous-mêmes », écrit-il. Freud estime au contraire que la plupart de nos pensées sont inconscientes et ne peuvent être connues que de manière indirecte ou médiate, notamment grâce à l'analyse de nos rêves.

Objectif / Subjectif / Intersubjectif

On qualifie d'« objectif » ce qui est fidèle à l'objet, c'est-à-dire au réel. Par opposition, « subjectif » se dit de ce qui est ressenti, perçu ou conçu par un sujet d'une manière qui lui est propre. Par exemple, l'historien est censé être objectif, c'est-à-dire qu'il doit concevoir une représentation du passé fidèle, exacte et impartiale. Mais selon Rousseau, « il s'en faut bien que les faits décrits dans l'histoire soient la peinture exacte des mêmes faits tels qu'ils sont arrivés : ils changent de forme dans la tête de l'historien, ils se moulent sur ses intérêts, ils prennent la teinte de ses préjugés ». Le philosophe estime donc que l'historien est souvent subjectif ou qu'il manque d'objectivité.

Plus radicalement, on peut se demander s'il est possible d'atteindre une vérité objective, impersonnelle ou universelle. « L'homme est la mesure de toutes choses », dit Protagoras. Autrement dit, la seule vérité possible résiderait dans les sensations de chacun, dans ses impressions subjectives.

On qualifie d'« intersubjectif » ce qui concerne la relation entre les sujets, c'est-à-dire entre les personnes. Par exemple, Kant estime que l'interdit du mensonge rend possible la communication intersubjective, c'est-à-dire entre les sujets.

Obligation / Contrainte

Les termes « obligation » et « contrainte » sont communément perçus comme des synonymes. Pourtant, alors que la contrainte s'exerce de l'extérieure et s'oppose à ma volonté, l'obligation semble au contraire s'imposer de l'intérieur et par ma propre volonté.

Raisonnons à partir d'un exemple emprunté à Rousseau : vous êtes agressé par un brigand au coin d'un bois qui vous contraint de lui donner votre bourse. À l'évidence, il ne s'agit pas d'une obligation morale ou d'un devoir : « Céder à la force est un acte de nécessité, non de volonté. » Imaginons maintenant que vous soyez témoin d'une agression : vous n'êtes pas *contraint* de porter secours à la victime ; en revanche, la morale et la loi vous y *obligent*. En termes kantiens, l'obligation (ou le devoir) relève de l'autonomie, c'est-à-dire de la loi (nomos en grec) que l'on se donne à soi-même, alors que la contrainte est une force extérieure contraire à ma volonté. Cette distinction reste cependant discutable, puisqu'on peut estimer que l'obligation n'est rien d'autre qu'une contrainte intériorisée au cours de l'éducation. Par exemple, les interdits et les injonctions parentales intériorisés, qui constituent ce que Freud appelle le surmoi, peuvent être regardés comme des contraintes intérieures.

Origine / Fondement

Dérivé du latin *origo*, le mot « origine » désigne le commencement, la cause, la création, la naissance ou la genèse. Découvrir l'origine d'une chose, c'est donc l'expliquer.

Dérivé du latin *fundare* (« bâtir », « asseoir solidement un édifice »), le mot « fondement » désigne plutôt ce qui justifie une chose, ce qui permet de la légitimer, sa raison d'être ou le principe sur lequel elle repose. La recherche du fondement relèverait ainsi de la philosophie plutôt que de la science. Par exemple, Rousseau se demande quel est le fondement de la société et de l'autorité politique. Or, il ne s'agit pas tant pour lui de découvrir l'origine de la société et de l'autorité politique (la cause qui expliquerait leur naissance) que de les légitimer en identifiant leur fondement : le contrat social, soit un pacte tacite par lequel les hommes s'engagent à se plier à la volonté générale.

Chercher un fondement, c'est donc chercher à justifier ou à légitimer un phénomène. C'est, autrement dit, chercher le pourquoi ou la raison d'être des choses. Chercher l'origine, c'est au contraire contester la valeur d'une chose en montrant justement qu'elle est sans fondement. Ainsi Nietzsche ne cherche-t-il à établir la généalogie de la morale que pour en saper le fondement : la morale naîtrait de l'amertume et de la rancœur des faibles et procéderait ainsi de la haine de la vie. L'idée même de fondement est discutable : nos certitudes, nos valeurs, nos actes ont-ils un fondement indiscutable ou seulement une origine ?

Persuader / Convaincre

Persuader ou convaincre, c'est, dans les deux cas, amener quelqu'un à penser, à vouloir ou à faire quelque chose, mais par des moyens différents. Persuader quelqu'un, c'est jouer sur ses sentiments, ses désirs ou ses craintes. Convaincre quelqu'un, c'est s'adresser à sa raison.

Persuader est souvent associé à la rhétorique, à l'art oratoire et à ses artifices, alors que la philosophie prétend convaincre grâce à des arguments rationnels. Platon a ainsi combattu les sophistes et les orateurs qui ne cherchent, selon lui, qu'à séduire leur auditoire par des discours habiles. Cette condamnation de la persuasion repose sur l'idée qu'il y a une vérité fondée en raison dont on peut convaincre autrui. Mais s'il n'y a que des opinions fondées sur des impressions subjectives, comme l'affirme par exemple le sophiste Protagoras, la parole ne peut servir qu'à défendre le point de vue et les intérêts de celui qui parle.

Principe / Cause / Fin

« Principe » vient du latin *principium* (« commencement »), lui-même dérivé de *princeps* (« prince »), titre porté par les empereurs romains. « Principe » désigne donc ce qui est premier, par opposition aux conséquences (du latin consequi : « suivre », « venir après ») qui découlent des principes. Si les conséquences sont justifiées par les principes, les principes, étant par définition premiers, ne peuvent être déduits d'autre chose et ainsi démontrés. Les sceptiques, comme le souligne Pascal, en concluent qu'il n'y a rien de certain. Mais on peut aussi considérer que les principes sont tellement clairs et évidents qu'on ne peut en douter : c'est par exemple le cas des axiomes mathématiques ou du *cogito* cartésien (« Je pense donc je suis »).

Dans le contexte de la philosophie morale, le mot « principe » désigne une règle fondamentale que l'on devrait toujours respecter, quelles qu'en soient les conséquences. Par exemple, pour Kant, dire la vérité est un devoir formel, une règle qui n'admet aucune exception, « quelque grave inconvénient qui puisse en résulter ».

On appelle « cause » ce sans quoi une chose ne pourrait exister. Par exemple, la pluie n'existerait pas sans les nuages. La « fin », c'est le but, ce en vue de quoi la chose existe. Mais la pluie a-t-elle une fin, un but ? C'est ce qu'estiment les partisans du finalisme comme Aristote. Aux yeux de ce dernier, connaître une chose, c'est d'abord connaître sa fin, sa raison d'être, dans un univers où rien n'existe sans raison. La science moderne se limite au contraire à identifier les causes des phénomènes naturels : la pluie existe-t-elle pour faire pousser les plantes ? La science ne peut pas l'affirmer et ne s'en soucie pas. Tout ce qu'elle sait, c'est que les nuages causent la pluie, qui cause à son tour la croissance des plantes. La philosophie, au contraire, s'interroge souvent sur le but, la fin ou le sens des choses : le sens de la vie, la fin de l'histoire, la fonction de l'État...

Public / Privé

On qualifie de « public » ce qui concerne tout le monde, ce qui appartient ou est accessible à tous. Le terme « privé » désigne au contraire ce qui ne concerne qu'une seule personne, ce qui appartient ou n'est accessible qu'à une personne (ou à certaines personnes). Par exemple, un bien public appartient au peuple ou à l'État, alors qu'un bien privé appartient à une personne (ou à un groupe de personnes).

La distinction *public / privé* permet de clarifier des questions d'ordre psychologique, moral ou politique. Par exemple, on peut se demander dans quelle mesure ce que nous vivons dans l'intimité de notre conscience peut ou doit être rendu public. Dans le domaine économique et politique, Marx prône l'abolition de la propriété privée des moyens de production, responsable à ses yeux de l'exploitation du prolétariat. D'une manière plus générale, on peut s'interroger sur le rapport que l'intérêt public entretient avec les intérêts privés. « Tout en ne cherchant que son intérêt personnel, chaque individu travaille souvent d'une manière bien plus efficace pour l'intérêt de la société que s'il avait réellement pour but d'y travailler », estime Adam Smith.

Ressemblance / Analogie

La langue courante tend à confondre « ressemblance » et « analogie ». Cependant, la ressemblance (du latin *similis* : « semblable ») concerne des choses qui présentent des similitudes évidentes, alors que l'analogie relie les choses de manière plus complexe. Le mot « analogie » dérive du grec *analogia* qui désigne la proportion mathématique, c'est-à-dire une identité de rapport ou de proportion. Par exemple, 1/2 = 2/4. Mais l'analogie ne concerne pas seulement les mathématiques. Si Baudelaire évoque « l'automne des idées », c'est par analogie : la vieillesse est à l'esprit ce que l'automne est à la nature.

Dans la philosophie, l'analogie est utilisée pour illustrer une idée ou pour raisonner. Par exemple, dans *La République*, Platon comprend la justice dans l'âme par analogie avec la justice dans la Cité : la justice règne dans la Cité quand les rois philosophes, secondés par les gardiens, gouvernent le peuple ; elle règne dans l'âme quand la raison, secondée par le cœur, gouverne les passions. L'analogie est un moyen de raisonner fructueux mais incertain : le peuple doit-il être soumis aux philosophes comme les passions doivent l'être à la raison ?

Théorie / Pratique

« Théorie » dérive du grec *theôria* (« contemplation »). « Pratique » est tiré du grec *praktikos* (« actif », « efficace »). La théorie s'oppose donc à la pratique comme la pensée peut s'opposer à l'action. On admet communément que ce qui est vrai *en théorie* ne l'est pas (ou pas toujours) *en pratique*. Cela signifie que la théorie est trop générale et abstraite pour s'appliquer à la réalité concrète et singulière. Cet écart entre théorie et pratique est réduit dans les sciences appliquées qui s'efforcent de prendre en compte la complexité du réel. « Il est évident qu'entre la théorie et la pratique, il doit y avoir encore un intermédiaire qui forme le lien et le passage de l'une à l'autre », écrit Kant.

Le pragmatisme de William James efface cette distinction entre théorie et pratique en faisant de l'efficacité le critère de la valeur des idées : celles-ci ne sont pas vraies dans l'absolu, mais seulement parce qu'elles permettent d'agir adéquatement sur le réel.

Dans le domaine moral, on peut aussi se demander si ce qui est vrai en théorie, c'est-à-dire « en principe », s'applique à tous les cas particuliers et en toutes circonstances.

Transcendant / Immanent

« Transcendant » dérive du verbe latin *transcendere*, qui signifie « monter » (*scandere*) en passant « au-delà » (*trans*). Dans son usage le plus commun, le verbe « transcender » renvoie à l'idée de dépasser une limite, de surpasser ou de se surpasser (« se transcender »). Dans le vocabulaire de la philosophie, « transcendant » désigne ce qui est au-delà ou au-dessus du monde, d'une autre nature ou d'un tout autre ordre.

Du latin *immanere* (« demeurer dans »), « immanent » s'oppose à « transcendant » comme l'intérieur s'oppose à l'extérieur. Au contraire du christianisme, du judaïsme ou de l'Islam, qui voient en Dieu un être transcendant et extérieur au monde, Spinoza estime que Dieu est la cause immanente du monde et se confond donc avec lui. « *Deus sive Natura* », écrit-il en une formule demeurée célèbre. Cela signifie que Dieu et la Nature (le monde) sont équivalents à ses yeux.

Universel / Général / Particulier / Singulier

« Universel » se dit d'abord de ce qui s'étend à tout l'Univers. C'est en ce sens que l'on dit que Newton a découvert la loi de l'attraction universelle. « Universel » qualifie ensuite ce qui s'étend à tous les esprits. Les philosophes se demandent par exemple s'il existe une vérité universelle, c'est-à-dire valable en tout temps, en tout lieu et pour tous les hommes. Enfin, on qualifie d'« universel » ce qui s'étend à toute une classe d'objets. Par exemple, « Tous les hommes sont mortels » est une proposition universelle.

« Général » peut être synonyme d'« universel ». Cependant, on qualifie aussi de « général » ce qui est vrai dans la plupart des cas, abstraction faite des cas particuliers.

« Particulier » désigne, dans le vocabulaire de la logique, ce qui n'appartient pas à tous les individus d'une classe. Par exemple, être petit, blond ou barbu sont des caractéristiques particulières que ne présentent pas tous les individus de la classe homme.

« Singulier » désigne ce qui est unique, propre à un individu ou parfois ce qui est rare et surprenant. Bergson souligne que chacun de nous a sa manière singulière d'aimer ou de haïr, que les mots ne peuvent pas exprimer fidèlement en raison de leur généralité.

Vrai / Probable / Certain

On qualifie de « vrai » ce que l'on juge conforme au réel (vérité matérielle) ou logiquement rigoureux (vérité formelle). « Probable » se dit de ce qui peut être vrai ou de ce qui semble vrai sans qu'on puisse en être certain. On qualifie enfin de « certain » ce dont on ne peut pas douter, ce qui s'impose de manière indiscutable.

Mais peut-on atteindre une vérité certaine ? Les sceptiques estiment qu'on ne peut rien savoir avec certitude. Les probabilistes soutiennent que l'on peut atteindre des vérités plus ou moins probables ou vraisemblables. Les dogmatiques croient, quant à eux, pouvoir établir des vérités certaines.

CITATIONS

L'art

« Les sources du bon, beau, de l'agréable etc., sont dans nous-mêmes. » **Montesquieu**, *Essai sur le goût dans les choses de la nature et de l'art*, 1757
« Qu'est-ce que l'artiste ? C'est un homme qui voit mieux que les autres, car il regarde la réalité nue et sans voile. » **Henri Bergson**, *Conférences de Madrid sur l'âme humaine*, 1919
« Est beau ce qui plaît universellement sans concept. » **Emmanuel Kant**, *Critique de la faculté de juger*, 1790
« On peut discuter du goût. », **Emmanuel Kant**, *Critique de la faculté de juger*, 1790
« Ce que nous recherchons, dans l'art comme dans la pensée, c'est la vérité. » **Georg Wilhelm Friedrich Hegel**, *Esthétique*,1832
« L'art ne reproduit pas le visible, il rend visible. » **Paul Klee**, *Théorie de l'art moderne*, 1924
« L'art est à l'homme ce que la nature est à Dieu. » **Victor Hugo**, *Post-scriptum de ma vie*, 1901

Le devoir

« L'obéissance au devoir est une résistance à soi-même. » **Henri Bergson**, *Les Deux sources de la morale et de la religion*, 1832
« Que l'homme doive accomplir son devoir de façon tout à fait désintéressée et qu'il lui faille séparer complètement du concept du devoir son désir de bonheur pour l'avoir tout à fait pur, c'est ce dont il est clairement conscient. » **Emmanuel Kant**, *Théorie et pratique*, 1793
« Je vois [...] que deux fois deux font quatre et qu'il faut préférer son ami à son chien, et je suis certain qu'il n'y a point d'homme au monde qui ne le puisse voir aussi bien que moi. » **Nicolas Malebranche**, *La recherche de la vérité*, 1674
« Le plus fort n'est jamais assez fort pour être toujours le maître, s'il ne transforme sa force en droit et l'obéissance en devoir. » **Jean-Jacques Rousseau**, *Du contrat social*, 1762
« Quand notre conscience parle, c'est la société qui parle en nous. » **Émile Durkheim**, *L'Éducation morale*, 1903
« Si la culture a établi le commandement de ne pas tuer le voisin que l'on hait [...] ce fut manifestement dans l'intérêt de la vie en commun des hommes, qui autrement serait impraticable. » **Sigmund Freud**, *Malaise dans la civilisation*, 1930

La justice

« Personne n'est juste volontairement. » **Glaucon** dans *La République* de Platon, IVe siècle avant J.-C.
« Le juste est l'avantage du plus fort. » **Thrasymaque** dans *La République* de Platon.
« Rien n'est honnête ou honteux, juste ni injuste [...] en toutes choses les hommes se gouvernent d'après la loi et la coutume. » **Pyrrhon d'Élis** (360-270 avant J.-C.), selon le témoignage de Diogène Laërce.
« Les hommes naissent et demeurent libres et égaux en droits. » *Déclaration des droits de l'homme et du citoyen*, 1789
« L'équitable est un ajustement de ce qui est légal. » **Aristote**, *Éthique à Nicomaque*, IVe siècle avant J.-C.
« *Il n'y a pas de droit sans limites.* » **Alain**, *Propos sur les pouvoir*, 1906-1936
« Plaisante justice qu'une rivière borne ! Vérité au-deçà des Pyrénées, erreur au-delà. » **Blaise Pascal**, *Pensées*, 1670

La nature

« La nature ne fait rien en vain. » **Aristote**, *Du mouvement des animaux*, IVe siècle avant J.-C.
« Mais moi, qu'est-ce que je cherche ? À connaître la nature afin de la prendre pour guide. » **Épictète**, *Entretiens*, Ier siècle
« La nature, on l'*explique* ; la vie de l'âme, on la *comprend*. » **Wilhelm Dilthey**, *Le Monde de l'esprit*, 1947
« Je ne reconnais aucune différence entre les machines que font les artisans et les divers corps que la nature seule compose. » **René Descartes**, *Principes de la philosophie*, 1644
« L'homme est l'animal qui n'accepte pas simplement le donné naturel, qui le nie. » **Georges Bataille**, *L'Érotisme*, 1957
« Il n'y a pas de nature humaine, puisqu'il n'y a pas de Dieu pour la concevoir. » **Jean-Paul Sartre**, *L'Existentialisme est un humanisme*, 1946
« L'homme est par nature un être de culture. » **Boris Cyrulnik**, *L'Ensorcellement du monde*, 1997

La science

« L'observation scientifique est toujours une observation polémique ; elle confirme ou infirme une thèse antérieure. » **Gaston Bachelard**, *Le Nouvel Esprit scientifique*, 1934
« Les concepts physiques sont des créations libres de l'esprit humain et ne sont pas, comme on pourrait le croire, uniquement déterminés par le monde extérieur. Dans l'effort que nous faisons pour comprendre le monde, nous ressemblons quelque peu à l'homme qui essaie de comprendre le mécanisme d'une montre fermée. » **Albert Einstein** et **Leopold Infeld**, *L'évolution des idées en physique*, 1938
« Ceux qui cherchent le droit chemin de la vérité ne doivent s'occuper d'aucun objet dont ils ne puissent avoir une certitude égale à celle des démonstrations de l'arithmétique et de la géométrie. » **René Descartes**, *Règles pour la direction de l'esprit*, 1628-1629
« Science, d'où prévoyance ; prévoyance, d'où action. » **Auguste Comte**, *Cours de philosophie positive*, 1830
« Rien n'est donné, tout est construit. » **Gaston Bachelard**, *La formation de l'esprit scientifique*, 1938
« Un système doit être tenu pour scientifique seulement s'il formule des assertions pouvant entrer en conflit avec certaines observations. » **Karl Popper**, *Conjectures et réfutation*, 1963
« Il n'est qu'une façon de s'imposer par une autorité qui n'emprunte rien au dehors, il n'est qu'un mode d'affirmation inconditionnel, la démonstration. » **Jean Cavaillès**, *Sur la logique et la théorie de la science*, 1947

Le travail

« L'homme est le seul animal qui soit voué au travail. » **Emmanuel Kant**, *Réflexions sur l'éducation*, 1803
« Le travail constitue la meilleure des polices. » **Friedrich Nietzsche**, *Aurore*, 1881
« L'ouvrier met sa vie dans l'objet. Mais alors, celle-ci ne lui appartient plus, elle appartient à l'objet. » **Karl Marx**, *Manuscrits de 1844*
« Le travail extérieur, le travail dans lequel l'homme s'aliène, est un travail de sacrifice de soi, de mortification. » **Karl Marx**, *Manuscrit de 1844*
« Pour échapper à l'ennui, l'homme travaille au-delà de la mesure de ses autres besoins ou il invente le jeu, c'est-à-dire le travail qui ne doit apaiser aucun autre besoin que celui du travail en général. » **Friedrich Nietzsche**, *Humain, trop humain*, 1878
« C'est l'avènement de l'automatisation qui, en quelques décennies, probablement videra les usines et libérera l'humanité de son fardeau le plus ancien et le plus naturel, le fardeau du travail, l'asservissement à la nécessité. » **Hannah Arendt**, *La condition de l'homme moderne*, 1958

Le bonheur

« Le bonheur n'est jamais choisi [...] en vue d'autre chose que lui-même, il est la fin de nos actions. » **Aristote**, *Éthique à Nicomaque*, IVe siècle avant J.-C.
« Le plaisir est le commencement et la fin de la vie heureuse. » **Épicure**, *Lettre à Ménécée*, IVe siècle avant J.-C.
« Ne demande pas que ce qui arrive comme tu désires ; mais désire que les choses arrivent comme elles arrivent, et tu seras heureux. » **Épictète**, *Manuel*, Ier siècle
« Le problème qui consiste à déterminer d'une façon sûre et générale quelle action peut favoriser le bonheur [...] est un problème tout à fait insoluble. » **Emmanuel Kant**, *Fondements de la métaphysique des mœurs*, 1785
« Malheur à qui n'a plus rien à désirer ! Il perd pour ainsi dire tout ce qu'il possède. On jouit moins de ce qu'on obtient que de ce qu'on espère, et l'on n'est heureux qu'avant d'être heureux. » **Jean-Jacques Rousseau**, *La Nouvelle Héloïse*, 1761
« Il vaut mieux être un homme insatisfait qu'un porc satisfait ; il vaut mieux être Socrate insatisfait qu'un imbécile satisfait. » **John Stuart Mill**, *L'Utilitarisme*, 1863
« Le pessimisme est d'humeur ; l'optimisme est de volonté. » Alain, *Propos sur le bonheur*, 1928
« La vie oscille, comme un pendule, de droite à gauche, de la souffrance à l'ennui. » **Arthur Schopenhauer**, *Le Monde comme Volonté et comme Représentation,* 1819

L'État

« La science souveraine et au plus haut point organisatrice [...], c'est la science politique. » **Aristote**, Éthique à Nicomaque, IVe siècle avant J.-C.
« Quiconque veut fonder un État et lui donner des lois, doit supposer d'avance les hommes méchants. » **Nicolas Machiavel**, *Discours sur la première décade de Tite-Live*, 1531
« La fin de l'État est donc en réalité la liberté » **Baruch Spinoza**, *Traité théologico-politique*, 1670
« Tout serait perdu si le même homme, ou le même corps des principaux, ou des nobles, ou du peuple exerçait ces trois pouvoirs : celui de faire les lois, celui d'exécuter les résolutions publiques, et celui de juger les crimes ou les différends des particuliers. » **Montesquieu**, *De l'esprit des lois,* 1748
« L'État, c'est le plus froid de tous les monstres froids. Il ment froidement ; et voici le mensonge qui s'échappe de sa bouche : *Moi, l'État, je suis le Peuple.* » **Friedrich Nietzsche**, *Ainsi parlait Zarathoustra*, 1883
« L'État [...] est, dans la règle, l'État de la classe la plus puissante, de celle qui domine au point de vue économique. » **Friedrich Engels**, *L'origine de la famille, de la propriété privée et de l'État*, 1884

Le langage

« L'ineffable, c'est la pensée obscure, la pensée à l'état de fermentation, et qui ne devient claire que lorsqu'elle trouve le mot juste. » **Georg Wilhelm Friedrich Hegel**, *La Phénoménologie de l'Esprit*, 1807
« Nous échouons à traduire entièrement ce que notre âme ressent : la pensée demeure incommensurable avec le langage. » **Henri Bergson**, *Essai sur les données immédiates de la conscience*, 1889
« Le langage est le premier degré de l'effort vers la science. » **Friedrich Nietzsche**, *Humain, trop humain*, 1878
« Les animaux ont un langage que nous n'entendons pas. » **Michel de Montaigne**, *Essais*, 1580
« Ce qui fait que les bêtes ne parlent point comme nous, est qu'elles n'ont aucune pensée, et non point que les organes leur manquent. » **René Descartes**, *Lettre au Marquis de Newcastle*, 1646
« La langue de convention n'appartient qu'à l'homme. » **Jean-Jacques Rousseau**, *Discours sur l'origine et les fondements de l'inégalité parmi les hommes*, 1755

La Raison

« L'homme est un animal raisonnable. » **Aristote**, IVe siècle avant J.-C.
« Le cœur a ses raisons que la raison ne connaît pas. » **Blaise Pascal**, *Pensées*, 1670
« La raison est une sorte d'expérience. » **David Hume**, *Dialogues sur la religion naturelle*, 1779
« Ce qui est rationnel est réel, et ce qui est réel est rationnel. » **Georg Wilhelm Friedrich Hegel**, *Principes de la philosophie du droit*, 1820
« La seule idée qu'apporte la philosophie est la simple idée de la Raison, l'idée que la Raison gouverne le monde et que, par conséquent, l'histoire universelle s'est elle aussi déroulée rationnellement. » **Georg Wilhelm Friedrich Hegel**, *La raison dans l'histoire*, 1822
« La plupart des hommes, encore qu'ils aient assez d'usage du raisonnement pour faire quelques pas dans ce domaine (pour ce qui est, par exemple, de manier les nombres jusqu'à un certain point) n'en font guère d'usage dans la vie courante. » **Thomas Hobbes**, *Léviathan*, 1651

La technique

« C'est donc à l'être capable d'acquérir le plus grand nombre de techniques que la nature a donné l'outil de loin le plus utile, la main. » **Aristote**, *Les parties des animaux*, IVe siècle avant J.-C.
« Si l'artificiel ne vaut pas mieux que le naturel, à quoi servent les arts de la vie ? » **John Stuart Mill**, *La nature*, 1874
« Si, pour définir notre espèce, nous nous en tenions strictement à ce que l'histoire et la préhistoire nous présentent comme la caractéristique constante de l'homme et de l'intelligence, nous ne dirions peut-être pas *Homo sapiens*, mais *Homo faber*. » **Henri Bergson**, *L'Évolution créatrice*, 1907
« Le dévoilement qui régit la technique moderne est une provocation par laquelle la nature est mise en demeure de livrer une énergie qui puisse comme telle être extraite et accumulée. » **Martin Heidegger**, « L'essence de la technique », in *Essais et conférences*, 1958
« L'opposition dressée entre la culture et la technique, entre l'homme et la machine, est fausse et sans fondement ; elle ne recouvre qu'ignorance ou ressentiment. » **Gilbert Simondon**, *Du mode d'existence des objets techniques*, 1958
« L'observation de la civilisation technicienne, malgré tant de misères physiques et morales, d'échecs et de dangers terrifiants, conduit à dire résolument : Oui ! à la technique, mais à la technique dominée par l'homme. » **George Friedmann**, *La grande aventure, in Sept études sur l'homme et la technique*, 1977

La vérité

« Tous les hommes désirent naturellement savoir. » **Aristote**, *Métaphysique*, IVe siècle av. J.-C.
« À tout argument s'oppose un égal argument. » **Sextus Empiricus**
« Nous n'avons d'autre mire de la vérité et de la raison que l'exemple et idée des opinions et usances du pays où nous sommes. » **Michel de Montaigne**, *Essais*, 1580
« Rien n'est beau que le vrai : le vrai seul est aimable ;
Il doit régner partout, et même dans la fable.» **Nicolas Boileau,** *Épitres IX*, 1665

« Le principe moral que dire la vérité est un devoir, s'il était pris de manière absolue et isolée, rendrait toute société impossible. » **Benjamin Constant**, *Des réactions politiques*, 1797
« Ainsi nous découvrons [...] une alternance de nuit et de jour qui fait partie de nos conditions d'existence : vouloir connaître et vouloir errer sur le flux et le reflux. Si l'un des deux a la domination absolue, l'homme périt. » **Friedrich Nietzsche**, *La volonté de puissance*, 1901
« Toute vérité nouvelle naît malgré l'évidence. » **Gaston Bachelard**, *Le Nouvel Esprit scientifique*, 1934

La conscience

« La conscience que nous avons de nous-mêmes ne nous montre peut-être que la moindre partie de notre être. » **Nicolas Malebranche**, *De la recherche de la vérité*, 1674
« Conscience ! Instinct divin, immortelle et céleste voix ; guide assuré d'un être ignorant et borné, mais intelligent et libre ; juge infaillible du bien et du mal, qui rend l'homme semblable à Dieu, c'est toi qui fais l'excellence de sa nature et la moralité de ses actions. » **Jean-Jacques Rousseau**, *Émile ou de l'éducation*, 1762
« Connais-toi toi-même. » **Socrate**, Ve siècle avant J.-C.
« Je pense, donc je suis » **René Descartes**, *Discours de la méthode*, 1637
« L'homme, parce qu'il est esprit, a une double existence ; il existe, d'une part, au même titre que les choses de la nature, mais d'autre part, il existe aussi pour soi, il se contemple, se représente à lui-même, se pense, et n'est esprit que par cette activité qui constitue un être pour soi. » **Georg Wilhelm Friedrich Hegel**, *Esthétique*, 1832
« Toute conscience est [...] mémoire, conservation et accumulation du passé dans le présent. » **Henri Bergson**, *L'Énergie spirituelle. Essais et conférences*, 1919
« Toute conscience est conscience de quelque chose » **Edmund Husserl**, *Méditations cartésiennes*, 1931
« Science sans conscience n'est que ruine de l'âme. » **François Rabelais**, *Pantagruel*, 1532

L'inconscient

« Le moi n'est pas maître dans sa propre maison. » **Sigmund Freud**, *Introduction à la psychanalyse*, 1917
« Le rêve et la voie royale vers l'inconscient. » **Sigmund Freud**, *Le rêve et son interprétation*, 1900
« Si le rêve est obscur, c'est par nécessité et pour ne pas trahir certaines idées latentes que ma conscience désapprouve. » **Sigmund Freud**, *Le rêve et son interprétation*, 1900
« La censure, pour appliquer son activité avec discernement, doit connaître ce qu'elle refoule. » **Jean-Paul Sartre**, *L'Être et le Néant*, 1943
« Le freudisme, si fameux, est un art d'inventer en chaque homme un animal redoutable, d'après des signes tout à fait ordinaires. » **Alain**, *Éléments de philosophie*, 1916
« Les "observations cliniques" dont les analystes croient naïvement qu'elles confirment leur théorie ne peuvent en aucune façon le faire plus que les confirmations quotidiennes que les astrologues trouvent dans leur pratique. » **Karl Popper**, *Conjectures et réfutations*, 1963

La liberté

« La liberté est le droit de faire tout ce que les lois permettent ; et si un citoyen pouvait faire tout ce qu'elles défendent, il n'y aurait plus de liberté, parce que les autres auraient tout de même ce pouvoir. » **Montesquieu**, *L'esprit des lois*, 1748
« Renoncer à sa liberté, c'est renoncer à sa qualité d'homme, aux droits de l'humanité, même à ses devoirs. » **Jean-Jacques Rousseau**, *Du contrat social*, 1762

« L'impulsion du seul appétit est esclavage, et l'obéissance à la loi qu'on s'est prescrite est liberté. » **Jean-Jacques Rousseau**, *Du contrat social*, 1762

« Les hommes se croient libres pour cette seule cause qu'ils sont conscients de leurs actions et ignorants des causes par où ils sont déterminés. » **Baruch Spinoza**, *Éthique*, 1677

« Si l'on convient d'appeler libre tout acte qui émane du moi, et du moi seulement, l'acte qui porte la marque de notre personne est véritablement libre. » **Henri Bergson**, *Essai sur les données immédiates de la conscience*, 1889

« L'homme est condamné à être libre. » **Jean-Paul Sartre**, *L'existentialisme est un humanisme*, 1946

La religion

« Crois et tu comprendras ; la foi précède, l'intelligence suit. » **Saint-Augustin**, *Sermons 118*

« C'est le cœur qui sent Dieu et non la raison. Voilà ce qu'est la foi. Dieu sensible au cœur, non à la raison. » **Blaise Pascal**, *Pensées*, 1670

« L'univers m'embarrasse, et je ne puis songer que cette horloge existe et n'ait pas d'horloger. » **Voltaire**, *Les Cabales*, 1772

« La religion est la loi présente en nous pour autant qu'elle reçoit son poids d'un législateur et juge au-dessus de nous. » **Emmanuel Kant**, *Réflexions sur l'éducation*, 1803

« La religion [...] est *l'opium* du peuple. » **Karl Marx**, *Critique de la philosophie du droit de Hegel*, 1844

« Dieu est mort. » **Friedrich Nietzsche**, *Le Gai Savoir*, 1882

« Il faut croire d'abord, et contre l'apparence ; la foi va devant ; la foi est courage. » **Alain**, *Propos*, 1906

Le temps

« Tout s'écoule. » **Héraclite d'Éphèse**, cité par Platon dans le *Cratyle*.

« Vous vivez comme si vous deviez vivre toujours [...], et perdez votre temps alors que ce jour est peut-être le dernier. » **Sénèque**, *De la brièveté de la vie*, vers 49 après J.-C.

« *Carpe Diem*. » **Horace**, *Odes*, Ier siècle avant J.-C.

« Qu'est-ce donc que le temps ? Si personne ne me le demande, je le sais ; mais si on me le demande et que je veuille l'expliquer, je ne le sais plus. » **Saint-Augustin**, *Les Confessions*, 399 après J.-C.

« Ô temps, suspends ton vol ! Et vous, heures propices, suspendez votre cours ! Laissez-nous savourer les rapides délices des plus beaux de nos jours ! » **Alphonse Lamartine**, *Le Lac, Méditations poétiques*, 1820

« La conscience est un trait d'union entre ce qui a été et ce qui sera, un pont jeté entre le passé et l'avenir. » **Henri Bergson**, *L'Énergie spirituelle*, 1919

« Le temps n'a qu'une réalité, celle de l'Instant. Autrement dit, le temps est une réalité resserrée sur l'instant et suspendue entre deux néants. » **Gaston Bachelard**, *L'intuition de l'instant*, 1932

PRINCIPAUX COURANTS PHILOSOPHIQUES

THÈSES ESSENTIELLES	PRINCIPAUX REPRÉSENTANTS
Empirisme	
• L'esprit n'est au départ qu'une « table rase », il est vide de tout contenu. • Les idées et la connaissance viennent de l'expérience (≠ rationalisme). • On ne peut connaître que ce dont on peut faire l'expérience.	• **Locke** (1632-1704) • **Hume** (1711-1776) • **Condillac** (1715- 1780)
Épicurisme	
• Le but de la vie est le plaisir. • Il faut vivre en accord avec la nature. • Seule existe la matière.	• Le fondateur : **Épicure** (341-270 av. J.-C.) • **Lucrèce** (98-55 av. J.-C.)
Existentialisme	
• Importance de la singularité de l'existence. • L'existence précède l'essence. • Liberté absolue de l'homme.	• **Kierkegaard** (1813-1855) • **Sartre** (1905-1980)
Phénoménologie	
• Retour aux choses mêmes : il faut décrire ce qui apparaît tel qu'il apparaît (comme phénomène). • L'essence est dans le phénomène, pas au-delà.	• **Husserl** (1859-1938) • **Merleau-Ponty** (1908-1961)
Positivisme	
• La métaphysique doit être dépassée. • Toute connaissance doit se fonder sur le modèle de la connaissance scientifique. • Le progrès social et celui de la connaissance dépendent des sciences.	• **Comte** (1798-1860) • **Carnap** (1891-1970)
Rationalisme	
• Les sens peuvent nous tromper : il faut s'en méfier. • La raison est le moyen d'accéder à la vérité.	• **Platon** (427-347 av. J.-C.) • **Descartes** (1596- 1650)

Relativisme	
• On peut dire « à chacun sa vérité ». • L'homme est la mesure de toute chose. • Tout est question de point de vue.	• **Protagoras** (sophiste du ve siècle av. J.-C.)

Scepticisme	
• La raison est limitée. • Par conséquent on ne peut jamais être certain d'avoir atteint la vérité. • Il faut donc suspendre son jugement (ne rien affirmer) afin d'atteindre l'ataraxie.	• Le fondateur : **Pyrrhon d'Élis** (vers 365-275 av. J.-C.) • **Sextus Empiricus** (IIe-IIIe siècles) • **Montaigne** (1533- 1592)

Stoïcisme (IVe siècle av. J.-C. – IIe siècle)	
• La nécessité règne dans la nature. • Il faut accepter la nécessité et maîtriser notre esprit pour accéder au bonheur. • La liberté consiste dans l'acceptation de la nécessité. • Les passions sont un obstacle au bonheur.	• Le fondateur : **Zénon de Cittium** (335-264 av. J.-C.) • **Sénèque** (4 av. J.-C.- 65) • **Épictète** (50-130) • **Marc-Aurèle** (121-180)

Utilitarisme	
• Est moral ce qui est utile et procure du bonheur	• **Bentham** (1748-1832) • **Mill** (1806-1873)

Ce livre est imprimé sur du papier issu de forêts gérées durablement.

N° de projet : 10301313 – Dépôt légal : Juillet 2022
Achevé d'imprimer en Mai 2024 par Vincenzo Bona S.p.A. à Turin en Italie